U0503936

国家社会科学基金一般项目"文献学视域中的明代文言小说汇编研究"（批准号：13BZW078）结项成果

浙江师范大学中国语言文学一流学科建设成果

浙江省哲学社会科学重点研究基地浙江师范大学江南文化研究中心资助出版

刘天振◎著

明代文言小说
汇编类文献研究

中国社会科学出版社

图书在版编目（CIP）数据

明代文言小说汇编类文献研究／刘天振著．—北京：中国社会科学
出版社，2021.8
ISBN 978-7-5203-8529-9

Ⅰ.①明…　Ⅱ.①刘…　Ⅲ.①文言小说—汇编—文献—研究—
中国—明代　Ⅳ.①I207.41

中国版本图书馆 CIP 数据核字（2021）第 100921 号

出 版 人	赵剑英
责任编辑	慈明亮
责任校对	闫　萃
责任印制	戴　宽

出　　版	中国社会科学出版社
社　　址	北京鼓楼西大街甲 158 号
邮　　编	100720
网　　址	http：//www.csspw.cn
发 行 部	010-84083685
门 市 部	010-84029450
经　　销	新华书店及其他书店

印　　刷	北京明恒达印务有限公司
装　　订	廊坊市广阳区广增装订厂
版　　次	2021 年 8 月第 1 版
印　　次	2021 年 8 月第 1 次印刷

开　　本	710×1000　1/16
印　　张	18.75
插　　页	2
字　　数	318 千字
定　　价	99.00 元

凡购买中国社会科学出版社图书，如有质量问题请与本社营销中心联系调换
电话：010-84083683
版权所有　侵权必究

自　序

有明一代是我国小说著述极度繁盛、小说观念高度自觉的时代。在20世纪初以来的明代文学研究格局中，小说研究也一直是当之无愧的重镇，海内外学界所取得的成果也早已汗牛充栋。通观已有成果，可以发现存在两种显著的失衡：一是畸重通俗小说而漠视文言小说，二是揄扬创作类作品而贬抑编纂类作品。而在明代文言小说研究领域，汇编类作品的学术处境就更为落寞了。这固然与作品自身的文学成就、研究者的学术趣尚等因素有关，但也不得不说，在白话语境中成长起来的现代学人对文言小说存有"畏难情绪"，这也是一个重要原因。

有别于古代通俗小说或白话小说，文言小说研究首先遇到的一个棘手问题是其概念的界定。目前学界对"文言小说"的界定主要采用三种方法：一是完全接受传统目录学子部小说的概念；二是以现代小说概念裁量古代文言小说，基本上只认可其中的"叙事性"作品；三是传统子部"小说家"概念与现代小说概念相结合，先遴选古代"小说家"中"有小说意味"的作品，再补充"小说家"未收的文学性小说。本书总体采用第三种做法，但又有所不同，将明清书目"小说家"所著录、小说丛书所收录、明清学界所公认的一些载录专门性知识的书，如文房清玩、山家清供等著作也纳入小说研究视野，以贴近明代学界对"小说"本体内涵的认识。①

中晚明是文言小说汇编的鼎盛时期，据笔者统计，各种类型的文言小说汇编文本不下上千种。所谓"汇编"主要是相对"创作"而言的一种

---

① 对于古代小说内涵的知识性问题，可参见刘勇强《小说知识学：古代小说研究的一个维度》，《文艺研究》2018年第6期。

作品成书方式，责任者将旧文按照一定体例排比、编纂成书。编者对旧文，或直录原文，或稍作改窜，但主体内容来自旧籍。不过有两点需要说明：一是汇编类作品并不一定百分百来自旧籍，其中可以含有一些创作性成分；二是汇编类作品并非旧有资料的客观堆积，而是有编者的主体意识灌注其中，具体体现于所选择的体例，附加的解题、按语、评语、圈点等诸多方面。这就意味着体例研究是汇编类作品研究的一项重要内容。明清时期的一些书目对汇编类小说的著录方式较为重视，拟有专门的类目，类目中含有"汇""丛""辑""编"等字，以示与创作类作品的区别。如晚明祁承㸁《澹生堂藏书目》"小说家"下分八类：说汇、说丛、佳话、杂笔、闲适、清玩、记异、戏剧，其前二类"说汇"与"说丛"所著录均是小说汇编之书，前者主收小说类书、小说总集，后者著录 18 部小说丛书，而与后几类"佳话""杂笔""记异"等所录创作类小说区隔开来。清初祁理孙《奕庆藏书楼书目》"史类·裒辑"与"子类·稗乘家"之下的"说汇"及"说丛"，均著录一些汇编性小说作品。清《四库全书总目》"子部·小说家类"所分杂事、异闻、琐语三类不以成书方式为分类依据，但其"杂家类"之下的"杂纂之属"与"杂编之属"著录了大量汇编类小说作品，馆臣尽管未将这些作品隶于"小说家类"，但标示出了这些作品的成书方式特征。上述书目对汇编类作品的立类标目，为后人的小说文献类型相关研究铺垫了重要基础。现代人编古代小说专科目录则不约而同地消弭汇编类作品的成书方式特征，它们中不分类者自不必说，分类者也不以成书方式作为分类依据，这在客观上无助于古代小说文献类型的相关研究。

文言小说汇编类作品的内容来源、著述形式、学术价值均与创作类作品存在较大的差异。而且，明代文言小说汇编的主体是文人、学者、官员，他们的编纂动机、学术取向、审美趣尚一定程度上代表了当代社会文化的主流取向，对当代文学界、思想界、出版界、收藏界有着巨大的影响。因此，这些小说汇编文本自具不同于创作类作品的巨大学术及应用价值。

明代文言小说汇编荣景的形成，受到了当时多元动力的汇聚支撑，既有印刷技术进步、小说受众群体扩大、私人藏书量剧增等客观因素的推动，更与社会思潮嬗变、小说地位提升、士阶层实践方向转移等主体性因素有密切关联。同时，《太平广记》《说郛》两部小说巨编的广泛传播更是提供了充裕的素材来源。

对于文言小说的文体类型，古今学界众说纷纭，但对于志怪、志人、博物三类的成立，学界的共识度相对较高。

明代文士参与志怪小说汇编的热情空前高涨，据考证，其汇编文本有40余种。这种现象背后隐含的编纂主体的动机非止于前代人的功利性、文学性诉求，而是怀抱明确的学术性、甚至科学性目的，如他们将"志怪"纳入格物致知的认识论框架，兴致勃勃地拥抱西方传入的新知识等。

志人类的代表是"世说体"小说。鲁迅先生曾指出，《世说新语》的成书方式是"纂辑旧文，非由自造"①，后代的续仿之书，也大多承传了此法，而明代的有些"世说体"小说甚至有意朝类书博物的方向靠拢。在明代，《世说新语》的续仿之作不下于50种，这些作品自审美特征看，其内在旨趣、编排体例、成书方式等均已摆脱临川《世说》之牢笼；自小说史及编辑学角度考察，"世说体"作为一种文体范例，在明代文言小说资料整理活动中发挥了重要作用，做出了重大贡献。

"博物体"小说在古典书目中一般被归于子部的"杂家类"或"小说类"，也有的归入"类书类"，盖由此类作品基本都是采摘旧籍、辑纂成书的。清代《四库全书总目》将此类作品归入"小说家类"的"琐语之属"，也指出它们内容琐碎、不成片段的文本特征。现代学界一般将博物小说置于"志怪小说"名义下加以研讨，且研究视野只限于唐前，不免有失偏颇。实际上，唐代以后，博物小说一系仍然瓜瓞绵绵，而且许多博物小说内容并不涉及神怪。明代中叶以降，知识界博学思潮盛行，引发博物小说编撰的热潮，据笔者统计，中晚明时期所产生的博物小说有100种左右，它们的内部结构、知识体系、学术价值等均体现出新的时代内涵，对于深化文言小说本体内涵研究、丰富文言小说文体类型研究，均有重要参考价值。

文言小说丛书作为一种非常重要的古代小说文献类型，在现代的古代小说学界，其处境遭遇颇为尴尬。明代祁承爜《澹生堂藏书目》于子部"小说家"类下创列"说丛"之目，著录明代小说丛书18部，为"小说丛书"立目之嚆矢；1959年上海图书馆编《中国丛书综录》于"类编丛书·子类·小说"下著录明代文言小说丛书14部，著录标准也颇为准

---

① 鲁迅：《中国小说史略》，人民文学出版社1973年版，第47页。

确，对古代小说文献类型研究富有启迪。但已经出版的中国古代小说专科目录基本都不为"小说丛书"立目。据笔者统计，明代专门的小说丛书有 80 种左右，尚不包括兼收小说书的综合性丛书。这些小说丛书在小说文献整理、小说文献保存、小说传播研究等方面具有独特的价值，但此领域的研究在学界相当冷寂。

编纂体例是编纂者展现其主观世界的窗口。明代文言小说汇编的体例灵动多变，版式设计富有创意，采编方法也较为科学严谨，对编辑学史、文献学史、出版史等领域都有重要的史料价值。

明代文言小说汇编具有丰富的学术价值，不仅体现于小说文献学、小说美学、小说传播学等领域，在明代思想史、生活史、文学史、版本目录学史等研究领域也有很大的开发潜力。

无须讳言，明代文言小说汇编存在许多阙失，诸如抄袭重复、窜乱古籍、校对粗疏等，历来饱受诟病，但整体而言，其积极贡献是主导方面，其存在的弊端是次要方面。

目　录

绪　　论

一　"明代文言小说汇编"概念的界定

所谓"明代文言小说"，指有明一代（1368—1644）产生的用文言语体写成的小说作品。学界通常按照语体的不同将古代小说分为文言小说和通俗小说两类。对于通俗小说的概念，学界早有共识。但对于文言小说的概念，当今学界众说纷纭，迄无定论，无人能将它与其他文类彻底划清界限。造成这种困境的原因主要有两个：一是现代西方小说概念与中国古代"小说"差异巨大。如前者指"以散体文摹写虚拟人生幻象的自足的文字语言艺术"①，以虚拟性、叙事性为根本特征。而中国古代文言小说，除一小部分外，大多数作品为记录见闻或随笔札记，呈"丛残小语"之态，亦非叙事性的。二是古代目录"小说家"的取舍标准宽严不一。传统目录学小说是古代文言小说的主流，虽总体来说自《汉书·艺文志》至《四库全书总目》，小说家的"子之末"与"史之余"性质未发生根本改变，②但这种"总体面貌"并不意味着不同历史时期的目录"小说家"著录标准是一致的。如宋代《崇文总目》《新唐书·艺文志》将鬼神传自"史部·杂传类"改隶于"子部·小说类"，就是关注到小说家作品的虚构性，是有别于史家著作的。明代人小说观念更有许多突破，下文详论。清中叶官修《四库全书总目》"小说家类"再分杂事、异闻、琐语三派，

---

① 马振方：《小说艺术论》，北京大学出版社 1999 年版，第 8 页。
② 鲁迅《中国小说史略》第一篇《史家对于小说之著录及论述》评《汉志》"小说家"性质云："似子而浅薄""近史而悠谬"（鲁迅：《中国小说史略》，人民文学出版社 1973 年版，第 3 页）。此论施于后世目录小说家，也大多适用。鲁迅又说："史家成见，自汉迄今盖略同：目录亦史之支流，固难有超其分际者矣。"（鲁迅：《中国小说史略》，人民文学出版社 1973 年版，第 6 页）

鲁迅将其与明胡应麟所分六种进行比较，评论道："右三派者，校以胡应麟之所分，实止两类，前一即杂录，后二即志怪，第析叙事有条贯者为异闻，抄录细碎者为琐语而已。传奇不著录；丛谈、辩订、箴规三类则多改隶于杂家，小说范围，至是乃稍整洁矣。"① 肯定了四库馆臣对小说作品叙事性的重视。

明代民间学界表达了不同于官方正统的小说观念，突出表现于他们将文学性"传奇文"纳入"小说"范畴之内。② 传统目录"小说家"一般不录传奇，前引鲁迅《中国小说史略》中曾指摘《四库全书总目》"传奇不著录"之弊，今人石昌渝《中国古代小说总目》（文言卷）在前言部分论及目录学家小说观念时说："或许可以这样说：凡不能入于子部和史部正殿的丛残小语，都可以囊括在'小说'之内。然而，今人视为文言小说正宗的'传奇文'却又偏偏基本上被拒之门外。"③ 传统目录"小说家"即使著录一些被今人视为传奇集的作品，但其着眼点主要是其中的志怪内容，因为大多数传奇小说都程度不同地含有志怪因素，④ 而"小说家"著录志怪作品是传统书目的惯例。如唐裴铏《传奇》一书于宋元明多种书目中被著录于"小说家"，明嘉靖间高儒《百川书志》"小说家"著录该书，解题称其"皆神仙恢谲事"⑤。明代人论述小说及编纂小说丛书时，正式纳入了"传奇"，如胡应麟《九流绪论》所分小说家六种：志怪、传奇、杂录、丛谈、辩订、箴规，⑥ 第二种就是传奇，他列举的《飞燕》《太真》《崔莺》《霍玉》都是传奇小说名篇。其于《庄岳委谈》中又说："唐所谓'传奇'自是小说书名，裴铏所撰。"⑦ 杨慎《艺林伐山》卷十七也将"传奇"与"小说"并称："诗盛于唐，其作者往往托于传奇

---

① 鲁迅：《中国小说史略》，人民文学出版社 1973 年版，第 6 页。
② 浦江清说："小说到了唐人传奇，在体裁和宗旨两方面，古意全失。所以我们与其说它们是小说的正宗，毋宁说是别派，与其说是小说的本干，毋宁说是独秀的旁枝吧。"参见浦江清《浦江清文录·论小说》，人民文学出版社 1958 年版，第 186 页。
③ 石昌渝：《中国古代小说总目》（文言卷），山西教育出版社 2004 年版，第 2—3 页。
④ 胡应麟："至于志怪、传奇，尤易出入，或一书之中二事并载，一事之内两端具存。"[（明）胡应麟：《少室山房笔丛》，上海书店出版社 2001 年版，第 282—283 页] 今人李剑国也说："传奇或单篇，或丛集，大部分都有怪异内容，因而它在许多情况下其实是放大了的志怪小说。"（李剑国：《唐前志怪小说史》，天津教育出版社 2005 年版，第 10 页）
⑤ （明）高儒：《百川书志》，上海古籍出版社 2005 年版，第 117 页。
⑥ （明）胡应麟：《少室山房笔丛》，上海书店出版社 2001 年版，第 283 页。
⑦ （明）胡应麟：《少室山房笔丛》，上海书店出版社 2001 年版，第 424 页。

小说、神仙幽怪，以传于后。"① 同时，明代许多文言小说丛书也广收传奇小说，如顾元庆编《顾氏文房小说》《广四十家小说》收有多种传奇作品。佚名辑《五朝小说》的"魏晋小说"部分，其下"传奇家"收录《飞燕外传》《吴女紫玉传》《天上玉女记》等多种。"唐人百家小说"部分的"纪载家"则收录《周秦行纪》《迷楼记》《海山记》《杨太真外传》《长恨歌传》《梅妃传》等二十余篇传奇。这种做法客观上可被视为在"小说家"子部学术性质向集部文学性质转变方面迈出的重要一步，其小说史意义不逊于王世贞《弇州四部稿》将"说部"与"赋部""诗部""文部"相并列之举。② 还有一点值得重视，明代学者明确将一些清供赏玩性质的专业书隶于"小说"名下。虽然明代之前目录书"小说家"著录专业书的现象屡见不鲜，但鲜有明确的理性表述。在明代，不仅私人书目"小说家"与小说丛书著录、收录专业书的现象十分普遍，一些学者论述小说文体时更直接涵容专业书。如桃源居士《唐人小说序》说："唐三百年，文章鼎盛，独律诗与小说称绝代之奇……唐人于小说，摛词布景，有翻空造微之趣，至纤若锦机，怪同鬼斧……厥体当行，别成奇致……他若《茶经》《啸旨》《画诀》《诗品》，又未尝不情真潇洒，远轶晋宋。"③ 这段对唐人传奇的赏鉴之语已广为援引，但对其评论《茶经》《画诀》的一段文字却很少有人注意。桃源居士认为，《画诀》之类的专业书也是唐人"情真潇洒"的产物，与那些"翻空造微"的传奇作品异曲同工，它们也无愧于"当行""奇致"之誉。这种识见源自作者对"小说"本体性的深刻理解。据此，明代的小说观念既包含传统的志怪、传奇、杂录、丛谈等类型，也容纳文学性的传奇及知识性的专业书。其小说文体内涵比其他任何时代都更为丰富。而其志怪、传奇二类大致通于现代的小说观念。

现代学界对古代文言小说作品的取舍标准宽严有别，处理方式大致有三种：一是完全依据传统目录学的小说概念。如袁行霈、侯忠义编《中

---

① （明）杨慎：《艺林伐山》，商务印书馆1936年版，第108页。

② 王世贞《弇州四部稿》分赋、诗、文、说四部，其中"说部"包括《札记内编》《札记外编》《左逸》《短长》《艺苑卮言》《艺苑卮言附录》《宛委余编》7种，学界一般认为其"说部"性质大致相当于胡应麟所分的杂录、丛谈、辨订三类，而不包括文学性的传奇小说。参见何诗海《〈弇州四部稿〉"说部"发微》（《文学遗产》2015年第5期）、王炜《"说部"之概念辨析》（《中国社会科学院研究生院学报》2017年第1期）。

③ 阙名辑：《笔记小说大观》第三十八编第2册，新兴书局有限公司1988年版，第1页。

国文言小说书目》就是全采子部小说，其《凡例》说："本书不以今之小说概念作取舍标准，而悉以传统目录学所谓小说家书为收录依据……本书以审慎、完备为目标，凡曾见于小说家类之文言小说，一般均予收录。"① 二是以现代小说观念衡量古代文言小说，基本上只认可志怪、传奇二类以及其他一些有"小说意味"的作品。如黄霖主编《中国历代小说辞典》第二卷的《凡例》说："古代称为文言小说而无故事、人物等小说意味者，不予收录。今所录者，大致分为志怪、轶事、琐谈、传奇、谐谑、寓言等类。"② 另如李剑国《唐五代志怪传奇叙录》《宋代志怪传奇叙录》③、程毅中《古小说简目》《唐代小说史》《宋元小说研究》④、陈国军《明代志怪传奇小说研究》⑤ 等著作的择取标准更为严格。三是传统目录学小说家作品与符合现代小说观念的作品兼收并蓄。刘世德主编《中国古代小说百科全书》即采用这种方法，其《前言》说："如果完全依据今天通行的小说的概念，那么，一大批的古代文言小说势必无缘进入我们的这部百科全书。而如果完全依据古人的种种有关小说的概念，那么，我们的这部百科全书又将显得内容芜杂、大而无当。因此，对待古人的小说概念和今人的小说概念，我们既不摈弃前者，也不拒绝后者；既尊重前者，也采纳后者，力求把二者结合起来，加以灵活的运用——这就是我们所遵循的原则。"⑥ 宁稼雨编《中国文言小说总目提要》取舍方法基本同于上书，又稍作改进，具体做法是，在尊重目录学小说概念基础上，再运用现代小说概念甄选、补充一些作品。其《前言》说："我在本书中所确定的划定文言小说界限的原则是，在尊重古人小说概念的前提下，以历代公私书目小说家类著录的作品为基本依据，用今人的小说概念对其进行遴选厘定，将完全不是小说的作品剔除出去，将历代书目小说家中没有著录、然而又确实可与当时的小说相同，或能接近今人小说概念的作品选入

　　① 袁行霈、侯忠义编：《中国文言小说书目》，北京大学出版社 1981 年版，第 1 页。

　　② 黄霖主编：《中国历代小说辞典》第二卷"宋元明"，云南人民出版社 1993 年版。

　　③ 李剑国：《唐五代志怪传奇叙录》，南开大学出版社 1993 年版。李剑国：《宋代志怪传奇叙录》，南开大学出版社 1997 年版。

　　④ 程毅中：《古小说简目》，中华书局 1981 年版。程毅中：《唐代小说史》，人民文学出版社 2003 年版。程毅中：《宋元小说研究》，江苏古籍出版社 1999 年版。

　　⑤ 陈国军：《明代志怪传奇小说研究》，天津古籍出版社 2006 年版。

　　⑥ 刘世德主编：《中国古代小说百科全书》，中国大百科全书出版社 1993 年版，第 1 页。

进来。"① 宁氏将历代文言小说分为五类：志怪、传奇、杂俎、志人、谐谑。其"杂俎"一类作品叙事意味淡薄。石昌渝主编《中国古代小说总目》（文言卷）大致采用这种方法，其《凡例》云："采取宁宽勿缺的方针，除了著录文学门类的小说作品之外，还将古代主要公私书目著录的'小说家类'作品也一概收录，对于其中非叙事性的作品则在提要正文中加以说明。"② 只是此书体例不分类。上述第一种方法的优长是，尊重了古代小说观念的历史实际，其弊在于排除了未被目录小说家认可的文学性小说作品。第二种方法所甄选的古代文言小说趋近于现代小说文体概念，却很大程度上背离了古代小说的历史原貌。第三种判断方法兼顾了文言小说的历史面貌与文学性标准，也易于与现代学术研究范式接轨，所以为更多的研究者所接受。鉴于明代人小说观念的实际情况，本书所谓"文言小说"主要依据传统目录学小说概念，并参酌胡应麟的小说分类法及当时小说丛书的收录标准，研究范围包括志怪、传奇、杂录、丛谈、博物体、专业书等类型。

所谓"汇编"，可以说是与"创作"相对而言的一种文献形成方式。③ "汇编"与"汇辑"有同更有异。根据《古代汉语词典》的解释，"汇"，"聚合、聚集"④；"辑"，"收敛、聚集"⑤。可见，"汇"与"辑"都有"聚集"之意。"编"，"按次序排列"⑥。在文献整理中，"汇辑"与"汇编"在表示收集、聚合的行为过程方面是相同的，二者差异在于后者还注重编排文献的方法，或曰编排体例。明代文言小说汇辑编纂类作品绝大多数都很讲究体例的选择，很多文本前的凡例、序、引、按语等说明了其取舍标准、选材范围、编排方法，如梅鼎祚《青泥莲花记》的自序之后有一段按语："是《记》大例惟四：其一在尚名行而略声色……其一，

① 宁稼雨撰：《中国文言小说总目提要》，齐鲁书社 2006 年版，"前言"第 3 页。
② 石昌渝主编：《中国古代小说总目》（文言卷），山西教育出版社 2004 年版，第 10 页。
③ 今人张舜徽自内容来源角度将中国古代文献厘为三大类：著作、编述与抄纂。抄纂系"将过去繁多复杂的材料，加以排比、录撮，分门别类地用一种新的体式出现，这成为抄纂"（张舜徽：《中国文献学》，上海古籍出版社 2011 年版，第 27 页）。杜泽逊又将文献形成方式分为四类：著、述、编、译。其所谓"编"实际对应于张舜徽的"抄纂"，他说："编又叫纂、辑。是根据一定体例缀辑旧文，其主要特点是原始条文都是其他文献的原文，不加改窜。一般要求注明出处，当然也有不注出处的。"（杜泽逊：《文献学概要》，中华书局 2008 年版，第 33 页）
④ 古代汉语词典编写组编：《古代汉语词典》，商务印书馆 2001 年版，第 659 页。
⑤ 古代汉语词典编写组编：《古代汉语词典》，商务印书馆 2001 年版，第 709 页。
⑥ 古代汉语词典编写组编：《古代汉语词典》，商务印书馆 2001 年版，第 86 页。

金元以后……总无明据，并不混载；其一'记从'以终事者为则，有他不录；其一，诸凡疑误，并为分注。"① 说明其选材标准及编写体例。因此，对于明代文言小说汇编成果，使用"汇编"更为恰当一些。而学术界也通常称明代文言小说汇辑编纂成果为"汇编"，如苗壮《笔记小说史》②、陈国军《明代志怪传奇小说研究》③、日本大塚秀高《明代后期文言小说刊行概况》④ 等，都使用了"汇编"这种表述方式。

然"汇编"与"创作"的区分在许多情况下并不是绝对的。首先，明代小说汇编的题材来源相当复杂。许多汇编文本的构成，既有采辑的旧文，亦有个人独撰成分。国家图书馆藏明杨思本撰《笔史》二卷，为清抄本，分内编、外编各一卷，内编9篇，外编3篇。其内编9篇，除"宠遇第七"之外，其余基本采掇于旧籍，且均注明了出处，因此亦为"编"与"记"兼有。再如杨宗吾《检蠹随笔》三十卷："为类二十有四，采掇琐碎，分条编载，体近类书，而当时邸报及其祖父遗事亦间附焉。又有数条乃驳陈耀文《正杨》之非，及陈建《通纪》载杨廷和事之误。又'丽句''琐语'二门，专取诗文词藻，与全书体例皆不相类，殊为猥杂。自序称不问人之弃取，惟意是采。今古驳杂，积成数卷，盖亦道其实也。"⑤ 杨宗吾《〈检蠹随笔〉引》谓其题材来源："余自展卷以来，凡诵读所睹记、事物所考索，或朋友所称说，及道路所听闻，悉付毛颖氏纪之。不问人之弃取，而惟余意是采。今古驳杂，积成数绢（卷）。"⑥ 不过《四库全书总目》将其隶于"子部·杂家类·杂纂之属"，主要还是着眼于其采掇、纂辑性质。再如程时用辑《风世类编》十卷，虽称"类编"，其实不少内容采自传闻目睹，"按籍而得者十之六七，传而闻者、亲而睹十之二三"⑦。因此，本书研究对象也不排斥那些局部含有创作成分的汇

---

① （明）梅鼎祚辑：《青泥莲花记》，《四库全书存目丛书》子部第253册，齐鲁书社1995年版，第724页。

② 苗壮：《笔记小说史》，浙江古籍出版社1998年版。

③ 陈国军：《明代志怪传奇小说研究》，天津古籍出版社2006年版。

④ ［日］大塚秀高：《明代后期文言小说刊行概况》，《书目季刊》1985年第2—3期。

⑤ （清）永瑢等：《四库全书总目》"子部·杂家类存目"，中华书局1965年版，第1126页。

⑥ （明）杨宗吾：《〈检蠹随笔〉引》，《检蠹随笔》（卷首），《四库全书存目丛书》子部第144册，齐鲁书社1995年版，第661页。

⑦ （明）祝世禄：《风世类编序》，《四库未收书辑刊》第叁辑第29册，北京出版社1997年版，第642页。

编之书。

其次，汇编之书与独著之作实为一种辩证关系。许多小本子书，不便于以单本流传，被丛书收录后，它就变成了汇编之书的零种，而成为编纂研究的对象。诸如众多笔记、随笔、闲谈、麈余、漫笔、漫录、日记、杂记、燕语、清言、卮言、小乘、剩言、偶谈、小品、冗谈、丛谈、夜话、日札等著作，许多情况下唯靠丛书方得流传。如王世懋撰《艺圃撷余》一卷，就主要以丛书本形式流传，晚明丛书如《广百川学海》《王奉常杂著》《宝颜堂秘笈》、宛委山堂刻《说郛》，以及清代的一些丛书如《四库全书》《历代诗话》《学海类编》《娄东杂著》等均曾收录此书。题李贽撰《尊重口》一卷，仅存3种丛书本：明博极堂刻《大雅堂订正枕中十书》本、明万历刻抄补《枕中十书》本、清康熙刻《李卓吾先生秘书八种》本。因此，我们研究丛书类型的小说汇编时会纳入创作性质的笔记著作。

二　明代文言小说汇编类作品研究的历史与现状

（一）文献学研究

明清时期目录书的子部与史部著录了大量明代文言小说汇编之作。祁承爜《澹生堂藏书目》子类的"类家""小说家""丛书"三家均著录了汇编类小说作品。其"类家"著录了邓志谟《故事白眉》十二卷、董斯张《广博物志》五十卷、顾起元《说略》三十卷等。其"小说家"下分说汇、说丛、佳话、杂笔、闲适、清玩、记异、戏剧八类，其前二类系按成书方式分类，"说汇"主收小说类书、小说总集，诸如王圻编《稗史汇编》，叶向高纂《说类》，汤显祖续、钟人杰刊《虞初志》等。"说丛"著录小说丛书18种，诸如《澹生堂余苑》《稗海大观》等。其余"佳话""杂笔""闲适""记异""清玩""戏剧"各类也包含众多汇编之书。同时，"子类·丛书·说汇"也著录18种小说丛书，诸如《古今说海》《四十家小说》《广四十家小说》《烟霞小说》《稗乘》《藏说小萃》等。其小说家之下分出的"说汇""说丛"2类有别于传统的文体或题材分类，突出了汇编类小说作品与创作类小说作品的差异，肯定了汇编类小说文献的地位与价值。其"子类·丛书"于目录学史上最早为丛书立目，虽为二级类目，其首创之功不可磨灭。其"子类·丛书·说汇"与"小说家·

丛书·说汇"存在突出的互著现象，客观上强化了小说丛书的目录学地位，对其孙祁理孙《奕庆藏书楼书目》著录体例产生了重要影响。《澹生堂藏书目》对文言小说分类之细致在传统目录书中罕有其匹，为文言小说文体研究、类型研究开辟了道路。

清初祁理孙《奕庆藏书楼书目》的史类、子类均著录众多汇编类小说作品，撰者均以"辑""编"等标明其汇编性质。其史部中著录了一些被今人视为小说的作品，"史之三·衷辑"录有孙能传编《益智编》四十一卷、姚文蔚辑《省括编》十八卷，"史之四·记传"有徐广辑《二侠传》二十卷，"史之七·外史"有何良俊撰《何氏语林》三十卷、李纯如辑《学古适用编》九十一卷、焦竑辑《玉堂丛语》八卷、冯梦龙编《智囊》二十八卷、何镗辑《高奇往事》十卷，展示了文言小说"史之余"与"子之末"的复杂属性。其"子类·类家"著录王圻纂《稗史汇编》一百七十五卷。其小说分类思想大致沿袭了乃祖撰《澹生堂藏书目》之例，只是易"小说家"为"稗乘家"，其下分"说汇""说丛""杂笔"3类，删除了《澹生堂藏书目》的其余5类，而将后者的"闲适""清玩"二类作品改隶于"子·杂家"的"农圃""食货""艺术""图象"诸类。自小说文体内涵角度而言，这是一种进步。其"子·稗乘家一·说汇"著录40余种明代小说汇编之书，大多为分类体，如李贽辑《初潭集》三十卷、梅禹金辑《青泥莲花记》十三卷等。"子·稗乘家二·说丛"著录小说丛书32部，但收书标准失之过宽，有的丛书虽部分含有小说资料，但整体上讲不宜归为小说丛书，如《居家必备》《山林经济籍》《夷门广牍》《广秘笈》等均为综合性丛书。"子·稗乘家三·杂笔"虽旨在著录笔记作品，但也包含一些小说汇编之书，如十竹轩主人编《广谐史》十卷，闵元京、凌义渠辑《湘烟录》十六卷等。值得注意的是，其"稗乘家"之下又列"演义"一类，今存版本有类无目，① 但据类目推测，当为通俗的长篇章回小说，果如此，则《奕庆藏书楼书目》"小说家"已经完全打破传统目录"小说家"不著录通俗小说的旧例。其于经、史、子、

---

① （清）沈复粲：《鸣野山房书目》，上海古籍出版社 2005 年版，第 91 页。笔者按：古典文学出版社 1958 年 1 月出版所谓清沈复粲编、潘景郑校订《鸣野山房书目》，实系将祁理孙《奕庆藏书楼书目》张冠李戴。该社随即发现错误，并于同年 6 月以油印和铅印方式，先后两次补印"关于鸣野山房书目的说明"，澄清错误，并向读者致歉。但是其更正声明效果不彰，以致 2005 年上海古籍出版社重刊"古籍书目题跋丛刊"收入该书仍题"鸣野山房书目"。

集之后，又设"四部汇"，专收综合性丛书，但其所著录《须溪刘辰翁评历代小说》三百八十九种三十六本五套，疑与"子之八·说丛"所录《历代小说》三十六本为同一书，亦属互著之例。清初黄虞稷《千顷堂书目》"史部·传记类"著录了一些小说汇编之书，如凌迪知《名世类苑》四十六卷、范明泰《米襄阳志林》十三卷、屠隆《义士传》二卷等。其"子部·类书类"著录了一些小说类书、小说丛书，前者如《故事白眉》《广博物志》等，后者如《古今说海》《藏说小萃》《稗乘》《逸史搜奇》等，虽未区分类书、丛书之异，但突出了二类小说文献共同的汇编性质。其"小说类"也著录众多汇编类作品，如邱燧《剪灯录》六卷、施显卿《古今奇闻类记》十卷、王圻《稗史汇编》一百七十五卷、叶向高《说类》六十二卷等。《千顷堂书目》虽著录明代汇编类小说作品数量甚多，但其分类仍据传统四部义例，对于成书方式未加著明。《明史·艺文志》"史类·传记类"著录的《名世类苑》《高士传》《逸民传》《贫士传》《米襄阳志林》《苏长公外纪》等书均可视为汇编类小说书。其"子类·杂家类"著录了陈其力《芸心识余》八卷、穆希文《说原》十六卷、董斯张《广博物志》五十卷，"小说家类"著录司马泰《广说郛》八十卷、《古今汇说》六十卷、《再续百川学海》八十卷、《三续百川学海》三十卷、《史流十品》一百卷，袁褧《前后四十家小说》八十卷、《广四十家小说》四十卷，林茂怀《说类》六十二卷，汤显祖《续虞初志》八卷等。清中叶《四库全书总目》"子部·杂家类"的"杂纂之属"与"杂编之属"，尤其是二者的"存目"部分所著录，几乎全属于汇编性质的小说书，如《古今说海》《稗史汇编》《说郛》《明小史》等。"子部·类书类"著录的王思义《故事选要》十四卷、穆希文《蟫史》十一卷也可视为汇编类小说书。"子部·小说家类"著录的《何氏语林》《玉堂丛语》《异林》《古今奇闻类记》《博物志补》《广滑稽》等都是汇编性作品。《四库全书总目》"小说家类"所分杂事、异闻、琐语三派，不涉成书方式；其"杂家类"之"杂纂"与"杂编"二派均是标明了汇编成书方式。自《千顷堂书目》至《四库全书总目》，有些小说汇编之作被归于不同的部类中，如司马泰辑《续百川学海》等系列丛书于《千顷堂书目》中入"类书类"，于《明史·艺文志》中改隶"小说类"，至《四库全书总目》中则移至"杂家类"，这不仅反映了《续百川学海》等书性质的复杂性，也展示了目录学界对丛书这种新文献类型的性质缺乏共识。

　　综上，明代汇编类小说作品于明清书目中多被著录于史部的"传记类"、子部的"杂家类""小说家类""类书类"。著录者重视汇编类小说作品与创作类小说作品的区分，其类目中多以"说汇""说丛""衷辑""杂纂""杂编"等相标识，具体作品责任者后缀以"编""辑""集""纂"等字眼加以注明，为后世小说成书方式及编纂类型研究提供了必要的依据。其对汇编类小说作品归类的相同与相异，又为我们正确认识、判断这些作品的性质提供了重要参照。但著录的类属散乱支离，不便于今人的稽考与使用。

　　现代的藏书目录与小说专目著录汇编类小说作品的方法有别于古代书目。20世纪30年代孙楷第《日本东京所见中国小说书目》著录了《国色天香》《万锦情林》及两种版本的《燕居笔记》，将其统称为"通俗类书"，为后世学界广泛使用。张涤华《类书流别》①"存佚第六"所著录的潘之恒《亘史抄》九十一卷、郭良翰《问奇类林》三十六卷、吴宗礼《五伦日记故事》四卷等书也属于汇编性小说书。1959年上海图书馆编《中国丛书综录》"类编·子类·小说"著录14部明代文言小说丛书，后来施廷镛编《中国丛书综录续编》"类编·子类·小说"又著录8部。实际上，以上两家丛书目录所著明代文言小说丛书只是其实际数量的很小一部分。袁行霈、侯忠义编《中国文言小说书目》、宁稼雨编《中国文言小说总目提要》与石昌渝编《中国古代小说总目》（文言卷）等古代小说专目著录了现知的绝大多数明代文言小说汇编性作品，但皆不为汇编类作品单列类目。任明华《中国小说选本研究》②下编《小说选本叙录》"明代"部分叙录选本246种，除极个别为通俗小说选本外，绝大多数为文言小说选本。代智敏《明清小说选本研究》③附录一《明清小说选本叙录》叙录明代文言小说选本29种。肖良《〈明史·艺文志〉著录30部小说集解》④、曹小飞《〈明史·艺文志〉著录〈庚己编〉等32部小说集解》⑤、

　　① 张涤华：《类书流别》，商务印书馆1958年版。
　　② 任明华：《中国小说选本研究》，博士学位论文，华东师范大学，2003年。
　　③ 代智敏：《明清小说选本研究》，博士学位论文，暨南大学，2009年。
　　④ 肖良：《〈明史·艺文志〉著录30部小说集解》，硕士学位论文，华中师范大学，2008年。
　　⑤ 曹小飞：《〈明史·艺文志〉著录〈庚己编〉等32部小说集解》，硕士学位论文，华中师范大学，2010年。

马千红《〈明史·艺文志〉著录〈稗海〉等 31 部小说集解》①、闫彬彬《〈明史·艺文志〉著录〈说林〉等 34 部小说集解》② 四篇论文对《明史·艺文志》著录的 127 部小说书所作的集解中，内含 30 余部汇编类小说书，如《前后四十家小说》《广四十家小说》《说类》《说略》《稗海》等。四篇论文以按语形式对这些作品的编者生平事迹、成书年代、主要内容、传播情况、版本存佚等问题作了概要性介绍与评述。

　　与明清时期目录书相比，现代学人编的文言小说书目一般不再标识作品的成书方式。不分类者，如石昌渝《中国古代小说总目》（文言卷）③ 自不必说；分类者，如宁稼雨撰《中国文言小说总目提要》所分志怪、传奇等五类，系以文体及题材为依据，而不按成书方式分类立目。④ 另如 1959 年上海图书馆编《中国丛书综录》将古代小说分为七"属"，文言小说部分为四"属"：谐谑、杂录、志怪、传奇，也大致如此。只有一些特种书目如丛书目录、类书目录，由其著述义例所决定，所著录的明代文言小说作品展示其汇编性质。一些文言小说选本或总集的叙录著作又往往存在总集、类书、丛书 3 种类型界限不分的情形，实际上，汇编类作品与创作类作品无论是外在体例还是内在性质，都存在明显的差异，消弭二者的界限，不利于小说类型研究的深入拓进。

　　（二）明代文言小说汇编类作品的整理出版情况

　　20 世纪 80 年代至今，现存明代优秀的文言小说汇编作品，尤其是小说选集几乎都出版了整理本、校点本，如《艳异编》系列、《虞初志》系列与《剑侠传》系列的选本、《稗家粹编》，以及《情史》《青泥莲花记》《风流十传》《南北朝新语》《智囊》《古今谭概》《太平广记钞》《初潭集》，甚至通俗类书《国色天香》《绣谷春容》等也有了点校本，总计不

---

　　①　马千红：《〈明史·艺文志〉著录〈稗海〉等 31 部小说集解》，硕士学位论文，华中师范大学，2011 年。

　　②　闫彬彬：《〈明史·艺文志〉著录〈说林〉等 34 部小说集解》，硕士学位论文，华中师范大学，2011 年。

　　③　石昌渝：《中国古代小说总目》（文言卷），山西教育出版社 2004 年版。

　　④　侯忠义、刘世林：《中国文言小说史稿》（北京大学出版社 1993 年版）将明代文言小说分为传奇（再分：记怪、爱情、剑侠、综合四类）、志怪（再分：记怪、神仙、博物三类）、轶事（再分：轶事、琐言、笑话三类），均系按文体及题材分类。陈文新《文言小说审美发展史》（武汉大学出版社 2002 年版）将历代文言小说分为四类：志怪、轶事、传奇、笔记，也基本依据文体及题材分类。

下上百种。同时，各种综合性及专门性的丛书也影印出版了许多明代文言小说汇编之作。20 世纪初以来出版的多种《笔记小说大观》，虽总名"笔记"，但其中不乏汇编性作品。如民国初年上海进步书局出版的《笔记小说大观》所收明曹臣《舌华录》九卷、毛晋辑《海岳志林》一卷、黄煜辑《碧血录》三卷《附录》一卷，基本属于汇编性作品。再如 20 世纪 70 年代末至 80 年代中期台北新兴书局编印的《笔记小说大观》所收《五朝小说大观》《稗史汇编》《古今奇闻类记》《玉堂丛语》等书，均为汇编类作品。1985 年台北天一出版社出版《明清善本小说丛刊初编》，内分十七辑，末附"艳情小说专辑"，共有十八辑。其第二辑"短篇文言小说"收录 12 种明代文言小说汇编性作品，如《情史类略》《绿窗女史》《艳异编》《绣谷春容》等。第六辑"谐谑篇"所收 17 种笑话书，基本全属汇编作品。第七辑为"邓志谟专辑"，收书 16 种，其中《故事黄眉》《故事白眉》《花鸟争奇》等，可视为汇编类小说集。古本小说集成编纂委员会编《古本小说集成》① 第一辑收录 6 种娱乐性通俗类书：《国色天香》《绣谷春容》《万锦情林》与三种版本的《燕居笔记》及《广艳异编》。第三辑收录《艳异编》，第四辑收《情史》，第五辑收《花阵绮言》。续修四库全书编纂委员会编《续修四库全书》② 子部的"杂家类""小说家类""类书类"收录明代汇编类小说书十余种，如《初潭集》《续说郛》《宋贤事汇》《古今谭概》《群书类编故事》等。1995 年齐鲁书社出版《四库全书存目丛书》"子部"，其"杂家类""小说家类""类书类"影印明代汇编类小说书上百种，包括小说类书、小说丛书、小说总集及杂编杂纂性小说集。2009 年，爱如生数字化技术研究中心制作的《中国类书库》（初集）所收 300 部古代类书中含有明代汇编性小说书十余部，如《智囊补》《古今谭概》《古今说海》《问奇类林》等。上述明代文言小说汇编类作品的整理出版，为此类小说文献的相关研究奠定了必要的资料基础。

（三）明代文言小说汇编类作品的研究现状

小说史视域的研究。20 世纪初以来的一些小说史著作，关注到明代文言小说汇编这一现象，早在 20 年代，鲁迅《中国小说史略》第二十二

① 古本小说集成编纂委员会编：《古本小说集成》，上海古籍出版社 1994 年版。
② 续修四库全书编纂委员会编：《续修四库全书》，上海古籍出版社 1994—2002 年版。

篇《清之拟晋唐小说及其支流》曾论及明嘉靖后书贾往往刺取《太平广记》中文，杂以他书，编为丛集的现象，涉及明代文言小说汇编类作品的选目来源及作伪等问题。① 侯忠义、刘世林《中国文言小说史稿》论述明代传奇小说特点时指出："明末编辑小说总集成风，且卷帙多、数量大，如《情史》《艳异编》《笑史》《万锦情林》《国色天香》《绣谷春容》《燕居笔记》等，成为明代传奇小说编辑出版史上的一个盛举。"② 苗壮《笔记小说史》第五章"两峰间的元明笔记小说"指出，"在明代文言小说的发展中，还有一种现象值得注意，那便是汇编、摘抄旧著之风盛行"③，但没有申论。陈大康《明代小说史》第十四章"文言小说的创作与小说选编本的流行"之第一节"渐成时尚的笔记小说的编撰"与第三节"专题性类书与小说合刻集"重点探讨了万历间士人编撰小说类书与小说合刻集的情况，其第一节对"万历朝有些原以治经传为本的士人也开始着手编纂以小说类文字为主的类书"这一现象做了剖析，强调了此类小说文献成书方式的特殊性。④ 总体上看，明代文言小说汇编现象在小说史视域中所占地位较低，重视程度不高。

　　整体研究。21 世纪初以来，有些论著对明代文言小说汇编现象做了整体上的观照。陈国军《明代志怪传奇小说研究》第四章第三节"嘉靖时期的小说汇编"与第六章第一节"《雪窗谈异》与明代小说汇编的终结"对这一现象进行整体观照，对其形成原因、发展历程等问题做了深入探究，对本书研究多有启迪。⑤ 刘天振《明代中后期文言小说汇编繁盛原因新探》一文认为，明代中后期文言小说汇编趋于繁盛，除了出版业发达、小说阅读群体扩大等外在因素之外，深层的内驱力更重要：明中叶以降，士风转向，由"得君行道"转向开拓社会文化空间，汇编小说是许多士人发挥政治主体性的一种方式；学风转变，由独尊宋学转向博学明道，诸子学复兴为小说的繁盛提供了契机；私人藏书观念从"以秘惜为藏"转变到"以传布为藏"，许多藏书家乐于将所藏珍本秘籍寿之枣梨，

　　① 鲁迅：《中国小说史略》，人民文学出版社 1973 年版，第 178 页。
　　② 侯忠义、刘世林：《中国文言小说史稿》（下册），北京大学出版社 1993 年版，第 4 页。
　　③ 苗壮：《笔记小说史》，浙江古籍出版社 1998 年版，第 302 页。
　　④ 陈大康：《明代小说史》，上海文艺出版社 2000 年版，第 489—505、519—530 页。
　　⑤ 陈国军：《明代志怪传奇小说研究》，天津古籍出版社 2006 年版，第 261—291、482—494 页。

传布于世，其中包括大量小说作品。① 另如杜兴武《晚明文言小说研究》②一文旨在从整体上对晚明文言小说进行研究，对其艺术面貌、文化特质、题材与价值取向等问题做了探讨，其中牵涉一些汇编之作。这类整体研究的成果基本上止于汇编现象成因、发展历程、总体特征等宏观层面的探讨，对其汇编类型、编纂体例、学术价值等深层内涵尚很少触及。

类型研究。所谓类型研究，主要包括文言小说的文体类型与题材类型，但小说文体与题材存在密不可分的关系，总体上看，类型特征取决于众多作品体现出的共同审美特征，古今学界对文言小说的内部类型已经形成一些共识。陈大康《明代小说史》第十四章第三节将万历朝"较纯粹的专题性类书"归纳为剑侠、志怪、笑话、病态世情、妓女五类，并对各类专题中的代表作所体现的新特色做了简要概述，③ 探究维度既有文体、题材类型，也有成书方式。陈国军《明代志怪传奇小说研究》④ 一书主要对明代志怪与传奇两种文言小说文体创作、编纂情况进行研究，其第四章第三节"嘉靖时期的小说汇编"重点考察"虞初"体汇编四百余年演变、"艳异"类小说选本、"列朝小说"系列汇编等现象，包括了文体、题材及时代序列。苏羽《明代文言"鬼小说"研究》⑤ 一文自文献学、主题学、叙事学等角度对明人辑撰的"鬼小说"进行专门研究，将明代"鬼小说"故事类型概括为：报应故事、入冥故事、离魂故事、艳遇故事、命运故事 5 种，对其艺术特征、文化内涵做了深入阐释，涉及《皇明世说新语》《燕山丛录》等书，属于题材类型的研究。刘天振《明代类书体小说集研究》⑥ 一书对明代类书体文言小说集进行专门研究，对其版本存佚、文本面貌、文献价值等问题做了深入探讨。李军均《唐宋传奇小说文体研究》⑦ 一文的"余论：明清传奇小说文体略说"论及一些明代通俗类书《国色天香》等选收传奇小说的情况，亦属于文体类型研究。此类成果还有周儒鸿《明代嘉靖时期传奇小说研究》⑧、赵瑷《明代文言

① 刘天振：《明代中后期文言小说汇编繁盛原因新探》，《南开学报》2012 年第 5 期。
② 杜兴武：《晚明文言小说研究》，硕士学位论文，湖南师范大学，2012 年。
③ 陈大康：《明代小说史》，上海文艺出版社 2000 年版，第 489—505、519—530 页。
④ 陈国军：《明代志怪传奇小说研究》，天津古籍出版社 2006 年版。
⑤ 苏羽：《明代文言"鬼小说"研究》，博士学位论文，浙江大学，2013 年。
⑥ 刘天振：《明代类书体小说集研究》，中国社会科学出版社 2014 年版。
⑦ 李军均：《唐宋传奇小说文体研究》，博士学位论文，华东师范大学，2004 年。
⑧ 周儒鸿：《明代嘉靖时期传奇小说研究》，硕士学位论文，复旦大学，2012 年。

笑话的文类观念》① 等。

选本或总集角度的研究。小说选本和小说总集既有区别，也有交叉，总集中既有全集也有选集，二者编辑方法有异，但汇编性质相同。明代文言小说选本是汇编类作品的精华部分，类型丰富，数量众多，将唐宋以来的优秀作品囊括殆尽，为引领当代小说审美风尚、推动时人小说观念转变发挥了重要作用。日本学者大塚秀高《明代后期文言小说刊行概况》② 一文重点考论以明万历为中心的文言小说选本的刊行状况，论及传奇集《花阵绮言》《风流十传》、通俗类书《国色天香》《绣谷春容》《万锦情林》及三种版本《燕居笔记》的选材标准。其"文言小说汇编"部分论述了《一见赏心编》、两种版本《剪灯丛话》以及《绿窗女史》的选目情况、诸版本间关系。"结言"提出，明末文言小说选本的刊行与传播，"有助于缩短平民百姓与文言小说之距离"。任明华《中国小说选本研究》③ 一文对古代小说选本的流变、编纂体例、类型及价值等问题进行考论，该文将明正德至清顺治间划为小说选本的繁荣期，认为这一时期156年中产生小说选本240多种，正德至隆庆间有44种，明万历至清顺治间有200种。将其归为三种类型：资料汇编型、文人鉴赏型、通俗传播型。对于此期选本繁荣的原因、标志、特点等问题进行了深入探究。但其将"资料汇编型"归为选本，令人费解。任明华《明代的小说选本论略》一文重点论述了明后期出现的通俗类小说选本。④ 程国赋《论明代坊刊小说选本的类型及兴盛原因》一文探讨了明代多种类型小说选本兴盛的原因，认为杂志型小说选本的兴盛与明代类书编撰风尚有直接关联。⑤ 代智敏《明清小说选本研究》一文将明清小说选本的发展分为三个阶段：明初至嘉靖万历时期、明泰昌至清乾隆时期、清嘉庆到清末。将明清小说选本分为四类：唐传奇类、中篇传奇类、人物传记类、白话短篇类，并对"艳异""虞初"系列选本进行重点阐释。⑥ 相关成果还有刘贝贝《明代"艳异"类小说选本研究》，对明代"艳异"类小说选本的成书、选家、版

---

① 赵瑗：《明代文言笑话的文类观念》，硕士学位论文，华东师范大学，2014年。
② ［日］大塚秀高：《明代后期文言小说刊行概况》，《书目季刊》1985年第2—3期。
③ 任明华：《中国小说选本研究》，博士学位论文，华东师范大学，2003年。
④ 任明华：《明代的小说选本论略》，《明清小说研究》2006年第4期。
⑤ 程国赋：《论明代坊刊小说选本的类型及兴盛原因》，《文艺理论研究》2008年第3期。
⑥ 代智敏：《明清小说选本研究》，博士学位论文，暨南大学，2009年。

本、艺术特色等问题做了专门研究。① 秦川《中国古代文言小说总集研究》② 一书研究对象自北宋初《太平广记》至民国间所编文言小说总集，纵跨近千年，涉及约 300 种文言小说总集。在明代部分，自专题与成书类型两种维度对文言小说总集进行观照，重点探究了"艳异""剑侠""笑话"等专题小说集，以及《五朝小说》为代表的丛书性质的文言小说总集、《太平广记钞》为代表的类书性质的文言小说总集，对其题材、结构、编排体例等特征做了深入探讨，并提出所有文言小说编纂的共同特征——都具有为文化、学术、教育的目的。但其将类书、丛书与总集混称混用，值得商榷。

评点角度的研究。评点是中国古代文学批评的主流形式，明代文言小说包括汇编类作品中也有许多评点本。董玉洪《中国文言小说评点研究》③ 一文将文言小说评点形式归纳为序跋类、评注类和符号类三大类，论述了文言小说评点的功能与价值。在"下编：中国古代文言小说评点本编年叙录"的明代部分，其所叙录的 59 部小说评点本中绝大多数是汇编类作品。代智敏博士论文《明清小说选本研究》第四章为"明清小说选本评点论"，主要以"虞初"系列选本及《青泥莲花记》评点为个案，讨论小说选本评点的特色。陈清茹《明清传奇小说评点的审美差异——以〈虞初志〉和〈虞初新志〉之评点比较为例》④ 一文通过对两书评点的比较，发现从明末到清初的传奇小说，其审美观念从注重小说本体评点的艺术成就转向传统的"载道""实录"。

传播角度的研究。明代文言小说汇编类作品是当代及前代小说作品传播的重要载体。宋莉华《明清时期的小说传播》下编"明清时期文言小说的传播"论述了明代小说类书、小说丛书在小说传播中所发挥的重要功能。⑤ 秦川《明清文言小说总集对唐传奇的贡献》一文提出，明代 100 多种文言小说总集中有一半以上或全部或部分收录了唐传奇小说，包括《古今说海》《合刻三志》之类的小说丛书及《青泥莲花记》《艳异编》

---

① 刘贝贝：《明代"艳异"类小说选本研究》，硕士学位论文，辽宁大学，2016 年。

② 秦川：《中国古代文言小说总集研究》，上海古籍出版社 2006 年版。

③ 董玉洪：《中国文言小说评点研究》，博士学位论文，华东师范大学，2005 年。

④ 陈清茹：《明清传奇小说评点的审美差异——以〈虞初志〉和〈虞初新志〉之评点比较为例》，《中州学刊》2003 年第 5 期。

⑤ 宋莉华：《明清时期的小说传播》，中国社会科学出版社 2004 年版。

等小说总集，肯定了明代文言小说汇编作品对传播唐传奇所做的贡献。① 孔敏《唐代小说的明清传播》② 一文第三章论述唐小说在明清的传播方式时，涉及类书、丛书、小说专集等形式。相关成果还有张兰《唐传奇在明代的文本流传》③ 等。

　　文言小说汇编作品的个案研究。进入 21 世纪以来，出现许多以明代某一部汇编性小说作品为选题的学位论文，其中硕士学位论文占多数。诸如《情史》《顾氏四十家小说》《古今说海》《稗史汇编》《艳异编》《虞初志》《稗家粹编》《狐媚丛谈》《青泥莲花记》《燕居笔记》《绣谷春容》《国色天香》《幽怪诗谭》《何氏语林》《焦氏类林》《绿窗女史》《南北朝新语》等都有专门的学位论文，这些论文分别对上述作品的版本、纂者、编纂体例、选材标准、叙事特色等问题进行专门研究。这种逐个击破、不断扩大战果的发展态势，推动本领域研究不断走向深入。

　　明末许多文言小说丛书与陶宗仪《说郛》之关系，是明代小说汇编现象研究的一个热点。元末陶宗仪编《说郛》一百卷，辑录杂书小品1000 余种，其编著思想及义例方法对后世小说丛书编纂产生深远影响。20 世纪 70 年代，昌彼得《说郛考》等论著在探究《说郛》版本源流时，考辨、梳理了晚明清初诸多小说丛书如《古今说海》《合刻三志》《历代小史》《八公游戏谈丛》等与《说郛》的复杂关系。20 世纪 80 至 90 年代，程毅中先后发表《〈虞初志〉的编者和版本》《十二卷本〈剪灯丛话〉补考》《〈五朝小说〉与〈说郛〉》等论文，对于明代《虞初志》《五朝小说》《剪灯丛话》等小说丛书版本、作者、作伪等问题进行考论。李剑国《唐五代志怪传奇叙录》④ 一书中曾辨析、痛斥明世丛书抄袭作伪之恶习，涉及明代诸多小说丛书。明末诸文言小说丛书与《说郛》之关系的争论仍在持续。

　　明代文言小说汇编类作品研究存在的不足主要有以下几个方面。

　　首先，著录与整理方面，现代学界不再重视文言小说汇编类文献与创

---

① 秦川：《明清文言小说总集对唐传奇的贡献》，《明清小说研究》2009 年第 1 期。
② 孔敏：《唐代小说的明清传播》，博士学位论文，山东大学，2013 年。
③ 张兰：《唐传奇在明代的文本流传》，硕士学位论文，上海师范大学，2006 年。
④ 李剑国：《唐五代志怪传奇叙录》，南开大学出版社 1993 年版。

作类作品的区分，使汇编类文献在题材、体例、价值方面的特殊性难以得到彰显，使其在小说学、编纂学、出版史等学科领域的价值不能得以充分开发。而且对于此类作品的著录数量太少，仅有 300 种左右，而据笔者的普查统计，明代人编刊的各种文体类型及文献类型的汇编作品达 630 余部。而且已被著录的作品分散于藏书目录、小说专目、特种书目及一些研究著作的叙录部分，更未出现专门的著录成果。在明代文言小说汇编类作品的整理出版方面，已有的成果局限于那些文学质量上乘的选本，而选本只占此类文献总量的一小部分，而不同选题角度的丛书所收入的一些汇编作品影印本，又存在不便使用之弊。

其次，由于受到现代小说观念的影响，在研究对象的选择上存在以今律古的偏颇。对明代文言小说汇编类作品的选择集中于志怪、传奇两种类型，而将明代人视为"小说"的杂录、丛谈、辨订等类型排除于研究视野之外，这种偏颇存在于文言小说专目的著录、有关研究论著对研究对象的选择等方面，从而阻碍了对明代文言小说汇编现象全貌的揭示。

再次，研究视野狭窄，所关涉的汇编类型过于单调。已有的成果主要聚焦于志怪、传奇、谐谑三类作品，选本、总集、通俗类书三种类型，"虞初""艳异""剑侠"几种专题，以致重复研究现象愈演愈烈。而对于其他诸多汇编类型及专题，如杂传体、清言体、博物体，益智专题、艳情专题，小说类书、小说丛书以及含有小说资料的类书、丛书等文献类型，或浮光掠影式涉及，或根本无人问津。而且对于"类型"的概括主观随意，各行其是，既不遵循小说分类的旧例，也未形成有一定共识度的新类型。

同时，个案研究与整体研究的疏离也是一个不容忽视的问题。虽有越来越多的明代文言小说汇编作品被纳入个案研究的范围，但研究视域往往囿于具体作品的自足世界，缺乏与汇编现象全貌的联结，只见树木，不见森林。而一些整体研究的成果，多是现象描述、总体判断，缺乏充分个案研究成果的支撑，显得浮泛空洞。

三　本书研究意义

首先，可以拓展明代小说史的研究视野，深化并丰富明代小说史的知识及理论内涵。众所周知，明代小说研究领域存在突出的重通俗小说、轻文言小说的现象，而在明代文言小说研究域界内又存在重创作类作品、轻编纂类作品的倾向。本书旨在对明代文言小说汇编类作品实施尽可能广而深的研究，发掘此类作品的丰富学术价值，以引起学界更广泛的关注，为扭转明代小说研究界的严重失衡格局尽一点绵薄之力。

其次，对明代文言小说汇编类作品进行整体观照和深度探究，有助于更准确把握明代社会小说审美风尚，更深刻理解明代学界的小说观念。不同选题角度的选本与总集试图将前人创作的最优秀作品选拔出来，欲实现此目的，编选主体的审美趣味必须与接受主体相契合，因而这些选本或总集成为了小说审美风尚的实际引领者，这个过程始于编者的"选题"。例如，除了"艳""异""侠""谑"等迎合世俗受众的选题，晚明涌现诸多"智慧"专题的小说总集，如《智囊补》《益智编》《智品》《经世奇谋》《历代当机录》《智水编》《经略问奇》等，反映了晚明士人拯救社会危机的群体忧患意识，同时，这些作品也展现了晚明志人小说审美旨趣的变迁，即品评人物的标准从玄虚的气质风度转向了济世救危、逆境求胜的智慧才干。众所周知，文言小说文体概念是一个众说纷纭的问题，各种看似独到的观点其实都有漏洞，明代小说类书的采集范围、小说丛书的收录标准能为我们提供比较客观的、准确的答案，从中可以提炼出明代学界对于小说本体性内涵的真实认识。

最后，此项研究可以为今人的小说文献整理提供借鉴。明代文言小说汇编的取舍标准、选材范围可作为今人整理古代文言小说文献的重要参照；其编排体例、编写方法多有值得今人取法之处；其编辑思想、版式设计至今仍展现健旺生命力。如正文中往往遍布解题、按语、注释、圈点、评语，有些采用二栏或三栏版式，配合故事附载插图，体现出雅俗共赏的编纂思想。正文前后的序跋、凡例、引用书目等成为构建文本的必要因素。这些编辑智慧仍可给今人以启迪。而且，小说汇编文本的问世也是编纂主体与出版商密切合作的结果，其选题、聚材、编排、校对、刊印、发售的过程，也为商业出版史研究提供了鲜活的材料。

四　研究思路与方法

本书拟自文体类型与文献类型两种维度展开研究。所谓"文体类型"，指于古今学界有较高共识度的文言小说文体类型。文言小说的文体规范不仅体现于创作类作品中，也投射于汇编类作品中。明代文言小说汇编展示了历史上几乎所有的文言小说文体类型，如志怪体、传奇体、世说体、①轶事体、杂传体、博物体②等，不仅对传统文体内涵有所丰富，也开辟了一些新的文体类型。所谓"文献类型"，指由不同编纂方式而形成的文献形态，主要包括文言小说总集（或选本）、文言小说类书、文言小说丛书、分类体文言小说集及杂编性文言小说集。文言小说总集主要收录篇制完整的单篇小说作品，如《风流十传》《花阵绮言》《剑侠传》等。小说类书系指用类书体例编纂而成的小说书籍，除少部分辑录单篇完制作品，多数汇辑芜杂琐碎的小说资料，具有说部资料汇编的性质，如王圻

---

① "世说体"与"轶事体"又可统称为"志人小说"。明代胡应麟所分小说六种的第三种为"杂录"，其下列举了《世说》《琐言》等书（参见胡应麟《少室山房笔丛》，上海书店出版社 2001 年版，第 282 页）。清《四库全书总目》析分小说家为三"属"，"杂事之属"著录了《世说新语》《西京杂记》等书。鲁迅《中国小说史略》及《中国小说的历史的变迁》明确区分了志怪小说与志人小说的不同，于后者重点论述了《世说新语》（参见鲁迅《中国小说史略》及附录《中国小说的历史的变迁》，人民文学出版社 1973 年版，第 45—53、274—279 页）。陈文新《文言小说审美发展史》一书将"志人小说"与"轶事小说"等同一物（参见陈文新《文言小说审美发展史》，武汉大学出版社 2002 年版）。以上"杂录""杂事""志人""逸事"内涵多有相通。但将"琐言"与"逸事"加以区分者也屡见不鲜。唐刘知几《史通·杂述》所分偏记小说十流中，"逸事"类下列举了《西京杂记》，"琐言"类下列举了《世说新语》（参见刘知几《史通》，上海古籍出版社 2008 年版，第 193—194 页）。今人宁稼雨再将志人小说细分为"逸事"与"琐言"二类，前者以《西京杂记》为代表，后者以《世说新语》为代表（参见宁稼雨《中国志人小说史》，辽宁人民出版社 1991 年版，第 9 页）。侯忠义、刘世林撰《中国文言小说史稿》将轶事小说再分三个子类：笑话类（《笑林》等）、琐言类（《世说新语》等）、逸事类（《西京杂记》等）〔侯忠义、刘世林：《中国文言小说史稿》（上），北京大学出版社 1993 年版〕。本书在借鉴宁稼雨等"志人小说"二分法基础上，将明代文言小说汇编中的志人类作品再分"世说（琐言）体"与"轶事体"二类。对于"世说体"的内涵，学界已有共识，不再赘言。而对于"轶事小说"，本书主要着眼于其浓厚的叙事兴趣，如范明泰辑《米襄阳志林》就辑入了许多有关米芾的离奇传说，它们想象奇特，情节曲折，有较高的艺术成就。

② 关于"博物体"，现代学界一般将其置于"志怪"范畴下加以研讨。如刘叶秋将魏晋志怪小说分为三类：神仙鬼怪故事、宣扬神仙方术兼叙山川地理之类、神仙传之流（参见刘叶秋《魏晋南北朝志怪小说简论》，收入《古典小说笔记论丛》，南开大学出版社 1985 年版，第 6—7 页）。李剑国也将唐前志怪小说分为三类：地理博物体、杂史杂传体、杂记体（参见李剑国《唐前志怪小说史》，南开大学出版社 1984 年版，第 2—3 页）。侯忠义《中国文言小说史稿》将魏晋南北朝志怪小说亦分为三类：记怪类、博物类、神仙类（侯忠义：《中国文言小说史稿》，北京大学出版社 1990 年版，第 27 页）。陈文新《中国文言小说流派研究》亦分志怪小说为三类：搜神体、博物体、拾遗体（参见陈文新《中国文言小说流派研究》，武汉大学出版社 1993 年版）。可见，将"博物体"视为志怪小说的必要内涵在学界具有广泛的共识。但学界讨论"博物体"小说时，一般止于唐前。实际上，唐宋元明时期，博物体小说编撰仍在继续，只是其博物内涵及撰著体例随着时代演进而不断发生变迁，如明代文言小说汇编文献中既有《博物志补》《广博物志》等延续《博物志》传统的作品，更涌现一些新的博物类型，如山家清事类、故事考原类、以"博物"之名索引故事类等（详见第二章第五节"明代博物小说的主要支系及特征"）。

《稗史汇编》、叶向高《说类》、顾起元《说略》、董斯张《广博物志》，等等。小说丛书为收录两种小说书以上而另取一总名的著作物，如顾元庆编三种《四十家小说》、商濬辑《稗海》、佚名辑《五朝小说》，等等。当然，三者之间的界分并不是截然分明的，如《虞初志》系列著作，主要收录单篇作品，有的书目将其归为总集，但有的丛书目也将其著录于内。有的小说总集会借用类书体例，如王謇编《群书类编故事》二十四卷，分18类，其类目自天文、时令、地理，至花木、鸟兽，形似类书之体，实际上其每一类目下所收都是单篇短制小说作品，而不具资料汇编性质。另如《艳异编》《古今寓言》等书也是这种体例。而小说丛书与小说类书之间也有牵混现象，如《赵定宇书目》著录的《稗统》244册，其第143册至第152册，未载录小说书名，仅书写以下题名：天文、地理、舆地、律吕、历考、礼乐、总考、礼、君道、臣道、封建、官制、学校、贡举、氏族、财赋、兵制、民事、边防、刑狱、圣贤，① 这些题名显然不是书名，更像是类书的类目。因此，我们只能说，在遵从学术惯例的前提下，小说总集、小说类书、小说丛书的区分是相对的。所谓分类体，指按照不同主题分类编排的文言小说集，其类目设置、分类体系完全出自编者的主观意图，如智慧故事类系列汇编的分类方式各有千秋、各具特色。杂编性小说集是指辑者随手摘录、不讲义例、杂凑成编的一类作品，此类作品数量最多。但必须指出，文体类型与文献类型并非彼此分割，界限分明，而是存在交叉互渗的关系，只是分类依据不同，前者自小说学角度而分，后者依成书方式而别。

　　鉴于文体类型中的"传奇体""杂传体"、文献类型中的总集（包括选本）在学界已经产生丰硕的成果，本书不再作为重点研究对象，而主要聚焦于志怪体、世说体、轶事体、博物体、小说类书、小说丛书等类型，对其编纂概况、版本存佚、题材内容、编排体例、审美特征、学术价值等问题进行深入探究。因为文言小说的编纂主体是文士阶层，故而明代小说汇编现象的兴衰与当时社会思潮、学术观念、士风士习的变迁存在密切的关联，这是本书研究必须预先阐明的背景因素。同时，小说汇编虽主

---

① （明）赵用贤：《赵定宇书目》，上海古籍出版社2005年版，第152—154页。

采辑，但"一经编纂，便寄精光"①，亦即每一个汇编文本皆非冰冷资料的客观整合，其中无不灌注了纂者的主体意识。因此，明代文言小说汇编的价值，不仅局限于小说史料及文学史料层面，对于明代思想史研究也有很高的参考价值。

本书主要研究方法。文献学理论与方法是本书最基本的研究方法，用目录学手段观照古今书目对明代文言小说汇编文本的著录情况，作为整理文献及判断其学术性质的主要依据；用版本学理论考察汇编文本的版本面貌，概述其特征，评估其价值；用考据学方法探究编者生平、汇编文本的存佚及演变、汇编义例的渊源等问题；用校勘学方法比勘汇编文本的版本差异，评价版本的优劣；用辑佚学方法展示明代文言小说汇编文献的学术价值。

分类研究与综合研究相结合。类型研究是本书研究的主要思路，也是主体内容，旨在对多种文献类型及文体类型进行深度剖析；而前面的背景探讨与类型研究之后的综论部分系综合研究，以冀获得对于汇编现象的理性认识。由点及面，自感性至理性，以实现对研究对象的通透把握。

数据统计与分析。依据古今目录书及研究著作的著录内容，对于不同汇编类型的作品进行统计，制作统计表格，统计表格前附有"凡例"，阐明统计的原则与方法，得出统计对象的数据。统计项目包括：作品题名及卷数、编者、版本、义例、馆藏，获得汇编文献的基本信息，为类型研究及整体研究奠定坚实的基础。同时，比较研究法也必不可少，对不同汇编类型、同一作品的不同版本、同类作品的时代差异进行比较分析，以突出具体研究对象的特征。

---

① （明）李登：《刻焦氏类林引》，《丛书集成初编》据粤雅堂丛书本排印本，商务印书馆1936年版，第1页。

第一章

明代文言小说汇编兴盛之背景

明代文言小说汇编之业的兴盛，首先，取决于其时的物质技术条件，即藏书规模宏巨与出版业发达。其次，由于文言小说汇编者主体是文士阶层，因此又与彼时的学术思潮、学术观念、士风士习有直接的关联。关于明代出版业与小说编撰、传播之关系，以及明代私人藏书与小说文献之关系，学界已有许多研究成果，本章不再赘述。本章主要就明代学术观念、士风士习转变对小说汇编的影响、明代藏书业发展与小说汇编荣景之关系，以及《太平广记》《说郛》的广泛传播对小说汇编的推动等几个方面展开讨论。

第一节 博、约关系的重新厘正

博、约关系一直是儒学认识论的重要话题，而对博、约先后顺序的论定往往决定道学之外众家学术在传统文化格局中的地位。由于"小说家"自《汉志》以来恒居于"子部"，因此其学术命运时时受到博约关系论的簸弄。

刘师培说："孔门之论学也，不外博、约二端。孔子曰：'君子博学于文，约之以礼，亦可以弗畔矣夫！'故儒书所记，悉以博、约为治学之宗。如多闻，多见，博也；'择其善者而从之'，约也。多能，博也；'君子多乎哉，不多也'，约也。"① 孔子所说"博学于文，约之以礼"，其顺序显然是先博后约，所以清代阮元说："孔门之学，首在于博。"② 但后世

① 张先觉编《刘师培书话》，浙江人民出版社1998年版，第16页。
② （清）阮元注释：《曾子十篇》，中华书局1985年版，第3页。

对于"博"与"约"之关系却争议纷纭。北宋二陆将博与约分为二事，而且强调先约后博："二陆之意，欲先发明人之本心，而后使之博览。"① 南宋朱熹虽然早年说过"大抵圣人之教，博之以文，然后约之以礼"② 的话，但他晚年则更倾向于约先于博，他说："未博学而先守约，即程子'未有致知而不在敬'之意，亦切要之言也。"③ 这就意味着，程朱理学一统天下的语境中，道学至尊，其他学术皆为刍狗。

明代心学家王阳明撰《博约说》，主张"博文"与"约礼"统为一体。④ 但总体看来，明代人更重视"博"，主张由博及约。宋苏轼于《书黄道辅品茶要录后》一文中曾说："物有畛而理无方，穷天下之辩，不足以尽一物之理，达者寓物以发其辩，则一物之变可以尽南山之竹。"⑤ 明胡之衍《茶说序》反驳苏轼之论曰："君子之立言也，寓事而论其理。后人法之，是谓不朽，岂可以一物而小之哉!"⑥ 焦竑说："人之会道，常于至约，而非博学不能成约。"⑦ 焦竑《天都载序》自道、器关系角度，论述不可离器而语道："昔圣人虑人溺于物而莫之寤也，故以上、下为道器之别。然离器而语道，舍下而言上，又支离之见而道所不载矣。故制器备物，多识于鸟兽草木之名，往往为学者言之。"⑧ 屠隆认为，只有先"博物"才能后"通微"。他说："博物通微，儒者之事。故一物不知，陶弘景以为深耻。"⑨ 儒学倡导由博返约、格物致知，目的在于经世，而非仅为炫耀多识而已。陈奎《群谈采余序》认为，笃行畜德，始于博学广识。

---

① （宋）陆九渊：《陆九渊集》卷三十六，中华书局1980年版，第491页。

② （宋）朱熹：《朱子全书》，上海古籍出版社2010年版，第2264—2265页。

③ （宋）朱熹：《朱子全书》，上海古籍出版社2010年版，第2452页。

④ 王阳明说："文散于事而万殊者也，故曰博；礼根于心而一本者也，故曰约。博文而非约之以礼，则其文为虚文，而后世功利辞章之学矣；约礼而非博学于文，则其礼为虚礼，而佛、老空寂之学矣。是故约礼必在于博文，而博文乃所以约礼。"[（明）王阳明：《王阳明全集》，上海古籍出版社2011年版，第297页。]

⑤ （明）程百二辑：《程氏丛刻》，《北京图书馆古籍珍本丛刊》（83），书目文献出版社1998年版，第539页。

⑥ （明）胡之衍：《茶说序》，《程氏丛刻》本，《北京图书馆古籍珍本丛刊》（83），书目文献出版社1998年版，第553页。

⑦ （明）焦竑：《焦氏笔乘续集》卷一《读论语》，中华书局2008年版，第259页。

⑧ （明）焦竑：《天都载序》，《四库全书存目丛书》子部第105册，齐鲁书社1995年版，第466页。

⑨ （明）屠隆：《鸿苞》，《四库全书存目丛书》子部第89册，齐鲁书社1995年版，第336—342页。

他说："孔门论道，始于博学，终于笃行。《易象·大畜》谓：'君子多识前言往行以畜德。'盖君子于道，未有不由知而行者。世之冥行径趋、叛经拂理者，多起于不知。而知之未至，由于识之未广耳……畜德之本于多识，约礼之始于博文，古圣贤之垂训，若揭日月而行天耳。夫学由识充，识由闻见广。"①　吴楚材辑《彊识略》四十卷，现存明万历十七年（1589）阳春园刻本，其自叙称："《彊识略》者何？士有博闻强记识而喻之于道，匪以搜闻洽物也。夫考古可以验今，鉴人可以镜己。士即不能为通儒，奈何甘自陋弃而空守夫耳观者之篷庐也？殆不然矣。"②　戴璟纂《新编博物策会》十七卷，存嘉靖十七年（1538）刻本，顾玙的《序》说："君子以博物为功，则于往行贵于多识……昔者践猷博学，喻神物之萃。丛子博物驰誉，安国博雅序经，而一物不知，至圣犹耻。夫天冠地覆，古今无二，知不足以藏往，则事不能以通变，才不能以克周矣。古今人物能以稽识使心知益以开谕，临事顾不有拟从耶？若是者于余所见屏石戴子谓能以擅焉。"③　谢肇淛以王世贞、汪道昆二家藏书为例，阐发"约来自博"的道理，其《五杂组》卷十三谓："王元美先生藏书最富，二典之外尚有三万余，其他即墓铭、朝报，积之如山，其考核该博，固有自来。汪伯玉即不尔，岂二公之学有博约之分耶？然约须从博中来，未有闻见寡陋而藉口独创者，新安之识固当少逊琅琊耳。近时则焦弱侯、李本宁二太史皆留心坟素，毕世讨论，非徒为书簏者。"④　他并且指出，焦竑、李维祯博览典籍，广泛讨论，并非为读书而读书，而是博学以明道，明道以经世。戴有孚《著疑录》九卷，《自序》云："夫执古验今，勉今附古，斯可以会通百代，默成一己，虽玩物而靡所丧失也。故曰君子多识前言往行以畜其德。"⑤

　　"博学"的优先地位被确认，方为包括"小说"在内百科杂学的发展

---

　　①　（明）陈奎：《群谈采余序》，《四库未收书辑刊》第叁辑第 29 册，北京出版社 1997 年版，第 2 页。

　　②　（明）吴楚材辑：《彊识略》，《四库全书存目丛书》子部第 181 册，齐鲁书社 1995 年版，第 579 页。

　　③　（明）戴璟：《新编博物策会》，《四库未收书辑刊》第叁辑第 30 册，北京出版社 1997 年版，第 114—115 页。

　　④　（明）谢肇淛：《五杂组》，上海书店出版社 2001 年版，第 266—267 页。

　　⑤　（明）戴有孚辑：《著疑录》，《四库全书存目丛书》子部第 152 册，齐鲁书社 1995 年版，第 283 页。

扫除了障碍。何良俊编《何氏语林》三十卷，仿临川《世说》分三十六门，他又增加二门，其一为"博识"，该门小序倡导博约并重，驳斥"舍博言约"之荒谬：

> 孔子语子贡曰："女以予为多学而识之者与？……非也，予一以贯之。"则孔子果不贵博识耶？及观浮萍楚泽，隼集陈庭，异鸟舞郊，黂羊出井，苟非博识，谁为辩之？夫孔门见道，莫过颜子；颜子之有得于孔子者，莫过于"喟然"之叹。今观其"高、坚、前、后"，与夫"卓尔、末由"，皆形容道体之妙。若夫孔子之善诱，与颜子之善学者，唯"博""约"二语而已，盖二者互相为用，不可废也。不然，则其告子贡者，语"一"足矣，其所贯者复何物耶？后世舍博而言约，此则入于释氏顿悟之说，道之不明也，夫何尤？①

他认为，"舍博言约"堕入了释氏顿悟泥沼，造成大道晦暝，危害极大，实际也有为自己小说撰述正名的意图。倪绾辑《群谈采余》十卷，《明史·艺文志》《四库全书总目》均不著录，今存明万历二十年（1592）倪思益刻本。此书付梓时，进士出身、时任翰林院编修的林承芳撰序称：

> 孔子之时，大道有《坟》，常道有《典》，《索》以求义，《丘》以聚赜。既要且备，犹然删约赞述，罔遗余力，则庄周所称"察古人之全能，备于天地之美者"乎！末学庸受，闻陋见寡，藉口反约，甘心面墙，虽似守其师说，或亦许其见解，而不知自堂徂阶，庶焉历奥，门墙未至，猥云居其室而有之，徒欺我耳。善乎余年伯白窗君之言曰："不博不约，不择不精。"彼利涉者楫之既弃，筏何以前？以此而求济于渊，必无获矣。泰山不辞土壤，河海不择细流，矧夫一篑初覆，九仞未至。不积土穷源而有能成其山海者乎？自时师俗学习为博士家言，章句诲诂之外，目不得窥，耳不得闻，甚之猎声竞进，捷径是趋，陈言是抄。以涉猎为迂谈，以该贯为废事。白窗君远志卓识，嗜学慕古，于理无所不究，于书无所不窥，撷拾搜罗，久而成

---

① （明）何良俊：《何氏语林》（下册），天津教育出版社2008年版，第104页。

帙，门分胪别，题曰《群谈采余》。①

林承芳痛斥"时师俗学，习为博士家言，章句诲诂之外"，一无所知。"末学庸受，闻陋见寡，藉口反约，甘心面墙"。"藉口反约"而束书不观，导致"闻陋见寡"。他欲言又止，将造成此陋习的罪魁指向诱人"竞进"的科举八股考试。他的论述比何良俊更加犀利。陈奎《群谈采余序》也发表类似之论。马大壮仿葛洪绅奇、佐公暗录，撰成《天都载》六卷，曹以植为之撰序，自著述粗、细之别角度，阐述了善读书者应当"用物宏而取精多"之理："凡载有二：其精者以豁性灵，而其粗者以广闻见。则精粗咸其自取耶。仲履问业天都，暇则究及群书，搜奇抉秘，有所得则笔之，久成一集，瀚浩宏博，天地之奇观也，古今之异常也，人物之变态也，无所不有，不亦汗牛充栋乎！然仲履用物宏而取精多也。"②对于"粗""细"顺序，他明确表示博览群书以广闻见，探颐索隐以豁性灵。

一个值得注意的现象是，明代学者论述"博物"的途径时，往往提倡广览小说杂书，跳脱俗学桎梏。明朝最称博学者当推杨慎、焦竑，二人均倡导阅读小说，且皆有小说撰著。杨慎《跋山海经》谓："六经，五谷也。岂有人而不食五谷者乎？虽然，六经之外，如《文选》《山海经》，食品之山珍海错也。徒食谷而却奇品，亦村瞳之富农，苟迋者或以嬴牸老羝目之矣。"③杨慎撰有《汉杂事秘辛》《丽情集》《续丽情集》等小说作品。焦竑纂有三部"世说体"小说：《焦氏类林》八卷、《玉堂丛语》八卷、《明世说》八卷（已佚）。王穉登称赞李诩《戒庵老人漫笔》"不独成一家之言，且也该众作之奥，此之为书沈沈者哉"。并借题发挥，铺张扬厉地纵论士人该览淹通的重要，而神怪凶侠乃必备知识：

　　盖不博古者，不曙千秋，不通今者，不镜当代。不语大，隘而不广；不语细，疏而弗当。不明经，不穷列圣渊源；不阅史，不识古今

① （明）林承芳：《群谈采余序》，《四库未收书辑刊》第叁辑第 29 册，北京出版社 1997 年版，第 3—4 页。

② （明）曹以植：《天都载引言》，《四库全书存目丛书》子部第 105 册，齐鲁书社 1995 年版，第 472 页。

③ （明）杨慎：《升庵全集》，商务印书馆 1937 年版，第 541 页。

治乱；不谭词赋，风雅道衰；不探名理，精微统绝。不该览，不淹通；不搜罗，不闳肆。不论俗，不知万姓之隐；不述怪，不窥六合之外；不诙谐，不玩世；不神仙，不消摇。不表忠贞，人伦不显；不载凶侠，梼杌遁藏。故皇农羲昊以博古，庙谟野乘以通今，四方上下以语大，男女居室以语细，诗书礼乐以明经，累朝历国以阅史，雕龙篆组而谈词赋，道德性命而探名理。丘坟、汲冢、医卜、农圃而该览，天人王霸、穷发鬼夷而搜罗，街谈市谚、风土岁时而语俗，牛鬼蛇神、豕立石言而述怪，射覆滑稽、谈言微中而诙谐，饮食冲举、骖鸾驭鹤而神仙，皎日秋霜、糜躯碎骨而表忠贞，隐匿暴行、恶贯幽明而载凶侠。斯非所谓可喜可愕、可愤可悲，嬉笑怒骂皆成文章者耶！①

王穉登所论博古通今的内涵，除极少文字涉及经史，绝大部分内容与稗官野史、小说杂记有关。

中晚明士人"博学"的标准之一是"好古"。祝允明《金石契》共记录契友11人，其中好古者有以下5人。

朱存理，字性父，"性父爱自弱龄，夙勤文学，阅三余以靡空，揽五车而尤富，书窥晋户，吟升宋堂。接先曹之典刑，畅遗民之风格。愿绅多识，庸裨寡闻焉耳。赞曰：野有遗良，性父老矣，深藏若虚，博哉君子！"

王涞，字濬之，"气抱通朗，机局警颖。尊贤尚古，其善之最"。

都穆，字元敬，"意度腾越，论议崇弘。言必称古，志将用今，动斯存礼，行不由径。虽以英妙之期，而岿然长宿之表。绅绅额额，死而后已"。

李询，字好问，"天生物则，帝降人心。譬如桓宫坐皿，不溢不倾，敏学追古，恒犹不及。积思远效，不安小知。辅仁友德，厥亦隆哉！"

邢参，字丽文，"止水为心，静山成性。抑之不污，抗之靡高。求古剧嗜，炙之精严。修辞匪转，石之真重。素位无谗，安节不尤。展矣厚资，凝然远器。足以潜回玄化，坐镇漓风，千年叔度，其殆庶几乎！"②

---

① （明）王穉登：《戒庵老人漫笔序》，《北京图书馆古籍珍本丛刊》（83），书目文献出版社1988年版，第269—271页。

② （明）朱肇：《金石契》，《水边林下》本，《北京图书馆古籍珍本丛刊》（78），书目文献出版社1988年版，第580—582页。

"嗜古"的主要表现是尚古人，读古书，蓄古物。陈继儒《读书十六观自序》："昔人嗜古者，上梯层崖，下追穷渊，凡碑版锜釜之文，皆为搜而传之。薰以芸蕙，袭以缥缃，其典籍之癖如此。余也鄙，少秉攸好，颇藏典册，每欣然指谓子弟云：'吾读未见书如得良友，见已读书如逢故人。'"① 这一风尚的一个显著结果是，直接推动了搜辑古逸诗文、小说热潮的兴起。近年曾有学者提出，明清诗选中存在一种崇尚"古逸"的倾向，"古逸是明清古诗选本中独有的一种古诗名目"，"明代选家往往将先秦诸子典籍、民间闾巷中辑录的逸诗、歌、谣、辞、谚、铭、箴等统归为古逸"②。但"古逸"不仅指《古诗纪》《古诗类苑》《风雅逸篇》《古今风谣》之类的集部书籍，也包括众多说部著作，如吴琯《古今逸史》搜采55种逸书、汪云程《逸史搜奇》收录汉唐以来传奇志怪小说140种、胡维新《两京遗编》辑录两汉遗书12种六十五卷，后续者有《汉魏丛书》《唐宋丛书》，等等。浩瀚的古代典籍正是小说汇编取之不尽的资源宝藏。郁伯承曾为陈继儒编《宝颜堂秘笈》提供许多底本，他也是一位好古之士。李日华《味水轩日记》：万历四十三年（1615）二月，"七日，书林张氏梓眉公《广秘笈》，凡杂说五十种。既成，来乞余叙……九日，招郁伯承夜坐……伯承好古，酷嗜奇隐，张氏所梓《眉公秘集》，大半都其书也"③。

第二节　学术观念的巨大转变

在中国古代正统学术视野中，"小说"向来被视为"末流""小道"，不登学术大雅之堂。但晚明士人的主流认识是，小说的学术价值、文学价值、社会功能等不逊于任何正统学术，表现出一种学术平等的意识。

一　学术观念主流与边缘的逆转

晚明士人普遍认为，稗官小说的学术价值不逊于九流中任何一家。

---

① （明）陈继儒：《读书十六观》，《北京图书馆古籍珍本丛刊》（78），书目文献出版社1988年版，第587页。

② 岳进：《复古、性灵观念与明代'古逸'编选》，《学术交流》2015年第10期。

③ （明）李日华著、屠友祥校注：《味水轩日记校注》，上海远东出版社2011年版，第486页。

《汉书·艺文志》列诸子十家，认为可取者九家而已，小说家被排除在外。而明代学者认为，小说家可综括九流，博通古今，因而不可偏废。李维桢《天都载叙》说："班孟坚于刘中垒《七略》诸子十家，黜小说而存其九，九流名自此始。然而小说家实具有九流，故不易作。余与马仲履《天都载》有取焉。"① 陈继儒《闻雁斋笔谈序》说："六经之支流余裔散而为九家，自稗官出而九家之散者始合，盖其说靡所不载故也……我朝文集孤行，而野史独诎，惟杨用修、王元美说部最为闳肆辨博，而文亦雅驯，余不能望宋，而况唐与六朝诸君子乎！"② 李维桢对《天都载》闳肆辨博特征大加赞赏："学古通今，不宜偏废……仲履善谈名理，详核往事，而于朝章时务，宗原应变，复井井有条，千古之上，六合之外，记述容有讹误，意见容有异同，采听容有阙漏，自人情耳。偶窥一斑，得片语辄形人短，膏肓废疾，非非反反，瑕瑜妍丑，一彼一此，离踪跂訾，奚为者哉！……故其美者可以劝善，其辨者可以解惑，其博者可以游艺，其精者可以贞教。而隐恶阙疑，不轻持论，敦厚温柔之意，盎然楮素间，致足术也。"③ 胡应麟曾更定九流，将原来处于九流之外的小说家升至第七，并解释，"说主风刺箴规而浮诞怪迁之录附之"，"说出稗官，其言淫诡而失实，至时用以洽见闻，有足采也"。④ 因为圣教提倡"主文而谲谏"，所以胡氏将"浮诞怪迁之录"附于"说家"之后，而浮诞怪迁正是小说博物通微学术功能与虚构夸饰文体特征的充分展现。甚而鬼神变幻也不诡于道，施梦龙《古今奇闻类纪后叙》述及施显卿阅读趣尚："夫博雅之士，折衷六经，靡以尚矣。然犹参订诸子，旁采百家，虽漆园之放旷，柱史之荒唐，郗萌、郑玄辈之怪诞，君子亦以不诡于道而录焉。至于稗官小史，罔不涉猎，以洽闻见……余从伯九峰先生，少好读书，皓首不倦……博综群籍，上下千古，探造化之变幻，极生灵之辽阔，泄鬼神之情状，索有无

---

① （明）李维桢：《天都载叙》，《四库全书存目丛书》子部第 105 册，齐鲁书社 1995 年版，第 469—471 页。

② （明）张大复：《闻雁斋笔谈》，《四库全书存目丛书》子部第 104 册，齐鲁书社 1995 年版，第 265—266 页。

③ （明）李维桢：《天都载叙》，《四库全书存目丛书》子部第 105 册，齐鲁书社 1995 年版，第 469—471 页。

④ （明）胡应麟：《少室山房笔丛·九流绪论上》，上海书店出版社 2001 年版，第 261 页。

之隐赜，汇事之异常者，辑而编之，名曰《奇闻类纪》。"① 郁文博称
《说郛》"有足裨予考索之遗，廓予闻见之隘"②。

　　正宗观念认为，经明道，史载事，二者为体最尊。但晚明不少学者认
为，稗官小说亦可穷幽，亦可补阙，其学术价值、社会功能并不逊于正经
正史。周履靖《夷门广牍叙》说："古之立言以垂不朽者，《丘》《索》
邈矣，其上原本六籍，次则石渠纪载，及诸子百氏，皆列若眉目，用同菽
帛，故赫号之编，泉布宇内。至诸稗官小说，非凡所见，窭腹之士，一切
厌弃如土苴瓦砾。有暗途委璧之陋，无《谷风》采菲之意。不知理不必
载于经而可穷幽，事不必证于史而可补阙者，或未可尽捐也。"③ 因而奇
诡之事蕴含至道，委巷琐谈可补信史。周履靖又说："大抵兹编也，非正
经而理或翼经。有出于六合者，不以奇贬真也。非信史而事不悖史，有跳
于五例者，不以稗弃精也。辟（譬）泰岳岩岩，而抔土或能见宝；沧溟
瀚渺，而勺水可以藏珠。搜不厌僻，宁以琐屑见哂耳！"④ 比如，游戏笔
墨的寓言、滑稽之作，主流书目一般将其逐出"集部"而打入"小说
家"，但陈邦俊辑《广谐史》十卷，自序称此类作品"各抒才情，游戏翰
墨，穷工极变，另成一体。且词旨似若诙谐，议论实关风教，虽与正史并
传可也"⑤。稗官小说与正经正史，殊途同归，不分轩轾。

　　论及一代文学之代表，正统学者往往列举诗文或辞赋。对小说之文学
价值，正统之士众口一词，将其贬得一文不值，甚至斥其祸国殃民。即使
对于文言小说中的一流之作唐传奇，正统学者也视其有害无益，高儒
《百川书志》卷六"史部·小史"评《莺莺传》之流艳情小说，称它们
"不为庄人所取"⑥。清《四库全书总目》"小说家类"不录唐传奇作品，
馆臣评宋康与之《昨梦录》曰："殆如传奇，又唐人小说之末流，益无取

---

　　① （明）施梦龙：《古今奇闻类纪后叙》，《四库全书存目丛书》子部第 247 册，齐鲁书社
1995 年版，第 211 页。

　　② （明）郁文博：《较正说郛序》，上海古籍出版社 2012 年版，第 3 页。

　　③ （明）周履靖：《夷门广牍叙》，《元明善本丛书》影印明万历本，商务印书馆 1940
年版。

　　④ （明）周履靖：《夷门广牍叙》，《元明善本丛书》影印明万历本，商务印书馆 1940
年版。

　　⑤ （明）陈邦俊辑：《广谐史》，《四库全书存目丛书》子部第 252 册，齐鲁书社 1995 年
版，第 207 页。

　　⑥ （明）高儒：《百川书志》，上海古籍出版社 1957 年版，第 90 页。

矣。"① 清钱大昕《十驾斋养新录》卷十八《文人浮薄》云:"唐士大夫
多浮薄轻佻,所作小说,无非奇诡妖艳之事,任意编造,诳惑后
辈。"② 南宋洪迈曾誉唐人小说"与律诗可称一代之奇",但此等远见卓识
在当时和声甚寡。中晚明文士认为,小说之作可"足见一代之典刑",可
展示"文章之高下"与"世变"之关系,与正统的文学观念大相径庭。
顾元庆《博异志跋》谓:"唐人小史中,多造奇艳事为传志,自是一代才
情,非后世可及。"③ 谢肇淛《五杂组》卷十三谓:

> 《夷坚》《齐谐》,小说之祖也,虽庄生之寓言,不尽诬也。《虞
> 初》九百仅存其名,桓谭《新论》世无全书……晋之《世说》、唐之
> 《酉阳》,卓然为诸家之冠,其叙事文采足见一代典刑,非徒备遗忘
> 而已也。自宋以后日新月盛,至于近代不胜充栋矣。其间文章之高
> 下,既与世变,而笔力之醇杂,又以人分。然多识畜德之助,君子不
> 废焉。宋钱思公坐则读经史,卧则读小说,上厕则阅小词,古人之笃
> 嗜若此。故读书者,不博览稗官诸家,如啖粱肉而弃海错,坐堂皇而
> 废台沼也,俗亦甚矣。④

　　而且,稗官小说能表达人类个体的灵思秀蕴,能再现自然万物的本真
情态,能张扬自然与人文之美致,而这些优势都是抽象枯燥的圣贤《典》
《坟》所不及的,因而天地间应当存留这些灵秀之作。何三畏说:"若乃
稗官小乘,片玉碎珠,抽秘思而赋物情,舒天葩而纬人理,蕴之足以秘帐
中,发之足以警座上者,虽圣贤所不道,典坟所不编,而亦天地之间所不
尽废,存之可也。吾友嘉禾梅墟周先生《夷门广牍》之刻,其殆此
意也。"⑤
　　小说的娱乐消遣功能得到空前张扬。正统学者评价小说阅读或撰著,

　　① (清)永瑢等:《四库全书总目》,中华书局1965年版,第1217页。
　　② (清)钱大昕:《十驾斋养新录》,《传世藏书》"子库·文史笔记"第二册,海南国际
新闻出版中心1995年版,第181页。
　　③ 丁锡根等编著:《中国历代小说序跋集》(上),人民文学出版社1996年版,第551页。
　　④ (明)谢肇淛:《五杂组》,上海书店出版社2001年版,第264页。
　　⑤ (明)何三畏:《刻夷门广牍序》,《元明善本丛书》影印明万历本,商务印书馆1940
年版。

多援孔子"不有博弈者乎，为之犹贤乎已"之语，这已算是正面之评了，更多的是苛诋为"玩物丧志"。宋代文人对于小说的娱乐功能已有论述，据欧阳修《归田录》记载，钱惟演"坐则读经史，卧则读小说"①。叶梦得《避暑录话》云："士大夫作小说，杂记所闻见，本以为游戏。"② 明代的官员及文士在公务之暇、作劳经史之余，阅览小说以放松身心、撰述小说以愉悦情性的风气十分流行。江盈科居官棘寺，暇时"裒辑旧日所谭说者，与其所闻知者，及论诗之言，戏谑之语，为四种，名曰《谈丛》，曰《闻纪》，曰《诗评》，曰《谐史》，汇于一处，括曰《雪涛阁四小书》"③。他公开把自己作品与修身、经济等庄肃话题划清界限："然一切无关身心，无当经济，总之，佐酒之资，醒睡之具，闲居寂寞之士，独居无聊或有具焉，非仕学君子所宜寓目也。《鲁论》有言：'不有博弈者乎？为之犹贤乎已。'然则斯编也，盖不能博弈者之博弈，而无所用心者之用心也。倘观者厌其琐秽，投袂斥曰'鄙哉言乎！'则不佞已自识之矣。"④ 将自己作品自许为"佐酒之资，醒睡之具"，并声言"非仕学君子所宜寓目也"，实为拒绝仕学君子置评，他表达了一种纯娱乐的小说观。潘之恒《四小书序》也附和江氏观点。⑤ 支允坚《梅花渡异林自引》云："余从作劳经史之暇，偶因披览，辄命颖生，随时抄合，以当抵掌扪虱之欢。"⑥ 李维桢《耳谈序》说："四方学士大夫慕行父（王同轨的字）名，相过从、缔纻缟之交者日众。上下议论，日闻所未闻。行父手笔其可喜可愕、可劝可诫之事，累之若干卷，而名之曰《耳谈》。"⑦ 周履靖《异域志序》说："《异域志》者，得之云间陈眉公，惜多鲁鱼，辄篝灯雠政，寿之杀青，以为游观广揽之助。"⑧

①　（宋）欧阳修：《归田录》，中华书局 1981 年版，第 24 页。

②　（宋）叶梦得：《避暑录话》，中华书局 1985 年版，第 33 页。

③　（明）江盈科：《雪涛阁四小书序》，《四库全书存目丛书》子部第 193 册，齐鲁书社 1995 年版，第 369 页。

④　（明）江盈科：《雪涛阁四小书序》，《四库全书存目丛书》子部第 193 册，齐鲁书社 1995 年版，第 369 页。

⑤　参见潘之恒《亘史外纪》，《四库全书存目丛书》子部第 193 册，齐鲁书社 1995 年版，第 366—367 页。

⑥　（明）支允坚：《梅花渡异林自引》，《四库全书存目丛书》子部第 105 册，齐鲁书社 1995 年版，第 599—602 页。

⑦　（明）王同轨：《耳谈》，台北：伟文图书出版公司 1976 年版，第 131 页。

⑧　（明）周履靖：《异域志序》，《说库》本，浙江古籍出版社 1986 年版，第 1 页。

　　明代的士人阶层，上至显宦硕儒，下及布衣寒士，阅读谈论小说、编撰研治小说的风气十分流行。许多士人虽藉四书五经夺第登仕，但他们坦言，平时读书厌观陈腐的先哲教条、理学语录，而嗜读小说杂书。大学士叶向高公余喜览小说，遇有会心处即随笔摘录，在友人林茂怀襄助下编成《说类》六十二卷，自序云："稗官家言自三代时已有。……余在留曹日，偶得一书皆唐宋小说，数十种，摘其可广闻见、供谈资者，录而存之。"① 陆贻孙辑《烟霞小说》13 种二十三卷，今存万历十八年（1590）刻本，范钦于嘉靖三十八年（1559）所撰《题辞》称："余不佞，颇好读书，宦游所至，辄购群籍，而尤喜稗官小说。窃怪夫弃此而只信正史者，譬如富子惟务玉食，而未尝山肴海错，可乎？同年周子吁曩为余言，魏恭简公于书无所不读，虽小说亦多涉猎。愚谓公理学师也，犹兼好之，况吾辈乎？顷过吴，访陆贻孙，视余抄本小说十余种，总名《烟霞》。余方欲集异闻，以是名编，孰知其意已先我矣！"② 范钦举以类比的魏恭简公为魏校（1483—1543），字子才，号庄渠，昆山人，弘治十八年（1505）进士，授南京刑部主事，改兵部郎中。嘉靖七年（1528）升太常寺少卿，转大理寺，次年以太常寺卿掌祭酒事。卒于嘉靖二十二年（1543），谥庄简。他作为理学名家，也嗜读小说，很有示范效应。范钦还言及自己本也有辑录异闻、编撰《烟霞小说》的设想，未料陆贻孙"意已先我"，因此放弃。王体元《普秘笈叙》语及自己读书好尚："余少好渔猎群籍，夺于应制，浮沉三十年。近屏世缘，闭关塞充，不能禁其旁溢，时寄声律，案头常有杂书数千卷，随意抽一编读之，新故潜发，触目会心，凡先代遗逸，及近世名贤论著，手自裒辑，惟襞积记问、陈腐理学无取焉。楼护侯鲭，染指一脔，警其非常味也。天生鸿仪之羽，暂托枋榆，志不以一日易千秭。避迹江乡，榜其居曰'寥寥年年岁岁一床书'，意甚深远。"③ 马大壮没有功名，编有《天都载》六卷，名士硕儒纷纷为其撰序荐跋，李维桢对此颇为感慨："焦弱侯、顾太初两太

　　① （明）叶向高：《说类序》，《四库全书存目丛书》子部第 132 册，齐鲁书社 1995 年版，第 1—3 页。
　　② （明）陆贻孙辑：《烟霞小说》，《四库全书存目丛书》子部第 125 册，齐鲁书社 1995 年版，第 445 页。
　　③ （明）王体元：《普秘笈叙》，文明书局 1922 年影印本。

史，皆鸿生大儒，有兰台之鉴裁者，独于是载，爱而传之，夫亦有所感也夫。"① 鸿生大儒、兰台主宰竞相为说部书撰序，于当时士林实有风向标之作用。

那些未曾及第的士子，尽管头顶科考巨大压力，在备考过程中亦不废稗官小说。程时用虽然屡试不第，但科考之暇，嗜读小说，撰有《风世类编》十卷，《千顷堂书目》《明史·艺文志》《四库全书总目》均不著录，现存明万历二十八年（1600）刻本。此书共分十类：详使、咎征、孝友、臣鉴、交谊、壶懿、分定、梦征、论冥、物感，基本全属志怪小说，其《自序》称："余幼好涉猎，于习制举外，若都试之暇，辄购稗官野史、《丛谈》《幽怪》诸录读之，顾其言怪迂无当，犹之山珍海错。"② 倪绾也是久困棘围，退出科场后辑成《群谈采余》十卷。其子倪思益是进士出身，任职广州府推官时撰《群谈采余跋》，称"家大人……于书无所不窥，无论名家，即稗官野史、技术方言，咸究心焉，有当意者随手纪之，久而成帙"③。也佐证了其父之说。

陈继儒《藏说小萃序》述及晚明江南士流珍重小说而鄙薄经史的风尚："书之难，难在说部。余犹记吾乡陆学士俨山、何待诏柘湖、徐明府长谷、张宪幕王屋，皆富于著述，而又好藏稗官小说，与吴门文、沈、都、祝数先生往来。每相见，首问近得何书，各出笥秘，互相传写，丹铅涂乙，矻矻不去手。其架上芸裛缃袭，几及万签，率类是，而经史子集不得与焉。经史子集譬诸粱肉，读者习为故常，而天厨禁脔，异方杂俎，咀之使人有旁出之味，则说部是也。第小说所载，其中多触而少讳。"④ 陈继儒还揭橥了小说学术价值高于经史的原因是"小说所载，其中多触而少讳"，即小说内容比正史记载更为真实。李如一《存余堂诗话序》曾述及其邑人朱子儋撰《灼薪剧谈》一书的缘起：朱子儋（承爵）"著述之行世者有《灼薪剧谈》二卷、《存余堂诗话》一卷。《剧谈》乃当正德癸

---

① （明）李维桢：《天都载叙》，《四库全书存目丛书》子部第 105 册，齐鲁书社 1995 年版，第 469—471 页。

② （明）程时用：《风世类编自序》，《四库未收书辑刊》第叁辑第 29 册，北京出版社 1997 年版，第 646—648 页。

③ （明）倪思益：《群谈采余跋》，《四库未收书辑刊》第叁辑第 29 册，北京出版社 1997 年版，第 476 页。

④ （明）陈继儒：《藏说小萃序》，《北京图书馆古籍珍本丛刊》（83），书目文献出版社 1988 年版，第 2—4 页。

酉，腊，大雪，与吴门唐子畏、同邑薛尧卿，主宾拥炉，相互答成之人争艳为盛事，故往往称此编。然余按之，第各举唐宋稗史中说之堪赏者耳"①。这是一个颇有意味的民间士子热衷谈论小说的场景。

二　立言济世，垂世不朽

《左传·襄公二十四年》载穆叔答范宣子问中有"大（太）上有立德，其次有立功，其次有立言。虽久不废，此之谓不朽"②之语，此即后世儒士念兹在兹的"三不朽"说。明代小说汇编的主体是士人阶层，而据其身份地位，又可分为两类：一是及第入仕的学士大夫，二为功名不遂者。前者往往因为仕途立功之志不遂，而转向著书立言一途。明自中叶以降，皇帝腐朽，官场腐败，世风沦丧，而外患日益危迫。杨继盛曾上奏世宗，弹劾严嵩十大罪，其第九条、第十条云：

> 凡文武迁擢，不论可否，但衡金之多寡而畀之。将弁惟贿嵩，不得不朘削士卒；有司惟贿嵩，不得不掊克百姓。士卒失所，百姓流离，毒遍海内。臣恐今日之患不在境外而在域中。是失天下之人心。大罪九也。

> 自嵩用事，风俗大变。贿赂者荐及盗跖，疏拙者黜逮夷、齐。守法度者为迂疏，巧弥缝者为才能。励节介者为矫激，善奔走者为练事。自古风俗之坏，未有甚于今日者。盖嵩好利，天下皆尚贪。嵩好谀，天下皆尚谄。源之弗洁，流何以澄。是散天下之风俗。大罪十也。③

仅从杨继盛弹劾严嵩十罪中之二罪，可以一叶知秋，洞察严嵩纳贿弄权对大明官场、士卒百姓以及整体世风的灾难性影响。"自古风俗之坏，未有甚于今日"之语，并非矫言耸听。致使一众志在兼济、致君尧舜的士人纷纷陷入失望、迷惘与颓唐之中。嘉、万间的一些士大夫已经预感到大厦将倾、末日临近，笔记中毫不掩饰恐惧、忧郁与绝望情绪，有的甚至

---

① （明）李如一辑：《藏说小萃》，《北京图书馆古籍珍本丛刊》（83），书目文献出版社1988年版，第73页。

② 傅隶朴：《春秋三传比义》（下册），中国友谊出版公司1984年版，第140—141页。

③ （清）张廷玉等：《明史》，中华书局1974年版，第5540页。

开始忧虑自己死后子孙的生存问题。何良俊（1506—1573）《四友斋丛说》卷十八写道："风俗日坏，可忧者非一事。吾幸老且死矣，惟顾念子孙，不能无老妪态。吾家本农也，复能为农，上策也。杜门穷经，应举听命，次策也。舍此则无策矣。吾儿玄之，略涉经史，乐亲善人，似可与进者。第其性不谐俗，故归而结庐海上，修我末耡，期不失先人素业耳。旧有一春联云：'诵诗读书，由是以乐尧舜之道；耕田凿井，守此而为羲皇之民。'庐成，携子孙同处其中，尤不负初志。但时事惨恶，恐不能逸此暮景也。"① 他已经在为子孙筹划乱世中如何求生的后事了。

他们有不少人看到官场已不可为，选择边仕边隐或中途辞职。士阶层"以天下为己任""得君行道"的政治理想已无实现可能，但他们拯民救世的热肠并未完全冷却，其志趣精力转向开拓民间文化空间，以"礼失求诸野"的迂回之路来践履自己的济世理想。余英时《士在中国文化史上的地位》② 一文对明中后叶士风的转向问题有深入论述，此不赘言。值得注意的是，中晚明士大夫以道术匡世的途径不再是经史或诗文撰述，而是转向了"末流小道"的小说、戏曲等通俗文学的搜集、撰述与刊刻。

陈大康《明代小说史》第五编《明末的小说创作》附录《明中后叶文言小说作者情况简表》著录 167 人，超过一半为进士出身并出仕为官，其所列各作者名下小说著作有不少属于纂著，如王文禄《机警》、李濂《汴京勾异记》、王世贞《剑侠传》、胡应麟《百家异苑》、施显卿《古今奇闻类纪》，等等。其同编附录《明中后叶官员、名士与通俗小说关系简表》又著录 63 人，这些官员、名士通过题写序跋、抄录、收藏、评点等多种方式参与通俗小说的整理、传播与研究。以王圻（1530—1615）为例，他是嘉靖四十四年（1565）进士，曾任云南道监察御史、陕西布政使司右参议等职，在职期间不仅勤政爱民，政绩卓著，而且理政之余，读书不倦，"渔猎百氏"③。悬车家居，"以著书为事，年逾耄耋，犹篝灯帐中，丙夜不辍"④。著述凡 20 余种，八百余卷，如《续文献通考》二百五

① （明）何良俊：《四友斋丛说》，《明代笔记小说大观》本，上海古籍出版社 2005 年版，第 1008 页。

② 收入余英时《士与中国文化》一书，上海人民出版社 2003 年版，第 1—8 页。

③ （明）何儞：《〈续文献通考〉跋》，《四库全书存目丛书》子部第 189 册，齐鲁书社 1995 年版，第 768 页。

④ （清）张廷玉等：《明史》卷二百八十六《陆深传附王圻传》，中华书局 1974 年版，第 7358 页。

十四卷、《稗史汇编》一百七十五卷、《三才图会》一百〇六卷等。李廷对撰《跋稗史汇编》云："学宪王公悬车甚早，不获罄其用世之志，退而修《通考》一书，捆载古今，包举因革，业已备金马石渠之藏矣。又以余闲，旁收品流家数十百种，鳞次而雌黄之。其书自天文地志、国乘家献，下及仙释变幻、草木鱼虫，靡不综核，而各以类从焉……而后三千年以来品流诸子，始皆卷舌逃攦指退矣……宜其绍荀、李之流风，直追典则而并驾矣。乃学宪自名其书曰《稗史》，犹然以街谈巷议自处，而不敢与董狐、班、马诸家相争衡者，是则学宪之虚襟也。"①

　　再看第二类编者。科考不第、无缘仕途者，遵从圣人"不试故艺"之训，寄身典籍，与衣鱼为盟，以著述、编纂为立言、用世之津梁。《论语·子罕》载："大宰问于子贡曰：'夫子圣者与？何其多能也？'子贡曰：'固天纵之将圣，又多能也。'子闻之，曰：'大宰知我乎！吾少也贱，故多能鄙事。君子多乎哉？不多也。'"其弟子琴子开转述孔子的话又说："吾不试，故艺。"②朱熹注曰："试，用也。言由不为世用，故得以习于艺而通之。"③明代许多功名不遂者以"不试故艺"自勉，覃精细素，郁志著述，以申不朽之志。刘凤《周逸之夷门广牍序》称赞周履靖亦为"艺且多能"之士："逸之盖今之擅代才与？于诸艺无不该，且予所未尝窥，骤见之不胜骇异……今逸之盖艺且多能，其殆将圣之资，天假之使竟于一代耶？……且于世所有艺业无不旁通曲畅，出于六艺之外。孔子之所谓多能者，其庶乎！予求之往昔，未见其人有若是浩博者。若人徒得其一，犹且成名，而况其备体若此乎？"④虽不免浮夸谀媚之嫌，但肯定了周氏摒弃功名而专精艺业的价值取向。程时用幼负用世之志，欲以制业风多士，凡逢大比，无不在诸生甲等，"无不谓成名无疑，而君竟初服宴如也"⑤。放弃举业之后，自叹"既不能风于朝，殆不可风于野乎？遂攻

---

　　①　（明）李廷对：《跋稗史汇编》，《四库全书存目丛书》子部第142册，齐鲁书社1995年版，第818—820页。

　　②　（宋）朱熹：《四书章句集注》，中华书局1983年版，第110页。

　　③　（宋）朱熹：《四书章句集注》，中华书局1983年版，第110页。

　　④　（明）刘凤：《周逸之夷门广牍序》，《元明善本丛书》影印明万历刊本，商务印书馆1940年版。

　　⑤　（明）祝世禄：《风世类编序》，《四库未收书辑刊》第叁辑第29册，北京出版社1997年版，第644页。

古文词外，凡百家稗史，有可为门弟子鉴者，辄录之"①，撰成《风世类编》十卷。郭良翰辑有《问奇类林》三十五卷、《续问奇类林》三十卷，其《题辞》云："余于举子业，竟九献而九踬也。"②但他自幼酷嗜稗官"异书"，退出科场后，自谓"早知穷达有命，悔不十年读书"，日夜攻读纂述，撰成《问奇类林》《续问奇类林》，黄吉士《序》称："如道献之所为类者，其取物也弘，其辨别也审，其编摹也无问寒暑昼夜。盖尝嬉笑而类，怒骂而类，嘁吁而类，即谓一生精神命脉尽在是书，无不可者。"③周履靖编《夷门广牍》一百六卷，之所以冠以"夷门"之称，其自序云："尝见侯生以监门之贱，高自隐匿，辱公子车不为忼，据坐客右不为怍。卒举士于屠沽之间，夺十万众若承蜩，置两国安如置盂水，庶几隐君子之谊不为匏瓜。仆老不逮侯生，而驽缓殆过蓬庐夷门，不复有侠丈夫梗概，与古人争道。要以篝灯断简，混迹衣鱼，为岁寒之盟耳。"④

对于诸多科场失利者来说，立德立功，渺无可能。虚度光阴，于心不忍。聚财求货，终于为空。因此，莫如"留心觚翰，以随立言之后"。归隐林泉，著书立说，既可自适其志，留名青史，又可利于天下，两全其美，何乐不为？张献翼《夷门广牍序》说："古人所以爱博洽之士、重山泽之客者，为其能封己以谢俗，明古以证今也。然有书淫传癖如檇李周逸之，其人慕贤以自励，希古以慷慨，志不辍著述之业，口不释雅颂之音。尝曰：'《太玄》覆瓿于前，《论衡》获宝于后，吾欲指陈坚白，扬榷古今，申孤愤于一朝，流芳声于异代，令纸贵都门，语传乐府，人人藉为南车，在在较若左券，其必由笔札乎！'乃散金罄橐，购缃盈素，覃精艺藻，郁志儒林，糟粕城旦之书，蟫寐竹帛之业，旁通柱下，浏览稗官。《左》《史》尚其能读，东方讵云足用？自《坟》《索》《韬》《钤》，下逮图谶玑历，凡凤凰一毛，虬龙片甲，皆弋获飞虫，不余菲菲。虽子政博

---

①　（明）祝世禄：《风世类编序》，《四库未收书辑刊》第叁辑第 29 册，北京出版社 1997 年版，第 644 页。

②　（明）郭良翰辑：《问奇类林》，《四库未收书辑刊》第柒辑第 15 册，北京出版社 1997 年版，第 106 页。

③　（明）郭良翰辑：《问奇类林》，《四库未收书辑刊》第柒辑第 15 册，北京出版社 1997 年版，第 642—643 页。

④　（明）周履靖：《夷门广牍叙》，《元明善本丛书》影印明万历刊本，商务印书馆 1940 年版。

极，中郎该综，何以加焉？"① 周履靖颇以立言不朽自负，其《夷门广牍叙》说："嗟嗟！人生恒不满百，而中间荣瘁华落，幻若朝云。五侯之鲭，千石之廪，及夫罄瓶不蔽骭之子，虞渊既薄，同期于尽。其立德立功以垂不朽者，历代百千万人不一觏也，功与德渺矣。又不及此身留心觚翰，以随立言之后。而独逡巡忧惕，籯金厚困，以贻所不知何人，卒与草木何异乎？……伊吾一编，以自适志，令奁腹中如饱半菽。则愿且止，如其不朽，则吾岂敢！"② 杨维桢《耳谈序》说："夫太上立德，其次立功，其次立言，舍德与功又何足言哉！世有能言之士，上不得坐而论道，谋王断国；下不得总览人物，囊括古今，修辞赋之业，而第猥杂街谈巷语，以资杯酒谐谑之用，其言可谓不遇矣。"③ 陈晨论及梅鼎祚编撰小说的选材角度及纂著特色时说："中国古代文言小说总集并不纯粹从'纯小说'或'纯文学'角度来编选，相反，文化学术文献倒是他们经常采用的角度。""梅氏于文化编纂中更多地寄寓自己'勒成一家'的价值追求。"④ 这种追求在明代文士的小说编撰中有一定共性。

　　丛书编纂中，掺入个人著作。中国古代虽曾产生众多独撰《丛书》，当代人编《中国丛书综录》将其统归于"汇编·独撰类"，但明代许多小说丛书或兼收小说的汇编丛书，其表面义例是汇辑一代或诸代多人著作，然其于收录一些名人名作的同时，往往趁机插入自撰或亲友所撰著作，这种附人骥尾的狡狯做法多半发生在布衣文士或书坊文人编刊的丛书中。顾元庆编《顾氏明朝四十家小说》内收编者自撰著作 7 种。李如一编《藏说小萃》收书 11 种共二十七卷，但其祖父李诩撰《戒庵老人漫笔》1 种就有八卷，于全书篇幅占比超过三分之一。程幼舆辑《程氏丛刻》[明万历四十三年（1615）程氏刊本]所收 9 种著作中有自撰《品茶要录补》一卷。闵景贤编《快书》50 种 [明天启六年（1626）刊本] 中有自撰《法楹》一卷。何伟然、吴从先同辑《广快书》[明崇祯二年（1626）年

① （明）张献翼：《夷门广牍序》，《元明善本丛书》影印明万历刊本，商务印书馆 1940 年版。
② （明）张献翼：《夷门广牍序》，《元明善本丛书》影印明万历刊本，商务印书馆 1940 年版。
③ 丁锡根等编著：《中国历代小说序跋集》（上），人民文学出版社 1996 年版，第 131—132 页。
④ 陈晨：《〈才鬼记〉版本考论》，《湖南大学学报》（社会科学版）2008 年第 6 期。

刊本］收书 50 种，内含何伟然撰 2 种，吴从先撰 1 种。周履靖辑《夷门广牍》（明万历中刊本）收书 107 种，时代自汉迄明，但署名周履靖撰、辑、补、续、增、校、和的著作达 33 种之多，近于全书的三分之一。陈继儒编《宝颜堂秘笈》"续集"收自撰书 2 种，"广集"收自撰书 1 种，而"秘集"（一名《眉公杂著》）则全为继儒自撰著作，有 15 种。胡文焕《格致丛书》诸多版本收书数量多寡不一，仅以《中国丛书综录》著录的明万历三十一年（1603）刊本为例，所收 168 种书中，署胡文焕撰或辑的有 14 种。湖南漫士辑《水边林下》收书 59 种，参与校阅者有十余人，其中校者兼作者收书种数：高濂 4 种，陈继儒 3 种，汪汝谦 1 种。甚至一些较为显达的名士辑刊丛书也用此下策，如毛晋编《山居小玩》收书 10 种十三卷，其中有自撰的《香国》1 种。胡震亨编《秘册汇函》（明万历中刊本）收录上自汉代下迄明朝著作 24 种，其中惟一的明代著作是自撰的《易解附录》一卷。沈节甫编《由醇录》［明万历二十四年（1596）忠恕堂刊本］收书 12 种，其中含自撰《忍书续编》三卷。这种借夹带"私货"以推销自己的做法，一定程度上削弱了整部丛书的公信力及影响力。

三　自适其志，乐此不疲

不少士人既把小说编撰作为人生价值的一种诠释方式，故能全力以赴，百折不挠。马大壮虽自幼颖异绝人，髫季即于都下声名奕奕，但终于"淹留东南菰庐中"①，于是筑天都馆，奋其余力，潜心读书著述之业。其《天都载自叙》云：

> 余生平于物鲜嗜玩，不知棋局几道、樗蒱齿名，自对客衔杯外，手一编始快，余拙不能事事，遂无所事，人恒呼以"三事先生"。余亦漫应之，不自知其迂也。顷读书天都馆，先世藏书悉庋其中，无异务观书巢。尝自叹曰："昔王修家不满斗斛，而聚书数百卷，余殆类是乎！"制艺之暇，披阅所藏，第慕稚川之绅奇，乏佐公之暗录，是虚往虚归，徒以精神散耳。始遇会心处，载而识之，唯是阐忠贞、昭

① （明）曹以植：《天都载小引》，《四库全书存目丛书》子部第 105 册，齐鲁书社 1995 年版，第 471 页。

劝戒、资考证三者具矣。而异迹奇踪、九流百伎、非所习闻者亦附之，以广闻见所不逮，而劝戒之旨居多……意欲仿景卢《随笔》故事，一而五之，缄之家塾，令儿辈知余嗜好在是，庶几一寓目尔，宁自厕于前贤稗官家言、抉藏二酉、窥秘六库、扬扢风雅之圃、品藻得失之林者哉！①

马大壮除了读书外，鲜有他好，人称"三事先生"而不自知其迂，其纂著之志终于实现。陈拱璧《迦陵音序》称叶华"独妙九如居士不俗不僧，亦玄亦史，和光混众，玉精盘上驾冰山；作赋吟诗，金璧丛中簪翡翠。如好坚之木，方露土而迥出群标；若迦陵之音，未离壳而声魁众□"②。叶华原为佛教徒，又信道教神仙之说，其《刻金粟头陀青莲露》所收《养生主》题为"九如居士华阳子编著"，题署中寄寓其信仰及人生志趣。李维桢《澹垒记》称，无论面对何种诱惑或是身处衣食不周之境，叶华皆能"淡自若"，其生活状态是："日惟企脚北窗，或焚香煮茗，点《易》、读史、摹帖、翻经、苦吟、远眺……一丘一壑之外，何者可以易其澹？"③并称叶茂原（即叶华）"独编蓬自适，题曰'澹垒'，盖示无欲以明志云……西筑阿室，栖古文秘帙，每撤去帖括，取《东、西汉》《晋》《南史》校雠，自谓拥书万卷，何暇南面"。④寄身典坟，即可安身立命，功名利禄皆为过眼云烟，叶华故能保持"淡自若"的人生态度。

也有的科场败北者以说部编纂作为心灵慰藉药方。包衡辑《清赏录》十二卷，存明万历刻本。其《自序》坦陈："余幼读父书，日从帖括，书数上而志不得通，然贫日剧，而齿日长矣。都无谀世之资，惟有杜门一编自命。床上之书既尽，则借之族属亲知，凡有会心，欣然执笔。要之，韵人墨客，林壑衡门，为政在是。间录豪华谐谑之事，亦堪吾党击节轩渠也

---

①（明）马大壮：《天都载自叙》，《四库全书存目丛书》子部第 105 册，齐鲁书社 1995 年版，第 473 页。

②（明）叶华：《刻金粟头陀青莲露》，《北京图书馆古籍珍本丛刊》（83），书目文献出版社 1988 年版，第 661 页。

③（明）叶华：《刻金粟头陀青莲露》，《北京图书馆古籍珍本丛刊》（83），书目文献出版社 1988 年版，第 686—687 页。

④（明）叶华：《刻金粟头陀青莲露》，《北京图书馆古籍珍本丛刊》（83），书目文献出版社 1988 年版，第 685—687 页。

者。积而成帙，是名《清赏》。昔人不云乎，日抄古书，饥以当肉，寒以当衣，孤寂以当友朋，殷忧以当琴瑟。余固有合焉。"① 正如有的学者所论："中国古代文人的小说编纂是一种文化理解的方式……展现自己的生命抗争。"② 还有的士子借说部编纂以表达自己的人生志趣。程铨、陈继儒撰《古今韵史》十二卷，今存明刻本，北京大学图书馆有藏。陈继儒《叙》中述及"余山居，每见古今韵致，辄随笔记存，而平子（程铨）韵人也，汇而成帙"。③ 程铨《序》说："予不韵，每见一韵人，闻一韵事，迨夫韵人之语句，靡不交相向往，忻洽之意，有过于其身之所为，以故屏间座上，粘录殆遍。岁久，谋所以集成之，因与眉公先生参订。复广搜遍揽，以成一编。"④

不辞艰辛，克成厥志。陆贻孙《庚己编跋》云："吾友陆君子潜，天下士也，自其束发读书即好奇多闻，有事志述，不特妙于文辞而已。是编始正德庚午，终于己卯，盖纪其十年间所闻也。初以岁一为卷，后又并为四卷。"⑤ 陆延枝乃陆粲之子，自幼受乃父耳濡目染，也酷嗜稗官野史，撰有《说听》，外甥王禹声撰《说听跋》云："先生雅喜稗官家言，每有奇闻，辄随笔识焉。久而成帙，帙成而毁于火，于时太常（陆粲）殁且五稔矣。先生作而叹曰：'嘻，斯可不成吾初业乎？'乃追惟曩时所记，益以后闻者，辑为是编，禹声请登诸梓……先生古心古行，读书之外，举无他好。今老矣，犹旦暮手一编不置，他所论撰甚多，此特其一脔云。"⑥ 周履靖《夷门广牍叙》说："仆诛茅多暇，性有索隐之癖，而家苦贫悴，不能储书。间从博雅诸公游，多发枕秘，好事者雅相慕，亦时时不远千里邮致焉。由是日积月累，几阁间湘帙恒满。

① （明）包衡辑：《清赏录》，《四库全书存目丛书》子部第143册，齐鲁书社1995年版，第141页。

② 陈晨：《〈才鬼记〉版本考论》，《湖南大学学报》（社会科学版）2008年第6期。

③ （明）程铨、陈继儒：《古今韵史》，《四库全书存目丛书》子部第148册，齐鲁书社1995年版，第680页。

④ （明）程铨、陈继儒：《古今韵史》，《四库全书存目丛书》子部第148册，齐鲁书社1995年版，第690页。

⑤ （明）陆粲：《庚己编》，《烟霞小说》本，《四库全书存目丛书》子部第125册，齐鲁书社1995年版，第577页。

⑥ （明）陆延枝：《说听》，《烟霞小说》本，《四库全书存目丛书》子部第125册，齐鲁书社1995年版，第704页。

每晨露宵膏，披襟解带，未尝不悠然自适也。因叹年已及衰，懒慢日甚，不以时刊定之，俾公同嗜，徒庋帐中饱蠹鱼腹耳。爰手次寻绎，除诸野史丛谭，语涉讥毁，则宁舍旃，以遵阙疑之志。其余撷菁茹华，都为一百余卷。历周星而杀青始竣，题曰《夷门广牍》。"① 何三畏《刻夷门广牍序》云："夫先生盖今之儒而隐者，而不为儒衣冠，亦不为隐衣冠，日惟闭门兀坐，专精嗜书，无间寒暑。或分暮燃膏读之，或捉纸提笔写之。或字有疑误，必觅善本，手自校雠之。或从人假贷，不惜百里千里致之。得一书，喜曰：'可以永日矣。'既而得一书，复喜曰：'可以卒岁矣。'既而得一书，又复喜曰：'可以娱老矣。'是庶几乎婆娑术艺之场，休息篇籍之圃者。彼其车饶惠子，架逼邺侯，轶北海而凌东平，以有斯牍，非偶也。"② 徐常吉纂著有《谐史》、《古今医家经论汇编》五卷、《六经类雅》五卷、《新纂事词类奇》三十卷等，其《事词类奇叙语》详述此书漫长而艰辛的编纂过程，其自十五六岁时即开始一边读书，一边札记："余生而颛蒙，无他好，独嗜文典，年十五六即手录经史，晨夕不辍，兀兀穷年，日无虚晷。宵则篝灯诵读，或漏下四十刻不寝。然性好忘，过目辄不能记忆。尝欲类叙一书以为备忘之资，时方事举业，不能以隙驹余暇为掇拾计，遂中止。及为博士海上，尚有背水之思，又无以探宛委之藏。及岁癸未，得通仕籍。在散局，乃思竟前志。时京邸无书，假书于许座师及孙太史所。穷搜博讨，手不停披，凡三更寒暑，纂为一编，名之曰《事词类奇》。"③

第三节　《太平广记》《说郛》的广泛传播

《太平广记》为北宋初李昉等人所编的大型类书体小说集，《说郛》是元末明初陶宗仪独纂的巨型小说丛书。二书由于同样的原因，即受限于出版技术的落后，并未及时刊布，从而大大限缩了它们的流播。而明代中

---

① （明）周履靖：《夷门广牍叙》，《元明善本丛书》影印明万历刻本，商务印书馆1940年版。

② （明）何三畏：《刻夷门广牍序》，《元明善本丛书》影印明万历刊本，商务印书馆1940年版。

③ （明）徐常吉：《事词类奇叙语》，《四库全书存目丛书》子部第198册，齐鲁书社1995年版，第5页。

叶后，《太平广记》被多次刊刻。《说郛》经成化间郁文博校补，以百卷面貌重新面世，其中晚明原刻初印本存在与否讫无定论，但明末曾有多次刊刻尝试则有很多证据。① 总之，《太平广记》《说郛》二书的广泛传播为明代小说汇编之业的发展注入了最直接、最强大的动力。

一　谈恺校刊《太平广记》问世

北宋太平兴国年间李昉等人编纂的《太平广记》五百卷，被清代四库馆臣称为"小说家之渊海"②，周中孚誉为"小说之总汇"③。但宋元时期并无刻本，因其卷帙繁重，抄写艰难，故而传播不广。嘉靖四十五年（1566）谈恺校刊《太平广记》，结束了其抄本时代，开启了其刊本传播的新时代。鲁迅《中国小说史略》第二十二篇《清之拟晋唐小说及其支流》谓："迨嘉靖间，唐人小说乃复出，书估往往刺取《太平广记》中文，杂以他书，刻为丛集，真伪错杂，而颇盛行。文人虽素与小说无缘者，亦每为异人侠客童奴以至虎狗虫蚁作传，置之集中。盖传奇风韵，明末实弥漫天下，至易代不改也。"④ 明代人刊行的诸多小说总集诸如《古今说海》《剑侠传》《陆氏虞初志》《艳异编》《神仙传》《前定录》等，多半或全部抄自《太平广记》。如陆楫编《古今说海》135 种，被称为明代第一部小说丛书，但其子目多来自《太平广记》，余嘉锡说："此书（《古今说海》）所收各种……其间除宋、明人所著《林灵素传》《海陵三仙传》《辽阳海神传》《中山狼传》四种之外，余皆自《太平广记》录出，而没其撰人及出处，是犹未免欺人伎俩。"⑤ 因而《古今说海》又被学界视为明代小说作伪的嚆矢。

除了题材的承袭，《太平广记》按主题分类汇编小说作品的体例亦为

---

① 明代是否曾有《说郛》刊本，学界至今争议不休，多数倾向于终明之世，并未有完整的《说郛》刊本问世。万历三十五年（1607）王圻《稗史汇编引》谈道："元儒仇远，博采群书，著为《稗史》，而陶九成氏又从而增益之，作为《说郛》。二先生用心良亦苦矣，然览者犹病其繁芜秒杂，故迄今三百余年，互相抄录，未有能付梓以传示四方。"［（明）王圻：《稗史汇编引》，《四库全书存目丛书》子部第 139 册，齐鲁书社 1995 年版，第 533 页］王圻与郁文博同为上海人，据此《引》，至万历三十五年（1607）王圻尚未睹《说郛》刻本。

② （清）永瑢等：《四库全书总目》一四二，中华书局 1965 年版，第 1212 页。

③ （清）周中孚：《郑堂读书记》，上海书店出版社 2009 年版，第 1088 页。

④ 鲁迅：《中国小说史略》，人民文学出版社 1973 年版，第 178 页。

⑤ 余嘉锡：《四库提要辨证》卷十五"子部六杂家类七"，中华书局 1980 年版，第 940—941 页。

明代许多小说汇编之书所效仿，如《稗史汇编》《说类》《说略》《古今奇闻类记》《群书类编故事》《故事选要》《群谈采余》等，均是依主题分类方式纂辑成书的。关于《太平广记》对明代小说汇编影响的详细情况，可参见刘天振《明代类书体小说集研究》第一章第二节"明代文言小说汇编走向兴盛的内在驱力"①。此不赘述。

二　郁文博校补《说郛》完成

宋濂《书史会要序》称，陶九成"尝览杂传记一千余家，多士林所未见者，因仿曾慥《类说》作《说郛》若干卷，虽所编者略去之，君子谓其尤精博云"②。杨维桢《说郛序》、孙作《沧螺集·陶宗仪传》皆载《说郛》原稿一百卷。陶宗仪亡后，遗失三十卷。成化十七年（1481）上海郁文博罢官返乡，校订整理《说郛》，取《百川学海》子目补三十卷。1927年张宗祥依据六种明抄本校订、涵芬楼排印《说郛》百卷本最为通行。郁文博校补《说郛》百卷本传播于世，对有明一代小说汇编产生了深广的影响。《四库全书总目》称《说郛》"断简残编，往往而在；佚闻琐事，时有征焉。固亦考证之渊海也。"③ 昌彼得谓："……考诸家汇刻之书，或多采掇《说郛》节本，或仿《说郛》之例删节诸书。揆其时，正当郁文博增订《说郛》完成并流布之后。其地则云间为陶宗仪侨寓之乡，吴郡则为邻邑。嘉靖间华亭何良俊尝谓：'今人所著猥杂小种，皆如陶氏悉录，则后世岂复有遗逸难搜之憾?' 盖本《说郛》之意，提倡汇辑诸书。陈继儒《偃曝谈余》卷下云：'吾乡自陶南村撰《辍耕录》及《说郛》，有此一种气息，而嗣后陆祭酒俨山'最称博雅。'陆祭酒名深，辑刻《古今说海》之陆楫，即其子也。明正德嘉靖以后汇辑丛书之盛行，与《说郛》间之关系，其消息于此可略窥一斑。"④ 又谓："自弘治间郁文博补订《说郛》以来，其书递经辗转传抄，就《古今说海》《稗乘》《历代小史》《夷门广牍》《宝颜堂秘笈》诸丛刻所翻雕出自《说郛》节

---

① 刘天振：《明代类书体小说集研究》，中国社会科学出版社2014年版，第47—51页。

② 转引自陈先行《〈说郛〉再考证》，《中华文史论丛》1982年第3辑。

③ （清）永瑢等：《四库全书总目》，中华书局1965年版，第1062页。

④ 昌彼得：《说郛源流考》，《版本目录学论丛》（一），学海出版社1977年版，第237—238页。

录之书，及……'中央'图书馆所藏二抄本《说郛》观之，率多讹脱舛误。"①《说郛》对明人汇刻小说之影响显著至明。

总而言之，陶宗仪《说郛》对明代小说汇编之影响主要体现于如下四个层面：

首先，陶宗仪的人生道路影响到明代许多文士的人生选择。陶宗仪少时应进士第不中，旋即弃绝举业，隐居乡野，以读书著书为业，著述等身，垂世不朽。明代的周履靖、陈继儒、梅鼎祚、马大壮等，都是在科考不中之后，放弃举业，投身到读书编书著书之业中去的。马大壮资颖绝人，志取高第，但屡试屡蹶，淹留菰庐，"仲履乃筑天都馆，奋其余力，婆娑二酉，渔猎五车，上考兰台石室之绪，旁采稗官野史之遗，间及《齐谐》《博物》之记，间涉贝梵仙宗之旨，凡可广见闻、资辩证，而弘劝戒者，皆以寄其笔墨意兴。久之成帙，因名《天都载》。余披阅再四，不啻开波斯藏、得珍珠船，传之通邑大都，留之千秋百世，亦艺林中一胜事也"②。黄洪宪《夷门广牍叙》称周履靖人生志趣云："隐君周逸之氏，博雅好书，少时尝废著千金业，罗四方书读之，倾力务奇癖，得断缣残简于尘土间，率觇缕手记，即隆冬溽暑弗辍也。中岁好益笃，家殖日落，里中白□雅相讪笑，而四方好事者颇载书过之。君益自喜愈奋，搜奇索隐，百舍重茧不息，久之，蓄弥富。居恒自称，深栖之性，幸无他炙嗜，得毕力文章，与衣鱼为岁寒之盟，无问毁誉，盖其至性也。晚而业益进，鉴别日精，悉索所藏书，撷菁茹华，都为一百余卷。并裒平生吟咏暨诸名家投赠之作，题曰《夷门广牍》，寿之攻木氏，而务为奇僻如故。起于丁酉如月，迄于嘉平，③杀青竣事……余悲君之志，弃糈攻苦，白首不衰，褎然蕲与古之名彦共垂不朽，而重为肤学所嗤。彼挟素封，椎不知天地古今，甚或以资贾名、暖姝盲喜者，视君亦可内热矣。"④梅鼎祚少负才名，胸有大志，久困场屋，只得一监生，后来王锡爵、申时行荐举其出仕，均无果而终。醒悟到科举不过是君王簸弄英雄之具，然后立志与蠹鱼为朋，以

---

① 昌彼得：《说郛源流考》，《版本目录学论丛》（一），学海出版社1977年版，第234页。

② （明）黄应登：《天都载小引》，《四库全书存目丛书》子部第105册，齐鲁书社1995年版，第471—472页。

③ 万历丁酉为万历二十五年（1597），"如月"为二月，"嘉平"为十二月。

④ （明）黄洪宪：《夷门广牍叙》，《元明善本丛书》影印明万历刻本，商务印书馆1940年版。

著述求不朽。清朱彝尊《静志居诗话》卷十七称："禹金周见洽闻，著书甚富，《诗乘》《文纪》之外，旁及书记、小说，兼精传奇。"① 罗曰褧撰《雅余》八卷，今存明万历二十五年（1597）刻本，其人生经历亦是如此。熊宇奇《雅余序》说："昔罗尚之与不佞莫逆交……久之，上春官不自得而归……则题其编曰《雅余》，行于世……尚之辩博属文，无逊其异才斌斌，修《尔雅》之业，不获对诏称旨，不获建节试属国史，而才称孝廉郎，先委朝露，业乃堇堇。余悲尚之赍志以殁，不得等终童也，非尚之好也。《语》有云：士君子其言立，死而不朽。"② 罗曰褧少时于讲艺之暇，喜欢涉猎稗官小说，但久试春官不中，于是移志于著述，欲踵先贤修《尔雅》之业，但他最终未获汉代终军因通《尔雅》而受赏于明主的恩遇，而是赍志以殁。所以友人熊宇奇才以"立言不朽"之训告慰罗氏终生之憾。陶宗仪长期隐居松江，松江人陈继儒举进士不第，于二十九岁焚烧儒衣冠，绝意仕进，读书著述，优游林下，广交名士，不难看出宗仪遗范的影子。再如，倪绾少颖异，有大志，"践棘围，凡若干次，以数奇竟不入彀，遂拂衣求退。退而益锐意于博古之学，凡昔人前言往行，善为法者，恶可为戒及天时、人事、草木、禽鱼、灾祥、寒暑之变，悉讨论而备录之，名曰《群谈采余》"③。这些人的志业选择都与陶宗仪如出一辙。

其次，《说郛》的编辑思想、选目特点，为明代小说汇编树立了典范。《说郛》博采说部之书，杨维桢《说郛序》称："天台陶君九成取经史传记、下迨百氏杂说之书二千余家，纂成一百卷，凡数万条，剪扬子语，名之曰《说郛》……学者得是书，开所闻，扩所见者多矣。要之其博古物可为张华、路段；其核古文奇字，可为子云、许慎；其索异事，可为赞皇公；其知天穷数，可为淳风、一行；其搜神怪，可为鬼董狐；其识虫鱼草木，可为《尔雅》；其纪山川风土，可为《九丘》；其订古语，可为钤契；其究谚谈，可为稗官；其资谑浪调笑，可为轩渠子。"④ 对小说博物、考证、搜神、资谐等价值的推重，正是士人主体性追求的重要内

　　① （清）朱彝尊：《静志居诗话》，人民文学出版社 1990 年版，第 525 页。
　　② （明）罗曰褧辑：《雅余》，《四库未收书辑刊》第叁辑第 30 册，北京出版社 1997 年版，第 270—271 页。
　　③ （明）陈奎：《群谈采余序》，《四库未收书辑刊》第叁辑第 29 册，北京出版社 1997 年版，第 2 页。
　　④ （元）杨维桢：《说郛序》，（元）陶宗仪《说郛》（卷首），上海书店出版社据涵芬楼 1927 年 11 月版影印 1986 年版。

涵。明代陆楫编《古今说海》、顾元庆辑《四十家小说》系列、袁褧编《四十家小说》系列、孙幼安校正《稗乘》、商濬《稗海》、陆贻孙《烟霞小说》、佚名辑《五朝小说》，等等，均是广汇说部之书。王圻编《稗史汇编》一百七十五卷，其编辑思想本于《说郛》，蔡增誉《〈稗史汇编〉序》说："宋太平兴国间……编成传记小说五百余卷，命曰《太平广记》，盖野史之汇始此。而元儒仇远、陶九成氏复有《稗史》《说郛》之目……《汇编》原本二书，而汰其繁诡，益以国朝诸家论著。"① 顾起元纂《说略》三十卷，也曾受到陶宗仪编《说郛》的激励，起元自序说："世之闳览博物君子，且囊括昔之为《海》为《郛》者，以大其畜。何以《略》为？顾有如予之好臆而善忘者，时探而讽之，亦可藉以备丹阳之钞、补河东之箧。"②

再次，《说郛》的编纂体例被明代小说汇编纷纷效仿。陶氏以抄书为著书，明人颇援其例。《说郛》体例突出特点有二：一是删削原书，摘录精要；二是对已佚之书进行辑佚，成一新辑本，仍标原题。《说郛》中的辑佚书达 90 余种。明人抄纂著书，多仿其例。如顾起元撰《说略》三十卷，博采说部之书，摘录诸书精要之语，其例颇同于《说郛》。陈禹谟编《广滑稽》三十六卷，"其原书久佚，仅从他书所引，裒辑数条，仍标原目，则仿陶宗仪《说郛》例也"③。樊维城编《盐邑志林》六十二卷，收历代海盐人著作，计三国 3 种，晋 2 种，南朝陈 2 种，唐 1 种，五代 1 种，宋 3 种，元 1 种，明代 29 种。其中明代人著作多有删削，实仿《说郛》之例。另如祁承爜《说集》60 种、王志坚《说删》120 种，均踵《说郛》删纂为著之例。

最后，明代许多小说单行本与说部丛书直接出自《说郛》。题"绣云居士撰"《掌录》，无卷数，内容大多抄自《说郛》。《四库全书总目》著录的多部明代丛书抄录了《说郛》。如冯可宾编《广百川学海》无卷数，"于正续《百川学海》之外，捃拾说部以广之，分为十集，以十干标目。然核其所载，皆正续《说郛》所有，版亦相同，盖奸巧书贾于《说郛》

① （明）蔡增誉：《〈稗史汇编〉序》，《稗史汇编》，《四库全书存目丛书》子部第 139 册，齐鲁书社 1995 年版，第 523—524 页。
② （明）顾起元：《说略》，上海古籍出版社 1992 年版，第 344 页。
③ （清）永瑢等：《四库全书总目》，中华书局 1965 年版，第 1235 页。

印版中抽取此一百三十种，别刊序文目录，改题此名，托言出于可宾也"①。题明沈廷松编《明百家小说》一百九卷，其书子目全同陶珽《续说郛》。佚名辑《碧溪丛书》八卷，收书 8 种：《吴武安公功绩记》、蔡鞗《北狩行录》、万俟卨《皇太后回銮事实》、《顺昌战胜录》、洪皓《松漠记闻》、洪皓《金国文具录》、湘水樵夫《绍兴正论》、杨尧弼《伪豫传》。"其书皆删节之本，盖书贾从《说郛》中抄合，伪立此名者也。"② 综上，明末诸多丛书系抽取《说郛》版片，另立题目，重编而成的，故而备受后人苛责。

　　清代以来，学者多认为，佚名辑《五朝小说》并非一人一时所编成，其时间跨度至少应在万历元年（1573）至崇祯七年（1634）。其辑者亦有多人，《魏晋小说》前的序署名"苕上野客"，《唐人小说》前的序题"桃源居士"，《宋人小说》前的序署"桃源溪父"，《皇明小说》前的序则署"石闾沈廷松"。而现存各种版本的《五朝小说》又都是时代不全之残本，如北京大学图书馆藏本只有《唐人小说》《宋人小说》两编，南京图书馆藏本仅有《皇明小说》部分的 25 种。《五朝小说》与多种丛书子目存在交叉互见之关系，难以厘清孰先孰后。有一种比较普遍的观点认为，《五朝小说》是利用宛委山堂本《说郛》的残版重新编印的，清莫友芝《邵亭知见传本书目》卷十著录《说郛》一百二十卷，顺治丁亥陶氏刊本。注曰："路小洲云：坊中所售《五朝小说纪事》一书，即用《说郛》原板移易次第改标行目为之者。又明人有书帕本，往往刷印此书数十种，即称某丛书。余尝见《唐宋丛书》即是也。朱修伯曰：浙东有两旧抄残本，尚是南村原本。刊本不足凭，最多谬误。明人刊本有一百卷，校本不同，藏嘉定吴氏。又一部藏常熟陈子正家，惜二书皆缺二十卷。"③ 1959 年上海图书馆编《中国丛书综录》"类编·子类·小说"著录《五朝小说》为"□□辑，清据《说郛》《说郛续》刊版重编印本"④，阳海清编撰《中国丛书综录补正》所著录同于上书。⑤ 昌彼得《〈说郛〉

① （清）永瑢等：《四库全书总目》，中华书局 1965 年版，第 1126 页。
② （清）永瑢等：《四库全书总目》，中华书局 1965 年版，第 473 页。
③ （清）莫友芝：《邵亭知见传本书目》，中华书局 2009 年版，第 751 页。
④ 上海图书馆编：《中国丛书综录》，上海古籍出版社 2007 年版，第 761 页。
⑤ 阳海清编撰：《中国丛书综录补正》，江苏广陵古籍刻印社 1984 年版，第 221—222 页。

考》①、陈先行《〈说郛〉再考证》② 均持此说。但日本学者仓田淳之助
《〈说郛〉版本诸说与己见》一文否认此说："《五朝小说》参照了《说
郛》钞本先行成书，《重较说郛》的完成在其后，并未吸收《五朝小说》
版的全部，所以我们可以看到前面版本的痕迹。不管怎样，我们可以认为
《五朝小说》在其刊版完成之时与前者并没有相隔很久。这样，如前所
述，《宋人百家小说》中有崇祯五年（1632）的序，《皇明百家小说》有
崇祯七年（1634）的序，从这点我们大致推断《五朝小说》是在这一阶
段完成的。"③ 程毅中《〈五朝小说〉与〈说郛〉》一文也认为莫氏之说
不确。《唐宋丛书》的子目与《说郛》有相同的，但所收的书往往比《说
郛》更全，如《唐国史补》为三卷本，《孔氏杂说》为四卷本，《异苑》
为十卷本，《说郛》都只有一卷。似《唐宋丛书》编印在前。④

　　仓田淳之助《〈说郛〉版本诸说与己见》一文认为，标榜为《汉魏丛
书》《百川学海》、重编的《广汉魏丛书》《重编百川学海》《续百川学
海》《广百川学海》《唐宋丛书》等依托文人与书肆，是吸取了已经刊行
的明代丛书或者其他众多著述而完成的。以同样手法复刻《说郛》也在
计划之中。由于吸收了《重编百川学海》等，因此以往《重较说郛》中
有些地方与《百川学海》相重复的议论也不攻自破了。《重编百川学海》
中没有编辑者的记载，从前后的情况来看，可知《重较说郛》中没有明
记编辑者的理由，我们也能推测《五朝小说》是先行完成的，从而可以
推定《重较说郛正续》完成的时间。⑤ 昌彼得先生谓："'中央图书馆'
藏书中有何允中《广汉魏丛书》、明末《重编百川学海》《续百川学海》
《广百川学海》《熙朝乐事》《艺游备览》等六丛书，与《重编说郛》版
式悉同。皆半叶九行，行二十字。只是此六丛刻各书首页第二行撰者下题
有校阅者姓名，书中并旁刻圈点，为《说郛》本所无耳。取'国立中央
图书馆'藏明印本《说郛》与此诸丛刻互勘，知《说郛》即以各丛书之

　　① 昌彼得：《〈说郛〉考》，台北：文史哲出版社 1979 年版。

　　② 陈先行：《〈说郛〉再考证》，《中华文史论丛》1982 年第 3 辑。

　　③ ［日］仓田淳之助：《〈说郛〉版本诸说与己见》，收入《陶宗仪研究论文集》，浙江人
民出版社 2006 年版，第 349 页。

　　④ 程毅中：《〈五朝小说〉与〈说郛〉》，《程毅中文存》，中华书局 2006 年版，第 384—
397 页。

　　⑤ ［日］仓田淳之助：《〈说郛〉版本诸说与己见》，收入《陶宗仪研究论文集》，浙江人
民出版社 2006 年版，第 338—354 页。

版而划去圈点及校阅人姓名、撰者名下之'撰'字而印成……此六部丛书所收四百余种书中，约四之三逾三百种，《说郛》即据此旧版重印。"① 他并重申："考今传之《重编说郛》各本，无论有无顺治李（际期）王（应昌）二序与否，皆非原编初印，乃掇拾残余版片并补刻重印者。原版每书皆题有校阅者姓氏。原编初印本今虽无传，其原版式尚可于今传之明末何允中《广汉魏丛书》《百川学海》、吴永《续百川学海》、冯可宾《广百川学海》《艺游备览》《熙朝乐事》等丛书见之。此各丛书皆就《说郛》之一部分原版或渗刻数种而编印者，每书首页第二行撰者下题有校阅者姓名，书中并旁刻圈点。今传之《重编说郛》多就此等版划去撰人之'撰'字，校阅者姓名，及书中圈点而重印者。"②

　　明末陶珽裒合多种丛书版片编成一百二十卷本《说郛》，又"增辑陶宗仪《说郛》迄于元代，复杂钞明人说部五百二十七种以续之，其删节一如宗仪之例"③。是为四十六卷本《续说郛》。

　　根据目前学界研究结果，一般认为，无论《五朝小说》还是《重编说郛》，其底本都是在明亡之前刻成的，但它们都与陶宗仪《说郛》存在十分密切的关系。

---

　　① 昌彼得：《说郛源流考》，《版本目录学论丛》（一），学海出版社 1977 年版，第 219—220 页。

　　② 昌彼得：《说郛源流考》，《版本目录学论丛》（一），学海出版社 1977 年版，第 218 页。

　　③ （清）永瑢等：《四库全书总目》，中华书局 1965 年版，第 1124 页。

第二章

明代文言小说汇编的文体类型

前已述及，明代文言小说汇编的文体类型众体皆备，且有新创。鉴于研究现状及篇幅所限，本章拟仅就志怪体、世说体、博物体、轶事体等类型进行集中探讨，力求从整体上对它们的编纂动机、题材性质、编排体例、审美特征、小说史价值等问题展开深入探究。对于轶事体，主要采用个案研究方法，选取晚明米芾轶事小说集编纂现象作为考察重心，对编纂主体的动机、此类小说的叙事特色等问题进行透彻观照，以揭示此类小说新的编纂特点与审美特质。

第一节　明代志怪小说编纂的复杂动机①

志怪小说是我国古代文言小说家族中的大宗，其源远流长，文体特征颖异鲜明，著作量浩如烟海，因其内容荒诞无稽，虚构性昭著，被晚明胡应麟推为"小说家"6 种之第一种。② 明代志怪小说汇编也成绩斐然，根据明清时期祁承㸁《澹生堂藏书目》、黄虞稷《千顷堂书目》、周中孚《郑堂读书记》、纪昀等《四库全书总目》及当代上海图书馆编《中国丛书综录》、石昌渝《中国古代小说总目》（文言卷）、陈大康《明代小说史·明代小说编年史》等书的著录，自嘉靖至明末的约一百二十年，明人汇编的专收及兼收志怪小说的总集有 43 部，含有志怪资料的类书有 17

---

① 本节内容曾以《明代志怪小说编纂的动机与体例初探》为题发表于《齐鲁学刊》2017 年第 3 期，并被《高等学校文科学术文摘》2017 年第 6 期"学术卡片"转摘。收入此节时内容有所删改。

② 胡应麟将小说家分为 6 种：志怪、传奇、杂录、丛谈、辨订、箴规。参见胡应麟《少室山房笔丛》"九流绪论下"，上海书店出版社 2001 年版，第 282 页。

部，专收及兼收志怪作品的丛书有41部，其数量相当可观。

明代志怪小说汇编者主体是士人阶层，其中不乏事功、学识兼富的士大夫。众所周知，中国古代士人一向标举"以天下为己任"，而他们却热衷投入看似"作为无益"①的志怪小说汇编活动，其思想动机颇为值得探究。

一　将"志怪"纳入格物、求道、致用的大框架

儒家思想主流向有"不语怪"的传统，但魏晋以降，伴随佛、道思想的昌炽，志怪小说如风起云涌，势不可当，鲁迅先生《中国小说史略》第五篇、第六篇《六朝之志怪书》（上、下）曾有精核的论述。但此期志怪书之著撰动机，要么"发明神道之不诬"，要么宗教徒藉之自神其教，"至唐人乃作意好奇，假小说以寄笔端"②。唐人志怪，乃有意幻设，以自炫才情风流，甚或构陷他人，发泄私愤。

但至少在五代时期，学界对志怪小说价值的认识开始发生转变。杜光庭《录异记叙》说："怪力乱神，虽圣人不语，经诰史册，往往有之。前达作者《述异记》《博物志》《异闻集》，皆其流也。至于六经、图纬、河洛之书，别著阴阳神变之事，吉凶兆朕之符，随二气而生，应五行而出。虽景星甘露，合璧连珠，嘉麦嘉禾，珍禽珍兽，神芝灵液，卿云醴泉，异类为人，人为异类，皆数至而出，不得不生。数讫而化，不得不没。"③杜光庭已认识到，形形色色的怪异现象"皆数至而出，不得不生。数讫而化，不得不没"。其所谓"数"虽不免神秘、玄虚之嫌，但亦含有自然造化之意。

宋代理学兴起，理学家们认为，鬼神亦可作为格物穷理之对象。二程说："《易》说鬼神，便是造化也。"④朱熹也认为，二气五行，万物异

---

① 清代四库馆臣曾不止一次批评志怪小说编撰为"作为无益"之举。如讥责晚明梅鼎祚编《才鬼记》"真可谓作为无益矣"。（清）永瑢等：《四库全书总目》，中华书局1965年版，第1231页。

② （明）胡应麟：《少室山房笔丛·二酉缀遗中》，上海书店出版社2001年版，第371页。

③ （五代）杜光庭：《录异记叙》，《四库全书存目丛书》子部第245册，齐鲁书社1995年，第625页。

④ （宋）程颐、程颢：《二程集》，中华书局1981年版，第288页。

体，皆本于一理。对于儒家经典中屡屡出现的神鬼降临叙事，① 朱熹就明确说："圣人如此说，便是有此理。"② 意谓鬼神亦可作为"烛理"之一途。程朱理学的荒诞是将"理"置于脱离事物独立存在的本体位置，从认识逻辑上讲，是前后颠倒、本末倒置了。

儒家又热衷于谈论"博"与"约"之关系，弘扬博物价值，但目标在于反约、求道。《史记·孔子世家》裴骃"集解"云："韦昭曰：获羊而言狗者，以孔子博物，测之。"③《后汉书》：郑兴"敦悦《诗》《书》，好古博物，见疑不惑"。注释引《左传》"子产辨黄熊，晋侯闻之，曰：'博物君子也'"④。虽然儒者一贯声称"一事不知，儒者之耻"，但并不赞成茫无目的的"博物"。唐刘知几《史通》"内篇·采撰"论及晋代杂书时说："晋世杂书，谅非一族，若《语林》《世说》《幽明录》《搜神记》之徒，其所载或恢谐小辩，或神鬼怪物。其事非圣，扬雄所不观；其言乱神，宣尼所不语。……务多为美，聚博为功，虽取说于小人，终见嗤于君子矣。"⑤ 其论定"见嗤于君子"的事项之一即"神鬼怪物"。南宋以后，"格物致知"成为儒学最主流的认识论结构，但偏离"穷理"的"博物"是不被提倡的。明初的方孝孺就曾斥责张华著《博物志》说："君子之学贵乎博而能约……世称张茂先为博物，吾观其所著书，何其异哉！……以炫俗惊世，此曲士之所务，君子不取也。"⑥

然自明代中叶以后，知识界对于"博"与"约"关系的认识发生了转变，"博物"的价值被空前高扬。美国学者本杰明·艾尔曼认为："对古典与实践知识的积累而言，'博物'与'格致'在晚明清初的精英中间均成为一种普遍的认识论结构。"⑦ 不同于宋代理学空谈性理，中晚明儒者倡导博物，更强调实用。其基本的认识论结构是：博学以明道，明道以

---

① 如《诗经·大雅·文王》："文王陟降，在帝左右。"（《诗经全注》，褚斌杰注，人民文学出版社1999年版，第305页）《礼记·中庸》："鬼神之为德，其盛矣乎……洋洋乎如在其上，如在其左右。"（《礼记》，北京燕山出版社1995年版，第373页）
② （宋）朱熹：《朱子语类》，中华书局1986年版，第48页。
③ （汉）司马迁：《史记》卷四十七《孔子世家》，中华书局1959年版，第1912页。
④ （南朝宋）范晔：《后汉书》，中华书局1973年版，第1220页。
⑤ （唐）刘知几：《史通》"内篇·采撰"，赵吕甫校注，重庆出版社1990年版，第287页。
⑥ （明）方孝孺：《逊志斋集》卷四《读博物志》，《四部丛刊》本。
⑦ ［美］本杰明·艾尔曼：《收集与分类：明代汇编与类书》，刘宗灵译，《学术月刊》2009年第5期。

致用。杨慎、焦竑等均为代表性人物。仅以焦竑论，尚博尚实尚用是其治学的基本特色，他说："人之会道，常于至约，而非博学不能成约。"① 又说："夫学不知经世，非学也。"② 明代中后期学者纷纷以"格物"名义从事经学之外的研究活动，如金石学、养生学、数学、医学等。朱震亨名其医书为《格致余论》，胡文焕将其所编卷帙浩繁的丛书题为《格致丛书》。金石学领域有《格古要论》系列著作，王佐《新增格古要论范例》云："《格古要论》创始于云间曹明仲，编校于云间舒志学。是编合旧本二本而录之，亦格物致知之事也。"③ 舒志学《新增要论序》称："故知博古博物，君子所当务。……予窃观之，爱之……亦可谓格物致知之一助也。"④

因此，中晚明志怪集汇编的思想背景是，解构程朱理学的话语霸权，推动博学多识，自由思考，探索应对现实问题的有效方略。当然，在这一宏阔思想背景下，明代志怪小说汇编者的动机是存在层次差别的，可以细分为如下三层。

首先，突破程朱理学的思想霸权，拓展视听，独立思考，开创自由活泼的学风。杨仪《高坡异纂序》说："天地造化之妙，有无相乘，始终相循，梦想声色，倏忽变幻，皆至理流行。特其中有暂而不能久，变而不能常者，人自不能精思而详察之耳，岂可尽谓诞妄哉！……因以新旧所得……录成三卷，题曰《高坡异纂》，聊以著造物之难测，证古人之不诬也。"⑤ 施梦龙《古今奇闻类纪后叙》亦谓："君子穷天地人之理以为通儒，而见闻可使弗备乎？"⑥ 施显卿《古今奇闻类纪叙》自陈："一元之混辟而万象出焉，弥布乎天下，流行于古今，未尝息也。而要其大分，不过常、变之二端而已。常则静正坦夷，简易明白，人固习而安焉。变则神异难知，玄怪莫测，人多值而骇焉。然常必有变，理之相因，如暑寒

① （明）焦竑：《焦氏笔乘续集》卷一《读论语》，中华书局 2008 年版，第 259 页。
② （明）焦竑：《澹园集》卷十四《荆川先生右编序》，《金陵丛书》本，第 15 页。
③ （明）王佐：《新增范例》，《新增格古要论》，浙江人民美术出版社 2011 年版，第 4 页。
④ （明）王佐：《新增格古要论》，浙江人民美术出版社 2011 年版，第 1 页。
⑤ （明）杨仪：《高坡异纂》，《笔记小说大观》第十七编第 4 册，台北：新兴书局 1977 年版，第 2603 页。
⑥ （明）施梦龙：《古今奇闻类纪后叙》，《四库全书存目丛书》子部第 247 册，齐鲁书社 1995 年版，第 211 页。

昼夜。"①

其次，"志怪"亦为"穷理""致道"之一途。明代志怪著作从怪物异象入手，试图探究背后异变之理，应该说其认识路径是符合科学理性的。杨起元《湖海搜奇序》说："道盖无之乎不贯也……事至于奇，则无论六合之外存而不论者，即十室之邑，眉睫之间，其瑰诡万状，何可胜道哉！拘儒尽视为乌有，绌而不谭，嗟乎！是恶足以尽道体之大全耶？"②焦竑《天都载序》亦云："昔圣人虑人溺于物而莫之寤也，故以上、下为道器之别。然离器而语道，舍下而言上，又支离之见，而道所不载矣。故制器备物，多识于鸟兽草木之名，往往为学者言之。岂非通其理则器即为道，溺于数则道亦为器。……余恐不知者谓仲履学道而淫于末也。"③

最后，"志怪"可以求道，亦可以"致用"。顾起元《天都载序》说："君子之为学也，以致道而不致于道。立象以尽意，致道者也。……仲履善学道者也，独取百家之书所为俶诡瑰奇者，蕞而荟焉以示博。岂徒欲咤人以目所不见也与哉？凡人之求道也，弊有二焉：不明己心而希博物，则无目者之处宝藏也；随物皆触，随触皆伤，不存一物而守空知，则有目者之居暗室也。不致其光，不得其用，以一彼一此，以仲履而衡，所以取之其必有分矣。不然多识鸟兽草木之名，博通神鬼幽秘之事，徒棘吻挢舌而无当于用，是亦夷坚氏之余阁耳，仲履曷取焉？"④又称其"时时取其精意，以与道发"。凡人求道表现为"不明己心"与"守空知"两种弊端，而马大壮则是采取"立象以尽意"的致道方法，"知所以取"，取之必有分，在多识和博通的基础上达到"致其光、得其用"的效果。而中晚明士人谈及"实用"，多与"用世""经世"有关，下文有详论。

二　博异考证，探究未知领域

明代中叶以后，伴随西方传教士的入华，受其影响，儒家传统的鬼神

---

① （明）施显卿：《古今奇闻类纪叙》，《四库全书存目丛书》子部第247册，齐鲁书社1995年版，第1—3页。

② （明）杨起元：《湖海搜奇序》，《四库全书存目丛书》子部第248册，齐鲁书社1995年版，第69—71页。

③ （明）焦竑：《天都载序》，《四库全书存目丛书》子部第105册，齐鲁书社1995年版，第466—467页。

④ （明）马大壮：《天都载》，《四库全书存目丛书》子部第105册，齐鲁书社1995年版，第463—464页。

观发生了变化，士人更倾向于将耳目之外的"怪异"现象视为未知世界的一部分，因此，在晚明知识界，视"怪"为"常"的一种变态，"常"与"变"都是自然现象，统一于自然之理。这俨然已经成为当时知识界的一个共识，其所导向的是对未知世界的探索，从而开启世人的自然研究意识。

中晚明志怪小说汇编作品围绕志怪主题收集资料，编纂成书，具有明显的尚奇逐异的特点，给人惊心骇目之感。华汝砺《古今奇闻类纪叙》云："衷古今之奇闻而为一书。"① 帅廷镆《异林序》称："载千百年以来异常之事。"② 曹以植《天都载引言》说："天地之奇观也，古今之异常也，人物之变态也，无所不有。"③ 可以见出，"奇闻""异常""奇观""变态"等特点是志怪小说汇编作品选材的首要标准。这种标准背后隐含了对未知世界的探究欲望。

清四库馆臣为明王兆云撰《王氏杂记十四卷》所作"提要"中曾称："志怪之书，无关学问。"④ 又诋评俞文龙《史异编》曰："其书以诸史所载灾祥神怪汇为一编，既非占验之书，又无关学问之事，徒见其好怪而已。"⑤ 事实并非如此。中晚明许多志怪小说汇编的序跋阐明了博异考证、探究未知领域的动机。《徐比部燕山丛录》卷九《小序》："怪者，常之反也。有常则必有怪，理之自然。故草木之妖，虫鱼之蠥，以至五酉之精，五行之变，不可胜原矣。"⑥ 施显卿《古今奇闻类纪叙》说："昔仲尼不语神怪，而姜嫄之孕，傅岩之梦，垂之六经；土羵、羊羵、罔阆之异，著之群籍。然则不语者，非不语也，但不雅语以为训耳。"⑦ 施显卿自序称其书功用："遇变而考稽，则可以为征验之蓍龟。"⑧ 华汝砺《古今奇闻类

---

① （明）施显卿辑：《新编古今奇闻类纪》，《四库全书存目丛书》子部第 247 册，齐鲁书社 1995 年版，第 1 页。

② （明）朱谋㙔：《异林》，《四库全书存目丛书》子部第 247 册，齐鲁书社 1995 年版，第 214 页。

③ （明）马大壮：《天都载》，《四库全书存目丛书》子部第 105 册，齐鲁书社 1995 年版，第 472 页。

④ （清）永瑢等：《四库全书总目》，中华书局 1965 年版，第 1231 页。

⑤ （清）永瑢等：《四库全书总目》，中华书局 1965 年版，第 582 页。

⑥ （明）徐昌祚：《燕山丛录》，《四库全书存目丛书》子部第 248 册，齐鲁书社 1995 年版，第 419 页。

⑦ （明）施显卿：《古今奇闻类纪叙》，《四库全书存目丛书》子部第 247 册，齐鲁书社 1995 年版，第 1—3 页。

⑧ （明）施显卿辑：《新编古今奇闻类纪》，《四库全书存目丛书》子部第 247 册，齐鲁书社 1995 年版，第 1—2 页。

纪叙》曰："其言明，有征验，允至理，所寓可以为咏博之资，非搜冥涉化之枯谭也。"① 二人均强调《古今奇闻类纪》的"征验"功能。马大壮少年时求学于著名学者罗汝芳，在天都阁博览群书，潜心研究经史，声名赫奕，历时十年，编成志怪小说集《天都载》六卷。此书考证治学的编纂动机尤其昭然，其《自叙》称，此书内容可"资考证"。② 黄应登《天都载小引》也说："仲履乃筑天都馆，奋其余力，婆娑二酉，渔猎五车，上考兰台石室之绪，旁采稗官野史之遗，间及《齐谐》《博物》之记，兼涉贝梵、仙踪之旨，凡可广见闻，资辩证而弘劝戒者，皆以寄其笔墨意兴，久之成帙，因名《天都载》。"③ 李维桢《天都载叙》亦称："其辨者可以解惑。"④

　　对于所谓"常"与"变"之别，上述各家均认为，是由于人类的认知水平所造成的。其逻辑结论是，人类认知水平越高，世间所谓"异""变"的现象就越少。这就启迪世人，点燃智慧，探究世界，增长知识。这无疑可以视为近代科学意识觉醒的先声。

　　明代中叶以后，西方的科技文化开始传入中国，引起了士人对外部世界的关注。在自然科技领域，西方的天文学、地理学、机械学、历法等著作不断被译成中文，激起了学士大夫们的极大兴趣。志怪小说汇编主体表现出对新知识的强烈好奇心，萌发出朦胧的科学探究意识。志怪小说的传统素材本来就不是日常生活中常见的人、事、物，而是以搜奇记异为能事，而明代志怪小说汇编的素材在继承传统的基础上，又致力于采集域外与中土的新知识，借此拓展世人的视野，西方科技文化成为其关注的一个重点。仅以地理知识论，明代志怪小说汇编的关注视野已经从中华大地及周边地区扩展到全球范围。西方传入的世界地图打破了中国士人"天圆地方"的传统观念，朱谋㙔编《异林》卷十五、卷十六"夷俗"类目下收录了大量关于域外地理风貌和风土人情的内容，篇幅占到全书的八分之

　　① （明）施显卿辑：《新编古今奇闻类纪》，《四库全书存目丛书》子部第247册，齐鲁书社1995年版，第1—2页。

　　② （明）马大壮：《天都载自叙》，《四库全书存目丛书》子部第105册，齐鲁书社1995年版，第473页。

　　③ （明）黄应登：《天都载小引》，《四库全书存目丛书》子部第105册，齐鲁书社1995年版，第471页。

　　④ （明）马大壮：《天都载》，《四库全书存目丛书》子部第105册，齐鲁书社1995年版，第470页。

一。"夷俗"的内容主要摘引自《异域志》《星槎胜览》《殊域周咨录》三书。《异域志》为元末明初周致中撰,是一部记载诸国风俗物产土地的舆地书,著录了二百余个国家和民族。《星槎胜览》为明费信撰,记录郑和下西洋所历四十余国的位置、山川、风土人情。《殊域周咨录》为万历间严从简撰,记载与明代国土相邻的东、西、南、北四方海陆各国的人文、风土、地理以及交往情况。而且,《异林》直接摘引了利玛窦佚著《舆图志》中的十二条佚文,这十二条文献提及了以下地区:阿拉伯半岛东部的"曷剌比亚",今译为"阿拉伯";印度南部的"应帝亚",今译为"印度";西伯利亚北部、北极圈内的"鬼国";罗马尼亚西北部的"突浪国";"卧兰的亚国",今译为"格陵兰岛";非洲西北部的"铁岛";非洲西北部的"亚大腊山";利比亚东部的"巴尔加";埃塞俄比亚北部的"呀麻腊";南部非洲的"井巴国",今译为"津巴布韦";南美洲的"伯西儿",今译为"巴西";南美洲东北部海岸的"昆麻剌"①。这些地区分布在亚洲、非洲、欧洲、南美洲,其关注视线已经扩大到超过全球一半的地理范围,对中土士人来说,这不啻是一种文本形式的"地理大发现"。《舆图志》是利玛窦来到江西南昌后绘制的众多世界地图中的一种,在当时,利玛窦将不少图书和地图当作礼物送给江西的藩王及士大夫,朱谋㙔作为明室藩王,其编纂《异林》摘引的《舆图志》来自上层社会,甚至可能就来自利玛窦本人。

三　立象以寄意,托物以矩俗

清四库馆臣为《幽怪录》《续幽怪录》所撰"提要"中曾武断宣称:"志怪之书,无关风教。"②此言差矣。众所周知,寓教于乐一直是古代士人关于小说功能论的主流观点。小说作品被要求,在提供消遣娱乐的同时,也有劝诫教化之功能。另外,天人感应、善恶果报等观念一直是宗教界所惯用的弘教手段,而志怪小说与宗教意识本来就存在难分难解的关系。这种特性在明代志怪小说汇编中也有充分的体现。

嘉靖间田汝成为宋洪迈撰、明叶祖荣编《夷坚志》所作的序可以代表明代士人对志怪小说功用的主流认识:

---

① 参见周运中《利玛窦〈舆图志〉佚文考释及其他》,《自然科学史研究》2010 年第 4 期。
② (清) 永瑢等:《四库全书总目》,中华书局 1965 年版,第 1227 页。

或谓神怪之事，孔子不语……固仲尼之所存笔也。然则不语者非不语也，不雅语以骇人也。苟殃可以惩凶人，祥可以愚吉士，则虽神且怪，又何废于语焉！何也，盖治乱之轴不握于人则握于天，天有常运，人有常经。天乱其运，则善恶倒植；人乱其经，则赏罚无章。天乱则人治之，于是乎爵于朝，戮于市，播于大诰而铸于刑书；人乱则天治之，于是乎翼于无形，呵于无声，锡夺其资基，而延缩其寿夭。是惟天人交辅以持世，故彝伦所以长存而乾坤所以不毁也。人之为治也显而易见，天之为治也幽而难明，略其易见而表其难明，此《夷坚志》之所由作也。夫人分量有限，而嗜望无涯，苦海爱河，比比沉汩，不惧之以天刑而喻之以凤赋，则觊觎者何观焉？故知忠孝节义之有报，则人伦笃矣；知杀生之有报，则暴殄弭矣；知冤对之有报，则世仇解矣；知贪谋之有报，则并吞者惕矣；知功名之前定，则奔竞者息矣；知婚姻之前定，则逾墙相从者恧矣。其他赈饥拯溺，扶颠拥孺，与夫医卜小技，仙释傍流，凡所登录，皆可以惩凶人而奖吉士，世教不无补焉，未可置为冗籍也。①

潘士藻《闇然堂类纂》卷六"征异"所引田汝成《夷坚志叙》于上引"则觊觎者何观焉"之后尚有如下数句："予比有所书，以善恶报应至不爽。夫明有礼乐，幽有鬼神，各有攸司，以维世翊教。虽吉士未必以是励行，而凶人庶几少有悛心，且以自刺也。"②

屠隆《鸿苞》卷四十一《冤对》篇专辑自春秋至明代作恶而获恶报者数十人及其故事，以明其"为恶必报"之天道观。其小序说："善恶报应，如影随形，如响应声，的然而不爽，一定而不可逃。世之迷人谓天地间无鬼神，无仙释，因果报应尽属渺茫，所以敢于作恶而无忌，诚一省悟，必有惕然悚惧而不敢肆者。自古元凶大恶纵情恣欲，草菅人命，贼害忠良，威权气焰，震赫一时，富贵繁华，驰骋当世，第知取快于目前，不复顾虑于身后，计其得意肆志，远不过数十年，近不保其旦夕，一朝时去运衰，恶积罪大，报应期至，冤对在前，或祸败相踵，或疾痛临身，辗转

---

① （明）田汝成：《夷坚志序》，（宋）洪迈撰，（明）叶祖荣编《分类夷坚志》，明嘉靖二十五年（1546）洪楩清平山堂刊本。

② （明）潘士藻：《闇然堂类纂》，《四库全书存目丛书》子部第242册，齐鲁书社1995年版，第661页。

呼号，匍匐祈哀，平时咆哮暴猛、雄豪飘忽之气消沮殆尽。一受诛夷，永沉苦趣。回视须臾得志快心之事，光景几何？可谓至愚矣。余搜从古鬼神报应之最奇而彰彰显著者，以警悟愚俗。"① 可见，明代士人自觉认为，搜神志怪，目的在于借鬼神辅助教化。其思想资源一是基于天人感应观念，即所谓"天人交辅以持世"；二是传统宗教的因果报应信仰，即所谓"前定""有报"之论。

汪云程编《逸史搜奇》"杂采汉唐迄宋小说一百四十种……大抵皆猥鄙荒怪之说"②。但其自序称："非徒资谑一瞬，抑亦作诫数端。"③ 梅鼎祚《才鬼记序》亦称："以道治天下者，其鬼不神。故要其理则人鬼合，综其用则神人分。是编予聊以极隐赜、标卓诡于世外，而祥妖自召，讽戒具存。人谋鬼谋，亦庶以使与能广幽愦乎！"④ 马大壮《天都载自叙》云："始遇会心处，载而识之，唯是阐忠贞、昭劝戒、资考证三者具矣。而异迹奇踪、九流百技非所习闻者亦附之，以广闻见所不逮，而劝戒之旨居多。"⑤ 余懋学《说颐自序》以主客问答方式议论道："最后有谓余者曰：'搜事可以警世，诧讽可以矩俗，属辞可以娱目，谈异可以悦心'。"⑥ 任家相《说颐序》说："采其有关世纪者，类萃事连，妍媸并著。"⑦ 如《说颐》的"义犬义马"条讲述了犬恋主人和马为主人报仇两事，撰者欲借动物的义行来感发人类对自身行为的思考，"犬以死报之可以，人而无恋主之思乎"，"马能探其心事，卒擣其胸，盖不惟有复仇之义，且得诛心之法矣。噫，同知者与其死于马，孰若死于贼乎？"⑧ 编者借此警诫世人，多行不义必遭恶报。帅廷镆为朱谋㙔《异林》撰序称，此书"盖因萍实商羊、

① （明）屠隆：《鸿苞》，《四库全书存目丛书》子部第 90 册，齐鲁书社 1995 年版，第 58 页。
② （清）永瑢等：《四库全书总目》，中华书局 1965 年版，第 1231 页。
③ （明）汪云程：《逸史搜奇序》，《四库全书存目丛书》子部第 249 册，齐鲁书社 1995 年版，第 17 页。
④ （明）梅鼎祚：《才鬼记序》，《四库全书存目丛书》子部第 249 册，齐鲁书社 1995 年版，第 382—383 页。
⑤ （明）马大壮：《天都载自叙》，《四库全书存目丛书》子部第 105 册，齐鲁书社 1995 年版，第 473 页。
⑥ （明）余懋学：《说颐》，《四库全书存目丛书》子部第 105 册，齐鲁书社 1995 年版，第 5 页。
⑦ （明）余懋学：《说颐》，《四库全书存目丛书》子部第 105 册，齐鲁书社 1995 年版，第 2 页。
⑧ （明）余懋学：《说颐》，《四库全书存目丛书》子部第 105 册，齐鲁书社 1995 年版，第 17 页。

防风、夔罔之有问而豫答焉，亦宣尼记录童谣之意乎!"① 李叔春《燕山丛录叙》谈其阅读此书之感："读《技术》《神鬼》《奇怪》，有搜玄极变之思焉；读《草木》《禽兽》《器物》，有多识广蓄之思焉。想诸读者亦复如是，则其风教励俗所关，诚非渺小。"②《古今奇闻类纪》纂者施显卿也郑重声明其严肃动机："非敢漫为捕风之论、说铃之词已也。"③

四　排遣幽愤，赏心娱目

从"诗言志"到司马迁的"发愤著书"，再到韩愈的"不平则鸣"，这些观点都阐明了文学作品是作者情志的载体，志怪小说汇编也不例外。在编者生活的当下社会，他们有很多欲言又止的幽愤之情，无奈只能借编纂志怪小说而倾吐之。施策为族叔施显卿编《古今奇闻类纪》撰序交代：

> 天下好奇之事，多负奇者为之。豪隽俶傥之士，挟所有而不得试，龃龉以穷，则忧愁悲怨，愤懑无聊，天地若无所容，而人不可与偶，乃往往设奇而托怪，或放浪山水，恣幽遐诡谲之观，或作为文辞，极嘲诮刺讥之巧，要亦泄其盛气而乐其心，斯亦情与势之必然也。余族叔九峰先生，英敏卓越，名声自少，久而始举于乡，晚得一官，自顾不足以展，辄弃去，归老于家。家益贫，所谓负奇而龃龉者莫先生若矣。然先生独偃然退处于一室，假书史以自娱，终日忘倦。遇所志奇事，尤欣然会心焉，一一钩摘而书之，岁久成帙，题曰《古今奇闻类纪》。不出几席之上，而得幽遐诡谲之观，泄其愤懑无聊之思……观是书者，可徒曰好奇足以尽先生也哉？策菲劣，愧不足以探先生之奇，而独悲先生之遇之穷，不得展于斯世而徒有斯刻也，为之叹息。④

---

①　（明）帅廷镆：《异林序》，《四库全书存目丛书》子部第 247 册，齐鲁书社 1995 年版，第 214—215 页。

②　（明）李叔春：《燕山丛录叙》，《四库全书存目丛书》子部第 249 册，齐鲁书社 1995 年版，第 372—375 页。

③　（明）施显卿辑：《新编古今奇闻类纪》，《四库全书存目丛书》子部第 247 册，齐鲁书社 1995 年版，第 3 页。

④　（明）施策：《古今奇闻类纪后叙》，《四库全书存目丛书》子部第 247 册，齐鲁书社 1995 年版，第 212 页。

　　任家相《说颐序》："夫士君子中怀有所郁而欲吐，遇则疏之朝，不遇笔之野，皆衷诸理而剂于厚，影响讥切者，弗贵《易》所训'修辞立诚'者也。"① 任家相认为，余懋学是为吐"中怀之郁"而编纂此书的。余懋学自序中也说："乃日取架上书史，信手抽目，当我良朋，会心所适，有当余慨，辄手墨赫号，日久成袠。……乃辗然笑曰：'吾聊以寄吾慨尔，是恶足以诮也'。"② 余懋学把这些"会心"故事抄录下来，有时还在文后加上自己的评点议论，借此来抒发内心积郁已久的愤懑之情。据《明史·列传》记载，余懋学夙以直节著称，万历初年，张居正献祥瑞，"懋学疏与之忤，斥为民"③。张居正死后复官，卒赠工部尚书，天启初追谥恭穆。余懋学耿直的性格很难在官场上立足，但其心怀天下的责任感又使其时刻关心时政，但在野的处境使其只能通过编书来表达对朝政的看法和感叹，所以任家相说："不得已而终托之野记，如是编者，其犹有忠告之思也。"④ 梅鼎祚在《才鬼记序》中更是坦言："是编……亦庶以使与能广幽愤乎？"⑤ 鬼神文化一直是中国思想文化一个重要的构成部分，在中国古老的鬼信仰中，鬼世界与活人世界是相通的，世人写鬼故事，实际上就是在写现实中人的故事。梅鼎祚的科举之路极其坎坷，耗费了半生精力最终却铩羽而归。于是，他只好专心于文学编纂活动，借助游离于人、神、仙之间的才鬼故事来表达精神趣味和社会境遇，在发泄幽愤的同时，也寓寄了对社会的批判。

　　当然，除了上述庄肃动机外，也有不少士人纯粹出于娱乐目的而编纂志怪小说，他们或为消遣公余暇日，或搜奇征异以骇人心目。施显卿《古今奇闻类纪》自序说："余归老读书，遇事之奇异者，必以片纸录之。"⑥ 施显卿曾为新昌知县，退休后回到家乡无锡，读书、抄书、编书成了他乡居生活的主要内容，也是其主要的娱乐消遣方式。其族侄施梦龙

---

　　① （明）余懋学：《说颐》，《四库全书存目丛书》子部第 105 册，齐鲁书社 1995 年版，第 2—3 页。
　　② （明）余懋学：《说颐》，《四库全书存目丛书》子部第 105 册，齐鲁书社 1995 年版，第 5 页。
　　③ （清）张廷玉等：《明史》，中华书局 1974 年版，第 6121 页。
　　④ （明）余懋学：《说颐》，《四库全书存目丛书》子部第 105 册，齐鲁书社 1995 年版，第 3 页。
　　⑤ （明）梅鼎祚辑，田璞、查洪德校注：《才鬼记》，中州古籍出版社 1989 年版，第 2 页。
　　⑥ （明）施显卿辑：《新编古今奇闻类纪》，《四库全书存目丛书》子部第 247 册，齐鲁书社 1995 年版，第 2 页。

在《后序》中交待了施显卿"假书史以自娱"①的目的。余懋学因为忤逆张居正献祥瑞而被斥为民，寓居于山丘上的村舍里，"庭无松菊，壁仅图书"。走出室外，虽然有一群妇孺老翁，但是志趣不相投；偶尔可以和朋友一起率性游玩，但"不可常得"。于是只好"日取架上书史，信手抽目，当我良朋"②。《香案牍》的成书更具消遣意味，陈继儒出城南读书于孟直夫郊居，郊居环境优美，人来人往，陈继儒与孟直夫的生活非常惬意。其《香案牍序》说："卧起，抽一编读之，则浮云山道士《仙史》在焉，出《道藏》'醁字函'卷三十有二，所载古今真人列仙四百四十有七，顾其言不雅驯，余与直夫汰而洗之，存其奇逸可喜者，精为一卷，以资麈尾。"③王衡《香案牍跋》中提及陈继儒送他《香案牍》，是为了帮他消解病中的愁闷。曹以植《天都载引言》称："凡载有二：其精者以豁性灵，而其粗者以广闻见……久成一集，瀚浩宏博……然仲履用物宏而取精多也。"④曹以植所言此书之"精"显然指其"豁性灵"的特点。这种娱乐动机，本来就是小说文体生生不息的最深层动力之源。

当然，上文述论的四种动机并非各行其是、截然分开的，实际上，一部志怪集的编纂，往往出于比较复杂的多元动机，如施显卿编《古今奇闻类纪》，兼有穷理、泄愤、消遣等多种动机。马大壮纂《天都载》，则企望"阐忠贞、昭劝戒、资考证"三者兼备。

第二节　明代"世说体"小说之蜕变⑤

万历丁巳年（1616）曹征庸所撰《清言序》说："独怪夫嘉、隆以前，学者知有所谓《世说》者绝少。"⑥明代前期《世说》不传，而后期

①　（明）施显卿辑：《新编古今奇闻类纪》，《四库全书存目丛书》子部第247册，齐鲁书社1995年版，第212页。

②　（明）余懋学：《说颐》，《四库全书存目丛书》子部第105册，齐鲁书社1995年版，第5页。

③　（明）陈继儒：《香案牍》，《四库全书存目丛书》子部第260册，齐鲁书社1995年版，第703页。

④　（明）曹以植：《天都载引言》，《四库全书存目丛书》子部第105册，齐鲁书社1995年版，第472页。

⑤　本节内容曾以《论明代"世说体"小说之蜕变》为题发表于《明清小说研究》2017年第4期。《世说》即《世说新语》，按语境使用，不统一为《世说新语》。

⑥　（明）曹征庸：《清言序》，《四库全书存目丛书》子部第244册，齐鲁书社1995年版，第323—324页。

却传播广泛、仿作蜂起的原因，除了学界共论的中晚明士风与魏晋时期有所契合之外，很大程度上归因于嘉、隆间主流舆论对《世说新语》除罪化的遂行。嘉靖间，文坛巨擘王世贞的激扬态度与躬力实行可称代表，其《世说新语补序》说："余居恒谓，宋时经儒先生，每讥谪清言致乱，而不知晋、宋之于江左一也。"① 世贞自幼酷嗜《世说》，其四十岁前所作《艺苑卮言》即"戏学《世说》，比拟形似"②。他曾删定《世说新语补》，风行海内外。以至于陈龙正有"《世说》重自弇州"③ 之叹。万历间曹征庸《清言序》亦称："晋宋之际，厥有《世说》，语殊至致……而说者间指为祸本。顾夷考当时，所以祸晋室者，了未相关。食桃不康以咎李，此前人固有辨之。"④ 这种论述实为自政治功利层面对《世说新语》实施的除罪化，消除陋儒强加于它的"污名"，使其在主流舆论场得以"正名"。政治上的除罪化从根本上为《世说新语》的传播及仿作扫除了障碍。

所谓"世说体"之称谓，至迟在宋晁公武《郡斋读书志》著录王谠《唐语林》时就已使用。晁氏称《唐语林》"效《世说》体，分门记唐世名言，新增'嗜好'等十七门，余皆仍旧"⑤。本章所谓明代"世说体"⑥，我们认为，至少应符合如下三种条件之一：一是分类辑事，门目全部或局部同于《世说新语》，如《皇明世说新语》分三十六门，全同临

---

① （明）王世贞：《世说新语补旧序》，《四库全书存目丛书》子部第 242 册，齐鲁书社 1995 年版，第 1 页。

② （清）永瑢等：《四库全书总目》，中华书局 1965 年版，第 1508 页。

③ （明）陈龙正：《几亭外书》卷九，《续修四库全书》第 1133 册，上海古籍出版社影印明崇祯间刻本 1996 年版，第 432 页。

④ （明）曹征庸：《清言序》，《四库全书存目丛书》子部第 244 册，齐鲁书社 1995 年版，第 323—324 页。

⑤ （宋）晁公武：《郡斋读书志》，上海古籍出版社 1990 年版，第 559 页。

⑥ 对明代"世说体"作品的范围，学界标准宽严不一。《四库全书总目》"子部杂家类"称陈继儒《古今韵史》"亦《世说新语》之支流"［（清）永瑢等：《四库全书总目》，中华书局 1965 年版，第 1127 页］。其实，此书应为韵人传记小品，且书中收录大量诗词作品。《四库全书总目》"子部小说家类"又称吴从先《小窗四纪·清纪》"摹仿《世说》"［（清）永瑢等：《四库全书总目》，中华书局 1965 年版，第 1235 页］。实际此书中夹杂大量议论、诗词，应属创作性质的笔记小品。如欧明俊《明清的笔记小品》（《文史知识》2001 年第 3 期）一文，即将吴从先《清纪》归入自撰的笔记小品。所以本书不将上述二书纳入讨论范围。另，贾占林《论晚明"世说体"》［《湖南工业大学学报》（社会科学版）2008 年第 3 期］一文所列 32 种明代"世说体"小说，其中有的值得商榷。如《吴中往哲记》3 种、《迩训》属方志体传记，《问奇类林》则为"砺世范俗之书"［（明）金忠士：《问奇类林序》，《四库未收书辑刊》第七辑第 15 册，北京出版社 1997 年版，第 100—102 页］。

川《世说》,《何氏语林》分三十八门,其中三十六门全同临川《世说》。二是著作的题跋明言模仿《世说新语》,如《何氏语林》《南北朝新语》《瑯嬛史唾》《清言》《玉堂丛语》等书的序或跋,均声称规摹《世说新语》。另如江盈科《皇明十六家小传》,从国史中摘出二百余年新异事,编纂成书,分为四门:四维、四常、四奇、四凶,四门之下,再分子目若干。其体例显然异于《世说新语》,但邓原岳《皇明十六家小传小序》说:"吾友江进之……采国史之奇事可为法戒者,大率仿《世说》之意,葺为十六传而梓之。"① 三是著作的题名中含有"世说""语林"或"新语"等表述。如何良俊《何氏语林》、李绍文《皇明世说新语》、林茂桂《南北朝新语》等。依据上述标准,明代的"世说体"作品大致有如下这些:何良俊《何氏语林》、王世贞《世说新语补》、焦竑《焦氏类林》、《玉堂丛语》及《明世说》(已佚)、李绍文《皇明世说新语》、郑仲夔《清言》、周应治《霞外麈谈》、林茂桂《南北朝新语》、徐象梅《瑯嬛史唾》、张墉《廿一史识余》、江盈科《皇明十六家小传》、李贽《初潭集》、赵瑜《儿世说》等。②

　　综观明代"世说体"作品,只有少数执着于《世说新语》的玄谈风格,汇入了当时清言小品的大潮,诸如《清言》《霞外麈谈》《舌华录》等。但这种趣尚已非此期此类作品的主流了,正如曹征庸《清言序》所说"然亦非晋、宋之《世说》矣"③。鲁迅先生曾将魏晋志人之书与前代相比,总结其旨趣"为远实用而近娱乐"④,并赞《世说新语》"记言则玄远冷峻,记行则高简瑰奇"⑤。意谓其审美价值远高于功利价值。而明代的"世说体"著作,大多反其道而行之。其内在旨趣、编排体例、成书方式等方面,均已摆脱临川《世说》之牢笼了。

---

　　① (明)邓原岳:《皇明十六传小序》,《四库全书存目丛书》史部第107册,齐鲁书社1996年版,第588—589页。

　　② 宋慈抱《两浙著述考》"小说考"著录明贺虞宾撰《古语林》《广世说新语》《唐世说》《宋世说》《明世说》等5种,均佚(宋慈抱:《两浙著述考》,浙江人民出版社1985年版,第1530页)。宁稼雨《中国文言小说总目提要》亦著录此5种书,并称为"明代志人小说集"(宁稼雨撰:《中国文言小说总目提要》,齐鲁书社1996年版,第313页)。

　　③ (明)曹征庸:《清言序》,《四库全书存目丛书》子部第244册,齐鲁书社1995年版,第323—324页。

　　④ 鲁迅:《中国小说史略》,人民文学出版社1973年版,第45页。

　　⑤ 鲁迅:《中国小说史略》,人民文学出版社1973年版,第47页。

一　编撰动机：由娱乐转向实用

首先，"垂训"与"济世"。"世说体"小说的一个显著标志是以类聚材，分类标目，其内容意趣往往凝聚于二字标目中。单独的类目能够照亮该类故事的全貌，全部类目的编排逻辑则可以揭示全书的深层意旨。傅锡壬认为，《世说》首冠以孔门四科，"实为全书之中心思想，亦即所谓本体论者也"①。但"孔门四科"不过是《世说》之障眼法而已，其真实旨趣并不在儒学宣导。王能宪《世说新语研究》一书认为："《世说》作为一部'志人'小说，其类目设置差不多都是以人物品题和鉴赏为视点而区分的。"②俞士玲又指出："《世说新语·德行门》记事更多认同儒家传统道德原则，其他各门虽不违背儒家道德原则，但不少从个人之'本性'上加以立论，从学理上讲，似更近于道家之自然法则。《世说新语》记事最深层的原则是对万事万物作遗貌得神的透脱的理解和把握，如父子关系，不论是日常奉养、死后守丧、避父讳、诵先人之清芬等，爱都是其后的原动力，倘非如此，皆属'形骸之外，去之所以更远'。"③再如"贤媛门"，其旨意不在于弘美妇德，而是旌表女子才智。余嘉锡《世说新语笺疏》"贤媛第十九"按语说："本篇凡三十二条，其前十条皆两汉、三国事。有晋一代，唯陶母能教子，为有母仪，余多以才智著，于妇德鲜可称者。题为'贤媛'，殊觉不称其名。"④

明代的"世说体"小说脱略人物的情性、才智与风流，而标举故事的道德意蕴与济世功用。以《焦氏类林》为代表的一个"世说体"支脉最有代表性。姚汝绍《〈焦氏类林〉序》曾概括此书与临川《世说》之差异："大都刘氏主在辅谈，弱侯欲以为训。意自各有攸存，是书若行，自可与之分路扬镳。"⑤一为"辅谈"，一为"垂训"，指出《焦氏类林》已与《世说新语》"分路扬镳"。向以"异端之尤"自居的李贽，在临川《世说》与《焦氏类林》基础上纂成《初潭集》三十卷。此书以维系儒

---

① 傅锡壬：《世说四科对论语四科的因袭与嬗变》，《淡江学报》1974年第12卷。
② 王能宪：《世说新语研究》，江苏古籍出版社1992年版，第41页。
③ 俞士玲：《〈世说新语〉收录记事标准及其在〈贤媛〉门等女性记事中的贯彻》，《古典文献研究》2009年第十二辑，第15—43页。
④ 余嘉锡：《世说新语笺疏》，中华书局1983年版，第664页。
⑤ （明）姚汝绍：《〈焦氏类林〉序》，（明）焦竑《焦氏类林》，《四库全书存目丛书》子部第133册，齐鲁书社1995年版，第3页。

家纲常为旨归，一级类目分为：夫妇、父子、兄弟、师友、君臣，二级类目多达 97 个。其自序称："初潭者何？……夫卓吾子之落发也有故，故虽落发为僧，而实儒也。是以首纂儒书焉，首纂儒书，而复以'德行'冠其首。然则善读儒书而善言德行者，实莫过于卓吾子也。序曰：有'德行'而后有'言语'，非德行则言语不成矣；有'德行'而后有'政事''文学'，非德行则政事、文学亦不成矣。是德行者，虚位也；言语、政事、文学者，实施也。施内则有夫妇，有父子，有昆弟；施外则有朋友，有君臣。孰能缺一而可乎！"① 只不过其以"夫妇"为首、以"君臣"为末的编排顺序，故意颠倒了正统的"忠孝"次序。

张墉《廿一史识余》直承焦竑《类林》而编撰，其《识语》云：

> 阙里四科，考行之玉律也。故临川编目，以此冠篇。焦氏析伦为五，余因附以"长厚"诸则。"言语"之益，莫大于"规箴"；"政事"之变，莫危于"兵策"；"文学"之余，莫巧于"艺术"。皆昉其义，各以类从。"机警"六卷，犹雅尚。"简傲"以下，凶德矣。然雅可式，凶可鉴也。草木鸟兽，闻识是资。《易》曰：多识前言往行，以畜其德。何渠非道德性命之益乎！即割裂成书，撳饰委琐，非为拙也。②

其设目谋篇围绕"道德性命之益"而展开。书中设有"父子"（附母）"君臣""兄弟""夫妇""师友""政事""干局""拳勇""兵策"等伦常、经世之类的门目。张墉《廿一史识余发凡·标目》详述其立目组纲之命意："纲有目，所以罗也。目密则滥出，疏则滥入，过审与疏，均非尽善。《世说》编目三十有八，何元朗《语林》因之。焦氏《类林》析伦行为五，增'宫室''节序'诸类，为五十九。余或仍或去，数衷于焦，而独详'政事''干局''兵策''拳勇'者，愧世所应有而不有。补'痴顽''鄙暗''俗佞''贪秽'者，恶人所应亡不必亡也。'禅玄''象纬''草木''戎狄'，限于史载，不敢旁及。网罗似疏，然指染寸

---

① （明）李贽：《初潭集序》，《初潭集》，中华书局 1974 年版，第 1 页。

② （明）张墉：《〈廿一史识余〉识语》，《四库全书存目丛书》史部第 150 册，齐鲁书社 1996 年版，第 582 页。

脔，足概鼎味，疏略之诮不任受，溢滥之失且知免矣。"① 特别突出其经世之旨。洪吉臣《廿一史识余序》解说更直白："……简而实该，首列'伦序'，忠孝之教也；次编'兵政'，经济之略也；备录文艺，黼黻之具也；侈言懿媺，磨砻德器之石也。兼收败类，针砭情欲之剂也。启积尘之故函，耀传世之重宝，有劝有戒，可佩可餐。"② 董养河《廿一史识余序》称颂此书："规摹《世说》，而无只语与临川复。附圣以居宗，依经以树则。临文考证，翻阅较便，此今古一种不朽奇书。"③

其他多种"世说体"作品也以"济世"相标榜。陆从平《皇明世说新语序》直言此书宗旨是为了"修身"，"有资于经济"："夫古人，今人之鉴也；前事，后事之师也。尚友论世，议礼遵时，圣贤之训昭然矣。是书近之而身心性情有益于组修，远之而家国天下有资于经济。且品格定于公是公非，纪辑征于共闻共见，非不尊而不信，（亦适）用而可传，不悖于孔孟之旨矣。"④ 林茂桂《南北朝新语序》说："贾太傅长沙之屈久矣，宣室之召当在旦夕。是《新语》也，非《论衡》比也，其亦太傅之《新书》矣乎！"⑤ 林氏将其撰著此书比于贾谊之著《新书》。众所周知，贾谊《新书》58 篇，如《过秦》《大政》《数宁》《五美》等篇均围绕治国安邦、忧国忧民的思想主线展开鸿论，其提出的诸多治安策略"贯穿着贾谊一贯主张的仁政思想"⑥。龚立本《清言序》称郑仲夔编撰此书："其知者，以为有忧世之心也。"⑦

可见，明代"世说体"著作，其编纂旨趣已从临川《世说》的人物品鉴审美本位转向以君父伦理为起点，以垂训、济世为目标的功利本位。

其次，回归史家，诒鉴后人。传统史学的支脉虽繁，但终极指向都是

---

① （明）张墉：《〈廿一史识余〉识语》，《四库全书存目丛书》史部第 150 册，齐鲁书社 1996 年版，第 576—577 页。

② （明）洪吉臣：《叙廿一史识余》，《四库全书存目丛书》史部第 150 册，齐鲁书社 1996 年版，第 559—563 页。

③ （明）董养河：《廿一史识余序》，《四库全书存目丛书》史部第 150 册，齐鲁书社 1996 年版，第 567—569 页。

④ （明）陆从平：《皇明世说新语序》，（明）李绍文《皇明世说新语》，《笔记小说大观》第四十编第 8 册，台北：新兴书局 1978 年版，第 3—9 页。

⑤ （明）林茂桂：《南北朝新语》，天津古籍出版社 2007 年版，第 8 页。

⑥ 王兴国：《贾谊评传》，南京大学出版社 1992 年版，第 154 页。

⑦ （明）龚立本：《清言序》，《四库全书存目丛书》子部第 244 册，齐鲁书社 1995 年版，第 329—330 页。

为了"经世"。《世说新语》虽自《隋志》以下皆隶于"小说家",但其史学底色向为学界所瞩目,唐初修《晋书》,多采《世说》,自不必说。后世论者一直耿耿于其史学价值。明陆师道《何氏语林序》就曾质疑簿录家对《世说》的归隶不当:"予惟《世说》纪述汉晋以来佳事佳话,以垂法戒,而选集清英,至为精绝,故房、许诸人收《晋史》者,往往用以成篇,不知《唐·艺文志》何故乃列之'小说家'。盖言此书非实录者,自刘知几始。而不知义庆去晋未远,其所述载,要自有据,虽传闻异词,抑扬缘饰不无少过。至其言世代崇尚,人士风流,百世之下,可以想见。不谓之良史,不可也。岂直与志怪、述妖、稽神、纂异、诬诞、恍惚之谈类哉!"① 清钱谦益认为,临川《世说》兼有小说、史著的双重特性:"习其读则说,问其传则史。变迁、固之法,以说家为史者,自临川始。故曰:'史家'之巧人也。作《晋书》者,但当发凡起例,大书特书,条举其纲领,与临川相表里,而不当割剥《世说》以缀入于全史。史法芜秽,而临川之史志滋晦,此唐人之过也。"②

唐宋"世说体"作品已呈回归史著之动向。如四库馆臣曾肯定宋王谠《唐语林》的史学价值:"是书虽仿《世说》,而所纪典章故实,嘉言懿行,多与正史相发明。视刘义庆之专尚清谈者不同。"③ 但明代众多"世说体"作品大张旗鼓地从"说家"易帜转投"史家",则是更引人注目的现象。焦竑辑《玉堂丛语》八卷,虽于《明史·艺文志》《四库全书总目》均被归入"子部·小说家类",但焦氏初衷是纂成昭代馆阁君子一小史。焦竑《书玉堂丛语》详述:"余自束发,好览观国朝名公事迹。殆滥竽词林,尤欲综核其行事,以待异日之参考。此为史职,非第如欧阳公所云夸于田夫野老而已者……读者倘与近日《翰林记》《馆阁类录》《殿阁词林记》《应制集》诸书而并存之,亦余之幸也夫。"④ 顾起元《〈玉堂丛语〉序》称,该书"大都以垂典制、辨职掌、纪恩遇、详事例云耳……所以扬前徽而诒后鉴者,岂其微哉"。⑤ 郭一鹗《〈玉堂丛语〉序》也称:"是书最晚出,体裁仍之《世说》,区分准之《类林》,而中所取裁

---

① 朱一玄:《明清小说资料汇编》,齐鲁书社1990年版,第1126页。
② (清)钱谦益:《牧斋初学集》卷二十,《四部丛刊》本。
③ (清)永瑢等:《四库全书总目》,中华书局1965年版,第1196页。
④ (明)焦竑:《书玉堂丛语》,《玉堂丛语》,中华书局1981年版,第5页。
⑤ (明)顾起元:《〈玉堂丛语〉序》,(明)焦竑《玉堂丛语》(卷首),中华书局1981年版。

抽扬，宛然成馆阁诸君子一小史然。俾千古后学，不致慨我明馆阁无成书，因而补苴国史之弗备也。……夫学者得先生所集《丛语》，一善蓄之，弘裨身心，匪浅鲜者。讵惟国典朝章、前言往行之蠡测已也!"① 江石卿《廿一史识余序》称："先是，钟伯敬先师有《史怀》，赵无声有《快编》，盛为远近所传。此集别是史家一种佳书。"② 徐象梅曾批评《何氏语林》学步临川《世说》："言资麈尾而事遗龟鉴，此君子之所惜也。"③ 其《琅嬛史唾》之书名则取"拾史氏之余唾"之意，其自序坦陈："天禄石渠既无鸿笔，则明识之士，不得不以野修之。"其材料来源"采之正史者十之六，搜之稗官者十之四"④。

最后，采辑旧文，保存文献。尽管历来的研究者都认为，《世说新语》的成书方式乃"纂辑旧文，非由自造"⑤，但一方面"采摭舛午处"⑥ 及 "传闻异辞"⑦ 在所难免，另一方面，刘义庆及其门下袁淑、鲍照等才学之士对采辑来的材料做过一番加工、改写，以符合其审美趣尚，也已经得到学界的公认，因而其存在虚构性是毋庸讳言的。而明代的"世说体"作品大多属于汇编性质，摘自旧籍，其中史籍是大宗。何良俊宣称，其编《何氏语林》是为了保存文献。《何氏语林》卷四"言语门"小序云："余撰《语林》，颇仿刘义庆《世说》。然《世说》之诠事也，以玄虚标准；其选言也，以简远为宗，非此弗录。余惧后世典籍渐亡，旧闻放失，苟或泥此，所遗实多。故披览群籍，随事疏记，不得尽如《世说》。其或辞多浮长，则稍为删润云耳。"⑧ 徐象梅《〈琅嬛史唾〉序》说："盖史得其官，则统归于上；史溺其职。则绪散于下。天禄石渠既无

① （明）郭一鹗：《〈玉堂丛语〉序》，焦竑《玉堂丛语》（卷首），中华书局1981年版。
② （明）江石卿：《廿一史识余序》，《四库全书存目丛书》史部第150册，齐鲁书社1996年版，第573—575页。
③ （明）徐象梅：《〈琅嬛史唾〉序》，《琅嬛史唾》，《四库全书存目丛书》子部第243册，齐鲁书社1995年版，第565页。
④ （明）徐象梅：《〈琅嬛史唾〉序》，《琅嬛史唾》，《四库全书存目丛书》子部第243册，齐鲁书社1995年版，第563—566页。
⑤ 鲁迅：《中国小说史略》，人民文学出版社1973年版，第47页。
⑥ （宋）黄伯思：《跋世说新语后》，丁锡根编著《中国历代小说序跋集》，人民文学出版社1996年版，第260页。
⑦ 余嘉锡：《世说新语笺疏》，中华书局1983年版，第73页。
⑧ （明）何良俊撰、陈洪等注：《何氏语林注》（上卷），天津教育出版社2008年版，第108页。

鸿笔，则明识之士，不得不以野修之。"① 而且有些著作在摘录条目之后必标注出处，如焦竑《焦氏类林》《玉堂丛语》、张墉《廿一史识余》等，均是如此。这正是史家"征实"意识的一种表现。

二　人物品题：自审美移趣于博识

俞士玲曾指出："表面上看，《世说新语》三十六门或依德行，或取品性、性格、情感状态、言语、文学、艺术、行为方式、生活方式、受人对待等角度，但所有的记事都言有机锋，人有神采，事有情韵。"② 但明代"世说体"作品品题人物时，其着眼点已从"机锋""神采""情韵"等审美旨趣转向人物的"博物"素养。亦即品题人物优劣的一个重要标准是看他是否"博物"。

《世说新语》的"文学门""以记载玄学为主"③，所辑 104 则故事中，大半有关玄学与清谈，其旨趣并不在于孔门的"文章博学"。何良俊《语林》是明代第一部较为成功的"世说体"著作，在某些方面对明代此类著作有一种示范作用。其在临川《世说》三十六门基础上增加二门，其一为"博识"门，在"博识门"小序中，何氏标举孔子"贵博识"之论，对于"博""约"关系做了强化论述："则孔子果不贵博识耶？及观萍浮楚泽，隼集陈庭，异鸟舞郊，羵羊出井，苟非博识，谁为辩之？……若夫孔子之善诱，与颜子之善学者，唯'博'、'约'二语而已，盖二者互相为用，不可废也……后世舍博而言约，此则入于释氏顿悟之说，道之不明也，夫何尤？"④ 文徵明《何氏语林序》又强调："是故博学详说，圣训攸先。修辞立诚，蓄德之源也。宋之末季，学者牵于性命之说，深中厚默，端居无为，谓足以涵养性真，变化气质，而考厥所存，多可议者。是虽师授渊源，惑于所见，亦惟简便日趋，偷薄自画，假美言以护所不足，甘于面墙，而不自知其堕于庸劣焉尔。呜呼，玩物丧志之一言，遂为

---

①　（明）徐象梅：《〈琅嬛史唾〉序》，《四库全书存目丛书》子部第 243 册，齐鲁书社 1995 年版，第 563—566 页。

②　俞士玲：《〈世说新语〉收录记事标准及其在〈贤媛〉门等女性记事中的贯彻》，《古典文献研究》2009 年第十二辑，第 15—43 页。

③　王能宪：《世说新语研究》，江苏古籍出版社 1992 年版，第 42 页。

④　（明）何良俊撰、陈洪等注：《何氏语林》（下卷），天津古籍出版社 2008 年版，第 104 页。

后学之深痼，君子盖尝惜之。元朗于此，真能不为所惑哉！元朗贯综深博，文词粹精，见诸论撰，伟丽渊宏，足自名世。此书特其绪余耳。辅谈式艺，要亦不可以无传也。"① 文徵明对于明代前期人所顶礼膜拜的宋儒高谈道德性命的做派表示了强烈蔑视与公然否定，一针见血地指出，宋儒"甘于面墙"，"端居无为"，"假美言以护所短"。对于俗儒讥讽"博物"为"玩物丧志"，他很不以为然，"君子盖尝惜之"。他赞赏何良俊不囿于偏见，"不为所惑"，而致力于"贯综深博"之学，表现了大无畏的学术勇气。陆师道《何氏语林序》亦称："而元朗乃独上溯西京，下逮朔漠，悉取其精深玄远之言，瑰诡卓绝之迹，聚而陈之……自非博雅通方之士，其孰能与于斯哉！"②

《何氏语林》"文学门"与"博识门"选材标准存在显著差异。其"文学"内涵指涉文学艺术与经、子学术两个层面。是门所辑既有文学、哲学、宗教、艺术等各擅一科的专才，也有儒释道兼综的通方之才，诸如淮南王刘安著《鸿烈》、董仲舒作《春秋繁露》、梁竦撰《七序》、蔡邕靠《论衡》助谈、郑玄服众宾、曹丕集儒讲学、王弼与何晏优劣、曹植才气、阮瑀妙解音律、陈琳檄文愈风头、陆绩博学、书淫皇甫谧、张茂先强记，等等。不过，所辑人物的才学尚在凡人智力能及的范围之内。

其"博识门"收录汉晋至唐宋博物多识故事 31 则，从博物体志怪小说到历史人物的真实事迹，一概阑入，涉及人物有：张宽、东方朔、窦攸、贾逵、诸葛恪（2 条）、张华（4 条）、束晳、贾希镜、陆澄（2 条）、王摛（2 条）、崔慰祖、刘士深、斛律士亮、令狐德棻、卢若虚、褚遂良、唐文宗李昂、韩定辞、李珽、徐铉、徐锴、赞宁、刘敞、金履祥等。他们多能辨识古字古物，甚至识别神鬼怪物。其中有 13 条关于东方朔、张华辨识异物的故事。张华撰有博物体志怪小说《博物志》，徐铉著有志怪小说《稽神录》。其余均是南齐以来博学之士的故事，如《陆澄博识》《陆澄识古器》《崔慰祖好学》《刘士深博识强记》《刘敞博闻》等。最后一则为《金履祥献策》，叙述宋末金履祥向朝廷进献牵制捣虚之策以解襄樊之围的故事。可见其张扬博识的宗旨还是在于致用。从其"博识门"所

---

① （明）文徵明：《何氏语林序》，清文渊阁四库全书本。

② （明）陆师道：《何氏语林序》，丁锡根编著《中国历代小说序跋集》，人民文学出版社 1996 年版，第 409—410 页。

辑内容可以看出，其"博识"大致包含两层内涵：一是凡人智力能及的博学，略近于"文学"。二是凡人智力难及的对未知世界的探索能力。后者侧重于学者掌握百科杂学的能力，尽管其中带有怪异、迷信色彩，何氏还是以严肃态度将其纳入"博物"的范畴。

何良俊《博识门小序》对于"博""约"关系的见解及"博识门"选材标准的确立，对后来"世说体"小说产生了深远影响。晚明"世说体"作品大多辟有"博物"或"博识"之类的门目。如徐象梅《琅嬛史唾》第九卷有"博物门"，辑录26则历史人物博物故事。张墉《廿一史识余》"文学门"下设子目中有"耽学""博辩"二目，张氏《识语》云："草木鸟兽，闻识是资。《易》曰：'多识前言往行，以蓄其德'。"① 董养河在称许《廿一史识余》为"今古一种不朽奇书"时，甚至将撰者张墉与明代以"博物"著称的陈耀文、胡应麟相提并论："近代著述家自陈晦伯、胡元瑞以外，鲜有方驾者。"② 周应治《霞外麈谈》共分十门，第八门为"博雅门"。李贽《初潭集》卷十三"师友门"下有"博物""谈学"二子目。这种对博识素养的推崇，显然是为了矫正理学家高谈性命、端居不学的风气。

三　题材选择：突破志人畛域而兼志人、怪

鲁迅《中国小说史略》论及《世说新语》之类作品的小说史意义时曾说："虽不过丛残小语，而俱为人间言动，遂脱志怪之牢笼也。"③ 今传《世说》三十六篇，惟志人事，几不涉及神怪，因而被现代学界公认为志人小说的典范，其写法对后代世情小说的发展产生过深远影响。

唐宋时期的"世说体"小说虽已辑入志怪故事，如唐刘肃《大唐新语》有"记异门"，宋李垕《南北史续世说》增补"释教门""志怪门"，但因数量稀少，于志人小说史上影响甚微。而明代的"世说体"作品大多自觉辑入神怪故事，且它们有别于传统志怪小说的猎奇逐异或神道设教，而主要出于两种动机：一是"惩创人心"，教化世俗。如《南北朝新

---

① （明）张墉：《〈廿一史识余〉识语》，《四库全书存目丛书》史部第150册，齐鲁书社1995年版，第582页。

② （明）董养河：《廿一史识余序》，《四库全书存目丛书》史部第150册，齐鲁书社1996年版，第567—569页。

③ 鲁迅：《中国小说史略》，人民文学出版社1973年版，第45页。

语》的"阴德门",所辑都是行善得福报、积恶遭惩罚的故事。二是借以表达对学术诸家的尊重态度。如李贽《初潭集》卷十一"师友门"下,将"儒教""释教""道教"并列编排,收入大量荒怪之谈、悠谬之说。其真实用意在于表达三家学术平等的观念。焦竑辑《焦氏类林》八卷,卷首冠以儒家的"君臣""父子""兄弟""夫妇"等伦理类目,而卷末殿以"仙宗""释部"二类,作为压轴内容,以呼应卷首儒学类目。这种结构蕴含了焦氏视儒释道三家皆为其探求名理心宗之筏的意图。①

《焦氏类林》卷八辟有"仙宗""释部"二门之外,其"声乐""摄养""草木"诸类又大量采撷谶纬书及志怪书中的资料。林茂桂《南北朝新语》卷一有"阴德门"、卷四有"征兆门""异迹门"。《玉堂丛语》卷八有"志异门"。《廿一史识余》卷三十"玄迹门""梵尘门""异域门"均涉灵怪。徐象梅《琅嬛史唾》设有"道术""禅喜""灵畜"等怪异色彩浓郁的门类,其"帝符""后瑞"等门类则从谶纬之书中采掇了大量荒诞无稽的资料。江盈科《皇明十六家小传》所辑明代人物故事,许多含有怪异成分。如卷一"四维·忠类"所辑《方孝孺》一篇,记述方孝孺因不从朱棣而被杀戮且夷灭十族之惨祸,却花费不少篇幅讲述孝孺之父卜墓时烧死一窝赤蛇,而后生下孝孺。日后孝孺之祸即肇因于赤蛇的报复。这个报应故事奇矣诡矣,但却大大消解了孝孺殉节尽忠的道德感化力量。

明代"世说体"作品大量辑入志怪资料的做法,尽管主观上出于"矩俗""济世"等动机,看似并未脱离"人事"域界,但客观上对明代后期文言小说编撰中"志人"与"志怪"合流的趋势起到了一定的推动作用。

四　编纂体例:从分类辑事旁涉类书博物

《世说新语》被公认为志人小说典范的关键原因之一,是其类目皆关于"人",包括人的言行举止、容貌性情、伦理属性、艺术品位等。一句话,其门目的设定完全以"人事"为本位。而对于自然物、耳目之外的事物则鲜少涉及。同时,其分类之体是单层的、平面的。而明代的"世说体"作品,除《皇明世说新语》《世说补》等少数作品外,大多涉入自

---

① 李登《刻焦氏类林引》称此书"该及品汇,而结局于仙释,其于名理心宗往往而在"(明)李登:《刻焦氏类林引》,(明)焦竑《焦氏类林》,商务印书馆1936年版,第1页。

然百科知识，适应其需要，出现了分层分类的立体结构。很显然，这是受到了类书之体的渗透。

首先，"世说体"作品从专门志人越界进入类书博物之境，自宋王谠《唐语林》已露端倪。此书减去《世说新语》中"捷悟"一门，又增17门，其中，"动植""杂物""书画"诸门，均无关人物品鉴，而转向博物多识。而明代"世说体"作品大多设有自然博物性质的门类。焦竑《焦氏类林》八卷，前六卷分类基本承袭临川《世说》，后二卷新增17类：象纬、形胜、节序、宫室、冠服、食品、酒茗、器具、文具、典籍、声乐、摄养、熏燎、草木、鸟兽、仙宗、释部，其分类体系自象纬（天）、形胜（地）、节序（时）至人事（宫室、冠服等）、物（草木、鸟兽）再至灵异（仙宗、释部），俨然一部微型的综合性类书。其最后一类竟题"释部"，更是典型的类书的做派。因此此书前六卷为"世说体"，后二卷堪称一部小型类书。徐象梅《琅嬛史唾》第十卷更有"酒神""战铭""斗香""食章""酿法"等门类，第十一卷有"法书"（上、中、下）"名画"（上、下），第十二卷有"音乐""歌舞""樵渔""奇疾""异产"，第十六卷还有"韵语""冶妆""宝饰""道术""禅喜""灵畜"等常见于类书中的门目。项真《琅嬛史唾序》曾慨叹："大都史职日溺，汇书日广，有如终千古不能复兴史，将亦终千古不能复废汇书耶……窃闻之，昆仑玄圃，琼瑶珹砌，错陈辉映，文采追琢，惟工人之所需；九州之外，裨海环之，浩瀚无垠，何所不有？今仲和是编出，譬之浑璞呈宝，百川归墟。人间巨丽，观止此极矣。"① 极力肯定此书的博物性征。林茂桂《南北朝新语》卷二"学问"、卷三"才略"、卷四"古物"也都属于博物范畴。张墉《廿一史识余》一名《竹香斋类书》，可见撰者曾以汇编性的博物类书自居。《廿一史识余》"艺术门"下析出9个子类：礼、乐、射、御、书、数、医、相、机巧，又有"象纬""形势""草木""鸟兽"等门类。而其每条资料之后必标明出处，可备索稽之用，这也是类书特征之一。

其次，分类形态由《世说新语》的单层分类扩充为双层分类。《世说新语》是单层分类，门目之下分条并陈故事，不撮标题。而魏《皇览》

---

① （明）项真：《琅嬛史唾序》，《四库全书存目丛书》子部第243册，齐鲁书社1995年版，第566—569页。

以下的类书一般都是多层分类。明代许多"世说体"小说都是双层分类结构，往往主类下又分附类，门类之下又分子类，近似于类书的分类结构。《焦氏类林》卷一"父子"（贤母附）、卷七"冠服"（闺妆附）。再如林茂桂《南北朝新语》四卷的分类情况：

> 孝友烈义、严正、鲠直、清介、恬洁、雅量、谦慎、规箴、栖隐、料事、见败、图新、贤媛（附妒妇）、阴德、品鉴、标誉、学问、作述、清言、玄解、机警、夙慧、捷对、命名、书法、姿仪（附丑陋）、游览、交游、酒食、巧艺（子目：器用、卜相、医、棋）、官闱、恩宠、除爵、政迹、才略、豪爽、镇定、荐引、报酬、膂力、佞幸、黜免、赦宥、惩戒、悔恨、死徙、俭啬、汰侈、狎侮、诞傲、险谲、忿狷、仇隙、嘲诋、纰缪痴騃、黩货（附残忍）、征兆、伤逝、异迹、古物

实际上，主类与附类是平等并列的关系。各门之下的"附类"多因该类内容单薄，分量偏少，不足独立一类，只好附于他类。如《南北朝新语》的"贤媛（附妒妇）"，共收故事 23 则，而"妒妇"只有 5 则。"姿仪"（附丑陋）共收故事 11 则，"丑陋"只有 3 则。"黩货"（附残忍）共录故事 32 则，"残忍"一类只有 3 则。但主类与附类又存在内在联系，两者之间或相近，如"黩货"与"残忍"；两者或相反，如"贤媛"与"妒妇"、"姿仪"与"丑陋"。因而将二类以"主""附"形式共置一处，相互发明，可以激发文本内部的结构张力。再如张墉《廿一史识余》，主类加上附类有 67 门之多。在一些门类下又析分出子类，如"文学门"析分 6 个子目：经史、著作、耽学、博辩、强记、欣赏。"艺术门"下又分出 9 个子目。徐象梅《琅嬛史唾》、李贽《初潭集》等书都是如此。《初潭集》分两层编排，一级类目取儒家五伦关系而颠倒其顺序：夫妇、父子、兄弟、君臣、朋友。一级类目之下又设有数量不等的子目，如"夫妇"一类下有 13 子目：合婚、幽婚、丧偶、妒妇、才识、言语、文学、贤夫、贤妇、勇夫、俗夫、苦海诸媪、彼岸诸媪。这样就从结构层面扩大了此类说部之书的表现功能。

明代"世说体"作品内容题材上的博物取向及体例结构的类书化特征，一定程度上侵蚀甚至瓦解了传统意义上"世说体"小说的文体属性，

因此，明代不少"世说体"作品在传统目录学分类中，常常被划归"小说家"之外的门类，如焦竑《焦氏类林》、李贽《初潭集》、曹臣《舌华录》、周应治《霞外麈谈》等均被《四库全书总目》归入"子部·杂家类"。张墉《廿一史识余》则被《四库全书总目》隶于"史部·史抄类"。这种现象正是由其自身题材、体例的混杂所造成的。

五　明代"世说体"蜕变之原因

相对于刘义庆《世说新语》，明代的"世说体"作品之所以发生上述诸方面的蜕变，究其原因，主要有以下数端：

首先，最根本原因是时代风尚的变迁。对于这一点，明清时期的论者均有清醒的认识。徐象梅《〈琅嬛史唾〉序》说："……盖晋以清言为宗，故因之以为《世说》，自六朝而降，世风一变，说者至诋为亡国之祟，顾犹然以事迹为清虚，议论为名理，是何异饰嫫母为夷光，而欲与邯郸齐步？其不为识者捧口几希矣。故指事以言，史氏之兼综；因世为变，当局之独裁。言资麈尾而事遗龟鉴，此君子之所惜也。"① 他还批评何良俊"知因而不知变"。所谓"言资麈尾而事遗龟鉴"，正是《世说新语》成为艺苑精品的奥妙所在。而"知因而不知变"之讥，则是切中了后世"世说体"作品不能比肩临川《世说》的要害。林茂桂《南北朝新语·自序》亦云："夫晋人尚清谈，每吐一语，辄玄淡简远，诙谐多致。义庆虽宋实晋也，沐浴江左之风流，故独能发其逸韵，而因以旁及于汉魏。无论宋、元人，不能肖其吻角，既（即）以开元、天宝间语参之，亦觉有龃龉不相入者。何氏之蒙讥也固然。"② 任肩生《南北朝新语叙》进一步论析："夫晋人另立门庭，别标韵致，大约以简冷清邃为胜，片言储不尽之义，一字作生平之目。南北诸君子……即使不必吻合，政可各自为代。此德芬意中语也。"③ 所谓"不必吻合""各自为代"云云，则更为精辟而公允。清吴肃公《明语林自序》说："义庆之后，患无孝标，元朗之后，患无元美乎？……时易势殊，风会各别，嘉言懿迹，有古今不相侔者。何

---

① （明）徐象梅：《琅嬛史唾序》，《琅嬛史唾》，《四库全书存目丛书》子部第 243 册，齐鲁书社 1995 年版，第 564—565 页。

② （明）林茂桂：《南北朝新语》，天津古籍出版社 2007 年版，第 7—8 页。

③ （明）任肩生：《南北朝新语叙》，（明）林茂桂《南北朝新语》，天津古籍出版社 2007 年版，第 10 页。

妨更置门汇，而斤斤局已成之目为哉！"①

其次，人物品题中对博识素养的推重，则源于明代中叶后士人学风的转变。作为对程朱理学一统天下局面的反拨，知识界兴起一股强劲的博学思潮。所谓"博识""博物"，大意为"通识"，泛指一个人博物洽闻、学识渊博。"博物"本是儒家高扬的重要价值之一，清代阮元说："孔门之学，首在于博。"② 近人刘师培说："孔门之论学也，不外博、约二端。"③ 其顺序是先"博"后"约"，而程朱理学舍"博"而言"约"，走上了束书不观的极端。明代博学风气的盛行以吴中地区士人群体最有代表性。龚鹏程《晚明思潮》第十章"经学、复古、博雅及其他"论曰："然明代学者，自有博雅一派……若胡应麟、王世贞、杨升庵等，皆其人也。而苏州地饶多贤，俗好博雅，尤为当时之特色……吴中学者往往兼治经史子集，旁及小说释老，与当时复古派如李梦阳等之不读唐以后书，途辙固殊；与理学家之好谈性理、束书不观者，亦复异趣。"④ 可见，"世说体"小说人物品题突出"博识"，正是时代风气的写照。

兼辑志怪资料的取材倾向，也与博学之风密切相关。传统儒学标举的"博物"内涵中，本就包含志怪的面向。《史记·孔子世家》裴骃"集解"："韦昭曰：获羊而言狗者，以孔子博物，测之。"⑤ 明施显卿《古今奇闻类纪叙》说："昔仲尼不语神怪，而姜嫄之孕，傅岩之梦，垂之六经；土獖、羊夔、罔阆之异，著之群籍。然则不语者，非不语也，但不雅语以为训耳。"⑥ 而在学术思想空前自由的中晚明时期，借志怪以矫俗，将鬼神纳入格物致知的认识论框架，是许多精英儒士的通行做法。如田汝成《夷坚志序》郑重论道："苟殃可以惩凶人，祥可以惠吉士，则虽神且怪，又何废于语焉！"⑦ 焦竑、李贽等人借志怪以表达学术平等观念，则

---

① （清）吴肃公：《明语林自序》，《四库全书存目丛书》子部第 245 册，齐鲁书社 1995 年版，第 1 页。
② （清）阮元注释：《曾子十篇》，中华书局 1985 年版，第 3 页。
③ 刘师培：《孔门论学之旨》，张先觉编《刘师培书话》，浙江人民出版社 1998 年版，第 16 页。
④ 龚鹏程：《晚明思潮》（增订版），商务印书馆 2005 年版，第 291—292 页。
⑤ （汉）司马迁：《史记·孔子世家》，中华书局 1959 年版，第 1912 页。
⑥ （明）施显卿：《古今奇闻类纪叙》，《四库全书存目丛书》子部第 247 册，齐鲁书社 1995 年版，第 1—3 页。
⑦ （明）田汝成：《夷坚志序》，（宋）洪迈撰，叶祖荣编《分类夷坚志》，明嘉靖二十五年（1546）洪楩清平山堂刊本。

出自他们的博洽与卓识。

最后，明代"世说体"作品选材及体例靠拢类书的现象，与上述博雅学风有关，但更为直接的因素则是它们有别于《世说新语》的成书方式。明代的"世说体"作品几乎全部出于撰者一人之手，又几乎全是渔猎群籍、割裂原文，然后编纂而成的。由于材料丛脞琐碎，难以找到一以贯之的结构来统摄所有资料，于是分门别类以博物的类书便成为可资借鉴的现成资源。李登《刻焦氏类林引》所云《焦氏类林》的成书过程很有代表性，他说，焦竑博览群书，又勤于作札记，材料积累渐多，"纷纷总总，如禁脔在厨，碎锦在笥，未有秩叙"，于是"付愚诠次，命愚子弟录之，乃取《世说》标目"①，《世说》之目仍不能尽括其材，其卷七、卷八又借类书分类体系赓续前功。林茂桂《南北朝新语》、张墉《廿一史识余》等书的编撰过程也大致如此。同时，当时类书编纂中也不乏借鉴"世说体"的案例，如祝彦撰《祝氏事偶》十五卷，《四库全书总目》卷一三八"子部·类书类存目"著录，"其书取史传所载古今事迹之相同者，仿《世说新语》门目，分条征引，以类相从。旧目所不赅者，复分天、地、人三部以隶其后"②。《祝氏事偶》的编排体例与《焦氏类林》如出一辙。

第三节　"世说体"于明代文言小说资料整理中的文体建构③

清王晫《今世说序》曾慨叹："自经史而外，著述之家不知几千万计，其书或传或不传，即幸而传矣，人或有见有不见，独《世说新语》一书，纂于南宋，多摭晋事而兼及于汉魏乘，千百年学士大夫家，无不玩而习之者。"④丁澍《今世说序》惊叹于晚明"世说体"撰著之繁盛："宋刘义庆撰《世说新语》，宏长风流，隽旨名言，溢于楮墨，故通人雅彦，裙屐少年，皆喜观而乐道之。其后有琅琊《补》，华亭《语林》，温

---

① （明）李登：《刻焦氏类林引》，（明）焦竑《焦氏类林》，《丛书集成初编》据粤雅堂丛书本排印，商务印书馆1936年版，第1页。

② （清）永瑢等：《四库全书总目》，中华书局1965年版，第1171页。

③ 本节内容曾以《论"世说体"在明代说部资料整理中的文体建构功能》为题发表于《明清小说研究》2018年第4期。

④ （清）王晫：《今世说》，《四库全书存目丛书》子部第245册，齐鲁书社1995年版，第99页。

陵《初潭》，秣陵《类林》……"① 晚明不仅涌现一批较有影响的"世说体"作品，而且，"世说体"作为一种经典范式，还曾被广泛借用于当时多种类型文言小说资料的整理中，对小说文献的整理、志人小说文体的建构，乃至小说研究视野的拓展，均曾做出了重要贡献。以下仅从传记体小说、清言类小说、艳情小说、类书体小说集的编纂及丛书的收录等几个方面展开讨论。

一 "世说体"与传记体小说的取材编目

"不入正史"的传记为野史之流。在中国古代学术语境中，野史、杂史与小说往往并称。《隋书·经籍志》将许多正史之外的纪人之传与志怪小说不加区别，将《列女传》《高士传》与《列仙传》《列异传》等书统称为"杂传"。理据是它们"皆因其志尚，率尔而作，不在正史"，"杂以虚诞怪妄之说"②。唐刘知几《史通·杂述》称列女、高士、孝子等纪人之传为"别传"，而将神鬼怪物之传别命为"杂记"③。宋以后杂史杂传之流泛称"传记"，实可归入广义的"杂史"，"所不同者，盖杂史'大抵皆帝王之事'，而传记则为诸色人物之生平事迹"④。明焦竑《国史经籍志》"杂史类小序"云："前志有杂史，盖出纪传、编年之外，而野史者流也。……但其体制不醇，根据疏浅，甚有收撦鄙细而通于小说者，在善择之而已矣。"⑤ 同书"传记类序"进一步申论："古者史必有法，大事书之策，小则简牍而已。至于流风遗迹，故老所传，史不及书，则传记兴焉。如先贤、耆旧、孝子、高士、列女，代有其书，即高僧、列仙、鬼神怪妄之说，往往不废也。"⑥ 其按语又说："杂史、传记，皆野史之流，然二者体裁自异。杂史，纪、志、编年之属也，纪一代若一时之事；传记，

---

① （清）丁澍：《今世说序》，《四库全书存目丛书》子部第 245 册，齐鲁书社 1995 年版，第 101 页。

② （唐）魏徵等：《隋书》卷三三，中华书局 1973 年版，第 982 页。

③ （唐）刘知几：《史通》，上海世纪出版集团 2008 年版，第 193 页。

④ 参见李剑国《唐前志怪小说史》（修订本），天津教育出版社 2005 年版，第 136 页。

⑤ （明）焦竑：《国史经籍志》卷三，《丛书集成初编》本，商务印书馆 1939 年版，第 67 页。

⑥ （明）焦竑：《国史经籍志》卷三，《丛书集成初编》本，商务印书馆 1939 年版，第 100 页。

列传之属也，纪一人之事。外此，若小说家，与此二者易溷而实不同，当辨之。"①清《四库全书总目》史部之"传记类按语"曰："传记者，总名也，类而别之，则叙一人之始末者为传之属，叙一事之始末者为记之属。以上所录，皆叙事之文，其类不一，故曰杂焉。"②《四库全书总目》"史部·传记类"所著录作品，仍是野史与小说并存。如其著录的晚明徐𤊹撰《榕阴新检》八卷，大半内容为志怪小说，不孚"传记"之名。今人宁稼雨撰《中国文言小说总目提要》即收有此书。另外，其"史部·传记类"阑入的众多高士、列女、孝子的传记集也夹杂大量怪妄之谈。若按现代学术观念，它们应被视为传记体小说。③

本书所谓传记体小说，即指兼有传记与小说双重特性的作品。如《吴中往哲记》《皇明十六种小传》《宋贤事汇》《名世类苑》《迩训》等均属此类。这些作品于明清书目中虽多被归入"史部·传记类"，但现代学界一般视其为小说书。

现代的文学研究者习惯称《世说新语》为志人小说的典范，但明清时期学者对《世说新语》性质的认识也许更加理性客观。如明邓原岳《皇明十六传小序》称《世说新语》为"艺苑之精言，而史局之别派也"④。清丁澍《今世说序》亦谓其"诚史家之支子，而艺苑之功臣也"⑤。可以肯定的是，《世说新语》兼有史书与小说的双重特质。而"世说体"与"传记体"的显著交会点是，二者皆以人物为载录对象。因此，传记体小说编撰中借用"世说体"也就是顺理成章的事了。具体表现为：其撰著动机既有经世实用的目的，也有审美欣赏的旨趣；其类目设置往往模仿《世说新语》，体现人物品鉴意识；其类目编排也依仿《世说新语》，呈现道德及审美价值由褒及贬或自高至低的递减顺序；其题材处

① （明）焦竑：《国史经籍志》卷三，《丛书集成初编》本，商务印书馆1939年版，第100页。

② （清）永瑢等：《四库全书总目》，中华书局1965年版，第531页。

③ 今人李剑国《唐前志怪小说史》第三章第三节"杂传体志怪小说与志怪题材的杂传小说"，将《列仙传》之类的仙传归入"杂传体小说"，将《汉武故事》《蜀王本纪》《徐偃王志异》等兼志历史人物与神怪的作品称为"杂传小说"［参见李剑国《唐前志怪小说史》（修订本），天津教育出版社2005年版，第167—210页］。

④ （明）江盈科：《皇明十六种小传》，《四库全书存目丛书》史部第107册，齐鲁书社1996年版，第588页。

⑤ （清）丁澍：《今世说序》，（清）王晫《今世说》，《四库全书存目丛书》子部第245册，齐鲁书社1995年版，第101页。

理，只取人物言行片段，不求人物端末完整，也一如《世说新语》。至于具体作品中的表现情况，则又是各有千秋、显隐不一的。

杨循吉《吴中往哲记》一卷、黄鲁曾《续吴中往哲记》一卷、《续吴中往哲记补逸》一卷，现存明嘉靖刻本。此书于《千顷堂书目》《四库全书总目》皆入"史部·传记类"，但当代宁稼雨撰《中国文言小说总目提要》、石昌渝《中国古代小说总目》（文言卷）均将它们著录于内。《四库提要》虽将其隶于"传记类"，但又认为其写法不入传记主流，称其"所列小传，皆寥寥数语，未见端末"，并摘取书中数条，责其"不足征信"①。今人将其视为小说，应与其此种品格有关。宁稼雨撰《中国文言小说总目提要》明确将其列入"志人类"小说。贾占林《论晚明"世说体"》一文所列 32 种明代"世说体"小说中，就包括《吴中往哲记》3 种。② 此书体例显然参照了"世说体"。首先，其人物类传的归纳凸显较为鲜明的品鉴意识，虽然其侧重点在于人物的德性品行，但也倾情于人物才情、风度的审美鉴赏，如《吴中往哲记》《续吴中往哲记》既有"勋德""忠节""刚介""孝德"等伦理类目，也有"高逸""风雅""豪侠""俊逸"等审美意味浓郁的篇目。而且，与《世说新语》篇目顺序的由褒及贬一样，其类目编排亦呈现道德价值由高至低渐减的顺序。其次，其只取人物德性一端而不求"端末完整"的题材处理方式，也颇似于《世说新语》。最后，其只拟类目而不撰条目标题的书写方式也与《世说新语》相类。

凌迪知纂《国朝名世类苑》四十六卷，现存明万历四年（1576）刻本。此书采辑明洪武至嘉靖凡十朝的名臣事迹，汇编而成。此书依旧例当著录于"史部·传记类"，但清四库馆臣却将其退入"子部·小说家类存目"，理由是它设有"神异""定数"等门类。清吴肃公《明语林·凡例》也称其为"稗家"："《世说》清新，词多创获，虽属临川雅构，半庞原史隽材。明书冗蔓，几等稗家，若《名世汇苑》《玉堂丛语》《见闻录》等书，蹈袭谱状，殊失体裁。"③

此书体例系综合宋赵善璙《自警编》分类体传记与明郑晓《吾学编》纪传体二者之长编纂而成的。凌迪知不满前代名臣传记各有缺陷，即使其

① （清）永瑢等：《四库全书总目》，中华书局 1965 年版，第 550 页。
② 贾占林：《论晚明"世说体"》，《湖南工业大学学报》（社会科学版）2008 年第 3 期。
③ （清）吴肃公：《明语林》，《四库全书存目丛书》子部第 245 册，齐鲁书社 1995 年版，第 2—3 页。

所祖尚的《吾学编》也存在弊端："惟郑端简公《吾学》之编，网罗群彦，润色鸿图，渔猎众闻，规摹《史》《汉》，猗与美矣，焉患无传？特其势（事）尚阻于槎牙，辞或伤于隐讳。总揽仅资乎博识，条分未择于品流，所谓既升司马之堂，小屈董狐之笔者也。"① 皇甫汸《名世类苑序》说："览其凡例，先之以姓氏、爵里，系以论赞；次之以嘉言善行，门分类别，何严也！……凌氏兹编，大都祖《吾学》而宗《自警》，犹《春秋》因乎《鲁史》，子长昉于《吕览》。至乎引用之博，殆发金匮之秘藏，采宝书于列国者也，信而微，婉而备矣。"② 其前四卷"人物履略"以编年顺序裒辑名臣传略，自"开国文武元功"至"嘉靖间名臣"，末附"逊国忠臣"，规仿《吾学编》之体。③ 卷五至卷四十六为名臣的嘉言懿行，分类编排，且为二层分类结构，一仍赵善璙《自警编》体例。④ 凌迪知《自序》说："首载姓名、爵里，以详其人，后系赠谥赞辞，以定其议；而后立纲陈目，条例粲然。纲凡有九，目则若干，始'明德'以启其端，终'治平'以毕其事……盖述而不作，迪也庶几，改易旧文，我则不敢。是编也，非敢拟立言之撰著，亦以便后学之矜式云尔。"⑤ "'履略'分为三十五列，非论品也，大略从世代编次，而又以轨迹相同，故稍为次第先后。若谬诠甲乙，则吾岂敢？"⑥ 实际是世代与主题穿插编排。其前三卷仍是分类的，如"开国文武元功七人""开国儒臣六人""开国死难十三人""开国文学侍从十人"，等等。其"履略"四卷的每一人物小传之后必撰赞语一篇，赞辞篇幅往往超过传记正文。其《凡例》又详述采用这

① （明）凌迪知：《国朝名世类苑序》，《四库全书存目丛书》子部第 240 册，齐鲁书社 1995 年版，第 444—446 页。

② （明）皇甫汸：《国朝名世类苑序》，《四库全书存目丛书》子部第 240 册，齐鲁书社 1995 年版，第 441—444 页。

③ 郑晓《吾学编》六十九卷，主体内容是名臣及诸王的传记，其中"名臣记"有三十卷，"建文逊国臣记"有八卷，"同姓诸王传"有三卷，"异姓诸侯传"有二卷，四者合计达四十三卷，占了全书的 62%。这些作品人自为传，传后有论赞，依编年顺序排缵成帙。

④ 赵善璙《自警编》九卷，"编次宋代名臣大儒嘉言懿行之可为法则者，凡'学问类'子目三，'操修类'子目十二，'齐家类'子目四，'接物类'子目七，'出处类'子目五，'事君类'子目十一，'政事类'子目十七，'拾遗类'子目二，共八类五十五目"［（清）永瑢等：《四库全书总目》，中华书局 1965 年版，第 1061 页］。

⑤ （明）凌迪知：《国朝名世类苑序》，《四库全书存目丛书》子部第 240 册，齐鲁书社 1995 年版，第 444—446 页。

⑥ （明）凌迪知：《名世类苑凡例》，《四库全书存目丛书》子部第 240 册，齐鲁书社 1995 年版，第 447—449 页。

种复合结构的动机："故先之以姓氏，使后学知其人；继之以言行，使后学考其实，一代英贤法戒具存，览者当自得之。"① 卷五至卷四十六的主体部分之所以采用分类体，撰者解释道："《名臣》诸录，各自列名，凡年代履历，皆因文润色，条分缀附，未尝立传。郑端简略仿史传，稍为收集，然名臣中或以节行标，或以勋业显，或以理学称，或以忠烈著，或以文学鸣，济济皇皇，为世所矜式。今摘其言行，以类而编，庶便观览。""宋赵善璙氏，以名臣言行分类成书，名曰《自警编》，是编固宗其意也。……是编本《大学》明德、新民、修身、齐家、治国之训，故先之以'资禀''学问''操修''齐家''接物''事君'，以及'政事'，是为纲也。纲凡有九，其目则若干，览者细考之。"②

《名世类苑》的序文跋语虽只字未及《世说新语》，但详察其体例面貌，却显见规摹《世说新语》的痕迹。其主体部分体例为双层分类结构，设一级纲目 8 个：资禀类、学问类、齐家类、接物类、出处类、事君类、政事类、杂类，立二级子目多达 97 个。其一级纲目与二级类目均可见《世说新语》品鉴意识与品目特征的影响。一级纲目中的"政事"为孔门四科之一，与《世说新语》第三篇同。其二级类目中更是多有模仿《世说新语》者，参见表 2-1。

表 2-1　　　　　　　《名世类苑》与《世说新语》类目关系简表

《国朝名世类苑》类目	《世说新语》篇目	二书类目相同、相近情况
政事（纲目）	政事	相同
文学	文学	
箴规	箴规	
识鉴	识鉴	
早慧	夙慧	相近
器量	雅量	
端方、忠鲠、节概、刚直、刚严、崇正、公正、扶正	方正	
厚德、厚伦、德望	德行	
神识、识见	识鉴	

　　① （明）凌迪知：《名世类苑凡例》，《四库全书存目丛书》子部第 240 册，齐鲁书社 1995 年版，第 447—449 页。

　　② （明）凌迪知：《名世类苑凡例》，《四库全书存目丛书》子部第 240 册，齐鲁书社 1995 年版，第 447—449 页。

续表

《国朝名世类苑》类目	《世说新语》篇目	二书类目相同、相近情况
评论	赏誉	
豪侠	豪爽	
恬退、谦让、出处	栖逸	相近
谗抑	轻诋	
瑕疵	纰漏	

《名世类苑》纲目"政事"之下 24 子目均属经世实学范畴，其余 73 目，多与人的道德、性情、才能、智慧、学问有关，与《世说新语》的话题聚焦多有相通处。因此，此书体例堪称史传体、类书体与世说体的复合体。

方学渐《迩训》二十卷，现存明刻本。《四库全书总目》"子部·小说类"、宁稼雨撰《中国文言小说总目提要》、石昌渝《中国古代小说总目》（文言卷）均有著录。此书专采撰者乡邦古今人物行谊可为法戒者，故称"迩训"。其体例也是以二字标题为篇目，篇目下分条并列故事，不撮标题，均同于《世说》。而其篇目之下又别以"郡人""宦游""侨寓"三种，每篇之后均附以"方子曰"的议论，则是异于《世说》之处。

李廷机《宋贤事汇》二卷，存明万历胡士容等刻本。此书于《千顷堂书目》《明史·艺文志》《四库全书总目》中被分别归入"史部·别史类""史部·杂史类""子部·杂家类"，反映其杂史与立言兼备的复杂特性。虽撰者动机出于"君子多识前言往行以畜其德"之训，旨在借宋贤事迹以匡扶当世，但编辑思想与立目、聚材方式均显示对《世说新语》的追摹。其编选思想体现浓郁的审美鉴赏意识，所立 43 目中，虽不乏"田宅""家教""兵事边事"之类的经世话题，但更多的类目如"气度""雅量""远器""言语""澹泊""韬晦""识见"等，均属对人物性情、风度、才识的品评鉴赏。除"恬退有守""寡嗜欲""兵事边事"三类之外，其余全是二字类目。有的类目同于《世说新语》，如"雅量""政事""言语"，更多是近于《世说新语》，如："仁德"—"德行"，"识见"—"识鉴"，"澹泊""恬退有守""韬晦"—"栖逸"，"识体""应猝"—"捷悟"，等等。其类目下分条陈述故事，亦不撮标题。而且，其只录事实，不作评论。上述特征皆近于《世说新语》。

江盈科《皇明十六种小传》四卷，现存明万历二十九年（1601）刻本。此书于《四库全书总目》入"史部·传记类"。《自序》说："不佞因阅国乘，摘出二百余年新异事，凡十六种，各缀辑其语而为之传，汇而为四门，有曰四维者，忠、孝、廉、节是也；曰四常者，慈、明、宽、慎是也；曰四奇者，隐、怪、机、侠是也；曰四凶者，奸、谗、贪、酷是也。四门之中，其目十六，十六种之中，种或十余人，或三四人，总计凡若干人。"① 邓原岳《皇明十六传小序》称，是书"采国史之奇事可为法戒者，大率仿《世说》之意，茸为十六传而梓之。"② 其"仿《世说》之意"，首先是基于道德本位的人物品题意旨，即对人物道德品阶的评价，自"四维"至"四凶"，由褒及贬，渐次递减。其次，其选题方法异于正统的传记，不是涵括人物一生事迹乃至家世、后代情况，而是围绕特定类目主题，截取片段，以表现人物个性的某个侧面。如解缙一生曾历事太祖、建文、成祖三朝，文功政绩甚富，但"四奇·机类"《解缙》一篇仅选取其于成祖立储一事中的当机立断、立场坚定，展现其于定大宝、宁震位的危急关头善得其"机"，智冠群臣。最后，其所辑传记资料闪烁颖异的传奇色彩，"四奇"中隐、怪、机、侠各类尤其突出。这与《世说新语》的"记行则高简瑰奇"③ 也旨趣相通。其体例有别于《世说新语》之处有二：一是每一条故事均设标题，有的甚至是双句标题，如卷二"四常·慈类"所收一篇题为《仁庙禁告谤 宣庙论肉刑》④，模仿当日章回小说的做法。二是记述故事之后，多加编者的议论。

丁元荐撰《西山日记》二卷，存代清抄本。杂录自洪武迄万历间朝野事迹，分英断、相业、延揽、才略、深心、名将、循良、法吏、节烈、忠义、清修、直节、德量、器识、神识、正学、古道、友谊、义侠、格言、正论、清议、文学、师模、庭训、母范、孝友、笃行、方术、高隐、

---

① （明）江盈科：《皇明十六种小传自序》，《四库全书存目丛书》史部第 107 册，齐鲁书社 1996 年版，第 589—590 页。

② （明）邓原岳：《皇明十六传小序》，《四库全书存目丛书》史部第 107 册，齐鲁书社 1996 年版，第 588—589 页。

③ 鲁迅：《中国小说史略》，人民文学出版社 1973 年版，第 47 页。

④ （明）江盈科：《皇明十六种小传》，《四库全书存目丛书》史部第 107 册，齐鲁书社 1996 年版，第 618 页。

恬退、持正、贤媛、耆寿、家训、日录 36 类。有记录见闻，亦有采辑旧文，但不注出处。其撰著思想、分门别类、分条并陈故事等方面，皆近于"世说体"，而且，其一些类目明显模仿《世说新语》，如它也有"文学门""贤媛门"，另如其"德量"之于"雅量"，"器识""神识"之于"识鉴"，"方术"之于"术解"，"高隐""恬退"之于"栖逸"，均可显见取法《世说》篇目的痕迹。

传记体小说编撰体例有别于"世说体"之处主要表现于：其撰著动机主要出于扬善抑恶，范世砺俗，其选材重心突出人物的道德与功业，这与《世说新语》的弘扬风流、愉悦身心有所异趣。类目设置方面，拟立诸多经世实学的类目。同时，它们中有许多作品仍然遵从史传的笔法，于篇目之后附以赞论，或于某类故事之前撰写小序，申明旨意。这与《世说新语》文本中叙述者的"退场"迥乎有别。

二　"世说体"与清言类小说的玄赏幽趣

《四库全书总目》为明闵元衢《增定玉壶冰》所撰"提要"云："山人墨客，莫盛于明之末年，刺取清言，以夸高致，亦一时风尚如是也。"① 晚明清言小品的昌炽繁盛，一方面是当时士风世习相扇扬的结果，同时与《世说新语》的传播存在密切关联，明清以来学界多有论述。晚明士人认为，晚明与魏晋皆为季世，精神相通相似。明吴遹《小窗清纪引》说："盖谈风流者首称江左，清固有方气耶！……清固有气运耶！"② 明王宇《清纪序》更明言："士生季世，善不可为"，故而"隐居放言"，"越世高谈"，"君子出表清节，居著清言"。③ 屠隆视《世说》为文人清谈之摹本，其《娑罗馆清言》中说："观上虞《论衡》，笑中郎未精玄赏；读临川《世说》，知晋人果善清言。"④ 清周心如说："《世说新语》为清言渊薮。"⑤《四库全书总目》将宋周密《澄怀录》视为晚明小品之滥觞："是书采唐宋诸人所纪登涉之胜与旷达之语，汇为一编。皆节

---

① （清）永瑢等：《四库全书总目》，中华书局 1965 年版，第 1125 页。
② （明）吴遹：《小窗清纪引》，《四库全书存目丛书》子部第 253 册，齐鲁书社 1996 年版，第 283—284 页。
③ （明）王宇：《清纪序》，《四库全书存目丛书》子部第 253 册，齐鲁书社 1996 年版，第 282 页。
④ （明）屠隆：《娑罗馆清言》，中华书局 2008 年版，第 129 页。
⑤ （清）周心如：《世说新语识语》，惜阴轩丛书本。

载原文，而注书名其下，亦《世说新语》之流别，而稍变其体例者也。明人喜摘录清谈，目为小品，滥觞所自，盖在此书矣。"①陈寅恪《陶渊明之思想与清谈之关系》一文说："《世说新语》记录魏晋清谈之书也……盖起自汉末之清谈适至此时代而消灭，是临川康王不自觉中却于此建立一划分时代之界石及编完一部清谈之全集也。"②

　　晚明清言作品题材广泛，体裁多样，古今书目的归类也不一致，但清言体与小说体存在很大程度上的重合是不争的事实，许多清言作品同时也是当之无愧的小说。如本文所论及的《霞外麈谈》《兰畹居清言》《舌华录》《小窗清纪》《古今韵史》等，均是如此。今人欧明俊《明清的笔记小品》一文，称晚明"世说体"为"世说体记人笔记"③。约与笔记小说、志人小说对应。首先表现于内在精神层面，晚明清言类小说承续《世说新语》玄淡隽永之趣尚，极力弘扬"脱尽人间烟火气"的清言幽韵。晚明士人喜谈"清""雅""韵""幽"，以与浊俗世界划清界限。这类作品的撰者或是官场受挫、劫后余生，或是久困场屋，无缘于仕籍，或甘做闲云野鹤而悠游山水，而且程度不同地受到佛老思想的浸染。其次，题材处理方法，切合类目主题，只取人物言行片段，以突出人物性情的一个侧面。最后，类目设置、结构编排，也明显模仿《世说新语》。

　　郑仲夔《兰畹居清言》十卷，今存明万历四十五年（1617）刻《玉麈新谭》本。其所拟36篇目全同《世说新语》。郑仲夔《清言凡例》宣言其取材标准："然事取奇僻，语尚冷隽，外是概从删抹，不以滥陈。"④王宇春《题清言后》称是书："其标目准之《世说》，而取材不厌富，搜事不厌僻，叙致不厌高，选韵不厌隽，非胸中具十斛珠玑，生平不沾烟火气者，断不能辨支语。是编也成，久夺何、王、焦氏之席矣。"⑤朱谋㙔《清言序》称赏其"兼裴、郭之长，绍临川之响，所谓飞天仙人，容止语笑，都无烟火气味，而华实并收，声叶俱茂，不徒晋室诸

---

　　① （清）永瑢等：《四库全书总目》，中华书局1965年版，第1117页。
　　② 陈寅恪：《陶渊明之思想与清谈之关系》，燕京大学哈佛燕京社1945年版，第32—33页。
　　③ 欧明俊：《明清的笔记小品（上）》，《文史知识》2001年第3期。
　　④ （明）郑仲夔：《清言凡例》，《四库全书存目丛书》子部第244册，齐鲁书社1995年版，第332页。
　　⑤ （明）王宇春：《题清言后》，《四库全书存目丛书》子部第244册，齐鲁书社1995年版，第331页。

贤清潭而已"①。曹征庸《清言序》说："吾友郑龙如氏踵《世说》《语林》诸书之后，而葺《清言》一编，虽晚出，而旨微不同。大抵《世说》在因事以传言，其言精；《清言》在因言以征事，其事核。《世说》之精，使人留想于片言；《清言》之核，期以示的于千古。编则耦列，理实孤行。至其清妙淹通，寄属隽远，可以味得，尤难以率赏。"② 从某种程度上说，《清言》是《世说新语》"言语门"的扩充版。

周应治《霞外麈谈》十卷，现存明崇祯间刻本。《四库全书总目》入"子部·杂家类"，当代宁稼雨撰《中国文言小说总目提要》、石昌渝《中国古代小说总目》（文言卷）均予著录。四库馆臣称："是书辑隐逸高尚之事，分霞想、鸿冥、恬尚、旷览、幽赏、清鉴、达生、博雅、寓因、感适十类。大抵以《世说新语》为蓝本，而稍以诸书附益之。"③ 此书为周应治经历政治劫难、彻底厌弃官场之后所撰。杨德周《霞外麈谈序》说："公遭楚宗之变，拜疏辄行，挂冠不出。所居近贺监祠，烟波徜徉，尽绝其侘傺感慨之念。天际真人，达观旷远，以故胸蟠丘壑，笔染烟霞，虽所捃撨，自托于詹詹之言，而寄想寓兴，虽咫尺间觉万里为遥，未必不怖河汉无极也。卮词大无当，而言近旨远，名小类大，如沈存中《笔谈》、洪容斋《随笔》，及近日台山相公（叶向高）之《稗存》、平涵相公之《涌幢》，皆以小品具大观，公是集毋亦类是，岂仅足当麈尾嘉话哉！"④

题"陈继儒、程铨撰"《古今韵史》十二卷，现存明刻本。《四库全书总目》"子部·杂家类存目"著录，撰者仅题"明陈继儒"，并称"亦《世说新语》之支流，而纤佻弥甚"⑤。齐鲁书社于1995年影印此书，题"陈继儒、程铨撰"，也不准确。根据程铨《自序》《例语》、六类内容前的《小引》以及黄华旸的《小引》可知，此书撰者实为程铨，陈继儒仅是一参订者。此书所谓"韵"，指超越情理之外的率真性情。程铨《古今

① （明）朱谋㙔：《清言序》，《四库全书存目丛书》子部第244册，齐鲁书社1995年版，第327—328页。

② （明）曹征庸：《清言序》，《四库全书存目丛书》子部第244册，齐鲁书社1995年版，第323—324页。

③ （清）永瑢等：《四库全书总目》，中华书局1965年版，第1122页。

④ （明）杨德周：《霞外麈谈序》，《四库全书存目丛书》子部第131册，齐鲁书社1995年版，第688—689页。

⑤ （清）永瑢等：《四库全书总目》，中华书局1965年版，第1127页。

韵史序》说:"山谷老人曰:'弟子百病可医,惟俗不可医。'予深然其说,因益一语曰:'凡人百行可学,惟韵不可学。'今夫极尊美者,曰忠孝,曰道义,曰礼节,以至文章、技艺等。夫是数者,非不果尊且美也,然犹有心血可负之而出,有模画可仿之而成,即不甚肖,亦自有其意焉。若夫韵也者,理过而韵伤矣,情深而韵瘁矣,不在情理外,而又不在情理中。张子野词云:'生香真色人难学',此之谓也。"① 世俗以为至尊至美的忠、孝、节、义以及文章、技能,均不可与"韵"同日而语。其《韵人小序》言之更详:"余遍览古今,惟胸中脱尽情态、理障、文学气者,始于天然之韵有所叶也。"② 程铨撰《例语》七则之一云:"兹集汇韵人、韵事、韵语、韵诗、韵词、韵物,凡六种,皆搜自古今秘本,及石公、临川、眉公、纬真诸名人新语,若《世说》《虞初》《艳异》《唐诗》等书,概不复入。"③ 其"韵人""韵事""韵语"3 种选材标准、剪裁方式颇仿《世说》,"韵诗""韵词"专辑名媛佳丽作品,只因她们为"千古韵人",故而旨趣仍在于"韵人"。而结末"韵物"一种所录,均非人间俗物,而是近于博物体志怪小说所载的异域怪物,又平添了奇幻色彩。黄华旸《读古今韵史小引》甚至将"韵人"等同于"仙人":"世无仙人,止有韵人耳。今之韵人,则仙人也。仙则超凡,韵则越俗。其名差异,其实同归。……笔兼裴、郭之长,篇擅临川之胜……下而《唐语林》《续世说》,拟之于仙,觉尚未餐胡麻一粒也……故是编谓之'韵史'可,谓之丹书可,读者不作两观,应知弱水、蓬莱不隔三千矣。"④ 可见,屠隆、汤显祖、袁宏道、陈继儒等人的生活态度最符合"韵人""神仙""名士"的标准,可视为晚明的王、谢、桓、刘之辈。他们所企慕的这种偏执审美趣尚与玄虚境界,隐含着对世俗价值系统的漠视与否定。

　　曹臣《舌华录》九卷,现存明万历刻本。书名"舌华",特取佛经

---

① (明)程铨:《古今韵史序》,《四库全书存目丛书》子部第 148 册,齐鲁书社 1995 年版,第 689—691 页。

② (明)程铨:《韵人小序》,《四库全书存目丛书》子部第 148 册,齐鲁书社 1995 年版,第 693—694 页。

③ (明)程铨:《古今韵史例语》,《四库全书存目丛书》子部第 148 册,齐鲁书社 1995 年版,第 693 页。

④ (明)黄华旸:《读古今韵史小引》,《四库全书存目丛书》子部第 148 册,齐鲁书社 1995 年版,第 687—689 页。

"舌本莲花"之意，或如潘之恒《序》所称"舌根于心，言发为华"①。四库馆臣称其为"《世说新语》之余波也"②。其《凡例》称"取语不取事"，"所取在仓卒口谈，不取往来邮笔"③。此书可视为《世说新语》"言语""捷悟""排调"诸门的扩展版。此书分18类：慧语、名语、豪语、狂语、傲语、冷语、谐语、谑语、清语、韵语、俊语、讽语、讥语、愤语、辩语、颖语、浇语、凄语，每类之前均有"吴苑曰"的小序。

吴从先《小窗四纪》之一《清纪》五卷分清语、清事、清享、清韵四类，四库馆臣所撰"提要"称，是书"摹仿《世说》，分清语、清事、清韵、清学四门"④。但将"清享"误作"清学"。卷前有王宇、吴逵的《序》，何伟然的《识语》，还有《小窗清纪纂用书目》，纂者声称"随阅随录，不编次第"⑤。列举书目158种，但条目后却大多不注出处，因而无法判定，此书之编纂是否果真来自这么长的书目。吴从先于每类之前均撰《引语》一篇，申明大旨。其"清韵"下辑录大量诗词歌赋，而且多附评语。

《世说新语》题材涉及魏晋士流生活的方方面面。余英时认为："《世说新语》为载魏晋士大夫生活方式之专书。"⑥其《汉晋之际士之新自觉与新思潮》一文注释第19又云："但若从士大夫新生活方式之全部着眼，则尤当注重其上限，清谈特其一端耳！而《世语》所载固不限于清谈也。"⑦而晚明清言类小说的编辑思想比较偏执，选材标准较为严苛，其格局无法望《世说》之项背。它们往往在每类之前撰有小序，同类之后附有按语，《霞外麈谈》每类之前均有小序，《舌华录》每类之首必附"吴苑曰"的序论，陈继儒、程铨撰《古今韵史》分韵人、韵事等六类，每类之前均有程铨撰的《小引》。吴从先《清纪》分四门，每门之前均有

①　（明）潘之恒：《舌华录序》，《四库全书存目丛书》子部第143册，齐鲁书社1995年版，第552—554页。

②　（清）永瑢等：《四库全书总目》，中华书局1965年版，第1125页。

③　（明）曹臣：《舌华录凡例》，《四库全书存目丛书》子部第143册，齐鲁书社1995年版，第558页。

④　（清）永瑢等：《四库全书总目》，中华书局1965年版，第1235页。

⑤　（明）吴从先：《小窗清纪纂用书目》，《四库全书存目丛书》子部第253册，齐鲁书社1995年版，第285—287页。

⑥　余英时：《士与中国文化》，上海人民出版社2003年版，第267页。

⑦　余英时：《士与中国文化》，上海人民出版社2003年版，第345页。

自撰《小引》。而且，这些作品，大都体例不纯，动辄辑入大量诗词韵文，如《古今韵史》前三类"韵人""韵事""韵语"大致不出志人小说之体，而"韵诗""韵词"二类则属诗文总集之体，最后的"韵物"又近乎博物之作了。吴从先《清纪》所分四门中，"清语""清事""清享"近于志人小说，而"清韵"一门则摘录、裒辑诗词歌赋诸体作品，实属文学总集。而且许多选文后加上评语，如摘录李白《愁阳春赋》《惜余春赋》《悲清秋赋》之后，评曰："三首清艳俱仙骨。"① 在摘引梁简文《答新喻侯和诗书》之后，评曰："真是文王！"② 又若诗文评之体。这些作品撰者一再标榜"生色真香"的自然本真之趣，但又说教连篇，将个人一己之见叠床架屋般强加于文本，从而消解了自己的人生与艺术主张。同时，其品评人物标准，既要求"脱尽人间烟火气"，又推崇"博物多识"，卷首侈列长长的引用书目，也难免自相矛盾。

三 "世说体"与艳情小说的才貌品鉴

晚明艳情小说数量甚夥，但传统书目多不著录，它们或散行于民间，或被收录于一些非主流的丛书中。当代学界始将其作为一种小说类型纳入研究视野。③ 其中的一些"品妓"之作，其撰述动机与外在体例，均曾显然受到《世说新语》的启迪。首先，撰者将平康妓女视为可与缙绅士夫人格平等的一个群体。潘之恒《金陵妓品序》说："《诗》称士女，女之有士行者。士行虽列清贵，而士风尤属高华。以此求之平康，惟慧眼乃能识察，必其人尚儒素而具灵心。"④ 因此，名妓的优劣品评自可借鉴《世说》的名士标准。其次，按照名妓才貌、风韵的优劣、高低品第排列顺序，与《世说新语》结构逻辑有相似之处。最后，借鉴《世说新语》的

① （明）吴从先：《清纪》，《四库全书存目丛书》子部第 253 册，齐鲁书社 1995 年版，第 444—445 页。

② （明）吴从先：《清纪》，《四库全书存目丛书》子部第 253 册，齐鲁书社 1995 年版，第 447 页。

③ 如徐君、杨海《妓女史》（上海文艺出版社 1995 年版），萧国亮《中国娼妓史》（文津出版社 1996 年版），陶慕宁《青楼文学与中国文化》（东方出版社 2006 年版），［日］大木康《风月秦淮：中国游里空间》（辛如意译，台北：联经出版事业公司 2007 年版），柳素平《晚明名妓文化研究》（武汉大学出版社 2008 年版），刘士义《明代青楼文化与文学》（博士学位论文，南开大学，2013 年），等等。

④ （明）潘之恒：《金陵妓品序》，《说郛三种》本，上海古籍出版社 2012 年版，第 2050 页。

文字风格，品鉴名妓，收到韵味隽永之效果。

艳情小说的撰集者大致都是功名不遂的潦倒才子，或者仕途受挫的落魄之士，他们长期流连于烟花柳巷，溺而不返，在青楼红颜的温柔乡中找到了自我，乐于以审美欣赏的态度品鉴名妓。元郝经《青楼集序》说："君子之于斯世也，孰不欲才加诸人，行足诸已，其肯甘于自弃乎哉？盖时有否泰，分有穷达，故才或不羁，行或不掩焉。当其泰而达也，园林钟鼓，乐且未央，君子宜之；当其否而穷也，江湖诗酒，迷而不复，君子非获已者焉……览是集者，尚感士之不遇。"① 杨慎《江花品藻》系其谪滇期间，"花酒流连，所乞题咏，而藉以佐觞政者"②。曹大章《秦淮士女表序》亦称："佻达儿郎，剑客藏名，托兹以砻侠骨；文人失职，借此以耗壮心。"③

杨慎《江花品藻》以名花品题名妓 24 人，如第一名雷逢儿为"梅花"，第二名陈满堂为"水仙"，第三名李爱儿为"山茶"，等等。题"萍乡花史"撰《广陵女士殿最》专品扬州名妓，也是借名花以品题妓女，其《序》云："爰量品而注出身之资，高卑斯在；兼采诗而缀题评之语，褒贬用章（彰）。是使女士者流，颇著殿最之等。谱名花而俪色，庶（度）艳曲以成声，呕尽闲心，刊为豪举。"④ 将上百名妓女品评为：异香牡丹、温香芍药、国香兰、天香桂、暗香梅、冷香菊、韵香荼藨、妙香苍葡、雪香梨、细香竹、嘉香海棠、清香莲、艳香茉莉、南香含笑、奇香腊梅、寒香水仙、素香丁香、瑞香 18 种类型。

有的撰者于序言、凡例中坦承规依《世说新语》的品题之例。曹大章《秦淮士女表》云："女伎之兴，其来尚矣。顾代有名姬，亦代有艳史，《汉上题衿记》《湘皋解佩录》《南部烟花录》《广陵花月志》诸书，木（本）虽不全，散见他卷……余子纷纷，蛙鸣蝉噪，刻画无盐，唐突西子，殊为可恨。顷余有事于此，将一洗晚近之陋，未得雅宗，偶

---

①　（元）郝经：《青楼集序》，（元）夏庭芝著、孙崇涛笺注《青楼集笺注》，中国戏剧出版社 1990 年版。

②　（明）杨慎：《江花品藻序》，秦淮寓客编《绿窗女史》本，台北：天一出版社影印本 1985 年版。

③　（明）曹大章：《秦淮士女表》，秦淮寓客编《绿窗女史》本，台北：天一出版社影印本 1985 年版。

④　（明）萍乡花史：《广陵女士殿最序》，秦淮寓客编《绿窗女史》本，台北：天一出版社影印本 1985 年版。

见友人表《世说新语》，有触于衷，引而为此。"① 冰华梅史《燕都妓品序》说："虽南中之月旦，何取滥觞，是用效颦，以之佐噱。盖取怜竞态，旁观无当局之迷。而分品计功，过目有持平之察。"② 并拟定六种条例：科名例、四元例、四殿例、诗评例、世说例、金谷例。其"世说例"云："盖鲸吞海水，尽露珊瑚；雅奏曲终，无惭鼓缶。沉其诙词嘉谑，乃酒佐之麈谈，而品誉微讥，亦花神之信史。"③ 如《二名榜眼陈桂》，先引杜甫诗"五陵佳气无时无"之句，次引通行本《世说》"言语"第 74 条：荀中郎在京口，登北固望海云："虽未睹三山，便自使人有凌云意。若秦汉之君，必当褰裳濡足。"此条述荀羡登北固山望海而联想到东海三仙山，顿生脱尘求仙之兴致。《燕都妓品》引用该故事，使人自然联想到陈桂之美艳，足令士子沉醉其温柔乡中，再无尘世功名之想。比兴寄托，韵味无穷。

潘之恒《曲中志》曾为 27 位名妓作传。其《亘史钞·外纪》之"金陵""妓品""江南艳""闺艳""吴艳""燕艳""楚艳""赵艳""齐艳""淮艳"诸类所辑，其实是对当时大明版图内各区域妓女的品评。潘之恒《金陵妓品》撰于万历辛丑年（1621），其卷后"识语"云："以上聊记一时之英，或前辈风高，或闭户未面，或远游他徙者，都不具载。"④ 收金陵妓女 32 人，分为四品：一曰品，典则胜，共 9 人；二曰韵，丰仪胜，共 10 人；三曰才，调度胜，共 8 人；四曰色，颖秀胜，共 5 人。

即如冯梦龙《情史类略》二十四卷，学界一般认为其格调相对庄肃，但其编辑思想亦不难见出《世说新语》的影响。此书前龙子犹《序》说："欲择古今情事之美者，各著小传，使人知情之可久。"⑤ 此书分 24 类，其编排顺序自"情贞"至"情迹"，隐含冯氏对"情爱"道德价值高低等差的品鉴意识。詹詹外史《序》说："是编也，始乎'贞'，令人慕义；继乎'缘'，令人知命；'私''爱'以畅其悦；'仇''憾'以伸其气；

---

① （明）曹大章：《秦淮士女表》，秦淮寓客编《绿窗女史》本，台北：天一出版社影印本 1985 年版。

② （明）冰华梅史：《燕都妓品序》，秦淮寓客编《绿窗女史》本，台北：天一出版社影印本 1985 年版。

③ （明）冰华梅史：《燕都妓品序》，秦淮寓客编《绿窗女史》本，台北：天一出版社影印本 1985 年版。

④ （清）陶珽：《说郛续》，《说郛三种》本，上海古籍出版社 2012 年版，第 2051 页。

⑤ （明）冯梦龙：《情史》，岳麓书社 1986 年排印本，第 1 页。

'豪'　'侠'以大其胸；'灵'　'感'以神其事；'痴'　'幻'以开其悟；
'秽'　'累'以窒其淫；'通'　'化'以达其类；'芽'非以诬圣贤，而
'疑'亦不敢以诬鬼神。"①

艳情小说编撰中，最常用以花评鉴名妓，另有科名例、金谷例等，但
这些规范均不及"世说例"韵味隽永。

四　"世说体"与类书体小说集的人物品目

本书所谓类书，仅囿于胡道静先生《中国古代的类书》中所称的
"正宗类书"②，亦即汇编天、地、人、事、物各种资料的作品。所谓类书
体小说集，是指辑录说部资料、按照类书方式编纂而成的书籍。在明代，
这类书籍有王圻《稗史汇编》、叶向高《说类》、王罃《群书类编故事》、
董斯张《广博物志》等，而尤以前两种最有代表性。这类作品中一般都
辟有"人物""人事"之类的门类，往往借鉴"世说体"以汇整资料。

《稗史汇编》《说类》于《四库全书总目》中均被归入"子部·杂家
类"，但现代学界一般视其为小说作品，如宁稼雨撰《中国文言小说总目
提要》（齐鲁书社 1996 年版）、石昌渝《中国古代小说总目》（文言
卷）（山西教育出版社 2004 年版）均著录以上二书。

王圻纂《稗史汇编》一百七十五卷，现存明万历刻本。卷十七至卷
四十二为"人物门"，下分 34 类：

> 帝王（上皇太子太孙附）、偏霸、侯王、统系、皇后、妃嫔、公
> 主、圣贤、德行、忠良、节义、循吏、方正、清操、雅量、干局、夙
> 慧、文学、隐逸、侠烈、豪爽、旷达、捷悟、任诞、勇捷、贪暴、奸
> 尻、忿狷、富足、贫士、奸邪、品题、异人、名姓

其中"德行""方正""雅量""夙慧""豪爽""捷悟""任诞""忿
狷"直接套用《世说新语》篇目。其卷四十二至卷四十九为"伦叙门"，
分 8 类：父子（祖孙附）、贤母、孝子、兄弟、婿甥、婢妾、贤媛（上、

---

① （明）冯梦龙：《情史》，岳麓书社 1986 年排印本，第 3 页。
② 胡道静先生说："我们现在所说的类书，就是兼'百科全书'和'资料汇编'性质的古
籍。正宗的类书，也就是这种性质的古籍。"（胡道静：《中国古代的类书》，中华书局 1982 年
版，第 8 页）

中、下)、妓女，其"贤媛"门类亦同《世说》。卷八十四至卷九十六为"人事门"，下分32类：

> 遭逢、感慨、恩幸、评骘、家范、箴规、修持、识鉴、褊戾、汰侈、俭啬、报施、称谓、忌讳、尤悔、轻诋、假谲、仇怨、倾俭、摄生、疢疾、医疗、哀逝、自新、言语、宴会、游览、俳调、矜衒、简傲、惑溺、谬误

其中"箴规""识鉴""汰侈""俭啬""尤悔""轻诋""假谲""自新""言语""俳调""简傲""惑溺"12类显然袭自《世说新语》，而"褊戾"——"忿狷"，"仇怨"——"仇隙"，"哀逝"——"伤逝"，也显见模仿《世说新语》的痕迹。

叶向高撰《说类》六十二卷，今存明刻本。其卷三十一至卷四十凡10卷为"人事部"，除卷三十七所收均为议论文外，其余9卷所分75类中有69类都是二字类目，基本都是对人物道德、性情、才能、智慧、处世方式所作的品题，其中不少类目同于或近于《世说新语》，前者如："雅量""品藻""栖逸""简傲""惑溺""轻诋"，后者如："盛德""阴德"——"德行"，"延誉"——"赏誉"，"品鉴"——"品藻"，"恬退"——"栖逸"，"豪纵"——"豪爽"，"诞僻"——"任诞"，"疏傲"——"简傲"，"训俭""骄奢败"——"俭啬"，"忿怨"——"忿狷"，等等。

"通俗类书"之名初见于20世纪30年代孙楷第先生《日本东京所见中国小说书目》一书，所列篇目有《国色天香十卷》《万锦情林六卷》《重刻增补燕居笔记十卷》《增补批点图像燕居笔记》四书，另外还有赤心子辑《绣谷春容》(一名《选锲骚坛撼粹嚼麝谭苑》)十二卷，它们均刊刻于明万历至明末这一段时间。《绣谷春容》存万历间世德堂刊本。此书分礼、乐、射、御、书、数六集，其"数集"卷六下层"嘉言撼粹"下又拟篇目：君相、子母、夫妇、兄弟、朋友、人品、德量、节义、旷达、栖逸、凤慧、言语、闺彦、释尼、论述、考溯、原始、格言、托讽、谐谑、时事、果报、异祥、赞颂、杂志，① 每一篇目下辑录故事数条，但

---

① 参见赤心子辑《选锲骚坛撼粹嚼麝谭苑》，中国社会科学院历史研究所编《明代通俗日用类书集刊》(13)，西南师范大学出版社、东方出版社2011年版，第208—226页。

只并列编排，不标题目。而且其"旷达""栖逸""夙慧""言语"诸篇题目显然袭自《世说新语》。

类书体小说集具有说部资料汇编的性质，其与"人物""人事"相关的门类，借用"世说体"将丛脞芜杂的说部资料整理归纳起来，用名士雅趣濡染资料，润饰故事，可显著增强说部资料的文学品位。同时，以"世说体"统合"人事"资料，也使"世说体"本身堂而皇之地嵌入正宗类书天地人事物结构所反映的正统伦理价值系统中。

五　"世说体"与分类体小说集的标目整合

所谓分类体小说集，即按主题分类方式汇编小说资料的书籍。在明代，其类型众多，如分类辑录智慧故事的智书，诸如樊玉衡《智品》、冯梦龙《智囊补》、孙能传《益智编》等；分类辑录神怪资料的志怪书，如施显卿《古今奇闻类纪》、朱谋㙔《异林》等；分门辑录情爱故事的言情小说集，诸如梅鼎祚《青泥莲花记》、冯梦龙《情史类略》等。本书仅就智书、郭良翰《问奇类林》、郑瑄《昨非庵日纂》等书与"世说体"之关系展开讨论。

智书的编撰目的在于借古人智慧以解决现实问题，涌现于内外交困的晚明时期，至今尚存有十余种。智书于《四库全书总目》中多被归于"子部·杂家类"，但今人多视其为小说作品。樊玉衡《智品》十三卷，现存明万历四十二年（1614）於斯行刻本。樊玉衡曾于昆山为官六年，"廉能廉善毕具"，深得民心，王锡爵《智品题辞》云："顷读侯（樊玉衡）所诠次《智品》，益恺然悲之。侯所品'一神''二妙''三能''四雅'备矣，迹昆之人所以颂侯者，则犹四之中一之下也。"① 此书按照人物用智技能的高低分为7门：神品、妙品、能品、雅品、具品、谲品、盗品，明显是对人物用智优劣品第的划分。比如《智品》中各品级解题：

> 神品者，机将萌而先知，祸未发而先睹，光怪幺幺，望之而走，即如神之智何让矣。

———————

① （明）王锡爵：《智品题辞》，《四库全书存目丛书》子部第134册，齐鲁书社1995年版，第703—704页。

妙品者，机已萌而祸且发，运其智力，转移甚巧。至宵人忸怩以
韬秽，群豪踯躅而敛暴，功什百于战争，乃妙有独操者也。

能品者，事已遂而祸已成，运策出奇，旋转咸中，如杨叶之射白
猿，望之即号，以此收功，天下称能人焉。①

将"机将萌而先知""机已萌而祸且发""事已遂而祸已成"三种情
势下用智成功者品评为"神品""妙品""能品"三个等级，体现用智艺
术的等级差别。

冯梦龙《智囊补》为二层分类结构，一级分 10 部：上智部、明智
部、察智部、胆智部、术智部、捷智部、语智部、兵智部、闺智部、杂智
部，由"上智""明智"，次及"胆智""术智"，再到包含"狡黠""小
慧"的"杂智"，体现智慧等级自高至低、撰者态度由扬至抑的顺序。其
二级类目有 28 个：

见大、远犹、通简、迎刃、知微、亿中、剖疑、经务、得情、诘
奸、威克、识断、委蛇、谬数、权奇、灵变、应卒、敏悟、辩才、善
言、不战、制胜、诡道、武案、贤哲、雄略、狡黠、小慧

与《世说新语》门目比较可知，《智囊》的识断、应卒、敏悟、辩
才、善言、贤哲、雄略、狡黠等类目，分别与《世说新语》中的识鉴、
捷悟、言语、德行、假谲等篇目有某种程度上的对应关系，均表现出对人
物智慧神明的品鉴意味。

郭良翰辑《问奇类林》三十五卷《续》三十卷，今存明万历三十
七年（1609）黄吉士等刻增修本，1997 年北京出版社据此本影印，收
入《四库未收书辑刊》七辑第 15 册。此书于《千顷堂书目》《明史·
艺文志》均入"子部·小说类"。郭良翰《问奇类林题辞》自述："余
盖自束发受书，即好纵览古今轶事云，得诸类编，靡所不窃窥……业且
成癖，不忍释，每私购异书，篝灯置帐中，宝甚鸿秘。日程课稍竣，辄

_____

① （明）樊玉衡撰、（明）於伦增补：《智品》，《四库全书存目丛书》子部第 134 册，齐鲁
书社 1995 年版，第 708 页。

钞诵达丙夜，以为常……余既萍踪支离，旧书无虑充汗。"① 郭良翰虽学识渊博，但科场蹭蹬，屡试不中，其《问奇类林题辞》说："余于举子业，竟九献而九踬也。"② 金忠士《问奇类林序》说："道宪九踬而不售，固天之以千秋事业系道宪也。"③ 但他又是一位心系天下的士人，金忠士《序》说："曩余巡行时，读郭道宪《封事》，见其忠肝义胆，时时吐露，击节不已，曰：'贾、陆其复见矣。'顷者入都，相与过从，省其躬行实践，聆其议论风旨，悉忠孝大节，劲直浩气，往往超出寻常心，益为之内折。盖得之家传者有素，而得之涵养学问者尤深也。"④ 此书具有经世致用与博物多识的双重特点。毕懋康《序》称此书"所辑自君德、宫闱，以逮阴阳、族氏，靡非翊世訏谟，补天硕画"⑤。金忠士《问奇类林序》："读之卒业，则又服其博物多识似子产、曼倩、刘向、胡综、张华辈。深味之，则析物情，察时变，洞阴阳之消长，验古今之成败，出入子史，淹贯丘索，类聚而群分之，历历如咸阳之镜，能令人读之，善者奋，恶者惩，其真砥世范俗之书乎！其真法古准今之学乎！"⑥

《问奇类林》的体例，如郭良翰《题辞》所说："余逖观唐以来类编诸书多矣，而以事绣错，合类珠联，缀以至论，参以名理，纚纚井井，苞孕神奇，则阙焉。即间是，何不衰而成一家言……事各分门，门各以类，类各为断，凡得千余板，卷三十五，为言三十六万，奇证向今。故参伍议论，即不能谓无大挂漏，然亦崖略厖矣。"⑦《问奇类林》共分 30 类：君德、宫闱、储贰、忧时、谏诤、遇合、方正、操修、器量、材品、恬退、

　　① （明）郭良翰：《问奇类林题辞》，《四库未收书辑刊》柒辑第 15 册，北京出版社 1997 年版，第 106—108 页。

　　② （明）郭良翰：《问奇类林题辞》，《四库未收书辑刊》柒辑第 15 册，北京出版社 1997 年版，第 106—108 页。

　　③ （明）金忠士：《问奇类林序》，《四库未收书辑刊》柒辑第 15 册，北京出版社 1997 年版，第 101 页。

　　④ （明）金忠士：《问奇类林序》，《四库未收书辑刊》柒辑第 15 册，北京出版社 1997 年版，第 100—102 页。

　　⑤ （明）毕懋康：《问奇类林序》，《四库未收书辑刊》柒辑第 15 册，北京出版社 1997 年版，第 102—104 页。

　　⑥ （明）金忠士：《问奇类林序》，《四库未收书辑刊》柒辑第 15 册，北京出版社 1997 年版，第 100—102 页。

　　⑦ （明）郭良翰：《问奇类林题辞》，《四库未收书辑刊》柒辑第 15 册，北京出版社 1997 年版，第 106—108 页。

廉介、俭约、文学、忠义、机谋、孝友、赈济、交谊、达观、报应、好生、博物、阃范、礼法、贻训、辨奸佞、戒嗜好、阴阳方舆、谱族姓氏。除末4类外，其余均为二字类目，且多有与《世说新语》相同或相近者。《续问奇类林》类目全同初集。其类目与《世说新语》之关系可参照下表2-2。以类相从编排故事，类目下条目不拟标题。

表2-2　　　　　《问奇类林》与《世说新语》类目关系简表

《问奇类林》类目	《世说新语》门目	二书门类之关系
方正	方正	相同
文学	文学	
君德	德行	相近
谏净	规箴	
器量	雅量	
材品	巧艺	
恬退	栖逸	
俭约	俭啬	
达观	任诞	
阃范	贤媛	
戒嗜好	汰侈	
阴阳方舆	术解	

　　其行文体例可谓夹叙夹议，如卷十三"恬退门"中有一篇记述三个故事：南朝梁褚照劝其从兄褚渊莫贪禄位，褚渊不听；褚渊子贲因耻其父失节拥戴新主，归隐山林；南齐王晏助明帝夺国，位极人臣，知进而不知退，从弟思远劝其自裁以保全门户，王晏不从，最终为明帝所杀。此三故事后，编者议论道："照、贲、思远可谓贤子弟矣。历观往事，盛满难持，覆坠匪远，可不畏哉！可不畏哉！"①

　　郑瑄《昨非庵日纂》初集二十卷、二集二十卷、三集二十卷，现存明崇祯刻本。此书在《明史·艺文志》《四库全书总目》均入"子部·

――――――――――

①　（明）郭良翰：《问奇类林》，《四库未收书辑刊》七辑第15册，北京出版社1997年版，第312页。

杂家类"，黄虞稷《千顷堂书目》将其隶于"子部·小说类"，当代宁稼雨撰《中国文言小说总目提要》、石昌渝《中国古代小说总目》（文言卷）则均著录此书。其初集卷各一类，共 20 类：宦泽、冰操、种德、敦本、诒谋、坦游、颐真、静观、惜福、汪度、广慈、口德、内省、守雌、解纷、悔过、方便、径地、韬颖、冥果，多与士夫修身、处世有关，但其类目也不难看出《世说新语》的影响。二集、三集类目全同。二字类目下，并陈故事，不拟标题，近似"世说之体"。每类之前撰有小序一篇，言明大旨。其《昨非庵日纂自序》云："横搜典籍，旁逮稗野，以至名公之训诫，时贤之著述，其中懿行嘉言，芳规履辙，睹记不一，反而自镜，皆已事□韦弦。因采其得失攸关者，编为二有十类，曰《昨非庵日纂》。……而或者曰：'此皆习闻习见者，耳曷不搜其新奇可喜者，以耸听闻？'予曰：'《拾遗记》《石鼓文》《山海经》《岣嵝撰碑》，非不玄也，课事或远；刘向《传仙》，张华《博物》，邹衍《谈天》，任昉《述异》，非不富也，反己或支。夫尚謦欬，不尚躬行，非予志也。'"① 其《凡例》云："兹编事不炫奇僻，语不求绮奥，取其有关世教、伦常、修德、释回，足当迷津一筏者，即习闻习睹，不妨录存。""每类中，淑慝并列，法戒兼存，佩兰借石，两路夹攻，无非欲人思省灵光无可闪遁处。"② 许豸《序》云："汉奉非言其所言，正言其所行。言其所言，虽汉奉之言而皆古人之言；言其所行，虽古人之行而实汉奉之行。昔人不云乎：'读千卷不如行得一字。'然则兹编也，谓汉奉现身说法可矣。"③

马鸣起《昨非庵日纂二集序》："今天下苦兵革之役，势亦渐以困矣。士抱救时之虑者，每慷慨而论，以为必得弘毅博洽之士起而任焉，庶几海内安而外攘尔。予尝心仪其人于朝野交游之间，久之得郑君、汉奉，汉奉之视事南储也，以清慎闻，而其才宏气静，虽处簿书嚣杂之中，日手一编，攻苦如诸生，此《昨非庵日纂二集》所由成也。刻成，

---

① （明）郑瑄：《昨非庵日纂自序》，《四库全书存目丛书》子部第 149 册，齐鲁书社 1995 年版，第 483—486 页。

② （明）郑瑄：《昨非庵日纂自序》，《四库全书存目丛书》子部第 149 册，齐鲁书社 1995 年版，第 487 页。

③ （明）许豸：《昨非庵日纂序》，《四库全书存目丛书》子部第 149 册，齐鲁书社 1995 年版，第 473 页。

予流览再四而叹：汉奉之志，盖欲使今天下之人，皆优游于道德，上企黄虞三代之风，斯所谓君子长者之心也。夫士在诸生时，博稽闳览，多所不暇。及既成进士，精力务于所职，能复汲汲于学问者盖亦鲜矣。又或读其书矣，而未能达其用，使仕与学竟殊途者比比哉。今汉奉仕则著其清节，学则遍乎群书，凡古今之嘉言懿行可为则效者，既毕择焉，而稗官野史及二氏之笈，有足备劝戒、资性命者，亦冈有遗逸。虽卷帙不繁，而出世用世之需已皆具矣。"①

　　分类体小说集主题义项的设置基本上无规则、无规律可言，但在特定的题材领域，只要与人物、人事相关，"世说体"就为其提供了一种现成的经典的建构文本的框架，由褒及贬、始优终劣、自高至低地品目人物德行，品评人物智慧，品鉴名妓才貌，其表相背后皆潜隐着《世说新语》品鉴思想的逻辑。《世说新语》只取人物言行的吉光片羽，以凸显人物性情一端的选材方法，为分类体小说集结构的铺展注入了灵感。其以二字标题为灯塔照亮全篇故事精神的表现艺术，为分类体小说集陈纲立目树立了典范。同时，在与其他类目的映衬对比中，"世说体"自身的文体品格也得到了强化。

六　"世说体"与说部丛书的性质凝铸

　　选择性地抄录《世说新语》及其他"世说体"作品内容入于己书，至少始于南朝梁《殷芸小说》，此书今存 163 则中，抄自《世说新语》者有 32 则，录自裴启《语林》者有 13 则。题宋吕祖谦撰《卧游录》一卷，凡 45 则，前 21 则全录刘义庆《世说新语》。② 明代说部中集中抄录《世说新语》及其他"世说体"作品者更是司空见惯，如《古今韵史》《霞外麈谈》《何氏语林》，等等。但明代丛书中整本或稍加删节收录"世说体"作品的现象更引人注目。

　　余嘉锡《四库提要辨证》卷十五"子部六·杂家类七"论述道："汇萃古今小品文字，加以刊削，刻为丛书，自是明人一种风气。黄虞稷《千顷堂书目》卷十五'类书类'，著录陶宗仪《说郛》以下诸书皆是

---

① （明）马鸣起：《昨非庵日纂二集序》，《四库全书存目丛书》子部第 149 册，齐鲁书社1995 年版，第 679—681 页。

② 四库馆臣认为："此本出陈继儒《普秘笈》中，殆明人依托也。"［（清）永瑢等：《四库全书总目》，中华书局 1965 年版，第 1116 页］

也。其佳者能使古人单篇零种，赖以传世，有网罗放失之功。"① 在明代，无论是包罗四部的汇编类丛书，抑或是专收一门的类编丛书，② 均有收录"世说体"作品者，见表 2-3。

表 2-3　　　　　　　　明人编丛书收录"世说体"情况简表

序号	"世说体"作品	丛书名	版本
1	刘义庆《世说新语》一卷、刘餗《隋唐嘉话》一卷、王谠《唐语林》一卷	李栻 编《历代小史》106 种	明刻本
2	刘肃《大唐新语》十三卷	商濬编《稗海》46 种、《续稗海》24 种	万历间商氏半埜堂刻本
3	刘餗《隋唐嘉话》三卷	高承埏编《稽古堂新镌群书秘简》22 种	明末刻本
4	刘餗《隋唐嘉话》三卷	顾元庆编《顾氏文房小说》40 种	明嘉靖中顾氏夷白斋刊本
5	《魏晋世语》一卷、裴启《语林》一卷	佚名《五朝小说》"魏晋小说·训诫家"③	清据《说郛续》刊版重编印本
6	《广滑稽》卷十九、卷二十分别自《世说新语》中采撷 72 条、78 条，凡 150 条；卷二十三又从《唐语林》和《大唐新语》中分别采集 35 条、31 条，计 66 条	陈禹谟《广滑稽》三十六卷	明万历刻本
7	刘义庆《世说新语》、王谠《唐语林》（以上"语类"），刘餗《隋唐嘉话》（"话类"）	司马泰《广说郛》④	版本不详（黄虞稷《千顷堂书目》卷十五、阳海清编撰《中国丛书广录》"汇编丛书·杂纂类"著录）

---

① 余嘉锡：《四库提要辨证》卷十五"子部六·杂家类七"，中华书局 1980 年版，第 940—941 页。

② 上海图书馆编《中国丛书综录·编例二》："《总目分类目录》分'汇编''类编'两部分。'汇编'分杂纂、辑佚、郡邑、氏族、独撰五类；'类编'分经、史、子、集四类。"（上海图书馆：《中国丛书综录》，上海古籍出版社 2007 年版，第 4 页）本书遵从这种分类。

③ 《五朝小说》之"魏晋小说"分 9 家：传奇家、志怪家、偏录家、杂传家、外乘家、杂志家、训诫家、品藻家、艺术家。

④ 司马泰《广说郛》内分 27 类：经、传、子、史、集、录、书、志、编、抄、略、论、训、辨、纪、谱、笔、说、谈、语、话、言、诗话、纂要、遗事、家仪、杂著。

续表

序号	"世说体"作品	丛书名	版本
8	《世说新语》一本、《唐语林》一本、《唐世说》一本、《何氏语林》一本、《焦氏类林》一本	佚名编《稗统续编》	版本不详（明赵用贤《赵定宇书目》著录该书为"黄葵阳家藏"，参见《赵定宇书目》，上海古籍出版社 2005 年版，第 188 页）
9	刘餗《隋唐嘉话》一卷	屠本畯编《清潭嘉话》28 种	明武林读书坊刻本
10	刘餗《隋唐嘉话》一卷	佚名编《稗史集传》33 种	明刊本

引者按：上表所列丛书版本除个别注出著录的书目，其余均据上海图书馆编《中国丛书综录》（上海古籍出版社 2007 年版）、施廷镛编撰《中国丛书综录续编》（北京图书馆出版社 2003 年版）、阳海清编撰《中国丛书广录》（湖北人民出版社 1999 年版）所著录，恕不一一标注。

　　一部丛书的总名一定程度上反映编者对其中所收著作性质的总体判断，而有的丛书内部又是分类的，其类目名称可展现编者对本类著作性质的一种提示。因此，"世说体"著作被不同名目丛书及同一丛书名之下不同门类所收录，"世说体"著作在明代学术视野中多层次内涵被直观展示出来。这可以作为后人考察明代学术观念及"世说体"著作性质的一种独特标本。自上表所列十种丛书总名及总名下分类名目考察，主要指涉稗史、小说两种层面。所谓"稗""小史"云云，侧重其裨补正史之价值；而"嘉话""滑稽""小说"则突出其娱乐功能。

　　"世说体"作为一种经典范式，不仅从技术层面为明代小说资料整理提供支持，更在选材倾向、题材处理、叙事艺术、结构逻辑、语言风格等审美层面，对小说资料进行整合、规范，凝聚、提炼其志人小说文体质素，提升其文学品位，在扩展"世说体"小说影响力的同时，也极大拓展了志人小说研究的视野。自传统士文化与志人小说关系而言，《世说新语》旌表的名士文化精神以空前的广度渗透进明代小说资料整理活动，使诸多说部汇编文本浸染上或浓或淡的雅文化因子，因而维系并弘扬了文言小说的传统文化品格。同时，在不同的说部汇编文本中，"世说体"在与其他各种小说题材、体例相碰撞、相兼容的过程中，也淬炼了自身的文体规范，展现出其强健的生命力。"世说体"与明代文言小说撰著之关系，仍有很大的探讨空间。

第四节　晚明米芾轶事小说的辑撰动机及叙事特色

晚明文士对北宋米芾的追捧，不仅体现于对其书画艺术的崇尚，也体现在对其狂放不羁个性的崇拜，后一方面可以从当时许多文士竞相参与米芾轶事的搜集、编刊、传播的盛况中得到证实。对于米芾的畸行怪癖，宋钱愐《钱氏私志》、元脱脱等《宋史·米芾传》、张雨《句曲外史集·中岳外史传》、陆友《砚北杂志》等书已有零星的记载。如《宋史》本传不仅记载米芾为文、书法、画品等方面的成就，还特志其嗜好与怪癖："冠服效唐人，风神萧散，音吐清畅，所至人聚观之。而好洁成癖，至不与人同巾器。所为诡异，时有可传笑者。无为州治有巨石，状奇丑，芾见大喜曰：'此足以当吾拜！'具衣冠拜之，呼之为兄。又不能与世俯仰，故从仕数困。"① 另几书则收录了更多的米芾逸闻趣事。但总体来看，晚明之前的此类记述数量较少，且多有重复，使米芾形象流于类型化、脸谱化的状态。即使载录米芾轶事较多的《南宫遗事》，不过十数条而已。晚明包衡《米襄阳志林序》就说："米老事不多经见……《南宫遗事》为陆友仁所辑，计楮仅十有八。"② 范明泰辑《米襄阳志林》时也叹惋，《南宫遗事》仅占其搜集米芾轶事之"什一"。③ 陈继儒曾有辑撰米芾轶事的谋划，也曾说："予读陆友仁《米颠遗事》，恨其故事未备。"④ 这种状况至晚明时期发生了根本的改观，由于众多江南文士的竞相参与，尤其一些名士硕儒的推毂助力，使五百年间流传于口头与书面的米芾轶事得以汇辑成多种纂著，蔚为大观。这些纂著的成书动机及其文献、文学价值均值得后人深入探究。

---

① （元）脱脱等：《宋史·米芾传》，中华书局2000年版，第5154页。

② （明）范明泰辑：《米襄阳志林》，《四库全书存目丛书》史部第84册，齐鲁书社1996年版，第406页。

③ （明）范明泰辑：《米襄阳志林》，《四库全书存目丛书》史部第84册，齐鲁书社1996年版，第405页。

④ （明）范明泰辑：《米襄阳志林》，《四库全书存目丛书》史部第84册，齐鲁书社1996年版，第400页。

一　米芾轶事诸集问世时间集中

晚明江南地区出现了多部米芾轶事小说集。① 《四库全书总目》"史部·传记类存目"著录此类作品有范明泰撰《米襄阳外纪》十二卷、《米芾志林》十六卷，② 毛晋辑《苏米志林》三卷，③ 郭化撰《苏米谭史》一卷、④ 《苏米谭史广》六卷，佚名辑《宋四家外纪》四十九卷。⑤ 这些书按编刊方式又可分为两类：一是米芾轶事专辑，二是米芾与苏轼、黄庭坚

---

① 《四库全书总目》虽将这些著作归入"史部·传记类存目"，但通览其内容，多属传闻轶事，如四库馆臣称《米襄阳外纪》"纪米芾遗事……多不著出典，未足依据"［（清）永瑢等：《四库全书总目》，中华书局 1965 年版，第 542 页］。又称郭化《苏米谭史广》"杂采苏轼、米芾轶事可资谈柄者……皆摭拾小说"［（清）永瑢等：《四库全书总目》，中华书局 1965 年版，第 543 页］。又谓毛晋辑《苏米志林》"掇苏轼琐言碎事集中所遗者，编为二卷。又以米芾轶闻编为一卷"［（清）永瑢等：《四库全书总目》，中华书局 1965 年版，第 543 页］。因而它们并非正宗的"传记"。清黄虞稷《千顷堂书目》将《苏米谭史》《苏米谭史广》归于"子部·小说类"。今人宁稼雨《中国文言小说总目提要》"明代·志人类"著录了《苏米谭史》《苏米谭史广》《苏米志林》诸书。是故本书称这些作品为"轶事小说集"。

② 《四库全书总目》卷六〇著录范明泰撰《米芾志林》为十六卷，但今存明万历三十二年（1604）范氏清宛堂刻舞蛟轩重修本《米襄阳志林》实有十七卷，计《米襄阳志林》十三卷，《米襄阳遗集》《海岳名言》《宝章待访录》《砚史》各一卷。当是《四库全书总目》著录有误，因为范明泰《自序》中明确说此书"诠次为十三目"［（明）范明泰辑：《米襄阳志林》，《四库全书存目丛书》史部第 84 册，齐鲁书社 1996 年版，第 405 页］，内分十三门，每门一卷，故有十三卷。加上米芾著《遗集》等四种四卷，共有十七卷。而《四库全书总目》所著录《米襄阳外纪》十二卷当为陈之伸参补本，今存崇祯间刻《宋四家外纪》中《米襄阳外纪》即十二卷，分十二门，陈之伸删去了"世系"一门，与《四库全书总目》著录本吻合。而馆臣所撰提要称，是编"分恩遇、颠绝、洁癖、嗜好、麈谈、书学、画学、誉羡、书评、杂记、考据十二门"［（清）永瑢等：《四库全书总目》，中华书局 1965 年版，第 542 页］，实际只列举十一门，漏掉"麈谈"一门。同时，馆臣又称，《米襄阳外纪》与《米芾志林》并同，则可知《四库全书总目》卷六〇对《米襄阳外纪》与《米芾志林》的著录均有疏误。

③ 后人自《苏米志林》中析出《米元章志林》一卷，题名《米襄阳》或《海岳志林》，曾有多种单行本及丛书本。

④ 《四库全书总目》卷六〇著录郭化《苏米谭史》为一卷，当误。一是其提要文字自相矛盾："是编杂采苏轼、米芾轶事可资谈柄者，各为一卷。"［（清）永瑢等：《四库全书总目》，中华书局 1965 年版，第 542—543 页］既云苏轼、米芾轶事各为一卷，全书当为二卷。二是今存明末闵于忱《枕函小史》所收《苏米谭史》为二卷，《苏长公外纪》与《米南宫外纪》合编为二卷，其中米芾部分仅有 20 条，其余均为苏轼轶事。因此该书原刊本至少为二卷。

⑤ 《四库全书总目》著录该书"不著编辑者名氏"［（清）永瑢等：《四库全书总目》，中华书局 1965 年版，第 544 页］。但今存崇祯间刻本所收蔡、苏、黄、米四家外纪中，《黄豫章外纪》署"盐城陈之伸编次"，卷端有陈之伸撰写的《小叙》。《蔡福州外纪》前亦有陈之伸《小叙》。蔡、米二家外纪卷首分别署"盐城陈之伸订补""盐城陈之伸参补"。可知，此书编者应为陈之伸。国家图书馆藏有二种《宋四家外纪》，一种为崇祯间刻本，四十九卷，题"陈之伸辑"。另一种为明刻本，五十一卷，题"佚名辑"。

等人轶事合刊。据《四库提要》记载，同题范明泰撰的《米襄阳外纪》与《米芾志林》前十二卷内容一致，《米芾志林》在前十二卷后附刻范明泰辑《襄阳遗集》一卷，《海岳名言》《宝章待访录》《研史》各一卷。① 此外，《宋四家外纪》中所收录的《米襄阳外纪》亦题为范明泰撰，四库馆臣指出此书所收蔡襄、苏轼、黄庭坚、米芾四家外纪"本各自为书，此本盖明季坊贾所合刻也"②。因此，以上三部辑录米芾轶事的作品当为同一书的不同版本，内容稍有出入，当是出于书贾的任意取舍。该书存世版本有二：一是南京图书馆藏明万历三十二年（1604）范氏清宛堂刻舞蛟轩重修本《米襄阳志林》十三卷，后附《襄阳遗集》《海岳名言》《宝章待访录》《研史》各一卷，已收入《四库全书存目丛书》史部第 84 册。二是国家图书馆、浙江大学图书馆等所藏明崇祯刻本《米襄阳外纪》十二卷。郭化辑《苏米谭史》二卷，据辑者自序，初刻于万历三十九年（1611），今有闵于忱辑《枕函小史》本，为明末吴兴松筠馆朱墨套印本，将《苏长公谭史》与《米襄阳谭史》合编为二卷，其中米芾部分仅录 20 条，其余皆为苏轼轶事。卷首有梅敦伦《序》及郭化《自序》。《苏米谭史广》六卷存明末胡正言十竹斋刻本，藏于国家图书馆，内含《东坡先生谭史广》四卷及《南宫先生谭史广》二卷。毛晋辑《苏米志林》三卷存明天启五年（1625）毛氏绿君亭刻本，国家图书馆等多处有藏，辑录苏轼轶事 227 则，米芾轶闻 115 则。其中《米元章志林》一卷对后世米芾书画研究界影响甚大，常以单行本刊刻行世，屡屡为学者征引。另外，华淑撰《癖颠小史》汇辑历史上各种癖颠之事五十篇，多数是每篇一条，但有的篇目下并陈多条，如《洁癖》一篇下列宗炳、王思微、何修之、王维、米芾、倪瓒等六人的洁癖轶闻。此书辑录了三条米芾癖事。

综上，晚明产生的米芾轶事小说集虽经过多人辑纂且版本纷乱，但大致可归为四部：范明泰辑《米襄阳志林》十三卷、郭化撰《苏米谭史》二卷、《苏米谭史广》六卷和毛晋辑《苏米志林》三卷。其中范明泰《米襄阳志林》最迟成书于万历三十二年（1604），问世最早，卷数最多，除去卷一"世系"摘录的 15 条有关米芾家世、生平的记载外，其余十二卷

①　（清）永瑢等：《四库全书总目》，中华书局 1965 年版，第 542 页。

②　（清）永瑢等：《四库全书总目》，中华书局 1965 年版，第 544 页。

辑录米芾轶事 612 条，是诸书中内容最为丰赡者。而毛晋的《海岳志林》成书最晚，刻于天启五年（1625）。短短二十余年时间问世了四部多种版本的米芾轶事小说集，这种现象颇令人关注（见表 2-4）。

表 2-4　　　　　　　　　　晚明米芾轶事小说集存世情况

书名	辑者	版本	馆藏
《米襄阳志林》十三卷、《遗集》一卷、《海岳名言》一卷、《宝章待访录》一卷、《砚史》一卷	范明泰	明万历三十二年（1604）范氏清宛堂刻舞蛟轩重修本；《米襄阳外纪》十二卷，陈之伸辑《宋四家外纪》本，明崇祯间刻本。	国家图书馆、浙江大学图书馆
《苏米谭史》二卷	郭化	闵于忱辑《枕函小史》本，为明末吴兴松筠馆朱墨套印本。	国家图书馆、哈佛大学汉和图书馆
《苏米谭史广》六卷	郭化	明末胡正言十竹斋刻本	国家图书馆
《苏米志林》三卷	毛晋	明天启五年（1625）毛氏绿君亭刻本；清文粹堂刻本。	国家图书馆、天津师大图书馆、贵州省图书馆

二　编纂主体：基本全是江南文士

考察这些著作辑撰者、作序跋者及校阅者的籍贯及主要活动区域，可以发现，他们几乎全是江南文士。此处所言之江南，仅取学界共论的文化意义上的江南，包括苏南、浙北、皖南等地区。《米襄阳志林》的撰者范明泰是今浙江嘉兴人，父祖均为进士，范明泰本人也有举人功名。《海岳志林》的撰者毛晋乃苏州府常熟人士，是晚明著名学者、藏书家、出版家，今存毛氏绿君亭刊刻的书籍常被目为善本。为《苏米志林》撰序者魏浣初为毛晋之舅，亦为常熟人，万历四十四年（1616）进士，曾官广东提学参政，有诗集及论著传世。《苏米谭史》的撰者郭化乃皖南宣城人，作序者梅敦伦亦为宣城人。《枕函小史》本《米襄阳谭史》的校者闵于忱是吴兴（今属浙江湖州）人，评者屠长卿是鄞县（今属浙江宁波）人。为《苏米谭史广》六卷作序者有 18 人之众，其中何伟然是临安（今属浙江杭州）人，吴从先为常州（今属江苏）人，其余 16 人大抵皆为宣城人士。校阅者为徐日昌和胡正言，前者亦为宣城人，后者是休宁人。胡正言十竹斋位于南京，是当时著名的私人书坊，尤以出版书画笺谱闻名。《宋四家外纪》编者陈之伸为浙江海盐人，是著名戏曲家陈与郊之孙，曾中崇祯七年（1634）会试副榜第三名，历官湖南布政使司参议兼按察司金事，也是著名出版家。撰序者王道焜为钱塘（杭州）人，系天启元年（1621）举人，曾任南平知县、南雄同知，明亡殉国。以《米襄阳志林》为例，为其作序者有 3 人，题辞者有 9 人，12 人籍贯分布情况如下表 2-5。

表 2-5　　　　　　　　**《米襄阳志林》题辞作序者籍贯**

题撰者	籍贯（今属）	题撰者	籍贯（今属）
陈继儒	华亭（上海）	璩之璞	华亭（上海）
王穉登	吴门（苏州）	米云卿①	长期寓居金华、湖州
张献翼	长洲（苏州）	陆鸣和	顺天宛平（北京）
姚士粦	海盐（嘉兴）	费慧	檇李（嘉兴）
戚伯坚	长洲（苏州）	刘仲达	宣城（安徽宣城）
曹仲麟	秀水（嘉兴）	包衡	秀水（嘉兴）

　　12 位为米芾小说集题辞作序者中有 10 人是江南士人，1 人为长期寓居江南者。其中不乏名闻天下的名士，如为《米襄阳志林》作序的赵宧光、张献翼、王穉登等均为吴中名士，华亭陈继儒更是声动海内的大名士。这些江南文士不遗余力地推崇米芾轶事小说集，强力助推了它的传播与影响。张一绅《苏米谭史广》小序写道："往见秀山坊中刻《苏米谭史》一书，其为帙无几，友人争得之，一时纸贵。予每把玩，津津不置。意编是者必襟期旷远、磊落不羁之士，雅契其风者久之。一日游白门，晤于曰从斋头，从旁询名姓，知为肩吾氏，相与抵掌而谭，舌锋谭刺，令人惊怖，乃知其与苏米合神，故肖速也。复出《广》一帙见示，余纵观之，犹河汉无极，一过一倾倒，因为之订交，而从庚其梓。"② 其于当日士林

---

　　① 米云卿《米襄阳志林题辞》落款署"京兆米云卿"（《四库全书存目丛书》史部第 84 册，齐鲁书社 1996 年版，第 407 页）。钱谦益《列朝诗集小传》（丁集）："云卿，字君梦，楚人，少有才名，薄游南北，落落不遇。徙家金华，侨居吴兴而卒……或云卿汴人。"［（清）钱谦益：《列朝诗集小传》，上海古籍出版社 2008 年版，第 631 页］《（同治）江山县志》卷九据清姚彦渠撰《菱湖志》载："米云卿，字君梦，楚人，或云汴人，有才名。荡游南北，落落不偶，徙家金华。万历中与吴允兆、吴翁晋友善，因寓居归安埭山……卒于山中之枯木庵。"［《（同治）江山县志》，清同治间刊本］

　　② （明）郭化辑：《苏米谭史广》，《四库全书存目丛书》影明末胡正言十竹斋刻本，齐鲁书社 1996 年版，第 5 页。

中传播盛况可见一斑。

《米襄阳志林》十七卷的校阅者大多是嘉兴府人，其次为苏州、杭州、松江等地人，见表2-6。

表2-6　　　　　　　《米襄阳志林》十七卷校阅者籍贯简表

卷次	校阅者题署	籍贯（今属）	卷次	校阅者题署	籍贯（今属）
卷一	江都陆弼吴、黄习远校定	扬州	卷十	长水钱应曾、王玮校	嘉兴
卷二	越州季大观校	绍兴	卷十一	钟鹤龄、吕世延	福建(汀州)长汀、嘉兴
卷三	吴范汭、秀州郁嘉庆校	湖州、嘉兴	卷十二	沈豫昌、吴郡刘询、薛明益校	嘉兴、苏州
卷四	王淑民校	嘉兴	卷十三	陶冶、殷仲春	嘉兴
卷五	沈师昌仲贞校	嘉兴	卷十四	华亭沈绍文、赵佐校、番禺梁峄、长水郁大年同校	上海、嘉兴、广东广州
卷六	卜二南校、桐江赵汝献校、寒山赵宦光正	嘉兴、杭州、苏州	卷十五	释智舷校，海上孙孟芳观于白雪庵	嘉兴、上海
卷七	梁溪马世奇、闽林□黄虞龙、林古度同校	无锡、福建晋江	卷十六	阳羡俞安期观，钱塘江璞、莆田江腾鲤校	无锡、杭州、福建莆田
卷八	海上王尚修校	上海	卷十七	谷阳李翘、晋安王洽同校	镇江、福建莆田
卷九	何三畏校于小清秘	上海			

从上表所列可知，《米襄阳志林》十七卷的35位校阅者中有30位是江南士人，籍贯分布以浙江嘉兴为中心，其中不乏出身于江南世家者，例如卜二南出身嘉兴曲学世家卜氏，嘉兴卜氏与吴江沈氏世代联姻，吕世延出身明代"祖孙父子五朝恩眷，三世赐葬"的秀水吕氏，钱应曾出身秀水书画世家钱氏，郁嘉庆乃科举世家秀水黄氏之婿，等等。

综上所述，米芾轶事小说集的问世，在时间上集中于万历后期至天启年间，在地域上集中于江南地区。

三　编纂动机：晚明江南文士的志尚载体

米芾、苏轼等人直从所好、不用世法的人生态度契合晚明江南士人的人格追求。米云卿《米襄阳志林题辞》云："士有不经世故、直从所好者，上古洗耳、投渊之徒皆是也。省其意更无他奇，第不肯以所好易所不好耳。近世有之，便谓之'僻'，甚而谓之'颠'，可知率真者寡矣。读书好古如元章，而子瞻尚有从众之谴，可叹哉！及得《宝月观赋》，因与书曰：'恨相从二十年，知元章不尽。'……（范明泰）又嗜元章书，殆与我家同癖也。"① 陈继儒《米襄阳志林序》说："古今隽人多矣，惟米氏以颠著，要之颠不虚得，大要浩然之气全耳……冠带衣襦，起居语默，略以意行，绝不用世法，而公之颠始不落近代。"② 所谓"直从所好""略以意行""不用世法"，均是标举米芾脱略礼法、磊落不羁的人格独立精神，而这是士人主体人格的最本质体现，也是晚明士人的理想人格，以至于米芾的"癖好"与"颠行"成为这种理想人格的标签，为某些江南士人竞相佩戴于个人言行之表。范明泰书法学米芾，癖好踵米芾，姚士粦称其"殆亦南宫流亚也"③。王穉登《米襄阳志林序》称：

> 范长康购奇石曰"舞蛟"，盖李唐时物，元赵魏公所题也。长康买宅临之，青萝赤薜蒙幂其上，朝而吐云，夕而含雾，神奇莫可测矣。长康日夕婆娑其下，与名流韵士、高僧道者执麈捉麈无间日，拊石叹曰："我不能如米家具衣冠拜汝若丈人行，第相昵为尔汝交可已。人以是目长康石癖与元章同，其他癖往往同。才品文艺又同。乃若布衣柴车，不惮追随，见大冠长裾则却走，将无颠又同？"长康颔而不让曰："颠我固当，张颠、米颠、我且鼎峙，幸甚！"于是搜集襄阳行事为《志林》若干卷，胪列分类，"癖"与"颠"各具其

---

① （明）范明泰辑：《米襄阳志林》，《四库全书存目丛书》史部第84册，齐鲁书社1996年版，第406—407页。

② （明）范明泰辑：《米襄阳志林》，《四库全书存目丛书》史部第84册，齐鲁书社1996年版，第400页。

③ （明）范明泰辑：《米襄阳志林》，《四库全书存目丛书》影明万历三十二年范氏清宛堂刻舞蛟轩重修本，齐鲁书社1996年版，第406页。

一焉。①

范明泰对米芾的"癖"与"颠"刻意而机械的模仿,实际是在令人窒息的礼法社会中高举起一面张扬个性、独立自主的旗帜。其《米襄阳志林自序》如此阐述编撰缘起:"襄阳含才,尽以其牢骚之气寄之颠,甘自标置,目三公以萧杌,不蹶挫于蔡持正、黄庆基诸辈,卒优游脉望,从金题玉躞间以老,似得长算居多。予故叙列其行事,作《襄阳志林》。"② 范明泰认为,米芾的癫狂行径是其蔑视权贵、背弃纲常的正常表现,而醉心书画、迷恋奇石则是其于险恶官场中存身自保的手段。戚伯坚《题辞》云:"弇州先生作《苏长公外纪》,人谓其风流文采千载符合,当是长公后身。长康有奇癖,绝同海岳嗜好……非其精神嘿券,何以至此!长康亦岂海岳之后身耶?暇日举此言质其叔氏君和,君和颔之,曰:'子言别具一理。'"③ 曹仲麟题辞亦称,范明泰"《志林》成,余读之卒业,诧曰:'有是哉!长康之僻与米老同,岂其后身耶?'"④ 这种"长康为海岳后身"之论,无疑是相当浅薄的。晚明官场险恶甚于北宋末年,范明泰出身秀水范氏,祖上历代以科举出仕立身,而范明泰在取得举人功名后却再无仕进之意,沉迷书画,耽于奇石,俨然以实际行动践行米芾的处世哲学。范氏编撰《米芾志林》既是为偶像立传,更是为自己的人格张目。当然,苏米的处世哲学、人格境界在晚明江南士林中具有广泛的影响力。张献翼也以"颠"名自负:"余所效南宫一斑,浪得'颠'名。"⑤ 徐日观《苏米谭史广》小序云:"苏之达,米之逸,作世法观,均余药也。"⑥ 徐造的小序称赞郭化辑《谭史广》"见嬉笑文章怒骂皆丈

---

① (明)范明泰辑:《米襄阳志林》,《四库全书存目丛书》影明万历三十二年范氏清宛堂刻舞蛟轩重修本,齐鲁书社1996年版,第402页。

② (明)范明泰辑:《米襄阳志林》,《四库全书存目丛书》影明万历三十二年范氏清宛堂刻舞蛟轩重修本,齐鲁书社1996年版,第405页。

③ (明)范明泰辑:《米襄阳志林》,《四库全书存目丛书》史部第84册,齐鲁书社1996年版,第406页。

④ (明)范明泰辑:《米襄阳志林》,《四库全书存目丛书》史部第84册,齐鲁书社1996年版,第407页。

⑤ (明)范明泰辑:《米襄阳志林》,《四库全书存目丛书》史部第84册,齐鲁书社1996年版,第404页。

⑥ (明)郭化辑:《苏米谭史广》,《四库全书存目丛书》史部第85册,齐鲁书社1996年版,第4页。

夫烈也"。① 魏浣初《苏米志林序》称编者毛晋"夙敦尚友之好"②。均证明了这一点。

　　江南士人还将米芾崇拜现象溯之于魏晋以来的士风传统，推举"风流"胜过"道学"的价值取向。范明泰《米襄阳志林序》说："自江左风流蕴崇后七百余年，濂洛数公递起……独米襄阳出入世法，以颠自号，同盟苏眉山最擅人伦鉴，乃至推重襄阳不去口，岂江左未绝之线耶？"③ 他认为，北宋濂洛诸公的道学是浊流，米襄阳的率性任意是江左风流的未绝之线，是士人中的清流。王道焜特别强调，阅读蔡、苏、黄、米外纪，"然后知濂洛之际，别自有此一种奇宕不常之气在。四家比晋轶唐而畴，谓士生于宋，尽汩没理障乎哉？是集成，喜为拈出"④。徐曒《苏米谭史广序》称此书："联牍皆云，片言等煜也。人劣今异古，江左清言莫不口之，漂说于今且宛舌矣。兹之《史广》箴世夫。"⑤ 他认为，苏、米之谭就是新版的江左清谈。吴从先说："不知有晋，安知有宋？若知有宋，则苏、米二老，举足风流，政不必求之晋人。而一言一字，可歌可泣，能作是观者，肩吾其人。收其谭而归之史，史之者，其有编辑之思乎！盖求道学于风流，复以风流还道学，肩吾晋人耶？宋人耶？"⑥ 苏、米二老举足风流，将二老之谭归之史，以供今人借镜，因为"风流"的境界远高于"道学"。闵于忱甚至设想，若刘孝标复生，定会将苏、米隽语韵事补入《世说新语》："东坡、南宫两称伯仲，故苏趣米颠，古今文人骚士往往步之。其单辞片语便足千秋，而恢谐谑浪不减江左清谭。孝标而在，必补入《世说》。"⑦ 江南本是魏晋风流的埋骨之地，江南文化基因

　　① （明）郭化辑：《苏米谭史广》，《四库全书存目丛书》史部第 85 册，齐鲁书社 1996 年版，第 5 页。

　　② （明）毛晋辑：《苏米志林》，《四库全书存目丛书》史部第 85 册，齐鲁书社 1996 年版，第 511 页。

　　③ （明）范明泰辑：《米襄阳志林》，《四库全书存目丛书》史部第 84 册，齐鲁书社 1996 年版，第 404 页。

　　④ （明）徐燉等辑：《宋四家外纪》，《四库全书存目丛书》史部第 86 册，齐鲁书社 1996 年版，第 79 页。

　　⑤ （明）郭化辑：《苏米谭史广》，《四库全书存目丛书》史部第 85 册，齐鲁书社 1996 年版，第 5 页。

　　⑥ （明）郭化辑：《苏米谭史广》，《四库全书存目丛书》史部第 85 册，齐鲁书社 1996 年版，第 2 页。

　　⑦ （明）闵于忱辑：《枕函小史》，明末吴兴松筠馆朱墨套印本。

中深藏着魏晋名士疏狂蔑俗的风骨，离经叛道、放浪形骸是其表现形式。有意味的是，宋元时期几位米芾轶事的辑录者也都是江南士人，《钱氏私志》的撰者钱愐为临安（今杭州）人，《句曲外史集》撰者张雨为钱塘（今杭州）人，《砚北杂志》著者陆友为苏州人。狂士精神的延续脉络在江南士林中是清晰可见的。从明中叶的祝枝山、唐寅乃至后来的徐渭都堪称江南狂士的代表。"癖"与"颠"在晚明士人口中是真情至性的代名词。华淑《癖颠小史自序》云："嗟乎！癖有至性，不受人损；癖有真色，不被世法。颠其古之狂欤？癖其古之狷欤？不狂不狷，吾谁与归？吾宁癖颠也欤！"① 汤宾尹《癖颠小史小引》也说："凡人有所偏好，斯谓之癖。癖之象若痴若狂，手口耳目不可以自喻，恩不能喜、雠不能怒者也，士患无癖耳。诚有癖，则神有所特寄，世外一切可艳之物犹之未开其钥，何自入哉？"② 袁宏道甚至说："余观世上语言无味、面目可憎之人皆无癖之人。"③ 张献翼在当时以放诞无礼名满吴中，袁宏道却在信中嫌他不够颠狂，戏称"若实颠狂，将北面而事之"。在同一封信中，袁宏道却对米芾推崇备至："夫'颠''狂'二字，岂可轻易奉承人者？……颠在古人中，亦不易得。……求之儒，有米颠焉。"④ 陈继儒也在《米襄阳志林》序中盛赞米芾之颠"不俗""不寒""不秽""不落近代""不屈挫""不诈"⑤，称颂其"颠"大有浩然之气。晚明士人与米芾、与魏晋名士于追求主体人格一途可谓异代知音。

　　尚友千古，立言不朽。借辑存米芾轶事以立言传世、彰显人生价值也是其编纂动因之一。《周易·大畜》云："君子以多识前言往行，以蓄其德。"⑥《孟子·万章》有"一乡之善士斯友一乡之善士"，并推而广之地论世尚友之论。⑦《左传·襄公二十四年》载穆叔答范宣子问中有"大（太）上有立德，其次有立功，其次有立言。虽久不废，此之谓不

① （明）闵于忱辑：《枕函小史》，明末吴兴松筠馆朱墨套印本。

② （明）闵于忱辑：《枕函小史》，明末吴兴松筠馆朱墨套印本。

③ （明）闵于忱辑：《枕函小史》，明末吴兴松筠馆朱墨套印本。

④ （明）袁宏道：《袁中郎随笔》，中华工商联合出版社 2016 年版，第 58 页。

⑤ （明）范明泰辑：《米襄阳志林》，《四库全书存目丛书》史部第 84 册，齐鲁书社 1996 年版，第 400—401 页。

⑥ （清）阮元校刻：《十三经注疏》，浙江古籍出版社 1998 年版，第 40 页。

⑦ （宋）朱熹：《四书章句集注》，中华书局 1983 年版，第 324 页。

朽"①之语，此即后世儒士念兹在兹的"三不朽"说。晚明米芾轶事的辑纂者也深受这种儒学人生观的影响。《米襄阳志林》后附《米襄阳遗集》一卷，系范明泰搜辑而成，是集后附识语云："元章《宝晋集》有称百卷者、十四卷者、十卷者，岂在当时固已散佚耶？近历采之藏书家，亦并鲜其集。今略以传记所见，纠之成帙，后当随益随补，备一家言云。子偁子范明泰元吉氏识。"② 米云卿《米襄阳志林序》称："今元章已证仙品，其不可磨灭者籍籍人间，至吾友长康始衮理成帙。长康尚友千古，而所造已足不朽。"③ 沈寿昆的《序》亦称："余窃谓，肩吾欲藉苏米不朽，苏米还藉肩吾以不朽也。且肩吾之豪不异两仙，其遇岂两仙异耶？余更执此为左券矣。"④ 因此，为米芾作传亦是为自己作传。陆鸣和《米襄阳志林序》称，范明泰"每谓丈夫七尺，宁能以寂寂老，陶古范今勒成一家，以副金匮，吾党事耳"⑤。毛晋《苏子瞻志林》后"识语"认为，尽管历代编刊的苏轼诗文集乃至小品、禅喜文字不啻千百亿本，似乎不必再刻了，但"小碎尚有脱遗，余己未春闭关昆湖之曲，凡遇本集所不载者，辄书卷尾，得若干则，既简题跋，又得若干则。聊存痂嗜，见者勿讶为辽东白豕云"。⑥ 其《米元章志林》后附识语又云："余觅《宝晋斋集》十余年矣，惜乎不传，凡从稗官野史或法书名画间见海岳遗事遗文，辄书寸楮，效白香山，投一瓷瓶中，未可云全鼎一脔肉也。辛酉秋，偶编《东坡竹纪》，友人索余，合元章梓行，因简向来拾得者，录成一册，略无诠次，至其《净名斋》《西园》诸名篇，久已脍炙人口，不敢复载云。湖南毛晋识。"⑦ 毛晋不辞艰辛、孜孜搜求米芾文献之自述，范明泰"备一家

① 傅隶朴：《春秋三传比义》（下册），中国友谊出版公司1984年版，第140—141页。
② （明）范明泰辑：《米襄阳志林》，《四库全书存目丛书》史部第84册，齐鲁书社1996年版，第524页。
③ （明）范明泰辑：《米襄阳志林》，《四库全书存目丛书》史部第84册，齐鲁书社1996年版，第406页。
④ （明）郭化辑：《苏米谭史广》，《四库全书存目丛书》史部第85册，齐鲁书社1996年版，第4页。
⑤ （明）范明泰辑：《米襄阳志林》，《四库全书存目丛书》史部第84册，齐鲁书社1996年版，第407页。
⑥ （明）毛晋辑：《苏米志林》，《四库全书存目丛书》史部第85册，齐鲁书社1996年版，第573页。
⑦ （明）毛晋辑：《苏米志林》，《四库全书存目丛书》史部第85册，齐鲁书社1996年版，第605页。

言"之自期，郭化以"史"命其书且"欲借苏米不朽"，均是对这份搜辑事业不朽价值的自觉体认。可见搜讨米芾轶事，刊布于世，并非一人一时之冲动，而是藉搜辑米芾文献以立言不朽的主体意识的体现。

　　而且，借用搜辑米芾轶事的方式以寄托情志，具有其他传统撰述方式所不具备的优势。陆鸣和《米襄阳志林》题辞说："长康酷有宝晋之嗜，故作《志林》，历年所而成，使米氏神情气韵千百年后一披展间，如再起其人而昕睇夕聆之，此无论传记有所难备，即年谱、日录亦逊遐稽……盖不但为米氏策勋，而湔浣一切俗汉，其惠远矣。"① 戚伯坚《米襄阳志林题辞》谓，该书可使"米老四十五年佳谭胜事，历历可睹"②。姚士粦《题辞》亦称："兹编使人人毕见南宫之为快乎！长康其真能画南宫于千载者也。"③ 梅士俶《苏米谭史广》小序说："《广》若《谭》，而苏米之豪宛在睫矣，肩吾不步苏米之尘、印苏米之神者耶？"④ 所谓"米氏神清气韵""历历可睹""画南宫于千载"云云，均揭示米芾轶事的传播效果，可使其人千百年后宛在眉睫，栩栩如生，而这是文集、传记、年谱、日录等枯燥文字难以企及的。魏浣初认为，毛晋辑《苏米志林》三卷使"读之者恍遇苏得意时漫裂短幅，乞得其枯木竹石之供，而米家片石所谓嵌空玲珑可爱者，不必袖中夺取，具列纸上矣。且并两公同堂相对，一则长髯伟身，挥洒谈笑，一则摩挲翰墨狂走叫绝之生气，俨然并作《苏米图》。快哉！诚韵事也。"⑤ 对《苏米志林》接受效果的描述绘声绘色，并以画《苏米图》相比拟。王道焜《叙四家外纪》说："兹四家之集，轴充栋，弇州且谓：'公等之奇，不尽于集。'乃别汇小言逸事，年谱传志，与诸家之评骘，纪述琐屑为外纪，拟诸义庆《新语》，点缀王谢诸人，一一呵

　　① （明）范明泰辑：《米襄阳志林》，《四库全书存目丛书》史部第 84 册，齐鲁书社 1996 年版，第 407 页。
　　② （明）范明泰辑：《米襄阳志林》，《四库全书存目丛书》史部第 84 册，齐鲁书社 1996 年版，第 406 页。
　　③ （明）范明泰辑：《米襄阳志林》，《四库全书存目丛书》史部第 84 册，齐鲁书社 1996 年版，第 406 页。
　　④ （明）郭化辑：《苏米谭史广》，《四库全书存目丛书》史部第 85 册，齐鲁书社 1996 年版，第 5 页。
　　⑤ （明）毛晋辑：《苏米志林》，《四库全书存目丛书》史部第 85 册，齐鲁书社 1996 年版，第 511—512 页。

活眼前也。"① 这类著作的特点是："其旨浅，其情深，其语少，其致多，不必概公等立朝大节，侃侃风裁，而即此跌宕文史，品题翰墨，旷代风流，于焉是在。"② 为历史人物作传，不必特书其"立朝大节"，"小言逸事"自可表现其"旷代风流"。王道焜概括此类轶事体传记的优势颇为精当。

米芾轶事的整理还迎合了晚明文士的娱乐需求。追求娱乐是人类自然本性的重要内涵，而礼教的极端发展则试图禁绝人类的娱乐欲望，因而追求娱乐也在一定意义上意味着对礼教的背叛，对人的个性的张扬。陈继儒《米襄阳志林序》赞米芾具有游戏殿廷的凌云豪气："滑稽谈笑，游戏殿廷，东方朔、李白得其豪。"③ 郭化《苏米谭史》自序云："拈得苏、米二老隽冷可绎之语，与夫褒刺可讪之谭，哀集成帙，佐茶水，消永日耳。"④ 郭化本人性喜调笑，里人梅敦伦《苏米谭史序》称："座中无肩吾，一座不欢。得肩吾之兹集也，世机尽解。"⑤ 汪襄贤《苏米谭史广》小序说："天地古今一史局也，亦一谭资也。举世不以庄语语，则谭言微中，可以内外无障矣。用史巫纷若，何暇清谭哉！昔苏、米二学士，文章丰骨棱缝，更无未尽。其摄身应世，往往得之虚实实虚、动静静动之间，故其留诅盟而发机括者，每能当世波而巧电转，使当之者获愧而不能恚，或激而不能挠。"⑥ 吴台引赞叹苏、米二人"议论磅礴，谭笑风生，开千古未开之眼，披千古未披之襟，二老差堪伯仲。余往时欲撷拾一帙，佐友人谭麈，而肩吾氏先得我心"⑦。晚明士人崇尚苏米"调笑风流"，至于称其为"仙"。沈寿昆《苏米谭史广序》说："苏、米才情丰骨，栩栩乎仙

① （明）徐𤊯等辑：《宋四家外纪》，《四库全书存目丛书》史部第 86 册，齐鲁书社 1996 年版，第 79 页。

② （明）徐𤊯等辑：《宋四家外纪》，《四库全书存目丛书》史部第 86 册，齐鲁书社 1996 年版，第 79 页。

③ （明）陈继儒：《米襄阳志林序》，《四库全书存目丛书》史部第 84 册，齐鲁书社 1996 年版，第 401 页。

④ （明）闵于忱辑：《枕函小史》，明末吴兴松筠馆朱墨套印本。

⑤ （明）闵于忱辑：《枕函小史》，明末吴兴松筠馆朱墨套印本。

⑥ （明）郭化辑：《苏米谭史广》，《四库全书存目丛书》史部第 85 册，齐鲁书社 1996 年版，第 1—2 页。

⑦ （明）郭化辑：《苏米谭史广》，《四库全书存目丛书》史部第 85 册，齐鲁书社 1996 年版，第 3 页。

也。他不具论，即声咳间禅那玄理，调谐风流，令人领取，神思跃然。"① 徐日昌的序又云："或问肩吾：'苏长公、米南宫之谭何如?'曰：'苏也仙，米也颠。仙也无烟火气，颠也无人间世。咳唾谭笑，俱可千古，千古而下，因以不刊典传之。片语只字，掷地有金石声，搜剔可不尽乎?'"② 晚明江南清谈之风盛行，文人雅集不谈政事，不论诗文，而醉心于书画古玩、花鸟香茶等韵事，言谈间往往征引大量文史故实以炫其博，玩弄文字游戏以逞其机巧，米芾轶事的搜辑即这种风气的一种体现。

四　米芾轶事小说的叙事特色

米芾轶事的情节面貌尽管各呈异彩，但宗旨只有一个，就是展现颖异多姿的米芾个性，塑造丰满的米芾艺术形象，而这正是叙事文学的本职功能。

首先，米芾轶事集的选材重心与编排体例凸显强烈的叙事旨趣。范明泰《米襄阳志林》共分十三门，门各一卷，但只有"书学""画学""书评""画评"四门四卷有关米芾书画创作及理论，其余九门九卷皆为轶事杂记类文字。其将"世系""恩遇"冠于卷首，仅表示对君父伦理的尊敬。次以"颠绝""洁癖""嗜好""麈谈"四门，则为突出米芾的独特个性，以下才是"书学""画学"等书画学内容。在纂者看来，米芾的逸闻趣事、个性魅力比他的书画成就更为重要，也更能吸引读者。毛晋《米襄阳志林》不分门类，但每一条故事都精拟标题，对故事内容起到画龙点睛的作用，且便于检索。他将《奇绝陛下》《上天梯》《俊人掷笔大言》等张扬米芾癫狂个性的篇目编排于前，而将《石刻不可学》《十纸说》《印不可伪》《样品》等体现米芾书画造诣与艺术主张的篇目排列于后，足见其旨趣所在。郭化《米南宫谭史广》并非专采米芾谈论及调笑文字，而是致力于收集米芾轶事。此书不分门目，亦不撮条目标题，但它将米芾轶事与其书画理论分开编排，主体部分专辑米芾逸事，而附录《海岳名言》《李伯时雅集图序》方展示其书画造诣。尽管各家米芾小说

---

① （明）郭化辑：《苏米谭史广》，《四库全书存目丛书》史部第 85 册，齐鲁书社 1996 年版，第 4 页。

② （明）郭化辑：《苏米谭史广》，《四库全书存目丛书》史部第 85 册，齐鲁书社 1996 年版，第 3 页。

集体例面貌各异，但其叙事旨趣则是一致的。

其次，米芾轶事集的虚构特征显著，多属小说家言。许多故事焕发传奇色彩，且不乏荒诞的灵怪成分。如屡屡叙述米芾戏耍天子、冒犯龙颜，皇上总会以"俊人不拘礼法"开脱其罪，米芾每每能从皇帝那里讨到便宜，舞蹈而退。这类故事虽可表现圣恩隆渥，但显然违背最基本的纲常伦理。再如广为流传的米芾择婿故事：

> 芾方择婿，会建康段拂，字去尘，芾择之，曰："既拂矣，又去尘，真婿也。"以女妻之。①

米芾竟以文字游戏为女儿订下终身，奇则奇矣，但有悖人之常情，只能出于好事者的附会。而有的故事则近于志怪小说。如《蟒精》：

> 元章知无为军，每雨旸致祷，设宴席于城隍祠，东向坐神像侧，举酒献酬，往往获应。得新茶果，辄以馈神，令典客声喏传言以致之。间有得缗钱于香案侧，若神劳之者。尝晨兴，呼谯门鼓吏曰："夜来三更不闻鼓声。"吏言："有巨白蛇缠绕其鼓，故不敢近。"米颔之，叱吏去，不复问。故郡人皆疑其蟒精，至今传之。又凿墨池，尝治事池上，蛙声聒人。因取瓦，书"押"字，投之池。由是蛙不鸣。②

这个故事直把米芾构造为精怪的化身。再如《留马渡采石矶》：

> 嘉祐中，一贵人使江南，携韩干画《马》一匹行。及回，渡采石矶，风大作，三日不可过。又大作，于是祷于中元水府庙，典祀也。是夕，梦神告："留马，当相济。"翌日，诣庙献之，风止，乃渡。至今典于庙中。因知天才，神不能化，天生是物，自然而生，自乘秀气

---

① （明）郭化辑：《苏米谭史广》，《四库全书存目丛书》史部第 85 册，齐鲁书社 1996 年版，第 59 页。

② （明）毛晋辑：《苏米志林》，《四库全书存目丛书》史部第 85 册，齐鲁书社 1996 年版，第 581 页。

而成才也。天不能资，神不能化，所以玉楼成，必李贺记也。①

　　此故事侈谈人与神相通互应，更是传统志怪小说的烂熟套路。这类作品的性质不言而喻，无怪乎四库馆臣斥其"皆摭拾小说"。②

　　米芾轶事的许多篇目叙事讲究章法，情节富有张力。其情节的设计颇具匠心，它们擅长层层铺垫，至高潮处却陡然转折，结局出人意料，在读者心中造成断崖式坠落般的撞击。如《弄石》：

　　　　元章守涟水，地接灵璧，蓄石甚富，一一品目，第加以美名，入玩则终日不出。杨次公为察使，因往廉焉。正色曰："朝廷以千里郡邑付公，那得终日弄石，都不省录郡事？"米径往前，于左袖中取一石，嵌空玲珑，峰峦洞穴皆具，色极清润，宛转翻覆，以示杨曰："如此石，安得不爱！"杨殊不顾，乃纳之袖。又出一石，叠嶂层峦，奇巧又胜，又纳之袖。最后出一石，尽天划神镂之妙。顾杨曰："如此石，安得不爱！"杨忽曰："非独公爱，我亦爱也！"即就米手攫得之，径登车去。③

　　该故事叙述米元章出守涟水，却沉迷于奇石而不视政事，惊动上司杨次公前往纠察问责，元章采用乌贼战术，欲将上司也拉下水——"吾黑尔亦黑，尔复何言？"。他前两次用奇石诱惑上司，上司均不为所动，元章只好纳之于袖。看似元章必败无疑了，但这只是铺垫之笔，以吊起读者的胃口。元章第三次出示极妙之石，上司这次终于中招，叹道："非独公爱，我亦爱矣！"并夺奇石而去。结局来了个大逆转，元章转败为胜，制造了强烈的喜剧效果。

　　再如《追想笔法》：

　　　　关蔚宗有褚河南所抚虞永兴《枕卧帖》，落笔精微，仅如丝发，

---

　　① （明）毛晋辑：《苏米志林》，《四库全书存目丛书》史部第85册，齐鲁书社1996年版，第595页。

　　② （清）永瑢等：《四库全书总目》，中华书局1965年版，第543页。

　　③ （明）范明泰辑：《米襄阳志林》，《四库全书存目丛书》史部第84册，齐鲁书社1996年版，第422页。

既存骨气，复有精神。元章见而爱之。崇宁间过其子长源于京口，时蔚宗已下世，元章从长源求此帖，长源靳之，曰："惟得公陆探微师子乃可。"从之。长源复靳，曰："此画不足以当此帖，更得公案上盈尺朱砂乃可。"又从之。长源又靳之，曰："细思二物，皆有愧于虞帖，非得公头不可。"元章乃移书曰："顷在扬州，蔚宗待我甚厚，示以此帖，追想笔法写一通，去较其所藏，妙若刻楮，不复能辨。"①

众多米芾夺宝故事中，基本都是讲米芾靠耍赖、欺诈乃至盗抢的方式夺得他人宝物，但这个故事的叙事者却是逆向操作，写米芾欲得到关蔚宗珍藏的虞世南《枕卧帖》，不过这次他遇上了难缠的对手，关蔚宗之子长源采取"诱敌深入"的战术，使米芾不仅未得《枕卧帖》，还连失两宝。第三次长源竟提出拿米芾的头交换《枕卧帖》。情节至此，悬念已足。不过，结局却柳暗花明，米芾因曾见过《枕卧帖》，仅凭记忆竟然临摹出此帖，足可乱真。本故事用先抑后扬、诡谲莫测的方式，凸显了米芾的卓越才华，与顺向叙事的效果殊途同归。

米芾轶事中一个主要题材类型是戏谑与调笑，洋溢浓郁的娱乐趣味。有些故事属于以文滑稽，纯为制造诙谐之趣。如以下二则：

捕蝗

米元章令雍丘，蝗大起，邻县尉司禁瘗，后仍滋蔓，责保正并力捕除。或言："尽缘雍丘驱逐过此。"尉移文，载保正语牒行雍丘，请勿以邻国为壑。时元章方与客饮，视牒大笑，题纸尾答云："蝗虫原是飞空物，天遣来为百姓灾。本县若还驱得去，贵司却请打回来。"传者莫不大噱。②

河豚赝本

杨次翁守丹阳，元章过郡，留数日而去。元章好摹易他人书画，次翁作羹以饭之，曰："今日为君作河豚。"其实他鱼。元章遂疑而

---

① （明）毛晋辑：《苏米志林》，《四库全书存目丛书》史部第 85 册，齐鲁书社 1996 年版，第 584—585 页。

② （明）毛晋辑：《苏米志林》，《四库全书存目丛书》史部第 85 册，齐鲁书社 1996 年版，第 579 页。

不食。次翁笑曰："公可无疑，此赝本耳。"其行，送之以诗，有"淮海声名二十秋"之句。林子中见之，谓次翁曰："公无乃过欤？"次翁笑曰："二十年来何处不知有米颠子邪！"①

无论是雅趣抑或是谐趣，都是追求娱乐效果，而娱乐性正是叙事文学的一种突出特性。

毋庸讳言，这些著作也存在一些明显的不足。首先，诸书之间内容重复严重。其次，故意把米芾塑造成一个半神半人而近乎神话中的人物。如有的学者就指出："到了明代中后期，在董其昌'开口米元章，闭口米元章'的影响下，米芾已经成为一位神化了的书法家、鉴赏家和画家。"② 再者，这些著作所辑故事大抵不注出处，以至于严肃的书画艺术论著很少征引其文字，难怪《四库全书总目》斥责其"多不注出典，未足依据"③。这也是此类著作传播不广、影响不彰的重要原因。尽管存在以上缺陷，但对有些作品来说，学术层面的不足并不意味着其文学价值的缺失，有时还恰恰相反。因此，晚明米芾轶事小说集的文学价值还有较大的探究空间。

第五节　明代博物小说的主要支系及特征

一　博物小说研究现状之我见

对于唐前《山海经》《十洲记》《博物志》《述异记》系列小说，学术界一直将其纳入志怪小说的大框架下进行讨论，通称其为博物体志怪小说。早在 20 世纪 20 年代，鲁迅《中国小说史略》一书即已关注此类作品，其第二篇《神话与传说》论及《山海经》，称其"盖古之巫书也"④。第四篇《今所见汉人小说》又涉《神异经》《十洲记》《洞冥记》《玄中记》诸书，主要是辨其真伪、述其内容，并梳理此类著作的发展脉

① （明）毛晋辑：《苏米志林》，《四库全书存目丛书》史部第 85 册，齐鲁书社 1996 年版，第 582 页。
② 刘金库：《宋代书画博士米芾在明清的影响》，《艺术品》2015 年第 9 期。
③ （清）永瑢等：《四库全书总目》，中华书局 1965 年版，第 542 页。
④ 鲁迅：《中国小说史略》，人民文学出版社 1973 年版，第 9 页。

络，但未从总体上对其性质作出判断。20 世纪八九十年代，对博物类小
说的研究趋于成熟，但均是在唐前志怪小说研究框架下取得的成果。刘叶
秋《古典小说笔记论丛》分志怪小说为三种：第一种是兼叙神仙鬼怪者，
以《搜神记》为代表。第二种是兼叙山川、地理、异物、奇境、神话、
杂事等，而着重宣扬神仙方术，以晋张华的《博物志》为代表，乃《山
海经》系统的延续。第三种是专载神仙的传说，以晋葛洪《神仙传》为
代表。① 对于第二种，他概述其内容，追溯其渊源，但对其性质未作明确
的界定。在论及《博物志》时，他又说："魏晋以来，《山海经》系统之
地理博物志怪书，以此为最著。"② 李剑国《唐前志怪小说史》一书在刘
叶秋所论基础上，将唐前志怪小说析分为三类：第一类是地理博物体志怪
小说：由汉人的《括地图》《神异经》等到晋张华的《博物志》等，属
于这一类；第二类是杂史杂传体志怪小说：由汉人的《汉武故事》《列仙
传》到晋葛洪的《神仙传》、苻秦王嘉的《拾遗记》等，属于这一类；第
三类是杂记体志怪小说：由汉人的《异闻记》到晋干宝的《搜神记》、陶
潜的《搜神后记》等，属于这一类。③ 李剑国明确将《博物志》系列小
说定性为"地理博物体志怪"。在后来此书修订版的《志怪叙略》中，他
又将志怪小说分为四类：杂史体、杂传体、杂记体、地理博物体，并对地
理博物体志怪小说的内涵做出界定："指的是专门记载山川动植、远国异
民传说的小说，如《山海经》《神异经》《十洲记》《洞冥记》等。其文
体与上述三体（引者注：杂史体、杂传体、杂记体）有所不同，通常很
少记述人物事件，缺乏时间和事件的叙事因素，它主要是状物，描述奇境
异物的非常表征；即便也有叙事因素（如《洞冥记》），中心仍不在情节
上而在事物上。因此它是一种特殊的叙事文体。"④ 指出此类小说有别于
杂史、杂传、杂记体的特征是"状物"而非"叙事"，揭示了此类小说文
体的本质特征，并确认其"是一种特殊的叙事文体"。

另如侯忠义《中国文言小说史稿》一书，亦将魏晋南北朝志怪小说分
为三类：记怪类、博物类、神仙类。他称博物类志怪小说与《列异传》《搜
神记》《搜神后记》等不同，它并不是单纯的"记怪"，而是兼有"博物"

① 刘叶秋：《古典小说笔记论丛》，南开大学出版社 1985 年版，第 6—7 页。
② 刘叶秋：《古典小说笔记论丛》，南开大学出版社 1985 年版，，第 8—9 页。
③ 李剑国：《唐前志怪小说史》，南开大学出版社 1984 年版，第 2—3 页。
④ 李剑国：《唐前志怪小说史》（修订本），天津教育出版社 2005 年版，第 23 页。

（对事物的博闻多识）的特点。这种体例在志怪小说中独树一帜，自成流派，后继者不乏其书，构成志怪书的一种固定类型。因其内容上又多有山川地理等神怪故事，明显受《山海经》的影响，故这类故事又称山川地理博物类。晋张华《博物志》在先，梁任昉《述异记》、唐段成式《酉阳杂俎》、宋李石《续博物志》、明游潜《博物志补》等继其后，都是《博物志》的续书，可见影响之大。① 他也强调了地理博物小说的"独树一帜，自成流派"②。宁稼雨《中国文言小说总目提要·前言》将文言小说分为五类：志怪、传奇、杂俎、志人、谐谑，他专门解释"杂俎"一类的特征："说它包罗万象，有两个含义，一是指它既有小说因素，也有许多非小说因素。诸如朝政典章，天文地理，草木虫鱼，人间鬼蜮，无所不包……二是指这类小说中的部分作品，全书的小说含量很大，但又很难将其归入特色明显的小说类别当中，因为这些书中几乎包括了文言小说的各种类别。如《酉阳杂俎》，其中既有志怪，也有传奇，还有志人，笑话，以及很多不属于小说的百科杂记。这种书不但自成系统，而且源源不断。完全有资格划出一类，与另几类并驾齐驱。"③ 他提出《酉阳杂俎》之类的小说应"划出一类，与另几类并驾齐驱"，但他在《中国文言小说总目提要》中并未付诸实践。而其称这类书中的百科杂记"不属于小说"，则依据的是现代小说标准。苗壮《笔记小说史》论及地理博物类小说时说："魏晋以来，有关地理博物类著作甚多，州郡县邑、山川道里、寺观古迹、风俗特产、异邦方物等均有涉及。间或亦涉志怪，但总的趋势较为平实，注重纪实，向科学性发展，并不属于小说，但如《博物志》诸书……此后，代有创作，形成一派。因其中一些作品不具备故事情节，而仅记叙奇珍异物，有研究者主张与志怪、志人并列为志物一类。但总的来看，此类作品数量不多，难与志怪、志人小说相抗衡。且从内容说，志物仅是其中一部分，并多杂志怪，志物亦显得奇特怪异，故仍宜将此类作品作为志怪小说的一个分支，称为地理博物类志怪小说。"④ 他也认为，《博物志》诸书体式特别，"形成一

---

① 侯忠义：《中国文言小说史稿》，北京大学出版社 1990 年版，第 27 页。

② 吴志达《中国文言小说史》于魏晋南北朝志怪小说亦分三类，第一类 "是从《山海经》记载殊方绝域、飞禽走兽、奇花异木、山川地理的神话中演化而来的，通常称为地理博物类志怪小说"。列举《山海经》以下《神异经》《十洲记》《洞冥记》等作品。另二类为杂记体志怪小说、野史杂传体志怪小说。参见吴志达《中国文言小说史》，齐鲁书社 1994 年版，第 90 页。

③ 宁稼雨撰：《中国文言小说总目提要》，齐鲁书社 1996 年版，第 6—7 页。

④ 苗壮：《笔记小说史》，浙江古籍出版社 1998 年版，第 84—85 页。

派", 以至于学界出现将其单独立类以与志怪、志人并列的说法。但他毕竟不赞同这种做法, 其理由是"此类作品数量不多"。其实这种理由有违此类小说发展史的实际。陈文新从创作目的、体例、写法等方面论述了"博物体"的特征, 他说:"从创作目的看, '博物'体小说旨在满足读者对无垠的空间世界的神往之情。从体例看, '博物'体以方位的移换为依托。从写法看, '博物'体是从地理书发展来的, 重在说明远方珍异的形状、性质、特征、成因、关系、功用等; 意在使读者清楚明白地把握对象, 所以, 生动的描写较之曲折的叙事是更重要的。如与'搜神'体对比的话, 可以这样说:'博物'体注重表达空间里的景象平列, '搜神'体注重展示时间上的情节延续, 就故事性而言, '博物'体是不能与'搜神'体一较长短的。它在志怪小说中并不占有主导地位。"① 其论述颇为全面, 对"博物"与"志怪"两种小说表达方式的概括较为精当。但也有值得商榷之处, 如他称博物体小说创作"旨在满足读者对无垠的空间世界的神往之情", 就不太准确, 应该是博物体小说表达了人类的好奇心、求知欲, 这也是许多小说创作与接受的共同心理机制。同时, 他仍是将博物小说视为志怪小说之一支而加以观照的。

对于唐代以后的博物小说, 学界所论一般止于唐段成式《酉阳杂俎》, 对宋代沈括《梦溪笔谈》, 多笼统称为"杂俎"。李剑国《唐五代志怪传奇叙录》称《酉阳杂俎》为百科全书型小说:"自《山海经》以降, 博物体小说甚众, 成式《杂俎》正承其绪, 故胡元瑞有云:'《洞冥》,《杂俎》之源也。'……然最为近似者乃晋人张华《博物志》, 鲁迅云'源或出于张华《博物志》', 殊得其实。而奇博又远胜《博物》, 本书凡涉佛、道、数术、天文、地理、生物、医药、文学、法律、历史、语言、绘画、书法、音乐、建筑、魔术、杂技、烹饪、民俗等等, 直是百科全书型小说矣。"② 陈文新《文言小说审美发展史》一书所论博物小说主要止于唐前, 于唐代只及《酉阳杂俎》, 而将宋代《梦溪笔谈》《鸡肋编》等书归为轶事小说中的"丛谈"③, 于明清二代文言小说, 均不提博物小说。

---

① 陈文新:《文言小说审美发展史》, 武汉大学出版社 2007 年版, 第 13 页。
② 李剑国:《唐五代志怪传奇叙录》, 南开大学出版社 1993 年版, 第 749—750 页。
③ 陈文新:《文言小说审美发展史》, 武汉大学出版社 2002 年版, 第 354 页。

　　对于明代博物小说，学界基本上避而不谈，或偶有提及，不愿深究。陈大康《明代小说史》第十四章"文言小说的创作与小说选编本的流行"将陈士元《江汉丛谈》、王同轨《耳谈类增》、王世贞《觚不觚录》等书归为"杂俎笔记"，称其内容"偏重于格物、考证或议论"①。其性质实际近于胡应麟所说的"杂录""丛谈"。对于万历朝产生的具有浓郁地方色彩的作品如周晖《金陵琐事》《续金陵琐事》《二续金陵琐事》、顾起元《客座赘语》、李本固《汝南遗事》、何宇度《益部谈资》等，陈先生认为其性质居于专题性类书与杂俎笔记之间。② 这些作品专记一地风物土俗，掌故轶闻，实际遗传有早期地理博物小说的基因。宁稼雨撰《中国文言小说总目提要》于明代文言小说部分分为五类：志怪、传奇、杂俎、志人、谐谑，其"志怪"类所著录游潜《博物志补》、闵文振《异识资谐》《异物汇苑》、何宇度《益部谈资》，"杂俎"类所著焦竑《焦氏笔乘》、马应龙《艺林钩微录》、屠本畯《山林经籍志》（当为《山林经济籍》）、戴应鳌《博识考事》《博识考事继篇》等书实际均可归入博物小说。苗壮《笔记小说史》第五章第二节"明代志怪小说"论及董斯张《广博物志》，称："《博物志》作为博物类笔记小说的代表作，重在志物，而此书多涉人事，已突破博物之体，不仅志怪，亦多志人……博物类在志怪小说中，本来小说性、故事性就最弱，至此可说名存实亡了。"③

　　学界一向对博物类小说的成就评价不高，如李剑国《唐前志怪小说史》论述《博物志》特点："它虽多记地理博物，但并不限于山川动植、远国异民。一是记载了许多全无故事性的杂考杂说杂物，二是又记载了许多故事性很强的非地理博物性的传说。本来地理博物体志怪的小说特征就不及杂记体来得鲜明，再加上这一点，结果是博则博矣，却大大削弱了它的小说性，丛脞芜杂，鸡零狗碎，几乎成了一盘大杂烩。"④ 林辰评《酉阳杂俎》云："以现代小说概念去衡量《酉阳杂俎》，尤其从神怪小说的角度去看它在中国小说史上的地位，恐怕评价就不宜太高了……《酉阳杂俎》绝大部分不是小说而是'杂录''辨订''丛谈'。"⑤ 而上述评价，

---

① 陈大康：《明代小说史》，上海文艺出版社 2000 年版，第 501—502 页。
② 陈大康：《明代小说史》，上海文艺出版社 2000 年版，第 519—520 页。
③ 苗壮：《笔记小说史》，浙江古籍出版社 1998 年版，第 313—314 页。
④ 李剑国：《唐前志怪小说史》，天津教育出版社 2005 年版，第 264—265 页。
⑤ 林辰：《神怪小说史》，浙江古籍出版社 1998 年版，第 244—245 页。

正如林辰所说，均是"以现代小说概念"为准绳而做出的。实际上，古代小说内涵与现代小说相去甚远，如林辰所称"不是小说"的"杂录""辨订""丛谈"等作品，在古代均可归属于"小说"名下，只要查阅古代书目"小说家"的著录情况、古代小说丛书的收录范围及明胡应麟对"小说家"的分类方法，即可证明这一点。因此，对于这类小说的评价应该依据古代小说观念并契合其文体特征，如其博物范围、知识谱系、知识水平、科学史价值、文献资料价值、学术史价值等，而断不可以今绳古，重犯刻舟求剑之错误。

综上所述，学界对博物类小说的研究主要存在以下问题：一是研究视野比较狭窄，自时限而言，基本都限于唐代之前，对于唐代及之后的流变情形、发展概况关注甚少。实际上，唐代及其之后博物小说的内涵及著述形式继续发展衍变。如唐段成式《酉阳杂俎》、其侄段公路《北户录》均为博物小说，但其旨趣及体例已较《博物志》发生新变。再如，林登《续博物志》是《博物志》的续书，虽然已佚，但南宋曾慥《类说》中尚存其佚文二十余条。《博物志》的续补书及仿书于宋明之世续有新作，① 其知识谱系、撰述方式均有变迁。再如，汉魏六朝极为繁盛的"异物志"在唐代仍有续作，如孟琯《岭南异物志》、房千里《南方异物志》、刘恂《岭表录异》等，宋代又有范成大《桂海虞衡志》、周去非《岭外代答》等书。元明之世此类著作依然瓜瓞绵绵，它们也可归为博物类小说。明代更是迎来了各种博物小说争奇斗艳的鼎盛局面。二是均将博物小说视为志怪小说的一个分支加以研讨，而忽视其有别于志怪小说的文体特性。虽屡有论者认为其"自成流派"，但并不认同其可与志怪、志人相并列的学术地位。三是对博物小说的评价普遍存在以现代小说观念衡量古代小说的误区，而无视古代小说观念与现代小说的巨大差异。尤其是将这类小说中的非叙事成分统统判为"非小说"，则形同否定了古代小说文体的独立性。

近几年，张乡里于《唐前博物类小说研究》一书及多篇论文中，强力主张将博物小说从志怪小说中分离出来，作为独立的一类而与志怪、志人相并列。她说："应该将博物小说从志怪小说中独立出来，成为和志怪、志人相并列的一类，并结合古人的小说观念来实事求是地研究它们，

---

① 相关研究还可参见樊伟峻《博物体小说流变研究——从其与类书关系角度考察》，《集宁师范学院学报》2016年第6期。

只有这样，我们才能更好地发掘中国古代小说的民族性和独特性。"① 她特别区分了志怪小说与博物小说的不同书写特征："志怪小说与博物小说，一者为叙事，一者为说理，两者有本质的不同。"② "志怪小说之所以被逐出史学队伍，就在于其内容'荒诞不经'，是谈说鬼神灵异等怪异之事的。但博物小说却并非如此，一方面，它的内容主要是关于各种物的知识，而不是怪异之事；另一方面，它有不实的内容，但其大部分叙述都是趋实的，甚至有的还带有考辨色彩，如《博物志》中的《人名考》《地理考》《文籍考》《器名考》《物名考》等等，与志怪截然不同。基于上述不同，可以说将博物类小说视为志怪小说下属的一类有些欠妥。"③ "博物小说与志怪小说有重合的地方，但两者却不是一类，志怪并不能涵盖博物小说的所有内容。除在叙事和说理上有本质不同外，志怪小说和博物小说在创作时所关注的中心也是不同的：志怪以怪异为中心，它所反映的是怪异之人、怪异之物、怪异之事；而博物则以物为中心，它主要记各种关于物的知识：山川地理、鸟兽草木、典章制度、器物风俗等都是这类作品所关注的对象。"④ 在《博物小说的分类问题研究》一文中，张乡里进一步提出："从具体小说作品和古人的小说观念来看，博物小说不仅数量众多，而且是最符合古代小说观念本来面貌的作品。"⑤ 其对"志怪"与"博物"两者小说文体的区隔是有道理的，指出二者的表现重心一个是"怪"，一个是"物"。张乡里关于博物小说独立成类而与志怪、志人相并列的主张立足于唐前此类小说创作的实绩与学界前辈的成果资源，有充分的学理依据，所以笔者赞同其主张。不过张乡里对博物小说的研究视野仅止于唐前，几无触及唐代及之后的博物小说。同时，其论述尚不够缜密，比如对"怪"与"物"关系的论述就不太确切，因为在中国古代学术视野中，"怪"也被视为"物"的一种，如《博物志》中的"物"就包容了"怪"。古代类书中的"物"往往兼容自然物、人造物、观念物，后者即涵盖人类虚构的各种怪物，而且"物"与"怪"在许多作品中是混融在一起的。因此，对于"志怪"与"博物"的划分是相对的，只能如胡

---

①　张乡里：《博物小说的分类问题研究》，《河池学院学报》2016 年第 1 期。
②　张乡里：《唐前博物类小说研究》，上海古籍出版社 2016 年版，第 408 页。
③　张乡里：《唐前博物类小说研究》，上海古籍出版社 2016 年版，第 408 页。
④　张乡里：《唐前博物类小说研究》，上海古籍出版社 2016 年版，第 409 页。
⑤　张乡里：《博物小说的分类问题研究》，《河池学院学报》2016 年第 1 期。

应麟所说"姑举其重而已"①。

明朝中叶以后博学思潮的兴起直接推动了博物小说的繁盛。本来，博学多识是传统儒家淑世精神的重要内涵，但在明代，程朱理学与阳明心学的极端发展却导致士人的闻陋见寡，束书不观。胡应麟在与王世贞的书信中曾痛批弘、正至嘉、隆间士人学问之极衰："间尝窃谓，文章、学问本非二途。无论左马杜韩，人皆渊洽；即六代唐初，风轨具存。自宋熙丰，趣尚浸异，乃一时博雅，尚有其徒。弘、正诸贤，号称复古，操瓠云涌，而咸以读书为戒，至有晋、魏以还茫然心目者。噫！是讵可闻于邻国耶？故不肖妄谓，国朝文章之盛，几轶古先，而学问之衰，无逾晚季。至于嘉、隆，玄谈日沸，即豪特之士崛起其间，而属词者虞讥于堆垛，多识者取诮于支离，不有执事出而挽之，将恐两家者言浸淫无极。天不生仲尼，万古如长夜，虚语乎哉？"② 抛开胡应麟对王世贞的谀媚之意，他揭示的当世"学问极衰"的现状是切中时弊的。正、嘉间以杨慎治学为标志的考证学的萌芽可视为学风转变的一种风向标。余英时认为："明中叶以后考证学的萌芽究竟可以说明什么问题？从思想史的角度看，它是明代儒学在反智识主义发展到最高峰时开始向智识主义转变的一种表示。"③ 所谓"向智识主义转变"，就是崇尚"博物多识"，在小说编创领域表现为大量博物小说的问世。明代博物小说数量众多，成就卓著，如上所述，不仅有《博物志补》《广博物志》及众多《博物志》的仿书，更有诸多以新内涵、新形式撰成的博物小说。囿于选题，参照前贤研究成果，本节所谓明代博物小说，指明代人编撰的以"志物"为主要内容的小说作品，其记述范围包括各种自然物、人造物、观念物，其文本内涵既有知识性，亦有叙事性。其不同于记录怪异为主的志怪小说，亦有别于专记人事的志人小说。

二　明代博物小说的主要支系

明代的博物体小说在继承前代题材类型基础上，于博物体系、撰述体例等方面均有很多突破与创新，大多数作品的博物体系均突破了以"地

---

① （明）胡应麟：《少室山房笔丛》，上海书店出版社2001年版，第283页。

② （明）胡应麟：《少室山房类稿》卷一一二《与少司马王公》，《续金华丛书》影印永康胡宗楙刻本，1924年。

③ 余英时：《论戴震与章学诚：清代中期学术思想史研究》，生活·读书·新知三联书店2000年版，第313页。

理"为本的框架，在表现小说本体性、发挥"物"的叙事功能等方面有很大的拓展。总体而论，可以概括为如下几个支派：《博物志》续仿之书，以"博物"名义索引故事之书，辨订兼叙事之书，文士清雅生活用书。以下分别述论之。

(一)《博物志》续仿之书

《博物志》的续仿之书是博物小说的正宗嫡传，自宋李石《续博物志》至明董斯张《广博物志》，博物小说的知识体系体现出向正宗类书靠拢的趋向。自中国宏观学术史来看，传统博物学发展以类书编撰为主流。类书体例的突出特点是按名物或观念主题分门别类汇辑资料，构建知识体系，一般由天、地、人、事、物、灵异的结构框架组成。其对知识深广度的认识主要体现在分类层级的繁简与主题项目设置的多寡。其行文方式则是胪列铺陈、襞积堆垛，如獭祭鱼一般。具体条目编排，或不撮标题，分条并列，或各拟标题，目举事张。前者如《艺文类聚》，后者如《初学记》。张华《博物志》通行本在继承《山海经》地理博物传统基础上，又借鉴类书分门别类、据物标目的体例。其所分38类中，自"地理略"至"药术"23类都与大地有关，可见其以"述地理""辨地物"为本的著述思想。但它的博物范围、知识体系又比《山海经》《神异经》等书有很大的拓展，如范宁所说："内容包罗很杂，有山川地理的知识，有历史人物的传说，有奇异的草木虫鱼以及飞禽走兽的描述，也有怪诞不经的神仙方伎故事的记录，其中还保存了不少古代神话的资料。"① 尤其显著者是增加了大量人文知识，其自"戏术"以下15类均是与"人文"相关的门类。唐林登撰《续博物志》原书已佚，无从知其体例面貌。宋李石撰《续博物志》现存文本不分类，但据其自序及正文编排，其编纂宗旨比张华原书又有明显的改进，体现出构建正统知识谱系的自觉意识。李石《续博物志序》说："张华述地理，自以禹所未志，且《天官》所遗多矣，经所不载。以天包地，象纬之学，亦华所甚惜也。虽然，华仿《山海经》而作，故略。……余所志，视华岁时绵历，其有取于天，而首以冠其篇。"② 清汪士汉《续博物志序》称其"取天官书，而以象纬为冠，庶几由天地以及山海，由山海

---

① 范宁：《博物志校证·前言》，中华书局1980年版，第2页。
② （宋）李石：《续博物志序》，《续博物志》，巴蜀书社1991年版，第1页。

以及人物，固无之或遗也"①。于"山海"之前冠以"象纬"，就完成了"天、地、人"的宇宙架构，就符合《易传》宣扬的宇宙观，亦与正宗类书的分类体系相吻合。明游潜又撰《博物志补》二卷，"补张华之书，体例略如李石所续"②。现存明万历二十八年（1600）游日昇修补本。③ 此本共分18目，另有4个附目，实际共有22类：

天、地、五方人民（附异俗）、人名考、文籍考、典礼、乐、器名、昆虫、草木、物产、服饰考（附饮食）、药物、医术、物理考、异闻（附幽怪）、方士（附戏术）、杂说④

《博物志补》模仿通行本《博物志》，亦采用分门别类形式编纂成书，且不少门目直接因袭《博物志》。但其卷首增加"天"类，则是承继了李石续书的思想。董斯张撰《广博物志》五十卷，《自序》云："《广博物志》者，吴兴董斯张广乎晋张华者也。"⑤ 朱国祯《序》也称，董斯张"精神独注则暗模茂先，广其书之十为五十卷"。⑥ 此书编纂义例吸收《博物志》与《太平御览》二者之长。韩敬序文引董斯张之语云："吾之《广志》也，姑以艳。夫瞠饿眼而晒空腹者，于史则猎，于稗则筏。断自书契，以迄六季，而下无录焉。且曰：'茂先氏之觞也而沿之，因其类也而辑之，则非茂先也，昉也。'"⑦ "昉"即指宋初《太平御览》主编李昉。董斯张《自序》申述其分类体系云："首乎《三坟》，尾乎隋。其比也类，

---

① （清）汪士汉：《续博物志序》，（宋）李石《续博物志》，李之亮点校，巴蜀书社1991年版。
② （清）永瑢等：《四库全书总目》，中华书局1965年版，第1234页。
③ 收入《四库全书存目丛书》子部第251册，齐鲁书社1995年版。根据游日昇跋语可知，此本之前至少还有两个刻本：一是游日昇叔祖公峨峰初刻于汉阳官舍，二是游日昇之父静宇筮仕冬曹时又曾重刻此书。《四库全书总目》对其评价极低："是编补张华之书，体例略如李石所续。而猥杂冗滥，无一异闻，又出石书之下。"〔（清）永瑢等：《四库全书总目》"子部·小说家类存目二"，中华书局1965年版，第1234页〕
④ （明）游潜：《博物志补》，明万历二十八年（1600）游日昇修补本。
⑤ （明）董斯张：《广博物志》，明万历四十五年（1617）高晖堂刻本，岳麓书社1991年影印版，第3页。
⑥ （明）董斯张：《广博物志》，明万历四十五年（1617）高晖堂刻本，岳麓书社1991年影印版，第1页。
⑦ （明）董斯张：《广博物志》，明万历四十五年（1617）高晖堂刻本，岳麓书社1991年影印版，第2页。

以广乎张氏。始天道，次时序，次地形，则戎狄附焉。次斧扆，太子、后妃附焉。次神仙，附鬼焉。次职官，次人伦，次高逸，次方伎，盖幻术附焉。次闺壼，次形体，次艺苑，附图画焉。次武功，次声乐，杂戏附焉。次居处，次珍宝，币帛附焉。次服饰，次器用，次食饮，继之以草木鸟兽，维虫鱼殿之，卷五十。"① 董斯张明确表达其撰著此书的审美追求是"艳"，即诡谲卓异，瑰丽奇艳。用朱国祯的话说是："直抉造物之奥，通幽明显晦之情……大观备而博之义始阐发无余矣。"② 而清《四库全书总目》将其归于"类书类"，提要称："晋张华《博物志》世所传本，真伪相淆，简略亦甚。南宋李石尝续其书，虽旁摭新文，尚因仍旧目。斯张从而广之，遂全改华之体例，变为分门隶事之书。凡分大目二十有二，子目一百六十有七……至若孔疏、郑笺，牵连满幅，道经、释典，采录盈篇……然其搜罗既富，唐以前遗文坠简，裒聚良多。在明代诸类书中，固犹为近古矣。"③ 仅凭其"分门隶事"的形式就判定为类书，有失偏颇。此书采辑资料范围不仅包括百科知识，而且偏嗜谶纬书、佛道书、志怪书，既有丰富的知识性，也有颖异的叙事性，因此当归于类书体博物小说之列。④ 表2-7为《博物志》《博物志补》《广博物志》三书的体例面貌：

表2-7　　　　　　　《博物志》《博物志补》《广博物志》体例简表

作品	撰者	所据版本	分类情况
《博物志》十卷	张华	清汪士汉《秘书二十一种》本	地理略、地、山、水、山水总论、五方人民、物产、外国、异人、异俗、异产、异兽、异鸟、异虫、异鱼、异草木、物性、物理、物类、药物、药论、食忌、药术、戏术、方士、服食、辨方士、人名考、文籍考、地理考、典礼考、乐考、服饰考、器名考、物名考、异闻、史补、杂说
《博物志补》二卷	游潜	明万历二十八年（1600）游日昇修补本	天、地、五方人民附异俗、人名考、文籍考、典礼、乐、器名、昆虫、草木、物产、服饰考附饮食、药物、医术、物理考、异闻附幽怪、方士附戏术、杂说

① （明）董斯张：《广博物志》，明万历四十五年（1617）高晖堂刻本，岳麓书社1991年影印版，第3—4页。
② （明）董斯张：《广博物志》，明万历四十五年（1617）高晖堂刻本，岳麓书社1991年影印版，第1页。
③ （清）永瑢等：《四库全书总目》，中华书局1965年版，第1156页。
④ 关于《广博物志》采辑书目及性质，可参见刘天振《〈广博物志〉小说性质探论》一文，《中国文学研究》第二十辑，复旦大学出版社2012年版，第105—118页。

续表

作品	撰者	所据版本	分类情况
《广博物志》五十卷	董斯张	明万历四十五年（1617）高晖堂刻本	天道、时序、地形、斧扆、灵异、职官、人伦、高逸、方伎、闺壸、形体、艺苑、武功、声乐、居处、珍宝、服饰、器用、食饮、草木、鸟兽、虫鱼

　　由以上三书分类情况可看出，《博物志补》卷首比《博物志》增加了"天"，其"地"的分量较《博物志》大大压缩了，地理博物性质减弱了，但其志异性维系了《博物志》的遗风。《广博物志》分类体系基本趋同于类书，只是其将沟通天人的"灵异"编排于有关皇王帝妃的"斧扆"与体现封建政治秩序的"职官"之间，有别于类书一般把"灵异"内容置于殿后位置以表达天人合一思想的做法。有意味的是，《广博物志》"灵异"所分四个子类："仙""女仙""神""鬼"，占了四卷篇幅，基本全部辑自道教经典与志怪小说，主体内容是道教知识与仙传故事，实可全部归为志怪小说。撰者本意或出于天命观念，但客观上强化了此书的志异性质。同时，《广博物志》所表现的董斯张的知识观念也颇有创意，他把汉代以后儒流尊为圣经的《易》《诗》《书》《春秋》《礼记》《孝经》《论语》等书统统归隶于"艺苑"之下，与史书、佛道之书、辞赋、图画等视为平等的知识门类，摒弃了儒学知识被强加的伦理属性，而还原其本来的知识属性，表现出大无畏的学术胆识。

　　同时，伴随郑和下西洋及其他形式中外交流的日益频繁，明代出现一些记录海外风土、异域风情的著作，如顾岕《海槎余录》一卷、马欢《瀛涯胜览》一卷、黄省曾《西洋朝贡典录》三卷等，这些著作仍存唐前地理博物之余韵，如明赵开美称《西洋朝贡典录》"章法、句法，颇学《山海经》"①。同时，一些文士出于不同的个人原因，或仕宦或游历，深入大明边郡或少数民族区域，惊异于其独特的山川风土、名物异俗，将其记录下来，如邝露《赤雅》三卷、王世懋《闽部疏》一卷、萧大亨《夷俗记》一卷等，其内容、写法有别于严肃的史书与方志，往往事多依托，文不雅驯，亦可归入地理博物小说，如《四库全书总目》称《夷俗记》

① （清）永瑢等：《四库全书总目》，中华书局1965年版，第680页。

"殊多失实，不足征信"①。

丛书系列的《夷门广牍》《格致丛书》等旨在汇辑世间各种专门知识，其实也承继了《博物志》的著述思想。周履靖编《夷门广牍》109种一百六卷，② 分艺苑（10 种）、博雅（5 种）、尊生（12 种）、书法（3种）、画薮（7 种）、食品（9 种）、娱志（8 种）、杂占（14 种）、禽兽（6 种）、草木（8 种）、招隐（8 种）、闲适（15 种）、觞咏（4 种）。张献翼《夷门广牍序》称："逸之（周履靖的字）有文有学，非隐非沦，上下三千年，纵横一万里，追踪前良，成一家撰制。苞蓄既富，探汲不竭，如玄黄杂俎而缛彩炫目，金石叠奏而英韶满耳，璠玙并俪而世觊其宝，椒兰俱燺而人挹其芳，令见之者宛入通都大市，万货杂陈，应接不暇。"③ 又说："是牍岂徒果于自信，而群玉将为昭焉。庶几资张华以武库，拟裴秀之舆图。"④ 指出《夷门广牍》追踪张华之书的宗旨。周履靖《自序》中论及"博雅牍"选辑旨归云："人生坐瓮牖中如醯鸡耳，何暇步亥章之广轮而问俗，叩雷焕之博识而辨名？手兹一编，以当九鼎。辑'博雅牍'。"⑤ 该牍所收子目 5 种：周致中《异域志》二卷、朱辅《溪蛮丛笑》一卷、曹昭《格古要论》三卷、周履靖《群物奇制》一卷、晁贯之《墨经》一卷，涉及远国异民、风土方物、金石品鉴、器物图谱等内容。黄洪宪《夷门广牍叙》称是书"如熊蹯菰饭，不适世用而为世珍，好之者至湛沔濡首，亦奇观也"⑥。"招隐类"收书 7 种，其中《香案牍》《列仙传》《神仙传》《续神仙传》4 种为仙传体志怪小说，《逸民传》1种属于杂传体小说。

胡文焕编《格致丛书》为一综合性大型丛书，因系随刊随售，版本纷乱，各版本收书子目并无定数，《中国丛书综录续编》"汇编·杂纂类"

　　① （清）永瑢等：《四库全书总目》，中华书局 1965 年版，第 680 页。
　　② 《夷门广牍》收书种数及卷数，诸家书目著录不一致，本书所据为《元明善本丛书》影印明万历刊本，商务印书馆 1940 年版。
　　③ （明）张献翼：《夷门广牍序》，《元明善本丛书》影印明万历刻本，商务印书馆 1940年版。
　　④ （明）张献翼：《夷门广牍序》，《元明善本丛书》影印明万历刻本，商务印书馆 1940年版。
　　⑤ （明）周履靖：《夷门广牍叙》，《元明善本丛书》明万历刻本，商务印书馆 1940 年影印版。
　　⑥ （明）周履靖：《夷门广牍叙》，《元明善本丛书》明万历刻本，商务印书馆 1940 年影印版。

所著录明万历三十一年（1603）文会堂刊本，收书345种，分36类，类目为：经训、总经训、小学、韵学、史学、掌故、律例、地舆、山川、异域、子、训诫、道经、养生、释、杂、说、博物、艺玩、茶、农、医、卜、星、选释、相、堪舆、评诗、论文、尺牍、乐府、词曲、评书、论画、金石、类聚。其"博物类"所收子目13种：《禽经》《兽经》《博物志》《续博物志》《南方草木状》《北户录》《宝货辨疑》《古今事物考》《事物纪原》《事物异名》《物原》《名物法言》《古今原始》，① 包括《博物志》系统之书、动植物谱录、器物谱录、名物训诂书等著作类型。许多题材与《博物志》重合。

《博物志》在明代的仿书还有戴璟《博物策会》十七卷、穆希文《蟫史集》十一卷、闵文振《异物类苑》五卷、徐学谟《博物典汇》二十卷、薛朝选《异识资谐》四卷、《续识资谐》四卷、李日华《时物典汇》二卷，等等。

（二）以"博物"之名索引"故事"之书

孔子《论语·阳货》语及学《诗》作用，称可"多识于鸟兽草木之名"②。后世为《诗经》名物作训诂者不绝如缕，如三国吴陆玑《毛诗草木鸟兽虫鱼疏》、宋蔡卞《毛诗名物解》等，遂有所谓"多识之学"。明代涌现诸多以名物主题分类而纂成的说部之书，其名物实仅起到索引的作用，名物之下是一篇篇情辞婉转的小说作品。这些作品的性质大致与现代小说观念相通。

闵文振《异物汇苑》十八卷，存明万历间活字本。此书于《千顷堂书目》中被归于"子部·小说类"，于《四库全书总目》中被隶于"子部·类书类"。闵文振《自序》声称其书有裨于济世，而不悖于儒道："圣人贵常不贵异，《书》曰：'不贵异物贱用物，民乃足。'然则异物奚汇乎？夫天地流形，物生一耳，恶乎谓常，恶乎谓异？夫七日无食则毙，终岁无衣则寒。是故谷粟桑麻，生人之至宝物莫加焉者也，异孰甚焉？知斯惟异则其诸以异称品斯下矣。是故汇无异也，乃以章（彰）夫常也，斯不亦益以贵之也乎！厥如飞菟应救民之德，邹虞昭王者之信，草有指佞，犀有躅忿，白堕之酒擒奸，王度之镜愈疾，警觉滋勤，补济登勋，诸若斯者，亦足多

---

① 施廷镛编撰：《中国丛书综录续编》，北京图书馆出版社2003年版，第7—12页。

② （宋）朱熹：《四书章句集注》，中华书局1983年版，第178页。

焉……旁综群籍，从汇斯编，格致之助无闻，惟博物君子一寄宜楸之驱云尔。"①闵文振自儒家贵常贱异观念出发，提出其"汇异"是另一种"章（彰）常"，宗旨仍在于利国济民，但实乃狡辩之辞，其所举飞莬应德、邹虞昭信、草有指佞、犀有蠲忿种种怪异故事，都是出于伦理教化动机而刻意虚构出来的。此书共分27部：天象部、雨泽部、地境部、山洞部、土石部、水泉部、禽鸟部、兽畜部、龙蛇部、皮角部、虫鼠部、鱼鳖部、花草部、竹木部、谷果部、饮馔部、冠服部、珍宝部、器用部、音乐部、武备部、文房部、图画部、灯火部、香胶部、宫室部、像影部。

其采集书目以野史笔记、志怪小说为主体，每一条之后均注出处。如"灯火部"所记各种灯烛全出说部，尤多志怪小说，属于虚构幻设之物。它们名称诡异，状貌瑰奇，功能魔幻至极，无愧于博物体志怪之作。表2-8仅以卷十七"灯火部"②条目及采集书目为例，窥其一斑：

表2-8　　　　　　　　　"灯火部"条目及采集书目

条目	出典	条目	出典
《蚨蜡灯》	《淮南子》	《臙脂烛》	《杜阳杂编》
《薏苡灯》	《洞冥记》	《妖烛》	《开元遗事》
《百枝灯》	《开元遗事》	《玉膏》	《山海经》
《彩山灯》	《东京记》	《龙膏》	《拾遗记》
《琉璃灯》	《武林旧事》	《白凤膏》	《洞冥记》
《无骨灯》	《武林旧事》	《鹍鹑膏》	《古今名贤集》
《长明灯》	《韵府群玉》	《瑞炭》	《开元遗事》
《火山》	《事文类聚》	《清泉香饼》	《归田录》
《香炬》	《齐东野语》	《自然炭》	《事文类聚》

这些灯火相关故事采自子书、杂史、类书以及志怪小说。其旨趣在于好奇逐异，而与自我标榜的"彰常"可谓南辕北辙。穆希文《蟫史》十一卷，专记历史上鸟兽相关的故实，因蟫为蠹鱼之别称，所以命名《蟫史》。分为羽虫、毛虫、鳞虫、甲虫、诸虫五类。

① （明）闵文振：《异物汇苑序》，《四库全书存目丛书》子部第199册，齐鲁书社1995年版，第543—544页。
② （明）闵文振：《异物汇苑序》，《四库全书存目丛书》子部第199册，齐鲁书社1995年版，第643—644页。

陈其力《芸心识余》七卷《续》一卷，于《千顷堂书目》《四库全书总目》中均被著录于"子部·杂家类"，四库馆臣所撰提要云："其书成于嘉靖辛酉，凡禽鸟、兽畜、龙蛇、虫鼠、鱼鳖五部，分门隶事。每事标题于前，杂列故实而附以论断。"①此书实为博物体志怪小说，在其部分类别的动植物名称下，所辑均是志怪小说作品。正集分部情况是：禽鸟部二卷、兽畜部二卷、龙蛇部一卷、虫鼠部一卷、鱼鳖部一卷，续集四类，较正集少却"鱼鳖"一部。每则故事拟有标题，篇后每有"芸心子曰"的议论，而且每篇均注明出处，编纂态度堪称严谨。不少篇后还附有考订文字，主要是补充相关故事，以与正文互相发明。如卷四"兽部"所收《狮子王齝豻》一篇，文后竟附录七则相关故事，实有汇聚、保存小说文献之功。当然，其中也不乏一些篇幅曼长、情节曲折、文字细腻的传奇小说，如卷八《义虎传》《说虎轩》《异犬传》《狐丹》等篇，都是情辞兼美的传奇之作。

周静轩辑《湖海奇闻录》五卷，高儒《百川书志》"史·小史"著录，解题云："聚人品、脂粉、禽兽、木石、器皿五类灵怪，七十二事。"②可知其以名物系故事的编写方式。题"胡文焕撰"《稗家粹编》是比较纯粹的志怪、传奇小说集，共收作品146篇，分21部，其中有"宫掖部""戚里部""星部""仙部""鬼部""妖怪部""禽兽部""神部""水神部"，部类名目呈现鲜明的博物特征，但名物标题之下全收单篇传奇、志怪小说。《艳异编》系列作品亦是如此，《艳异续编》有"鳞介部""器具部""珍宝部""禽部""昆虫部""兽部""草木部"，《广艳异编》设有"珍奇部""器具部""草木部""鳞介部""禽部""昆虫部""兽部"等。类目下辑录单篇小说作品。詹景凤辑《古今寓言》十三卷，今存万历九年（1581）陈世宝刻本，分十二类：天文类、地理类、人物类、身体类、人事类、神鬼类、器用类、饮食类、鸟兽类、珍宝类、文具类、草木类。名物类目之下为寓言、假传之作。另如王莹《群书类编故事》、王思义《故事选要》等均以类书博物之形式而包裹艳冶旖旎之内容。李琪枝《清异续录》三卷，于《四库全书总目》中入于"子部·小说家类"，今存清抄本。此书为陶谷《清异录》的续书，分门隶事，共

有 17 门：天文、地理、君道、官志、君子、女行、幺麽、释族、仙宗、人事、词苑、艺能、肢体、居室、衣服、妆饰、陈设，"女行"之末又附载"妇女双名"一门，实际有 18 门。每一类目之下辑录条数不等的典故韵事，每条均拟有标题，颇便于检索。

(三) 辨订与叙事相杂糅之书

引经据典，考证名物，溯源辨伪，广见洽闻，本是传统博物学的固有内涵，《博物志》所列"人名考""文籍考""地理考""典礼考"诸目皆此类也。明人学术视野中，考证辨订、名物训诂类著作也往往归属于小说。胡应麟《九流绪论下》所分小说家之 6 种中，第 5 种为"辨订"，他列举了《鼠璞》《鸡肋》《资暇》《辨疑》等作品。① 书目著录的小说书中也不乏辨订之作，如高儒《百川书志》"子志·小说家"载有佚名《释常谈》三卷、《戴氏鼠璞》一卷、赵崇绚《鸡肋》一卷、《芥隐笔记》一卷。焦竑《国史经籍志》"子部·小说家"著录《鼠璞》一卷、《鸡肋》一卷、陈耀文《正杨》四卷、《学圃萱苏》六卷、《学林就正》四卷、杨慎《艺林伐山》四卷等考辨之书。《徐氏红雨楼书目》"子类·小说类"著录了《古今注》《中华古今注》《鼠璞》《焦氏笔乘》《困学纪闻》《臆见汇考》《艺林伐山》《谭苑醍醐》等辨订之书。小说丛书也收录辨订及训诂书，顾元庆《顾氏文房小说》收有《宜斋野乘》《芥隐笔记》《资暇集》《古今注》《小尔雅》等书。《顾氏明朝四十家小说》辑有《瘗鹤铭考》。而佚名辑《稗统》第 16 册收《方言》《释名》，第 17 册辑《尔雅》《古今注》，第 27 册汇《鸡肋》《刊误》《中华古今注》《释常谈》，第 30 册录《鼠璞》，第 72 册辑《艺林伐山》《正杨》，第 115 册有《蟫史》，第 116 册收录《说原》。②

明朝许多考辨著作在考证名物典制的同时，也辨析文学故事的不同版本及其源流，顾起元 (1565—1628) 纂《说略》即如此。《说略》成书于万历四十一年 (1613)，于《千顷堂书目》《明史·艺文志》均入"小说家类"，均为六十卷。《四库全书总目》卷一三六"子部·类书类"著录为三十卷。现存明万历四十一年 (1613) 吴德聚刻三十卷本，又有天启四年 (1624) 顾起凤刻六十卷本。四库馆臣根据顾起元自序，辨证此书

① （明）胡应麟：《少室山房笔丛》，上海书店出版社 2001 年版，第 282 页。
② （明）赵用贤：《赵定宇书目》，上海古籍出版社 2005 年版，第 119—146 页。

应为三十卷,《明史》偶误。"其书杂采说部,件系条列,颇与曾慥《类说》、陶宗仪《说郛》相近,故《明史》收入'小说家类'。然详考体例,其分门排比、编次之法实同类书,但类书隶事,此则纂言耳。虽其中旁及二氏,及参以怪异、诡琐之事,嗜奇爱博,不免驳杂,然明代类书大抵剽窃饾订,无资实用,起元所作,尚颇有体裁。凡所采撷,大抵多出自本书,不由贩鬻,其'史别''典述'诸门,尤为有益于考证。《江南通志》称起元学问赅博,凡古今成败、人物贤否、诸曹掌故,无不通晓,亦可见其梗概云。"① 《四库全书总目》认为,此书与《太平广记》《说郛》体例相近。而且,顾起元《说略》自序也有此论。其编纂体例、材料来源、选材标准乃至成书方式均直接受到《类说》《说郛》《广记》诸书的影响。周中孚《郑堂读书记》卷六十二"类书类"著录此书,云:"是编皆摘录说部,排缵成帙,凡分……二十一门。但纂言而不记事,与徐汝贤《喻林》相近。"② 此书实为类书体说部书,顾起元《说略原序》称,该书资料来自说部:"昔在甲午、乙未之间,予端居多暇,案上庋说部书数十种,随手取一卷讽之,以代萱苏,陶日月,遇有可备考质者,苦其性善忘,辄取赫号识之,以类黏尺二巨册上,时自晒其有掌录而无舌学已,离而为二十卷,名曰《说略》。"③《说略》分类情况如下:

> 象纬、方舆、时序、人纪、官仪、史别、礼蕞、律支、典述、字学、书画、李法、冥契、居室、服饰、工考、谐志、食宪、珍珠、卉笺、虫注

此书主体内容是考证辨订,博涉天地人事物众多领域。顾氏自序称:"虽六艺键钤,九流津涉,原原本本之论,未及于斯。至于考验是非,综校名实,兼资前识,用广异闻,古今贤哲之用心,往往可以概见。"④ 他还叙及,该书的刊刻者吴德聚亦为"博古通微、耽嗜佚典"之士。如其

---

① （清）永瑢等:《四库全书总目》"子部·类书类",中华书局1965年版,第1155页。
② （清）周中孚:《郑堂读书记》卷六十二,上海书店出版社2009年版,第1013页。
③ （明）顾起元:《说略原序》,《四库类书丛刊》本,上海古籍出版社1992年版,第964页。
④ （明）顾起元:《说略原序》,《四库类书丛刊》本,上海古籍出版社1992年版,第344页。

考证雕版印刷术的发明时间："《宋史·艺文志》云：周显德中始有经籍刻板。沈括《梦溪笔谈》以为，始于冯道奏镂五经，是后唐时事。柳玭《训序》又云：尝在蜀时书肆中阅印板小学书。则印板非始于五代矣。意其唐时不过少有一二，至五代刻五经后始盛，宋则群集皆有也。"① 他还辨证前人注疏之失，辩驳徐广、张守节、郑玄等人对于《史记》的穿凿误读。② 再如考证谚语、俗语之原始出处：

> 谚云："远水不救近火。"此出《韩非子》。
>
> 以干求请托为"钻"，出班固《答宾戏》："商鞅挟三术以钻孝公。"③

卷十四"典述下"辑撰中国古代图书聚散史，自汉刘向父子校书秘阁，撰写《七略》，叙至南宋馆阁藏书规模，又追述我国私人藏书自东汉蔡邕至南宋周密、浦江郑氏义门藏书情况。重点记录公私藏书之数量及所编书目的分类情况，结末扼腕叹息曰："书之难积而易散也如此！"又云："惟直斋陈氏书最多，至五万一千八百余卷，且仿《读书志》作《解题》，极其精详，后亦散失于兵火。"④ 丰富了中国藏书史的知识。

再如，考辨著名文学故事的不同版本。其对"唐小说红叶事"四种版本逐一进行考辨：其一，《本事诗》所记顾况题诗红叶事，又补一明皇宫娥题诗红叶、顾况和诗的逸事；其二，《云溪友议》载卢渥事；其三，《北梦琐言》录进士李茵游苑中得题诗红叶事；其四，《玉溪编事》辑侯继图秋日游大慈寺，见楼上落叶有题诗之事。然后附有按语："后当别为一事，前三则本一人一事，而传记者各异耳。刘斧《青琐》中有《沟流红叶记》，最为鄙妄，盖窃取前说而易其名为于祐。右宋庞元英《谈薮》所记。然陆务观《侍儿小名录》又载前一诗云：贞元中，进士贾全虚黜于春官，临御沟得叶，悲想其人，涕泗交坠，不能离沟上，街吏颇疑其事。金吾奏其实，德宗亦为感动，令中人细询之，乃翠筠宫奉恩院王才人

---

　　① （明）顾起元：《说略》，《四库类书丛刊》本，上海古籍出版社 1992 年版，第 601 页。
　　② （明）顾起元：《说略》，《四库类书丛刊》本，上海古籍出版社 1992 年版，第 606 页。
　　③ （明）顾起元：《说略》，《四库类书丛刊》本，上海古籍出版社 1992 年版，第 614 页。
　　④ （明）顾起元：《说略》，《四库类书丛刊》本，上海古籍出版社 1992 年版，第 616—618 页。

养女凤儿者，诘其由，云：'临水折花，偶为宫思，请死。'德宗恻然，召全虚，授金吾卫兵曹，以凤儿赐之。并其院赀皆畀焉。其诗后二句作'题诗花叶上，寄与接流人。'按此又非顾况事，然其名贾全虚，或是乌有、子虚、亡是之类，后人假撰名姓耳。"① 因此，顾起元《说略》是一部考证详博的学术笔记，《四库总目》将其归入类书甚为不当，当系于"杂家类·杂考之属"。

同时，《说略》又汇辑了许多叙事性作品，如卷二十七"笺卉上"所记方物草木，多出于地理博物体志怪之书，诸如《异域志》《述异记》《神异经》《汉武内传》等。卷二十八"笺卉下"渔猎、荟萃历史上有关花卉的典故轶闻，如关于各种花的托传、比拟、诗句、文人逸事，等等，文体颇似轶事小说。其卷二十九与卷三十"虫注"多录自《山海经》《拾遗记》《异域志》《洞冥记》《神异经》《述异记》等书，光怪陆离，闪烁着颖异的志怪色彩。

明代还有一些考据与议论相结合的博物小说，如穆希文撰《说原》十六卷，《千顷堂书目》《四库全书总目》均入"子部·杂家类"，《明史·艺文志》则归于"子部·小说家类"。此书编成于万历丙戌（1586），分原天、原地、原人、原物、原道术五类，"杂采事迹，间亦论断，其体例在类书、说部之间，大抵剽剟之谈，非根柢之学"②。穆希文自序称："《说原》者，原天地人物之理而为之说者也。……仍取艺文经籍，志类群书，几易寒暑，四更稿草，研搜诠综，揽撷其玄黄者，附以己见，笔之其诸蠹，谬者悉为剔正，类各有目，目又各有说。先之以天地者，人物之祖也；次之以人物者，天地之所生也。而道德艺术，又自人而为之。故以道术终焉。此盖文欲尽博我识，以格物无遗也。奚止尝一鼎胾，啄一鸡跖已哉！世有博雅君子，更出中秘之藏，以续其所未备，只是吾师。"③ 陈懿典《说原叙》认为："其号称宏览博物君子者，往往出于缙绅先生之宦游者欤？山栖岩隐之辈以其暇日，网罗天下放失旧闻，勒为一家。而又往

---

① （明）顾起元：《说略》，《四库类书丛刊》本，上海古籍出版社1992年版，第606—607页。

② （清）永瑢等：《四库全书总目》卷一二八"子部·杂家类存目"，中华书局1965年版，第1103页。

③ （明）穆希文：《〈说原〉序》，《说原》（卷首），《四库全书存目丛书》子部第107册，齐鲁书社1995年版，第246页。

往缙绅先生多详于职官、舆地、车旗、制度之巨且远，而略于其细；山林隐逸则泛滥于仙释、方伎、稗谐、百家之言，以究极夫象纬、丹药、鱼虫、草木之幽且渺，而遗于其要。未有兼举而并收之者。试取先生所为《说原》受读，则二者备之矣。"① 陈懿典阐述了两种博物君子，即缙绅先生和山林隐逸所撰博物体著作之分野，并赞穆希文《说原》兼具二类之长，但实际上《说原》旨趣更倾向于稗官家言。

再如，徐应秋撰《玉芝堂谈荟》三十六卷，《明史·艺文志》入"子部·小说家类"，《四库全书总目》改隶"子部·杂家类"。四库馆臣所撰提要云："是书亦考证之学，而嗜博爱奇，不免兼及琐屑之事。其例立一标题为纲，而备引诸书以证之，大抵采自小说杂记者为多。应秋自序有曰：未及典谟垂世之经奇，止辑史传解颐之隽永。名之《谈荟》，窃附《说铃》……昔李昉修《太平广记》，陶宗仪辑《说郛》，其中谲怪居多，而皆以取材宏富，足资采择，遂流传不废。应秋此编，虽体例与二书小别，而大端相近。至来集之《樵书》，全仿应秋而作。然有其芜漫，而无其博赡，故置彼取此焉。"② 其体例于博物体著述中别具一格，其所援据，实多出说部。周中孚《郑堂读书记》卷五十八"子部·杂家类·杂纂"著录该书，称："是编皆援据旧说，以为考证，每事各有标目，题曰《谈荟》，荟之为言丛也。所辑子史说部中解颐之语为多，虽或失之琐屑，其博赡亦不可没也。故张绍和（变）序之，称其'大都符瑞之先征，图箓之永固，与夫遭逢之特达，门祚之延绵，又若丰啬之互歧，荣枯之迭转。或术业之偏至，情事之倒提，以至气数之偶钟，力命之争道，幻化之微渺，幽明之关通。下及琐族之纤尘，裔夷之诡俗。凡盛事、异事、碎事，有彼此均茵，前后沓轨者，肇自元始，迄于今兹，按部连汇，各归其班。其先哲传述与事互见者，并存楮尾，爰志大成'云云。其于全书涯略，亦颇发明亲切。后来元成《倘湖樵书》虽大端相近，而芜杂特甚矣。"③ 来集之撰《倘湖樵书》十二卷、《博学汇书》十二卷，均仿《玉芝堂谈荟》。

辨订书中有一类"事物原始"著作，此类著作以宋高承《事物纪原》

① （明）陈懿典：《说原叙》，（明）穆希文《说原》，《四库全书存目丛书》子部第 107 册，齐鲁书社 1995 年版，第 245—246 页。
② （清）永瑢等：《四库全书总目》，中华书局 1965 年版，第 1062—1063 页。
③ （清）周中孚：《郑堂读书记》卷五十八，上海书店出版社 2009 年版，第 964 页。

为最早。明代此类著作数量繁多，如罗颀《物原》一卷、傅岩《事物考》八卷、徐炬《古今事物原始》三十卷、耿随朝撰《名物类考》四卷、闵文振撰《异物汇苑》十八卷、题"王世贞撰"《异物汇苑》五卷、题"王世贞撰，邹善长重订"《汇苑详注》三十六卷（一名《类苑详注》）、潘埙撰《楮记室》十五卷、陈懋仁撰《庶物异名疏》三十卷、刘侗撰《名物考》十卷，等等。这些著作虽然标榜模仿《尔雅》，但总体上看并非严谨的学术著作，而是往往牵混小说家言，如闵文振编《异物汇苑》，杂采传记奇闻之事编纂而成。耿随朝撰《名物类考》四卷，四库馆臣评曰："诠释名物，分十五门，盖《尔雅》之支流。而往往阑入故实，已为自乱其例，又皆不著出典……天神曰'昊天上帝'云云，突接以风神曰'封姨'，是经典与小说联为一例矣……甚至谓古之善琵琶者昭君，是不亦《齐东》之语乎？"① 明代此类著作还有罗曰褧《雅余》八卷、李文成《博雅志》十三卷、朱谋㙔《骈雅》七卷、邝露《赤雅》三卷等。罗曰褧《雅余》八卷，现存日本抄本。熊宇奇《序》详述曰褧辑撰此书过程及内容特点云："昔罗尚之与不佞莫逆交，讲艺之暇，覃思《尔雅》，取《山海》《竹书》诸家及稗官小说涉猎也……尚之谓余不然，子产之别台骀，卜氏之辨三豕，子政之记贰负，文通之识科斗，博闻强记，有多多益办耳。尚之津津该洽，自喜所为，探赜索隐益力……是编也，仰观于天，碣石所不及详也；俯察于地，职方所不及辨也。多识鸟兽草木之名，齐谐所不及志，神鼎百物所不及象也。"②

（四）山家清供、文房清玩之书

中晚明之世涌现众多文士清雅生活用书，其载录知识可大致分为两类：山家清供与文房清玩，而于一书中往往二端并存。赏玩对象博涉古玩器物、法书名画、坐几椅榻、植物昆虫，文士们这种对"物"的迷恋反映其对扰攘世界的忘怀。屠继序为屠隆《考槃余事》题跋云："唐宋以来，文人学士耳闻目见，俱以说部相尚，其间评艺苑之闲情，志山家之清供，惟赵氏《洞天清录》、曹氏《格古要论》为别成一格。余先祖纬真公向传有《考槃余事》四卷，依类分笺，辨析精审，笔墨所至，独具潇洒

出尘之想。"① 它们在明清学术视野中亦被归为说部之书。明代目录书多将清供、清赏之书归入"小说家",徐氏《红雨楼书目》"子类·小说类"著录有:《妮古录》四卷、《格古要论》十三卷、《晁来(采)清课》二卷。②《澹生堂藏书目》"小说家类·杂笔"著录:《燕闲类纂》一卷、包衡《清赏录》十二卷、《汴游录》一卷、《晁采清课》一卷。③ 同书"小说家类·闲适"著录数十种燕闲清赏、山家清事、酒食谱等书,如《玉壶冰》《雅游编》《山林经济籍》《岩栖幽事》《山家清事》《茶书全集》《酒史》《殇政》,等等。冯梦龙《枕中秘跋语》称此书"皆逸士之雅谭,文人之清课,俗肠不能作,亦未许俗眼看也。白玉麈尾,是王谢家物,是编正是卫家书耳"④。叶茂原辑《刻金粟头陀青莲露》分六笈:"金粟园麈挥清语""心经诠注石点头""古今逸贤清史""太平清调迦陵音""澹垒群英霏玉""修齐至宝养生主",其中"清语"所录 105 条皆属清言小品,"清史"除了清言随笔,还辑入大量古代的清人清事清语。

这些著作除了专业知识内容外,往往也掺杂叙事性作品,有些焕发夺目的奇幻色彩。如湖南漫士及《水边林下》收录唐杜光庭《洞天福地记》(全称《洞天福地岳渎名山记》),包括所谓"十大洞天""三十六小洞天""七十二福地",实为虚构地附着于地志之上的道教仙境。如题"明徐渭编"、实乃孙一观辑《徐文长先生秘集》十二卷,今存明天启间刻本。此书题材甚为驳杂,前六卷为文学总集,分为六类:韵萃、调隽、籁叶、丽章、笔华、志林,分别选辑诗、词、乐府歌行、赋、杂文、传记等文体的作品。后六卷为叙事作品及清赏清供类文字,亦分为六类:谈芬、旷述、谐史、别纪、致品、清则,前四类分别汇辑清言体小说、杂事体小说、笑话、志怪小说。后二类收录山家清供、雅士清赏类作品。华淑编《清睡阁快书》27 种,存明万历间刻本,子目性质同于《徐文长秘集》。晚明文士编刊的这类丛书还有:王穉登《风光十种》、闵元京、凌义渠同编《湘烟录》十六卷、王象晋《清寱斋欣赏编》一卷、曹文炳《溪塘丽宿集》10 种、屠本畯《山林经济籍》105 种、程百二《程氏丛刻》9 种、

① (明)屠隆:《考槃余事》,《说库》本,浙江古籍出版社 1986 年版,第 14 页。
② (明)徐𤊸:《红雨楼书目》,上海古籍出版社 2005 年版,第 303—308 页。
③ (明)祁承𤊸:《澹生堂藏书目》,新文丰出版公司 1985 年版,第 673—677 页。
④ (明)卫泳辑:《枕中秘》,《四库全书存目丛书》子部第 152 册,齐鲁书社 1995 年版,第 699—700 页。

佚名辑《山居便览》17 种、宋诩《竹屿山房杂部》三十二卷、题"王道焜辑"《雪堂韵史》76 种、卫泳辑《枕中秘》25 种，等等。

　　清供清赏类著作不仅辑录小说作为清雅生活的必要部分，其专业性、清赏性内容还常常被赋予伦理文化内涵。这一方面是士人精神主体性的体现，同时也是在传统学术结构中，生活用书为附庸的观念的表露。

三　结　语

　　综上，明代的博物小说呈现如下新的特征：一是正宗博物小说的类书化、文学化。这主要以《博物志补》《广博物志》为代表，其分类体系趋同于综合性类书，其内容旨趣追求奇幻瑰异之美，如董斯张《广博物志》自序所称，其选材标准是"姑以艳"。二是博物体系的工具化、形式化。博物小说的名物类目、分类体系仅仅起到编辑功能与索引功能，取便于撰者的资料整理与读者的选择性阅读，如《异物汇苑》《芸心识余》《艳异编》《群书类编故事》等书均是如此。三是部分作品的内容向着纪实性、知识性、科学性方面迁变。这主要体现于那些辨订类作品中，它们所记名物大多为现实中或文献中所实有的，其考辨态度则严谨求实，其表达方式以说明、议论、描述为主。明人"博物"的内涵甚至包括专业书，前举胡文焕《格致丛书》"博物类"所收既有《博物志》系统之书，也有《禽经》《兽经》之类的专业书。隆、万年间王世贞提出"说部"的概念，对学界、文坛影响甚巨，其《弇州四部稿》所分出的"说部"不仅有《宛委余编》那样的名物考证之作，还有《艺苑卮言》这种诗文评专业著作。李日华撰《李竹懒先生说部全书》14 种二十五卷，其所收 14 种书除《玺召录》《蓟旋录》《篷栊夜话》3 种，其余皆为书画专业著作。

　　胡应麟在《九流绪论》中曾论述，经史子集四部学问之中，子之纲为"物"，"物多丽子"，"子难于治"，而"子之流别爰有众说"①。其所谓"众说"显指"小说家"，意谓其虽居于九流之外，却可以博通九流，说家的突出特征是务博尚奇。他说："子之浮夸而难究者莫大于众说，众说之中又有博于怪者、妖者、神者、鬼者、物者、名者、言者、事者。《齐谐》《夷坚》博于怪，《虞初》《琐语》博于妖，令昇、元亮博于神，之推、成式博于鬼，曼倩、茂先博于物，湘东、鲁望博于名，义庆、孝标

博于言，梦得、务观博于事，李昉、曾慥、禹锡、宗仪之属又皆博于众说者也。总之，脞谈隐迹，巨细兼该，广见洽闻，惊心夺目，而淫俳间出，诡诞错陈。"① 胡氏又将李昉、曾慥、陶宗仪等汇编小说者称为"博于众说者"。按照胡氏的理路，其未曾论及的艳情小说《情史类略》之流，将天地万物与人之诸情汇聚一书而析为 24 类，也属于"博于情"者。再如，《智品》《智囊补》《益智编》等广汇人类智慧机巧的书，当被视为"博于智"者。

　　明代是小说观念成熟的时代，通俗小说创作与批评的繁荣自不必说，文言小说文体的自觉也从多种维度展现出来：《剪灯》系列小说及中篇传奇创作的荣景，《虞初志》系列、《艳异编》系列、《剑侠传》《合刻三志》《雪窗谈异》等传奇志怪选本的涌现，《顾氏文房四十家小说》《五朝小说》等小说丛书兼收志怪、传奇，胡应麟小说六分法首列"志怪""传奇"，这些都证明了文学性小说观念的成熟。明代的博物小说基本不涉传奇，而兼容志怪、杂录、丛谈、辨订、专业知识等类型，总体上展示了目录学"小说"的内涵，但也有一些新的拓展与异变。

---

① （明）胡应麟：《少室山房笔丛·华阳博议上》，上海书店出版社 2001 年版，第 384 页。

第三章

明代文言小说丛书的编纂义例

　　明代文言小说汇编的文献类型有总集（选本）、类书体、丛书体、分类体及杂编体等，鉴于总集（选本）研究已有丰硕的成果，不再赘论。类书体又可分为资料汇编型与通俗故事型两类，前者如王圻辑《稗史汇编》、叶向高辑《说类》等，后者如邓志谟纂《故事白眉》《故事黄眉》以及多种版本的《君臣故事》《日记故事》等书，① 此种汇编类型的研究虽然取得一些进展，② 但整体研究水平比较粗浅，因笔者《明代类书体小说集研究》一书曾对上述作品有所探讨，故本章不再重复。明代小说丛书的研究现状甚为薄弱，目前总体上尚处于个案研究的阶段，即使最基本的著录工作也极为落寞，现有的古代小说专目均不为其辟类立目，更未出现专门的著录之作。整体性研究成果更未出现。有鉴于此，本章拟着力对此类小说文献展开稽考讨核，尝试弥补学界在这一领域的缺憾，首先依据古今书目制作"明代专门的小说丛书"统计表，清查、梳理此类文献的基本状况，然后采用个案研究与整体研究相结合的方法，对明代文言小说丛书文献加以透视，以期获得一些较为独到的认识。

---

　　① 教育史研究者一般将《故事白眉》《日记故事》等通俗故事书视为启蒙读物，但这类读本主体内容是叙事性的作品，多数来自历史故事、民间传说，有较浓郁的文学韵味，因此可归为小说，而且明清时期一些书目的小说家也著录此类作品，如《红雨楼书目》《千顷堂书目》的小说家均著录多种此类故事书。

　　② 如刘天振《明代类书体小说集研究》（中国社会科学出版社 2014 年版）、秦川《中国文言小说总集研究》（上海古籍出版社 2006 年版）、宋莉华《明清时期的小说传播》（中国社会科学出版社 2004 年版）等论著从不同角度研讨过这一汇编类型。

第一节　明代文言小说丛书编刊概况及其价值

一　明清书目对丛书的著录与归类

"丛书"在明代文献格局中并未获得真正独立的地位。清初王晫说："夫丛也者，聚也，或支分于盈尺之部，或散见于片楮之间，哀而聚之也；又丛也者，杂也，或述经史，或辨礼仪，或备劝戒，或资考订，事类纷纭，杂而列之也。"①《四库全书总目》"子部·杂家类·杂编之属"按语称："以数人之书合为一编而别题以总名者"② 即为丛书。上海图书馆编《中国丛书综录·前言》说："丛书是汇集许多种重要著作，依一定的原则、体例编辑的书。"③ 今人刘尚恒先生认为，所谓丛书，"从广义上讲，就是汇集两种以上专书（不论所集专书是否完整和内容的繁杂与否），别题一书名而成为另一新的著作物。从狭义上讲，其所汇集的两种以上的专书，不但首尾完整，而且内容上必须超过两个部类以上（以古籍的"四分法"为准），这样才既含总、聚的意思，又包含细碎、脞杂的意思"④。现代学界多采用广义丛书概念，即无论所收两种以上专书是删节本抑或完整本，而另题一新名者，均视为丛书。学者又称丛书为汇刻、丛刻、丛抄、汇编、汇刊、丛刊等。

一般认为，典范的丛书出现于南宋，以俞鼎孙、俞经辑《儒学警悟》及左圭辑《百川学海》为发端。清邵懿辰："《百川学海》，凡书百种，一百六十一卷，宋左圭编，为丛书之祖。"⑤ 宋元至明代前期，丛书编刊发展迟缓。嘉靖至明末，丛书编刊趋于兴盛，其数量与规模在社会文献总结构中所占地位不断提升，目录学界对其内在性质和外在形式的认识也愈益明晰，其作为一种独特文献类型的功能、影响愈益显著，因此，其学术归类由之前依附于子部的"杂家"或"类书类"，也发展到明末的独立设项

---

① （清）王晫：《〈檀几丛书〉序》，（清）王晫、张潮编《檀几丛书》（前附），上海古籍出版社 1992 年版。

② （清）永瑢等：《四库全书总目》卷一二三，中华书局 1965 年版，第 1064 页。

③ 上海图书馆编：《中国丛书综录·前言》，上海古籍出版社 1981 年版。

④ 刘尚恒：《古籍丛书概说》，上海古籍出版社 1989 年版，第 3—4 页。

⑤ （清）邵懿辰：《增订四库简明目录标注》，上海古籍出版社 1959 年版，第 548 页。

立类，其标志就是明末祁承㸁《澹生堂藏书目》"子部·丛书家类"的设立。《澹生堂藏书目》于"子部"下设"丛书家类"，著录 70 部，是为二级子目，其又于"子部·小说家类"下分列"说丛"一目，专收小说丛书，著录 18 部，是为三级子目。清初祁承㸁之孙祁理孙编《奕庆藏书楼书目》，于传统经、史、子、集四部之后独辟"四部汇"，实为"丛书部"，惟辑杂纂性丛书 14 部，所收诸如《汉魏丛书》《唐宋丛书》《津逮秘书》《格致丛书》等，已为后世公认的丛书。这样，丛书之部终于升为一级类目，宣告这种文献类型及地位的真正确立。

对于丛书系统内部结构的划分，① 目前学界一般采用 20 世纪 50 年代末上海图书馆编《中国丛书综录》的分法，即总分为"汇编类"与"类编类"两个大类，前者为综合性丛书，后者为专门性丛书。前者再分：杂纂类、辑佚类、郡邑类、氏族类、独撰类 5 个子类，后者再分：经类、史类、子类、集类 4 个子目。除"辑佚类、郡邑类、氏族类"三类之外，其余 6 个二级子目以下又分三级子目若干。我们对明代小说丛书的分类既借鉴这一分法，但又有所变通。

总体来看，除了祁承㸁父子所撰书目之外，明清之际官私书目对丛书的著录情况尚比较混乱，并未形成统一的体例。在顾修所编丛书专目

---

① 对于丛书内部结构分类，自明末以来，学界不断探索，提出了不同角度与依据的众多分法，如《澹生堂藏书目》"子部·丛书家类"将所收 70 部丛书再分七子类：国朝史、经子杂史、经汇、子汇、说汇、杂集、汇集。清末张之洞《书目答问》分经、史、子、集、丛书五部，其"丛书目"又分"古今人著述合刻丛书"与"国朝一人自著丛书"二类。1933 年至 1935 年江苏省立国学图书馆编印《国学总目》（1936 年又出《补编》），以经、史、子、集、志、图、丛七部总分文献，连同《补编》共收丛书 1006 部，其"丛部"之下次分五类：汇刻类、汇编类、郡邑类、氏族类、独撰类，其中，"汇刻类"下再分五子目：经部之属（子目：群经、一家、小学）、史部之属（子目：总录、专录、杂录）、子部之属、集部之属（子目：诗文、词、曲、文评）、志部之属；"郡邑类"下再分二子目：杂编之属、诗文之属；"氏族类"再分二子目：杂编之属、诗文之属；"独撰类"再分六子目：汉迄明之属、清代之属一、清代之属二、清代之属三、清代之属四、见（现）代之属。共有四级分类。20 世纪 50 年代末，上海图书馆编成《中国丛书综录》，其在汲取前人分类成果基础上，将所收 2797 部丛书总分为"汇编"与"类编"两大类，前者再分：杂纂类、辑佚类、郡邑类、氏族类、独撰类 5 个子类，后者再分：经类、史类、子类、集类 4 个子目，二级子目共有 9 个。除"辑佚类、郡邑类、氏族类"三类之外，其余六类又各有子目若干，如"杂纂类"之下依时代再分：宋元、明代、清代前期、清代后期、民国 5 子目，其"子类"以下则按传统及现代学科分为：诸子、儒家、兵家、法家、农家、医家、天文、数学、术数、艺术、杂家、小说、道家 13 子目。这种分法一般为学界所广泛接受。本书也遵从这种分法。

《汇刻书目初编》于嘉庆四年（1799）问世之前，[①] 丛书在目录中的地位并不固定，包括《千顷堂书目》《四库全书总目》等著名书目在内的许多书目尚不立"丛书"之目。明代晁瑮《宝文堂书目》将《百川学海》《说郛》等丛书著录于子部的"类书类"[②]。朱睦㮮《万卷堂书目》依据内容，将丛书分隶于传统各部类，如《百川学海》《明世学山》《古今说海》归"小说家"，而《说郛》《文林绮绣》入"类书"。焦竑《国史经籍志》也是如此，录《百川学海》《文林绮绣》于子类"类家"，置《说郛》《古今说海》于"小说家"。《赵定宇书目》将《稗海大观》《秘册汇函》《说郛》《古今说海》《明世学山》等统归为"小说书"。赵琦美《脉望馆书目》也遵循传统，分别著录，《十七史详节》归"史类·正史"，《武经七书》隶于"史类·兵书"，而《说郛》《历代小史》《陈眉公秘笈》《百川学海》等皆属之"子类·小说"。钱谦益《绛云楼书目》将《百川学海》《历代小史》《古今说海》《四十家小说》、陶九成《说郛》归入"子·小说类"，而《明世学山》则入"杂记类"。

黄虞稷《千顷堂书目》未设丛书专类，而列丛书于"子部·类书类"，自陶宗仪《说郛》以下收录明代丛书44部，与《永乐大典》《群书备数》《群书集事渊海》等正宗类书归为一类。但有意味的是，黄虞稷将明代人辑丛书集中编排于一个版块，而与前列其他类书分隔开来。可能用这种方式暗示这些丛编巨帙，其文献类型有别于传统的类书。这些丛书，除司马泰所辑6部及陈继儒《秘笈》五种列有细目，其余均只题丛书总名。但《千顷堂书目》在其他类属中也著录了一些丛书，如"子部·艺术类"著录沈津《欣赏编》十卷、茅一相《续欣赏编》十卷等，"子部·小说类"著录了许多小说丛书，如屠本畯《山林经济籍》二十四卷、莫是斗《莫氏八林》十六卷、闵景贤《快书》五十卷、佚名《说钞》五十卷、《随笔杂钞》五十卷、卫泳《枕中秘》二册等。这表明，黄虞稷的文献分类视野中，丛书尚无独立地位。

钱曾《述古堂藏书目》将《说郛》《类说》均归入"类书"。《四库全书总目》未立"丛书"之目，所收丛书主要著录于"子部·杂家类"

---

① （清）永瑢等《四库全书总目》完成于乾隆四十六年（1781），《四库全书简明目录》成书于次年，因此顾修撰《汇刻书目初编》迟于上述二目录。

② （明）晁瑮：《宝文堂书目》，上海古籍出版社2005年版，第88页。

的"杂纂之属"和"杂编之属"。

许多同一丛书的种数、卷数,诸家目录著录并不一致,其中一个原因是,该书随辑随刊,并非一次刊刻而成。如《明世学山》《丘陵学山》诸书的辑刊过程、胡文焕辑《格致丛书》的刊刻过程,都是如此。

二　"书抄体"小说丛书的体例与性质

(一) 抄撮著书

刻板印书发明之前,书籍的主要传播方式是手抄。抄撮古籍古已有之,《史记·十二诸侯年表》:"铎椒为楚威王傅,为王不能尽观《春秋》,采取成败,卒四十章,为《铎氏微》。"① 晋博学之士葛洪居常抄书,《晋书·葛洪传》:"又抄《五经》《史》《汉》、百家之言、方技杂事三百一十卷,《金匮药方》一百卷,《肘后要急方》四卷。"② 南朝梁王筠少擅才名,与刘孝标见重当世,也酷嗜抄撮各类典籍,以备遗忘,自叙云:"余少好书,老而弥笃,虽偶见瞥观,皆即疏记,后重省览,欢兴弥深,习与性成,不觉笔倦。自年十三四,齐建武二年乙亥至梁大同六年,四十六载矣。幼年读《五经》,皆七八十遍。爱《左氏春秋》,吟讽常为口实。广略去取,凡三过五抄。余经及《周官》《仪礼》《国语》《尔雅》《山海经》《本草》并再抄。子史诸集皆一遍,未尝倩人假手,并躬自抄录,大小百余卷,不足传之好事,盖以备遗忘而已。"③ 又《梁书·袁峻传》载:"(峻) 笃志好学,家贫无书,每从人假借,必皆抄写,自课日五十纸,纸数不登,则不休息……抄《史记》《汉书》各为二十卷。"④ 今人张舜徽《汉书艺文志通释·诸子略·儒家言》:"昔之读诸子百家书者,每喜撮录善言,别抄成帙。《汉志·诸子略》儒家有《儒家言》十八篇,道家有《道家言》二篇,法家有《法家言》二篇,杂家有《杂家言》一篇,小说家有《百家》百三十九卷,皆古人读诸子书时撮抄群言之作也。可知读书摘要之法,自汉以来然矣。"⑤ 以抄撮为著述的做法,对后世书籍编纂影响深远。

① (汉) 司马迁:《史记》,岳麓书社1988年版,第112页。
② (唐) 房玄龄等:《晋书》卷七二,中华书局1974年版,第1913页。
③ (唐) 姚思廉:《梁书》卷四九,中华书局1973年版,第468页。
④ (唐) 姚思廉:《梁书》卷四九,中华书局1973年版,,第688—689页。
⑤ 张舜徽:《张舜徽集》,华中师范大学出版社2004年版,第277页。

（二）"删纂"之学

四库馆臣于《御定子史精华》提要中提出"删纂之学"的概念，并标榜优秀删纂著作的标准："四库之中，惟子史最为浩博，亦最为芜杂。盖纪传、编年以外，凡稗官野记，皆得自托于史。儒家以外，凡异学方技，皆得自命为子。学者虽病其冗滥，而资考证、广学问者，又错出其中，不能竟废，卷帙所以日繁也。或寒门细族，艰于购求；或僻壤穷乡，限于耳目，则涉览有所不能遍。或贪多务得，不别瑕瑜；或嗜异喜新，偏矜荒诞，则持择有所不能精。于是删纂之学兴焉……守兹一帙，可以富拟百城，于子史两家，诚所谓披沙而简金，集腋而为裘矣。"① 馆臣对于"删纂之学"产生背景及动因的阐述符合实情，但对《御定子史精华》的褒扬难免有夸饰之嫌。

说部删纂之书当以南朝梁庾仲容《子钞》为最早。唐马总《意林》本于《子钞》，又作增损。马总编《意林》五卷，《新唐志》作一卷，《崇文总目》、晁公武《郡斋读书志》、陈振孙《直斋书录解题》《文献通考》《宋志》俱作三卷。《郡斋读书志》云："初，梁颍川庾仲容取诸家书、术数杂说凡一百七家，抄其要语，为三十卷，总以其繁略失中，增损成三轴。前有戴叔伦、杨伯存两序。"② 《四库全书总目》卷一二三"杂家类"著录云："初，梁庾仲容取周、秦以来诸家杂记凡一百七家，摘其要语为三十卷，名曰《子钞》。总以其繁略失中，复增损以成此书。宋高似孙《子略》称，仲容《子钞》，每家或取数句，或一二百言。马总《意林》，一遵庾目，多者十余句，少者一二言，比《子钞》更为取之严，录之精"③。周中孚《郑堂读书记补逸》卷二十六著录该书，称："今按仲容所编者名《子钞》，宋人书目犹载之，陈氏称'其间颇有与今世见行书不同者，而亡者多矣'，今此书所编者即本之《子钞》，故亦多今不传及字句异同之书，然仅七十一家，又有录无书者二家，盖已阙其三十八家，故《容斋随笔》、马氏《通考》，《永乐大典》所引，今本悉无之。张若云从文渊阁本传抄付梓，末附以'辅遗'二页，注云'《说郛》本录

---

① （清）永瑢等：《四库全书总目》，中华书局 1965 年版，第 1157—1158 页。
② （宋）晁公武：《郡斋读书志》卷十二，上海古籍出版社 1990 年版，第 519 页。
③ （清）永瑢等：《四库全书总目》卷一二三，中华书局 1965 年版，第 1060 页。

出'，然今本《说郛》并无此书，岂若云误其所出欤？"①《意林》体例对后世说部书、类书及丛书编纂有重要影响。

宋代说部抄撮之书又有曾慥《类说》六十卷、朱胜非《绀珠集》十三卷等。宋曾慥编《类说》六十卷，陈振孙《直斋书录解题》"小说家类"著录云五十卷，"太府卿温陵曾慥端伯撰。所编传记小说，古今凡二百六十余种"②。晁公武《郡斋读书志》"小说类"著录云五十六卷，"皇朝曾慥编"③。"其书体例，略仿马总《意林》，每一书各删削原文，而取其奇丽之语，仍存原目于条首……南宋之初，古籍多存，慥又精于裁鉴，故所甄录，大都遗文僻典，可以裨助多闻。又每书虽经节录，其存于今者以原本相校，未尝改窜一词。"④宋朱胜非《绀珠集》十三卷，《郡斋读书志》《直斋书录解题》《文献通考》均入"小说家类"，称朱胜非编。《宋志》"小说家"则云不知撰者。故可推知，曾有两种版本行世，一署名，一不署名。晁公武称朱胜非"编百家小说成此书，旧说张燕公有绀珠，见之则能记事不忘，故以为名"⑤。陈振孙称："朱胜非抄诸家传记、小说，视曾慥《类说》为略。"⑥《四库全书总目》卷一二三"杂家类"著录云："其书皆抄撮说部，摘录数语，分条件系，以供獭祭之用，体例颇与曾慥《类说》相近。惟《类说》引书至二百六十一种，而此书只一百三十七种，视慥书仅得其半。然其去取颇有同异，未可偏废。且其所见之书多为古本，亦有足与世所行本互相参讨者……盖虽征据丛杂，而旁见侧出，其足资考证者亦多，固未可概以襞积讥之矣。"⑦叶德辉《书林清话》卷二《书节钞本之始》云："古书无刻本，故一切出于手抄，或节其要以便流观。如《隋志》所载梁庾仲容《子钞》，其书虽佚不传，而唐魏徵《群书治要》、马总《意林》，固其流派也。宋有曾慥《类说》、无撰人之《续谈助》，元有陶九成《说郛》，明有陆楫《古今说海》，其体例

① （清）周中孚：《郑堂读书记补逸》卷二十六，上海书店出版社2009年版，第1693页。
② （宋）陈振孙：《直斋书录解题》卷十一，上海古籍出版社1987年版，第333页。
③ （宋）晁公武：《郡斋读书志》卷十三，上海古籍出版社1990年版，第595—596页。
④ （清）永瑢等：《四库全书总目》卷一二三，中华书局1965年版，第1061页。
⑤ （宋）晁公武：《郡斋读书志》卷十三，上海古籍出版社1990年版，第595页。
⑥ （宋）陈振孙：《直斋书录解题》卷十一，上海古籍出版社1987年版，第332页。
⑦ （清）永瑢等：《四库全书总目》卷一二三，中华书局1965年版，第1060页。

颇相类，而于卷帙少者，无所省删。"① 元末明初陶宗仪编《说郛》，"实仿曾慥《类说》之例，每书略存大概，不必求全。亦有原本久亡，而从类书之中抄合其文以备一种者，故其体例与左圭《百川学海》迥殊"②。今人胡道静先生统称此类书籍为"书抄体"书，③ 以示其与类书的区别。这类书的成书方式都是杂采众籍，率取旧作，摘录精要，然后汇编成书。其与类书的差异在于，未经分门别类这一道工序，而只是抄完一书，再接续下一书。今人周勋初自体例及题材角度论述了"书抄体"丛书与小说传播之关系，他说："南宋曾慥《类说》五十卷，朱胜非《绀珠集》十三卷……它们在内容和形式上亦多相同之处，所有文字均曾节录，且改削幅度甚大，每从所引用的文字中摘抄一句作为标题。《类说》录书二百六十五种（此据上海图书馆所藏抄本，明刻本作二百五十二种），《绀珠集》录书一百三十七种，十之七八也是唐人笔记小说。"④ 又云："元末明初，有陶宗仪所编的《说郛》一百卷。此书性质与《类说》《绀珠集》为近，但其内容更复杂……《说郛》中录入的唐人笔记小说，有些地方很难令人理解。从全书体例看，陶氏对采入的书都作了摘引，一般只是从全书中摘录若干条，从整条中摘引若干文句，因此所录的文字数量是很有限的。"⑤

　　明代人删纂的说部之书数量繁多，蔚为大观。程达纂《警语类钞》八卷，今存明万历四十六年（1618）汪元标刻本。其书摘抄历代贤哲格言善行，依类编次，分为六十类。黄国鼎为其撰序，高谈抄纂诸书的益处："穷乡多异，曲学多辩，俚目苦奥，愚质厌繁。代有作者，无虑数百家，留一斑于后人，然虽有遒文丽藻，亦浩烦弗汇，令人骇其简、忘其用也。五都之市，诸货遝陈，命驾而游之，弗能尽赏其珍也。今有众白之狐，汇而成裘，则观者皆识其美矣。……是故片言之撮，括其太玄；千古之迹，亦累目前。若夫九家争驰于儒林，鼎象图物于穷山，齐谐侈怪于南冥，不妨摭其名而传其信，抽其精而列其实也。穷乡可以无异，曲学可以

① （清）叶德辉：《书林清话》卷二"书节钞本之始"，浙江古籍出版社 1998 年版，第47页。
② （清）永瑢等：《四库全书总目》，中华书局 1965 年版，第1062页。
③ 胡道静：《中国古代的类书》，中华书局 1982 年版，第13页。
④ 周勋初：《唐人笔记小说考索》，江苏古籍出版社 2000 年版，第101页。
⑤ 周勋初：《唐人笔记小说考索》，江苏古籍出版社 2000 年版，第103页。

无辩，俚俗可以无苦，愚质可以无厌。"① 徐常吉《新纂事词类奇》三十卷，分二十四类，今存明万历间周曰校刻本，此书亦属抄纂。陆伯元《事词类奇凡例》也论述了抄纂之书的优胜之处，他说："编纂家不越事与词两端，然博综为繁，搜奇未易。斯钞掇众书，顷其沥液，食鸡千跖，尝鼎一脔，虽五车难载，寸笥可该。"② 再如陈禹谟辑《广滑稽》三十六卷，"采掇诸书琐事隽语，不分门目，仍以原书为次第，仿曾慥《类说》之例"③。

（三）"书抄体"丛书的学术归类

对于"书抄体"丛书的学术归类，学界颇有分歧。南宋历元明，一些"书抄体"丛书于目录书中移徙于子部的"小说家"与"类书"之间。南宋尤袤《遂初堂书目》将《类说》归于"子·小说类"，元马端临《文献通考·经籍考》将《绀珠集》《类说》统隶于"子·小说家"，脱脱等《宋史·艺文志》则将《类说》《儒学警悟》皆属之"子部·类事类"。明中叶晁瑮《宝文堂书目》中，《欣赏编》《说郛》等丛书皆归入"类书类"，《梓吴》却别入"子杂类"。焦竑《国史经籍志》中，仍将《绀珠集》《类说》《说郛》《古今说海》等书别入"子部·小说家"。直到晚明祁承爜《澹生堂藏书目》，仍不把"书抄体"书视为丛书。其"小说家类·说汇"将《太平广记》《说类》《稗史汇编》等小说类书与《说郛》《类说》等"书抄体"书归为一类，这表明，祁承爜并未把《说郛》《类说》等书视为小说丛书。而合格的小说丛书则被著录于"小说家类·说丛"目下。而且，"说汇"与"说丛"无互著现象，区隔清晰。然"小说家类·说丛"所著录 18 部小说丛书与"丛书类·说汇"所录（加上续收《三十家小说》1 种）18 部丛书中，有 13 部存在"互著"现象。这足以证明，明末祁承爜的丛书观是排斥"书抄体"书的。

清代编《四库全书总目》中，诸如马总《意林》、曾慥《类说》、陶宗仪《说郛》、陆楫编《古今说海》等"书抄体"书均被归入"子部·杂家·杂纂之属"。这些所谓"杂纂"之书的一个共同特点是，均为摘录

---

① （明）程达：《警语类钞》，明万历四十六年（1618）汪元标刻本。

② （明）徐常吉：《新纂事词类奇》，《四库全书存目丛书》子部第 198 册，齐鲁书社 1995 年版，第 7 页。

③ （清）永瑢等：《四库全书总目》，中华书局 1965 年版，第 1235 页。

诸书精要、略存梗概而编成。而"杂编之属"所收众书，一般是辑录原书完帙，但也并非绝对如此。同时，《四库全书总目》"子部·小说家类"所著录汪云程《逸史搜奇》、王兆云《王氏杂记》6 种十四卷、《陆氏虞初志》八卷等也属丛书，如《逸史搜奇》，"其书杂采汉唐迄宋小说一百四十种，汇为一编，中分十集，大抵皆猥鄙荒怪之语"①。这从一个角度证明，《四库全书总目》对于小说丛书这种早被祁承㸁书目独立门户的编纂形式并不认同，实比明代人目录分类思想又有退步。

近现代学界仍对"书抄体"丛书的性质存在争议。缪荃孙《校刻儒学警悟七集序》称："朱氏《绀珠》、曾氏《类说》，已汇数十种而刻之，然皆删节不全。至取各书之全者并序跋不遗，前人以左圭《百川学海》为丛书之祖。"② 2000 年，中华书局影印出版《儒学警悟》，书前《影印说明》接受缪荃孙观点，重申："那些取书不全者，都只能是资料汇编，而不能称作'丛书'。如《说郛》，它只是以'说'为标准而选取的诸书资料汇编，从性质上说，显然算不上'丛书'。我们应该把形式上像丛书，而实际上只是诸书若干资料汇编的书，与真正的丛书区别开来，这既是目录学分类的需要，也是学术研究的需要。不言而喻，《儒学警悟》全帙收入五位作者的六种书，符合丛书的标准，是名副其实的丛书。"③

但从内在结构讲，"书抄体"书也是汇刻诸书，虽不录全帙，但每书仍然各自独立，而又统冠于一总名，仍体现出丛编性质，所以仍属丛书。当代学界则通称《说郛》诸书为小说丛书。本书即将"书抄体"丛书纳入丛书视野加以讨论。《中国丛书综录·子目分类目录》以正宗类书为基础而立"典故"一类，将上述诸书收于"典故类·杂纂之属·纂言"之目，也是确认其丛书性质。实际上，明代的丛书主要沿袭了《百川学海》和《说郛》两种形式，即前者收录完书，后者汇编删节之本。④ 明代的小

---

① （清）永瑢等：《四库全书总目》，中华书局 1965 年版，第 1231 页。

② 缪荃孙：《校刻儒学警悟七集序》，（宋）俞鼎孙、俞经辑刊《儒学警悟》（卷首），中华书局 2000 年影印本。

③ 《儒学警悟影印说明》，（宋）俞鼎孙、俞经辑刊《儒学警悟》（卷首），中华书局 2000 年影印本。

④ 今人杜泽逊《文献学概要》（修订本）第九章《类书与丛书》既谓"丛书是整部书整部书地排列在一起，分类也罢，不分类也罢，原书完好，不予分割"，但于该章"丛书举要"中又首举"陶宗仪《说郛》一百卷"（中华书局 2001 年版，第 220、242 页）。这表明，现代学界在使用"丛书"概念时一般包含了汇辑删节之本的丛书。

说丛书中，不乏此等"书抄"之体，如陆贻孙辑《烟霞小说》12 种，即仿曾慥《类说》之例，删取稗官杂说 12 种，节钞汇编而成。李玙《历代小史》105 种、万表《灼艾集》八卷、陶珽《续说郛》527 种四十六卷、飞来山人序本《名贤汇语》20 种二十卷、孙幼安校刊《稗乘》42 种等，均属此等体例。

三　明代小说丛书编刊概况

明代中后期丛书编刊有了长足发展，余嘉锡《四库提要辨证》卷十五"子部六·杂家类七"称："汇萃古今小品文字，加以刊削，刻为丛书，自是明人一种风气。黄虞稷《千顷堂书目》卷十五'类书类'，著录陶宗仪《说郛》以下诸书皆是也。"① 清人董金鉴为明张岱《快园道古》所作《序》云："说部书之盛，其在明世乎？当时前后七子互相标榜，靡其风者，人人以秦汉自命。虽在贤达，擩染既久，其有出人一头者，不倾其所积不止。一篇既出，众口交诼，积诼不疑，梨枣遂夥。陶氏之《续说郛》，沈氏之《纪录汇编》，曹氏之《明世学山》，其渊薮也。"② 据《中国丛书综录》的不完全统计，明人编辑、刊刻的丛书多达 355 种，③ 包括综合性丛书 112 种，专门性丛书 243 种，当然，这远非明人编刊丛书总数的准确数字。其中，小说丛书的大量编刊是绘成明代丛书出版绚丽图景的最浓艳一枝奇葩。

如果以小说性质为参照和标尺，可以将明代文言小说丛书分为三类：一是专门的小说丛书，如《中国丛书综录》"类编·子类·小说"所收明代 14 部小说丛书：《古今说海》《虞初志》《顾氏文房小说》《顾氏明朝四十家小说》《广四十家小说》《烟霞小说》《新刻王氏青箱余》《小窗四纪》《稽古堂丛刻》《稗乘》《稗海》《合刻三志》《快书六种》《五朝小说》。这些作品体现的小说内涵与现代小说观念比较接近，如它们所收以单篇完整故事为主，具备叙事性、虚构性、奇异性、形象性等特征；二是

① 余嘉锡：《四库提要辨证》卷十五"子部六·杂家类七"，中华书局 1980 年版，第 940—941 页。

② （清）董金鉴：《快园道古序》，张岱《快园道古》（卷首），浙江古籍出版社 1986 年版。

③ 此为缪咏禾先生的统计数字［缪咏禾：《中国出版通史》（明代卷），中国书籍出版社 2008 年版，第 111 页］，而刘宁慧认为，《中国丛书综录》收录明代丛书 343 部（参见刘宁慧《古籍丛书的分类体系》，《国家图书馆馆刊》2010 年第 6 期，第 76 页）。出现歧异是因为某些丛书的编刊年代至今尚不明晰。

以汇辑博物体著作为主的丛书，如《欣赏编》《山林经济籍》《夷门广牍》《格致丛书》等，知识性突出，叙事性薄弱，但在明人学术视野中，它们也属于小说作品；三是兼收小说著作的综合性丛书，如《汉魏丛书》《广汉魏丛书》《唐宋丛书》等志在总括一代或数代文献的丛书，也辑录大量小说作品，甚至包括许多志怪、传奇小说中的精品之作。

本节将综合《国史经籍志》①　《澹生堂藏书目》②　《千顷堂书目》③《奕庆藏书楼书目》④《明史·艺文志》⑤《四库全书总目》⑥《中国丛书综录》⑦《中国丛书广录》⑧《中国丛书综录续编》⑨等诸家书目著录情况，梳理明代人所编三类与小说相关的丛书。

（一）专门的文言小说丛书

鲁迅《中国小说史略》第二十二篇《清之拟晋唐小说及其支流》："唐人小说单本，至明什九散亡……迨嘉靖间，唐人小说乃复出，书估往往刺取《太平广记》中文，杂以他书，刻为丛集，真伪错杂，而颇盛行。"⑩ 这些"丛集"就包括小说丛书。

比较纯粹的小说丛书偏重于收录历代志怪小说、传奇小说、杂史杂传及轶事琐闻类作品，叙事性、虚构性比较突出，如《虞初志》所收大多为唐传奇中的精品。《合刻三志》所辑 80 种作品，绝大多数属于诞幻不经的志怪小说。商濬《稗海》所收 70 余种，有博物体志怪、杂史杂传、琐闻轶事诸体小说。当然，此类小说丛书所收也不乏知识性突出而叙事性淡薄的作品，如《顾氏文房小说》40 种，就收入了《古今注》《小尔雅》之类的名物训诂书，还有《鼎录》《德隅斋画品》这样的器物与艺术谱录。因此，我们仅就这些丛书选辑题材的侧重而言。这些丛书还有一个突出的形式特征，即总题多与"说""稗"相关，如《说海》《说集》《说

---

① （明）焦竑：《国史经籍志》，《丛书集成初编》本，上海商务印书馆 1939 年版。

② （明）祁承㸁：《澹生堂藏书目》，《丛书集成续编》本，新文丰出版公司 1985 年版。

③ （清）黄虞稷：《千顷堂书目》，上海古籍出版社编 2001 年版。

④ 所谓清沈复粲编、潘景郑校订《鸣野山房书目》，实为祁理孙《奕庆藏书楼书目》。

⑤ （清）张廷玉等：《明史·艺文志》，中华书局 1974 年版。

⑥ （清）永瑢等：《四库全书总目》，中华书局 1965 年版。

⑦ 上海图书馆编：《中国丛书综录》，上海古籍出版社 2007 年版。

⑧ 阳海清编撰：《中国丛书广录》，湖北人民出版社 1999 年版。

⑨ 施廷镛编撰：《中国丛书综录续编》，北京图书馆出版社 2003 年版。

⑩ 鲁迅：《中国小说史略》，东方出版社 1996 年版，第 165 页。

钞》《百家小说》《稗海》《稗乘》《稗统》等。编者对所收作品性质的认定，亦即其小说观念，就凝结在这些醒目的标题中。

（二）汇辑博物体著作为主的丛书

明代士人常用"博物"或"格物"指称宏览多识，表示求知兴趣。博物体成为记录各种知识包括未验的灵异知识的重要载体，其中自然夹杂不少志怪小说。在丛书编纂中，胡文焕《格致丛书》的命意及收书旨趣自不必说，而有些丛书则特辟与"博物""格物"相关的门类，专门汇辑博物多识之书。如正德间梅纯序本《艺海汇编》十卷92种，分为十类，其中"格物类"细目有：《博物志》《异域志》《海外诸夷志》《瀛涯胜览》《冀越集》《古今注》《尔雅》《臧氏述录》《六书纲领》《图画要略》《洞天清录》《花谱》《茶谱》，涉及博物体代表作《博物志》，承继其地理博物传统的海外、异域之志，以及名物训诂、闲适清赏、艺术和植物谱录等不同知识领域。再如何镗《汉魏丛书》分为四类，第三为"载籍"，编者按语云："载籍多宏篇博雅，采其尤者以备外篇杂俎，若《甲乙》《玉函》，非经史所亟，姑俟续刻。"① 此类所收，有传统博物体代表作张华《博物志》；有名物训诂书崔豹《古今注》；有地理博物书，如东方朔《神异经》《海内十洲记》及桑钦《水经》；有风土方物之志，如宗懔《荆楚岁时记》、嵇含《南方草木状》；有地方史志，如常璩《华阳国志》、佚名《三辅黄图》；有植物及器物谱录，如戴凯之《竹谱》、陶弘景《古今刀剑录》、虞荔《鼎录》等。

按照现代学术观念，基于内在性质，可将此类丛书所收内容大致分为两类：一是博物知识，二是小说作品。前者主要包括：考证辨订、名物训诂、事物原始、博物多识、动植物谱录、艺术谱录、书画鉴赏、金石器物谱录、酒谱茶录、游艺杂技谱录，以及山家清供、闲适养生之类的著作。这些作品几无任何叙事性可言，与现代小说观念相距遥远。它们的主旨是对自然、人文乃至日常生活的研究探索，体现出鲜明的知识性、专业性、学术性特征。但因它们在正统学术视野中属于经史研究之外的"小说末学"，或曰"异类撰述"，甚至被诋为玩物丧志之作，君子不屑为之，因而被放逐于正统学术文化格局的最边缘地带，在目录分类中被归入"小

---

① 施廷镛编撰：《中国丛书综录续编》，北京图书馆出版社2003年版，第13页。

说家""杂家"或"杂艺术类"。后一类主要有地理博物之书与风土方物之志,如《博物志》《神异经》《海内十洲记》《异域志》《瀛涯胜览》《星槎胜览》之类,方物风土之志,如《荆楚岁时记》《南方草木状》《北户录》《华夷风土志》等,往往博采奇闻异说,多杂怪诞不经之故事,其性质实属小说。而且,如周履靖《夷门广牍》"招隐类"专采杂史杂传甚至列神列仙之传,胡文焕《格致丛书》广收佛、道二教故事之书,侈谈神怪,纯构虚辞,实为纯粹的小说。还有一些风水、择日、相法之书也以"博物"的名义被收入此类丛书,这些所谓"知识"实际都是小说虚构艺术精神的产物。值得指出的是,在明代的有些书目中,上述两类著述均被归入"小说家",如徐𤊹《红雨楼书目》中,《格古要论》《妮古录》《遵生八笺》等博古及养生的书,《事物纪原》《事物考》等考证事物原始的书,《博物志》《酉阳杂俎》《梦溪笔谈》等博物多识的书,都被归入"子部·小说家类"。这是自《隋志》以来目录归类的一种重要传统。直到清中叶《四库全书总目》将许多专业性著作逐出"小说家"门,使其分流、别置于子部的"艺术类""谱录类"及"子部·杂家类"的"杂品之属"和"杂考之属","小说家"兼收专业书籍的芜杂局面才有比较明显的改观。

(三) 兼收说部之书的综合性丛书

所谓综合性丛书,亦即《中国丛书综录》"汇编·杂纂类"所录之书。综合性丛书如《汉魏丛书》《广汉魏丛书》《唐宋丛书》,在总括一朝或数代文献的名义下,均收入大量小说作品,如后二书均有的"别史""载籍"二类汇辑许多志怪、传奇小说中的精品。再如袁褧《金声玉振集》"丛聚"类所收4种:《水东日记》《寓圃杂记》《平胡录》《震泽纪闻》,均为杂史、杂事体笔记小说。范钦辑《范氏奇书》所收《穆天子传》《竹书纪年》,并属杂史类小说。王完《百陵学山》辑录了《种芋法》《蚕经》《养鱼经》《艺菊录》之类动植物养育栽培的书,也有《草木子》《谈辂》之类的杂事体小说。陈继儒辑《宝颜堂秘笈》正、续、广、普、汇五种及《眉公杂著》(一名《秘籍》)所收更是包罗万象,举凡杂史杂传、艺术及动植物、器物谱录、游艺杂技、地理博物、方志风土、名物训诂、博物多识、笔记杂录、志怪小说,乃至世范箴规,几乎涉及传统小说涵容的所有类型,无怪乎《澹生堂藏书目》将其归入"子

部·丛书类·说汇"一类，《奕庆藏书楼书目》将其隶于"子·稗乘家·
说丛"一类，《明史·艺文志》也将其属之于"子部·小说家类"。

除了以上所述外，明代的一些类编丛书尤其是"史类"的杂史、传
记、舆地，以及"子类"的道家，也辑入不少小说作品。《中国丛书综
录》"类编·史类·舆地类"所录明郭子章辑《秦汉图记》3 种，《北京
图书馆善本书目》也有著录，有明万历三十年（1602）陕西布政司刊本。
子目包括：汉佚名撰《三辅黄图》六卷、晋葛洪撰《西京杂记》六卷、
宋张礼撰《游城南记》一卷，① 也是小说成分居多。《中国丛书广录》
"类编丛书·子类·杂家"著录邓志谟辑《七种争奇》二十卷，明春雨堂
刻本，藏国家图书馆。又著录明郭化辑《苏米谭史广》2 种六卷：《东坡
先生谭史广》二卷、《南宫先生谭史广》二卷，有明末胡正言刻本，国家
图书馆、南京图书馆均有收藏。《中国丛书综录》"类编·子类·道家"
所收明佚名辑《道藏》（明正统中刊续万历中刊本）也收有一些小说作
品，其"洞真部"之下的"记传类"收录汉晋至宋金元各代十余篇
（部）志怪小说，诸如《穆天子传》《汉武内传》《列仙传》《续仙传》等
均为小说。② 其"洞玄部"之"记传类"阑入将近二十篇（部）志怪小
说，诸如《道教灵验记》《录异记》《江淮异人录》《道迹灵仙记》《十洲
记》《历代崇道记》《体玄真人显异记》《仙苑编珠》等，都是为仙道设
教的志怪小说作品。

明代文言小说丛书在保存、汇整小说文献方面厥功甚伟。屠隆《汉
魏丛书序》认为，丛书具有保存文献、还原历史的功用。圣哲之道义、
豪杰之功令、贞士之节行、道徒之真元，"数者非文则湮殁弗传"，"其所
千里同堂、万古旦暮而罔磨灭者，则文字之功绝伟也"③。此论系针对综
合性丛书而言，但也适合专门的小说丛书。

清人顾千里《重刻〈古今说海〉序》云：

> 说部之书盛于唐宋，凡见著录，无虑数千百种，而其能传者，则
> 有赖汇刻之力居多。盖说部者，遗闻轶事，丛残琐屑，非如经义、史

---

① 上海图书馆编：《中国丛书综录》，上海古籍出版社 2007 年版，第 653 页。
② 上海图书馆编：《中国丛书综录》，上海古籍出版社 2007 年版，第 794—795 页。
③ （明）程荣辑：《汉魏丛书》，明万历二十年（1592）新安程氏刻本。

学、诸子等，各有专门名家，师承授受，可以永久勿坠也。独汇而刻之，然后各书之势常居于聚，其于散也较难。储藏之家，但费收一书之劳，即有累若干书之获，其搜求也较便。各书各用，而用乎此者，亦不割弃乎彼，牵连倚毗，其流布也较易。故自左禹圭以下，汇刻一途，日增月辟，完好具存。而唐宋说部书之传不在汇刻中者，固已屈指寥寥矣。①

顾千里所谓"丛残琐屑"、《四库全书总目·夷门广牍提要》所称"小种子书"②、余嘉锡先生所云"小品文字"③、缪咏禾先生所说"小本子书""杂著小品"④，用以描述文言小说的篇帙形态都很贴切。这种形制特征的最大弊端是不便保存和流传。自魏晋六朝萌蘖，历唐宋蓬勃兴盛，至明代时，文言小说的前代积累加上明人的当代新作，其单篇零种的数量已达浩瀚惊人程度。际会于明代中后期出版业的繁荣昌盛，许多汇辑数十数百单篇小种的小说丛书得以顺利出版，如《夷门广牍》《宝颜堂秘笈》《稗海》《格致丛书》等丛书动辄汇辑数十种乃至上百种小种子书，使"小说"之书由"丛残琐屑"之状转为"抱团共生"之态，然后"各书之势，常居于聚，其于散也较难"，对于储藏之家，"其搜求也较便"。明人对此有着清醒认识，嘉靖间何良俊就曾说："今人所著猥杂小种，皆如陶氏（宗仪）悉录，则后世岂复有遗逸难搜之憾！"⑤ 如《搜神记》《异苑》均为明人辑本，被胡震亨刊入《秘册汇函》，后来再被毛晋编入《津逮秘书》。虽然鲁迅曾称它们为"半真半假"⑥ 之书，李剑国斥之为"滥伪之书"⑦，但其断简残编之留存尚赖于明人所编的丛书。唐传奇作品的保存很有代表性，众所周知，唐传奇作品于明代中叶之前皆以单篇零种形式流传，观《百川书志》"子杂类"及《宝文堂书目》"史·传记类"著

---

① （清）顾千里：《重刻〈古今说海〉序》，陆楫《古今说海》（卷首），上海文艺出版社1989年版。

② （清）永瑢等：《四库全书总目》卷一三四，中华书局1965年版，第1137页。

③ 余嘉锡：《四库提要辨证》卷十五"子部六·杂家类七"，中华书局1980年版，第940页。

④ 缪咏禾：《中国出版通史》（明代卷），中国书籍出版社2008年版，第111—112页。

⑤ （明）何良俊：《读说郛引》，《重编说郛》（卷首），清顺治三年（1646）宛委山堂刊本。

⑥ 鲁迅：《中国小说的历史的变迁》，人民文学出版社1973年版，第275页。

⑦ 李剑国：《唐前志怪小说辑释》（修订本），上海古籍出版社2011年版，第263页。

录情况可知，其势极易散佚，但晚明形形色色丛书将其存世者网罗殆尽，使其势永居于存。所以周勋初先生谓："唐代小说，不可仰仗宋元旧本的发现，很多情况下，只能依靠明清丛书的收录。"①

第二节　李如一《藏说小萃》的编纂动机与义例

李如一（1557—1630），本名鹗翀，字贯之，江阴人，处士。他一生矢志于藏书、校书，著有《得月楼书目》一卷，辑刊《藏说小萃》。《藏说小萃》现存三种版本：一为明万历三十四年（1606）李铨前书楼刻本，题"李如一编"，十集 11 种二十七卷，子目为：汤沐《公余日录》一卷、张谊《宦游纪闻》一卷、张衮《水南翰记》一卷、朱承爵《存余堂诗话》一卷、徐充《暖姝由笔》三卷、徐充《汴游录》一卷、李诩《戒庵老人漫笔》八卷、唐观《延州笔记》四卷、崔铣《洹词记事抄正续》二卷、杨仪《明良记》四卷、杨仪《保孤记》一卷。有陈继儒《序》、张凤翼《后序》、李如一《自序》。书前有清唐翰题、李葆恂识语，国家图书馆等多家藏书机构有藏本。二为金武祥辑《粟香室丛书》本，其中所收《藏说小萃》收书 7 种七卷，署"李鹗翀辑"，刊于清光绪十四年（1888）。其子目删去 3 种：崔铣《洹词记事抄》、杨仪《明良记》《保孤录》，盖因崔、杨二人非江阴籍作者。所收 7 种子书中，有 3 种属于节录：《延州笔记》原本四卷，只录一卷；《暖姝由笔》原本三卷，节录一卷；《戒庵老人漫笔》原本八卷，节录一卷。其余四种同于前书楼刻本。国家图书馆、首都图书馆等都有收藏。三为清赵氏旧山楼抄本，藏于上海图书馆。

目前学界对《藏说小萃》尚无专门研究，目录学界对其著作性质的归属也存有歧异。明祁承𤋮《澹生堂藏书目》将其互著于"子类·小说家·说丛"与"子类·丛书·说汇"，清祁理孙《奕庆藏书楼书目》隶之于"子·稗家·说丛"，显然以上两家书目均将其归为小说丛书。而 1959 年上海图书馆编《中国丛书综录》、2009 年中国古籍总目编纂委员会编

---

① 周勋初：《唐代笔记小说考索》，《周勋初文集》第 5 卷，江苏古籍出版社 2000 年版，第 99 页。

《中国古籍总目·丛书部》均将《藏说小萃》著录于"汇编·杂纂类"①。
而今人宁稼雨编《中国文言小说总目提要》、石昌渝主编《中国古代小说
总目》(文言卷)皆不著录此书。迄今学界一般只在探讨《藏说小萃》所
收子目零种或泛论明代吴地藏书及笔记小说时才会提及它。② 王炜《"说
部"之概念辨析》一文论述明末清初"说部"与"小说"概念差异时,
例举了《藏说小萃》所使用的"说部"概念,认为李如一编辑该书,"参
仿了王世贞将《艺苑卮言》《宛委余编》等诗论著作纳入'说部'的体
例"③。这与本书所用"说部"概念基本一致。本章拟以《藏说小萃》
(十集 11 种本)编纂为中心,兼及明代其他同类之书,窥探此类小说丛
书编刊的动机及义例。

一 《藏说小萃》之编纂动因

李如一编纂《藏说小萃》的动机是较为复杂的,其表白散见于卷端
的《自序》、各子书前后的小引、题辞、识语、跋文中。总而言之,既有
传统儒士"以天下为己任"的济世情怀,同时也有立言不朽、传承家学
及自适其志的主体性追求。只不过,他选择的文献载体是稗官小说,而非
传统文士尊崇的经史或诗文著述。具体而言,其动机有如下数端。

---

① 《中国丛书综录》与《中国古籍总目·丛书部》对《藏说小萃》的归类值得商榷。
《藏说小萃》所收 11 种书全属说部,大致可归为杂录、丛谈、辨订三类。李如一《自序》声
言该书专辑乡邦"稗官"之作〔(明)李如一辑:《藏说小萃》,《北京图书馆古籍珍本丛刊》
(83),书目文献出版社 1988 年版,第 5 页〕。李如一《〈洹词记事续抄〉识语》又称"今春衷
邑先辈诸说部梓行之"〔(明)李如一辑:《藏说小萃》,《北京图书馆古籍珍本丛刊》(83),
书目文献出版社 1988 年版,第 217 页〕。陈继儒《序》亦谓该书"所集本乡说部凡七家"
〔(明)李如一辑:《藏说小萃》,《北京图书馆古籍珍本丛刊》(83),书目文献出版社 1988 年
版,第 2 页〕。张凤翼《后序》亦称此书所辑为"说部"〔(明)李如一辑:《藏说小萃》,《北
京图书馆古籍珍本丛刊》(83),书目文献出版社 1988 年版,第 9 页〕。虽然"说部"一词在
晚明与"小说"尚存区隔,但清代以降二者逐渐合流,至近代已合为一体。因此《藏说小萃》
于现代丛书目录中被归于"类编·小说"更为恰当,尽管其所收作品多不符合现代文学性小
说标准,但我们不可以今绳古。
② 如董清花《〈戒庵老人漫笔〉研究》(硕士学位论文,福建师范大学,2011 年)一文,
研究《戒庵老人漫笔》时多次提及《藏说小萃》收录本。朱琴《苏州古代笔记研究》(博士学
位论文,苏州大学,2011 年)介绍杨仪《明良记》时主要依据《藏说小萃》收录本。清刘昌炽
《藏书纪事诗》卷三著录李如一辑《藏说小萃》,等等。
③ 王炜:《"说部"之概念辨析》,《中国社会科学院研究生院学报》2017 年第 1 期,第
102—110 页。

（一）蓄德识往，尚论友乡

《周易·大畜》云："君子以多识前言往行，以蓄其德。"① 《孟子·万章》有"一乡之善士，斯友一乡之善士"②，并推而广之的论世尚友之论。"多识前言往行"是君子修身进程的起点，"尚论友乡"提倡从身边做起。这种蓄德建功路径对于布衣文士来说比较切实可行。限于个人阅历、物质条件及无缘接触"巨公鸿著"等客观因素，李如一自整理乡邦文献入手以践履圣训，不失为一种理性的选择。其书前总序云："夫蓄德本乎识往，尚论昉于友乡。故心赏目游，惟稗官易合。性成习惯，独梓里难遗……余仅守举业之雕虫，怜往哲之秃兔，阐幽志切，姑首乡邦。"③ 江阴是春秋时大贤季札的故乡，人文荟萃，代不乏贤，德懿而擅文者大有人在。其著作不仅是一方人文之卓异典范，也具有指迷司南一样的普遍意义："是曰辞宗，讵惟邦彦？譬如膳盈屠肆，材备班门。瞥观数行，博物者矜为武库；绎寻要旨，镜理者视为蓍龟。据地则留良之冀北，行远则指迷之司南。"④ 但李如一专门选择乡邦文献中的稗官之作加以整理刊行，表现了他的独特识见，即"心赏目游，惟稗官易合"，稗官小说比抽象说教更易于感染人，类于冯梦龙论通俗小说时所言"虽小诵《孝经》《论语》，其感人未必如是之捷且深"⑤。不过这些稗官文献因不受重视而散佚严重。如陈继儒《藏说小萃序》所说："子孙之贤者，扃锢不敢行，而不肖者，愕然如坐云雾中，不解祖父撰述为何语。间有诣门而求之，彼且狡狯掩匿。诧以十袭之藏，邀以千金之享，转展（辗）一二传，而皆已化为鼠壤蠹夹中物。或转授灶下妇，截剪袜材。甚则付酒家，如灵武告身，仅博一醉耳。"⑥ 无论是布衣文士的作品还是官位显赫者的作品均是如此，需要阅览博物君子及时搜辑整理。

---

① （清）阮元校刻：《十三经注疏》，浙江古籍出版社1998年版，第40页。

② （宋）朱熹：《四书章句集注》，中华书局1983年版，第324页。

③ （明）李如一：《藏说小萃序》，《北京图书馆古籍珍本丛刊》（83），书目文献出版社1988年版，第5—7页。

④ （明）李如一：《藏说小萃序》，《北京图书馆古籍珍本丛刊》（83），书目文献出版社1988年版，第5—7页。

⑤ （明）冯梦龙：《古今小说》，《续修四库全书》集部第1784册影印明天许斋刻本，上海古籍出版社2010年版。

⑥ （明）陈继儒：《藏说小萃序》，《北京图书馆古籍珍本丛刊》（83），书目文献出版社1988年版，第2—4页。

　　《藏说小萃》共收录明代九人11种著作，其作者除崔铣、杨仪外，其余七人皆为江阴籍。七人中仅汤沐、张衮二人为进士及第、官位较显。《藏说小萃》所收二人著作均是濒于亡佚之书。汤沐，字新之，弘治九年丙辰（1496）进士，除崇德知县，入为御史，累官大理寺卿，有《廷尉集》。《藏说小萃》收其《公余日录》一卷，使此书免于湮灭之厄："此《录》附于家藏集后，系公之冢孙世贤所校刻，集板湮灭，文几漫漶，余甚慨焉。念执鞭之无从，思闭帐之不忍，因倩友人缮写广之，以备外史氏之阙。"① 张衮，字补之，正德十六年（1521）进士，历官至南京光禄寺卿，善作铭、志，著有《张水南集》十一卷，《四库全书总目》"集部·别集类存目"著录。《藏说小萃》收其《水南翰记》一卷，系李如一自"尘簏"中寻获，李氏《题辞》云："学士遗文，志铭甚都……惜哉衰集，名篇挂漏。爰访记录，遍扣藏薮。甫获斯编，挑灯敬受……竹素烂漫，堕于尘簏。恐失既得，等协梦卜。"②

　　其余五位作者或有低功名，或为布衣。张谊是贡生，曾任训导、学政之类的微官。唐观为贡生，但未出仕。朱承爵、李诩均为太学生，皆未出仕。徐充乃终身布衣。他们虽于科场失意，却发奋著述，但因人微言轻，其作品往往湮没不传。商濬《稗海序》就曾慨叹："昔子云《太玄》以禄不逾中人，仅给覆瓿。此辈简编杂沓、湮没无闻者，要不止什而八九矣。"③ 对他们的作品进行搜辑、整理、刊印尤需勇气、卓识与毅力。李如一即勇于承担这一文化责任的弘毅之士。其记述发现及刊刻张谊《宦游纪闻》的历程云："余偶于业医者案头得公所著《宦游纪闻》一册，乃在合庠时编，其闻见之瑰异者也。先在开庠有《纪闻》刻行，今湮灭无传。余就所存，略为删正，录而藏之，时抽展阅，可想遗风。"④ 唐观《延州笔记》四卷的命运可谓命悬一线："此《记》自板行以携同好，今邑中已鲜其传。余于一叟家睹此，彼将用以障北风也，遂捐斗麦易得，藏

---

　　① （明）李如一：《公余日录引》，《北京图书馆古籍珍本丛刊》（83），书目文献出版社1988年版，第10页。

　　② （明）李如一：《藏说小萃序》，《北京图书馆古籍珍本丛刊》（83），书目文献出版社1988年版，第57页。

　　③ （明）商濬辑：《稗海》，清乾隆间振鹭堂刊本。

　　④ （明）李如一：《宦游纪闻序》，《北京图书馆古籍珍本丛刊》（83），书目文献出版社1988年版，第35页。

以自砭孤陋。"① 徐充《汴游录》的发现极其偶然，李如一《暖姝由笔序》说："余悯先生之业，垂泯莫传，因校订其《暖姝由笔》，与好事者共之。昨春初，城友见恒缪君钟秀，以先生《汴游录》见携，余披而叹曰：'此中多奇事，颇足解颐，何相见之晚乎？与《由笔》非璋判而圭合者乎？'于是并付之梓人。"② 该序著录徐充著作 7 种，兼之《藏说小萃》所收 2 种，计有 9 种。以上四书皆因被收入《藏说小萃》而得以传世至今。而收录朱承爵《存余堂诗话》，则是出于李如一对朱承爵作品的偏爱与珍视："《诗话》初刻于家塾，继为顾大石元庆刻置之《四十家小说》中，故传之甚广。余每遇子儋遗墨，即片纸皆收之，以拟断壁残圭，矧《诗话》固海内辞家之所日浸焉润焉者乎？"③

陈继儒说："李贯之，有道士也，孝友忠信，沉深读书，独能收合先辈之遗编，补残订讹，不惜余力，顿使延陵诸君子之风流标格亡之子孙而传之君手，其亦有功于一乡之文献矣。"④ 可谓中肯之评论。当然，李如一的搜集之业也不乏遗憾，其《藏说小萃序》曾语及寻访邑人孙作《东家子》的经历："国初孙司业先生著《东家子》十二篇，宋潜溪文宪公极称之。余旁搜廿载，止购《沧螺》一集（原文注：'此集郡邑志俱不载'），未剖《东家》片撰，倘求之辅使，能觅之名山，将羽翼经术，直鼓吹说家而已哉？"⑤

（二）祖武先辈，绍述家学

中国历史上的文学世家不胜枚举，汉朝的蔡邕父女、汉末曹氏父子、晋代的二陆、南朝梁萧氏家族、陈朝庾氏父子、初唐的上官仪父女，等等，但这些世家都是以诗文蜚声于当时、流芳于后世的。而"小说"在中国传统学术视野中一直是"末流小道"角色，四部分类法中，专收文

---

　　① （明）李如一辑：《藏说小萃》，《北京图书馆古籍珍本丛刊》（83），书目文献出版社 1998 年版，第 169 页。

　　② （明）李如一：《暖姝由笔序》，《北京图书馆古籍珍本丛刊》（83），书目文献出版社 1988 年版，第 83 页。

　　③ （明）李如一：《存余堂诗话序》，《北京图书馆古籍珍本丛刊》（83），书目文献出版社 1988 年版，第 73 页。

　　④ （明）陈继儒：《藏说小萃序》，《北京图书馆古籍珍本丛刊》（83），书目文献出版社 1988 年版，第 3 页。

　　⑤ （明）陈继儒：《藏说小萃序》，《北京图书馆古籍珍本丛刊》（83），书目文献出版社 1988 年版，第 5—7 页。

学作品的集部始终未曾给予小说一席之地。历史的车轮驶至中晚明，小说的命运迎来了转机，其遭际仿佛否极泰来，一个重要标征是，在江南地区涌现诸多以"稗官之学"名世的世家，他们或父子，或兄弟，或祖孙；他们或嗜读小说，或热衷谈论小说，或操觚写作小说，或收藏编选小说，或校订刊印小说，有力推动了小说的传播与影响。

吴县黄氏一门很有代表性。黄暐著有小说集《蓬轩吴记》二卷、《蓬轩别记》一卷，被收入陆贻孙编《烟霞小说》。其孙黄鲁曾撰有《续吴中往哲记》一卷、《续吴中往哲记补遗》一卷，辑刊《汉唐三传》4种（包括皇甫谧《高士传》三卷、刘向《古列女传》七卷《续》一卷、刘向《列仙传》二卷、南唐沈汾撰《续仙传》一卷），黄鲁曾为《列女传》及《续》作颂，鲁曾弟省曾为《高士传》《列仙传》《续仙传》作赞。省曾还著有《吴风记》一卷、《西洋朝贡典录》三卷。省曾子姬水则撰有《贫士传》二卷，属杂传体小说集。黄省曾为乃祖《蓬轩吴记》撰序，他颇以祖上"好稗官之学"而自矜："吾祖刑部郎中府君少好稗官之学，故常手抄《类说》《百家》，以言谈玩，久之型范，其作乃有《吴记》二卷，《别记》一卷。"① 黄省曾明确提出"稗官之学"的概念，无疑是特意为"小说"的文化地位声张合法性。

江阴李诩、李如一祖孙也是以"稗官"传家的典范。李诩（1505—1593），字原德，自号戒庵老人。王穉登《戒庵老人漫笔序》说："利城盖有李先生云，先生名诩，字原德，有道君子也，号戒庵老人，名所著书曰《漫笔》……其书浩瀚纵横，阖辟变幻，鸿纤幽显，靡所不有，不独成一家之言，且也该众作之奥，此之为书沈沈者哉！……先生少游郡学，试必高等，七应都试悉报罢。晚入南雍，一谒选人即弃去，旧知居要津者绝不交通。或欲式庐，亦避匿。有司往往劝驾，稽颡称主臣而已。践更租庸，先期而办，曰：'我宁往役，不往见也。'历年八十八始卒，故自名老人。"② 李如一《戒庵老人漫笔识语》云，乃祖李诩"惟尘外隐沦，清言斐亹，辨古今，谭稼圃……越明年，逾小祥，父理故箧，得《世德堂吟稿》四册，《名山大川记》八册，《心学摘要》一册，独所谓《漫笔》

---

① （明）黄暐：《蓬轩吴记》，《烟霞小说》本，《四库全书存目丛书》子部第125册，齐鲁书社1995年版，第453页。

② （明）王穉登：《戒庵老人漫笔序》，《北京图书馆古籍珍本丛刊》（83），书目文献出版社1988年版，第269—271页。

者掷久蠹食，颇致损缺。父呼鹗曰：'此汝大父手泽，小子其补缀而什袭之！'……爰命小史分手誊出，将公艺林。缘不获同志扬榷，因循三载，辄发辄止。今年秋，幸起濂周先生谦光慨然任校勘之劳，计帙折衷，厘为八卷，遂告成编"①。李诩虽少负才名，但屡试不第，仅为监生，而禀性方直，不附权贵，弃绝科举后，便于乡里潜心著述，不入公门，不交公卿。虽勤于著述，但生前无力刊印。其笔记小说集《戒庵老人漫笔》仰赖其孙李如一校订整理，收入《藏说小萃》，得以传世。李如一人格志向、处世方式均绍述乃祖，王穉登《戒庵老人漫笔序》与陈继儒《藏说小萃序》均赞其"能绳祖武"。陈继儒《藏说小萃序》说："贯之祖戒庵老人，好著书，垂九十不少衰，而贯之又能善绳祖武，正如谈、迁世为史官，向、歆校雠天禄，虞世南、颜师古继为秘书令，其弘览博物，代有本原，非世之羔饰獭祭者可同日论也。"② 可见，李如一汇刻《藏说小萃》，孙承祖业以及父亲的耳提面命是其重要的内在动力。

　　这种稗官世家于明代江南地区并非个案。再如陆粲、陆延枝父子，陆粲（1494—1551），字子余，一字子潜，长洲（今苏州）人，嘉靖五年（1526）进士，选庶吉士，授工科给事中。著述颇富，有笔记小说集《庚己编》四卷，据陆贻孙《庚己编跋》，陆粲为其友人，自幼好奇多问，有事志述，《庚己编》"始自正德庚午，终于己卯，盖纪其十年间所闻也"③。但每悔其少作，不欲外传。陆粲殁后，陆贻孙偶阅家中旧书，发现陆粲缮写《庚己编》，适遇陆粲子延枝来访，便出此书示之，延枝睹父手泽，涕泣请以他书易归。陆延枝亦著《说听》四卷，其《自序》追述了自己自幼受到父亲熏陶及过从朋侪的浸染，逐渐爱上小说的历程，他说："稗官者流……吾少也乐观焉，迨年稍长，侍先君与名士大夫游，以至朋侪过从，闻其谈议有类此者，辄谛听忘倦。退必命笔疏之。率岁盈一帙，则投诸故椟，不复省是，盖若干稔矣。"④ 其《说听》与乃父《庚己

---

　　① （明）李如一：《戒庵老人漫笔识语》，《藏说小萃》本，《北京图书馆古籍珍本丛刊》(83)，书目文献出版社 1988 年版，第 272 页。

　　② （明）陈继儒：《藏说小萃序》，《北京图书馆古籍珍本丛刊》(83)，书目文献出版社 1988 年版，第 3—4 页。

　　③ （明）陆贻孙辑：《烟霞小说》，《四库全书存目丛书》子部第 125 册，齐鲁书社 1995 年版，第 577 页。

　　④ （明）陆贻孙辑：《烟霞小说》，《四库全书存目丛书》子部第 125 册，齐鲁书社 1995 年版，第 649 页。

编》均被陆贻孙收入《烟霞小说》中，使其"家学"得以传扬。

（三）从吾所好，自适其志

晚明文士中有不少人毫不讳言自己嗜好小说，这无关身份的尊卑与际遇的穷通。他们以"适志"名义，排除物议，为自己的"稗官"之好正名。李如一《藏说小萃序》以设问自答形式表达了自己辑录说部书的志尚："或曰：'巨公鸿著，萃之可耳，子乌得而小之？'余应之曰：'以筦窥窥，我自受眇。与邺并架，彼固让崇。美岂在多，传为由爱。爱实加称，循名胡怪？'……微言不绝，幸鲁灵光之犹在；残编是广，仿燕郭隗之为师。聊任先驱，塞责后死。转惭蚊负，长叹麟修。引而伸之，扩而大之，以俟来者。"① 面对俗人质疑自己舍"巨公鸿著"不萃，而取说部杂书萃之，他的答复是"传为由爱"，语气自负而坚定，并宣称甘做"先驱"，"以俟来者"，表达了对说部纂修之业后继有人、扩而大之的殷切期盼。李如一《水南翰记题辞》可视为一篇述志之作，他用简洁明快的四字句如泣如诉申述自己的志趣，结末云："余实僻迂，夕观东壁。为作嫁裳，自舍媒妁。人所厌噬，隋珠弹雀。从吾所好，舍毫自诧。盱衡窗前，小史争怜。起公九原，共订此言。"② 既抒写孤独悲愤之慨，亦表明我行我素、坚韧不拔之志向。"从吾所好"之语，可谓掷地有声。

无独有偶，陆延枝撰《说听》四卷，其自序中假托与友人对话，借张季鹰"人生贵适志"之语，表达对说部撰著事业的坚守：

> ……因追讨旧闻而书焉，仅十二三。益以近所知者，通为四卷，名曰《说听》云。有友一生，见而咎余曰："异哉！子泊于进取，而志此幽遐琐缀之谈，是犹羔雉弗饰，而游心鸿鹄也，子之志荒矣！"余笑且谢曰："子之言良是，虽然，吾闻之操缦博依，古之学者则然矣。张季鹰有言：'人生贵适志。'吾于是取适焉而已，吾庸知其他？"遂书其言于首而藏之，非同好者不以视也。③

---

① （明）李如一：《藏说小萃序》，《北京图书馆古籍珍本丛刊》（83），书目文献出版社1988年版，第6—7页。

② （明）李如一：《藏说小萃序》，《北京图书馆古籍珍本丛刊》（83），书目文献出版社1988年版，第57页。

③ （明）陆贻孙辑：《烟霞小说》，《四库全书存目丛书》子部第125册，齐鲁书社1995年版，第649页。

对于友人责其"泊于进取"的"志荒"之论，他毅然决然地回答："人生贵适志，吾于是取适焉而已，吾庸知其他？"他甚至声言："非同好者不以视也"，颇有尽管物议汹汹，我自一往无前的姿态。撰有多种志怪小说集的祝允明，在其《语怪四编小序》中也曾以"技痒既发，宁忍不爬搔乎"① 的反问表明心志。这种以"适志"名义对小说撰著正当性的辩解，既是对"小说"独立地位的捍卫，也是撰者主体意识的一种张扬。

除了上述动机外，李如一萃集此说部之书还寓含更高的学术追求和人生目标，那就是备国史采择、成立言之功。晚明国政不纲，注记道缺，造成国史不振，客观上促发了民间野史撰著的热潮。陈继儒《藏说小萃序》说："当今好古者苦不见嘉则、蓬山、三馆、四库之藏，而访书之使如汉之谒者、唐之各道御史，皆无专命，则搜求隐籍不得不属之二三弘览博物君子，贯之非其人哉？"② 黄省曾《蓬轩吴记序》曾感叹："国史亡于朝廷，而后小说显于闾野，虽其为言谩成杂记，罗一漏十，鲜通方阐化之智，而一人片事，模写而得真者每每然也。苟无是也，则将烟销烬灭，身名沉殒，往者可悲，生者无鉴，而生民之行无以昭光于天下矣。然则小说之纪在古也得不为轻，在今也得不为重耶？但以闻之详、记之公者，斯可贵耳。"并称《蓬轩吴记》"于史事若少资涉，而猥道曲迹，形容肖似，则亦无忝于史才也"③。指出稗官杂记的优势在于"一人片事模写而得真者，每每然也"，即小说文字比国史更细致逼真。"闻之详、记之公"，指小说没有正史的忌讳，可信度更高。"猥道曲迹，形容肖似"是指稗官的文笔更生动，可读性更强。因此盛赞《吴记》诸书"无忝于史才"。稗官小说虽生于民间，体制随意，境界狭隘，但其可读性及学术价值均为正史所不具备。王穉登更认为，稗官杂记的价值等同于正史，他称《戒庵老人漫笔》"足以代董狐之笔，应所忠之求矣。马迁采七十二家言而成《史记》，异时天子开石渠虎观，诏诸儒撰一代正史，是编宁能舍旃？"④ 个人

---

① （明）陆贻孙辑：《烟霞小说》，《四库全书存目丛书》子部第125册，齐鲁书社1995年版，第588页。

② （明）陈继儒：《藏说小萃序》，《北京图书馆古籍珍本丛刊》（83），书目文献出版社1988年版，第3—4页。

③ （明）黄暐：《蓬轩吴记》，《烟霞小说》本，《四库全书存目丛书》子部第125册，齐鲁书社1995年版，第453页。

④ （明）王穉登：《戒庵老人漫笔序》，《北京图书馆古籍珍本丛刊》（83），书目文献出版社1988年版，第269—271页。

著作能被采入正史，这是自古以来多少士子孜孜以求的人生理想！

二　《藏说小萃》之编纂义例

李如一在借鉴前人丛书编纂经验基础上，充分发挥丛书体例的优势，在收书的完整性、组文献的完备性、具体文献的取舍原则、入选文献的校订方法等方面，都作了有益尝试。

（一）收录全本，实现文献最大学术价值

受到宋元时期《百川学海》和《说郛》的影响，明代丛书编纂体例主要有两种：收录全书与收录删节本。① 李如一辑《藏说小萃》采用了前者，因为其学术价值更高。其自序云："试观编说家者，有曾公之《类》，陶氏之《郛》。纂例特爱于左《海》，广播尚需于右文。其编懿矣，厥传艰哉。"② 他列举的宋曾慥《类说》、元陶宗仪《说郛》二书有一共同特点，即删削原文，摘录精要，致使其学术价值有所降低。他说"纂例特爱左《海》"，意为特别赞赏宋左圭编《百川学海》的体例，因为该丛书不仅辑录野史杂著、笔记小说，而且皆收全本。李如一认为，收录整书完帙的丛书才能真正保存文献，才最具学术价值。所以其《藏说小萃》所收 11 种主书无论卷帙多寡、篇幅长短，皆是原书完帙收入。前书楼刻本目录所列 11 种书题，除《戒庵老人漫笔》八卷外，其余 10 种书题后均标以"全"字，体现鲜明的文献"求全"、足备稽核的意识。

（二）知人论世，主书多有附录

陈继儒《藏说小萃序》对此书编选方法曾有精到的概括："若使仿贯之例，推而广之，郑浃漇所谓因代而求、因人而求、因地而求者，其法尽在乎是，他日异书辐辏，四面出，史臣且将藉手焉，宁独为延陵一乡之文献而已乎！"③ 郑樵《通志·校雠略》曾总结"求书之道有八"："一曰即类以求，二曰旁类以求，三曰因地以求，四曰因家以求，五曰求之公，六曰求之私，七曰因人以求，八曰因代以求，当不一于所求也。"④ 而陈继

---

① 参见缪咏禾《中国出版通史·明代卷》，中国书籍出版社 2008 年版，第 111 页。

② （明）李如一：《藏说小萃序》，《北京图书馆古籍珍本丛刊》（83），书目文献出版社 1988 年版，第 5—7 页。

③ （明）陈继儒：《藏说小萃序》，《北京图书馆古籍珍本丛刊》（83），书目文献出版社 1988 年版，第 4 页。

④ （宋）郑樵：《通志》，中华书局 1987 年版，第 1813 页。

儒独举其中三道，即因代以求、因人以求、因地以求，系针对《藏说小萃》编纂体例而言。所谓"因代以求"指《藏说小萃》专收明代之书。"因地以求"谓其萃聚延陵一地文献。"因人以求"明示李如一能将一人著作及相关资料裒聚一起，以践知人论世之旨。

　　"因人以求"才是李如一编纂该书的突出特色，其具体做法是：收录主书的同时，辑录相关背景文献作为附录，与主书编排于一个板块，形成一个组文献单元。《藏说小萃》除收录 11 种主书之外，共有附录 24 种。《藏说小萃》所收每种书之前均有"后学李如一书"的序、引或题辞，详述撰者生平、仕履、功业、德操及著述，尤对该书撰著缘起、书名由来、版本变迁以及其得书、整理、付梓过程述之甚详。同时还考证名实，校订讹误，拾遗补阙，追溯源流，以抉发其价值，引起世人的重视。其所收录江阴低功名及布衣文士的著作，附录部分尤重撰者传记资料的辑录。因为作者身份低微，生平履历不为人知，附录其传记资料对于理解主书十分必要。所收七位江阴籍作家中，以朱承爵、徐充二人身份最卑微，命运最悲惨，但二人于说部著述及学术研究方面均有不凡的成就。朱承爵（1480—1523），字子儋，号舜城漫士，出身于仕宦世家，自五世祖士铭、曾祖维吉至祖与父，科甲相继，簪缨不绝，但朱子儋却屡试不第，援例入国学，潦倒一生，抑郁而终。朱氏也是绩文世业之家，而以朱承爵学术成就最高。文徵明《朱子儋墓志铭》称："君通今学古，雅志博综，虽籍名庠序，而不拘拘进士之业。既数不利，遂屏弃不复事，益悬金购书，下帷发藻，思有以名世。而事不副志，荐遭家难，心悒悒不自得，时命酒自解，竟发疾死。"[1] 朱子儋诗文兼擅，学识淹通，富于收藏，精于鉴赏，居常坐小斋中，左图右史，铅椠纵横，寻核雠校，乐而不厌。为人不屑于訾省、干没之事，故家境日窘。英年早逝，年仅 48 岁。李如一《存余堂诗话序》曰："余邑多绩文世业之家，文村朱氏其一也，杨东里先生为其家序《杜律虞注》《读杜愚得》者可概见。始则维吉、晚则子儋为最著……子儋，维吉之曾孙也，其著述之行世者有《灼薪剧谈》二卷、《存余堂诗话》一卷。"[2] 二书均为说部。徐充（1482—1553）少负才名，青

　　① （明）文徵明：《朱子儋墓志铭》，《北京图书馆古籍珍本丛刊》（83），书目文献出版社 1988 年版，第 74 页。
　　② （明）李如一：《存余堂诗话序》，《北京图书馆古籍珍本丛刊》（83），书目文献出版社 1988 年版，第 73 页。

云有期，但因告发邑令虐政而被黜应试资格，自此以读书著述为业，落拓终生，寂寞无闻。张衮撰《墓碣铭》历叙其生平遭际、人格志趣、交友同好、著述情况，其著述达二十余种。收录徐充《暖姝由笔》《汴游录》时，附录其《六师赞》及张衮《兼山山人墓碣铭》。李如一《暖姝由笔序》说："更取学士水南张公所撰《墓碣》，与先生所著《六师赞》载之卷首，俾先生之洁行笃学，览者得窥其崖略云。"① 编刊朱子儋《存余堂诗话》时，李如一又特从已移居毗陵（今常州）的朱子儋后人处寻得文徵明《朱子儋墓志铭》，附于《存余堂诗话》之前。李氏序曰："并以《志》列之于首，使慕子儋者有所考焉。"② 所谓"览者得窥其崖略""使慕子儋者有所考焉"云云，充分展现其明确的知人论世目的。对于《存余堂诗话》的撰者题署，李如一也做了注释："但题曰'盘石山樵'，四方知为余邑人者殆亦罕矣。盘石山在邑之西舜乡庆云里，与子儋居相迩，原名庆山。昔岁鲁和子儋诸孙之徙毗陵者，乞其文内翰所撰《志》录之。今重刻《诗话》，以致景行之意。"③《存余堂诗话》初刻于朱氏家塾，后由顾元庆刻入《顾氏明朝四十家小说》中，署"盘石山樵朱承爵撰"。盘石山亦即庆山，位于子儋居所附近，声名不彰，兼之朱承爵亦名声不振，故李如一将《存余堂诗话》再度收入《藏说小萃》时，再加以诠释。为了裨益于阅者对所收徐充二书的理解，李如一又附录其《六师赞》一篇，此文是表达徐充学术思想的代表性作品。

《藏说小萃》收录杨仪作品 2 种，出于编者的特殊嗜好。杨仪（1488—1558），字梦羽，号五川、七桧山人，常熟人，嘉靖五年（1526）进士，官至山东按察司副使。后辞官归乡，因遭政敌诬陷，怨愤而卒。杨仪藏书丰富，构筑"万卷楼"。著述颇富，是明中叶重要的小说家，著有《高坡异纂》《金姬传》等多种。《藏说小萃》收录杨仪《明良记》《保孤记》2 种，这显然有违其"因地以求"的体例，但之所以收录杨仪二书，应是出于编者对杨仪小说的由衷喜爱。李如一《明良记小引》

---

① （明）李如一：《暖姝由笔序》，《北京图书馆古籍珍本丛刊》（83），书目文献出版社1988年版，第83页。

② （明）李如一：《存余堂诗话序》，《北京图书馆古籍珍本丛刊》（83），书目文献出版社1988年版，第73页。

③ （明）李如一：《存余堂诗话序》，《北京图书馆古籍珍本丛刊》（83），书目文献出版社1988年版，第73页。

说："常熟杨宪副五川公生平著作甚富……余得其手编《明良记》四卷，乃公万卷楼中之残帙也……又有《保孤》一记，与此皆系秘本"①。因二书"皆系秘本"，才一并收入。《明良记》多记朝廷君臣逸事，颇杂神怪内容；《保孤记》记录嘉靖时首辅夏言被严嵩陷害而死后，家仆金五等人冒着生命危险，接力保护其遗孤并最终使其归宗的故事，过程险象环生，曲折跌宕，颇似元杂剧《赵氏孤儿》。并附录吴春《与夏少洲书》、周宗正《桂翁老先生遗孤归宗序》、李如一题《跋》三篇，又补充夏言遗事若干。李氏《保孤记跋》云："……余颇喜拾残编断简，故于五川先生之手泽，或书贾或友人携来者必聚而藏之，因欲付《保孤记》于剞劂，遂取所存夏公诸秘事附之于编末，恐亦论国事之君子所欲闻者乎！"② 附录如此之多的背景资料，足见李如一对《保孤记》格外重视，自封建宗法伦理角度言之，自不难理解，但以现代观念视之，则又另当别论。

表 3-1　　　　　　　　　　《藏说小萃》所收子目与附录

主书	附录
汤沐《公余日录》一卷	李如一《〈公余日录〉引》
张谊《宦游纪闻》一卷	李如一《〈宦游纪闻〉引》
张衮《水南翰记》一卷	李如一《〈水南翰记〉题辞》 林树声《明故嘉议大夫南京光禄寺卿致仕水南先生张公行状》 李如一《跋》
朱承爵《存余堂诗话》一卷	李如一《〈存余堂诗话〉序》 文徵明《朱子儋墓志铭》
徐充《暖姝由笔》三卷	李如一《〈暖姝由笔〉序》 张衮《兼山山人墓碣铭》 徐充《六师赞》
徐充《汴游录》一卷	
唐观《延州笔记》四卷	唐观《〈延州笔记〉序》 李鹗翀（如一）《〈延州笔记〉题识》

---

① （明）李如一：《明良记小引》，《北京图书馆古籍珍本丛刊》（83），书目文献出版社1988年版，第239页。

② （明）李如一：《明良记小引》，《北京图书馆古籍珍本丛刊》（83），书目文献出版社1988年版，第268页。

续表

主书	附录
崔铣《洹词记事抄正续》二卷	郑晓《尚书崔文敏公传》 李鹗翀《〈洹词记事抄〉小引》 李如一《〈洹词记事续抄〉识语》
李诩《戒庵老人漫笔》八卷	王穉登《〈戒庵老人漫笔〉序》 李鹗翀《〈戒庵老人漫笔〉识语》
杨仪《明良记》四卷	李如一《〈明良记〉小引》
杨仪《保孤记》一卷	李如一《〈保孤记〉跋》 吴春《吴学愚与夏少洲书》 周宗正《桂翁老先生遗孤归宗序》 李鹗翀《〈桂翁老先生遗孤归宗序〉跋》 李如一《补桂洲遗事》 李如一《〈补桂洲遗事〉跋》

（三）互参厥致，仍其鹤长凫短

乡邦著作的价值尽管良莠不齐，但出于"收合先辈遗编"的初衷，李如一将搜集到的乡邦文献均以原本收入。其自序述及收录原则云："互参厥致，不妨并存。卷别部分，仍其鹤长凫短；类从汇次，宛矣璧合珠联，总题之曰《藏说小萃》。"① 所收诸书学术价值、文学水平是参差不齐的，其卷帙的多寡、篇幅的完缺也各不相同。《戒庵老人漫笔》是质量上乘的笔记小说集，不愧为全书中的压卷之作。张谊《宦游纪闻》全用四字标题，故事瑰奇，酸酪味浓，文字精彩，叙事有法，是一部较为优秀的志怪为主的小说集。《存余堂诗话》《延州笔记》均有较高的学术价值，前者于诗歌批评多有创见，后者于考据之学多所发明。汤沐《公余日录》所记，大凡朝野轶闻、文坛佳话、世态人情、风土方物、名胜古迹，乃至西洋科技都有涉及，包罗甚广。《洹词记事抄》《明良记》记录朝野轶闻，有较高的史料价值。而《汴游录》是徐充自江阴至开封的旅行杂记，文笔质实，平淡无奇。但念及徐充的著作散佚严重，将其收入此书，以示珍重之意。

---

① （明）李如一：《藏说小萃序》，《北京图书馆古籍珍本丛刊》（83），书目文献出版社1988年版，第6页。

（四）校正讹误，但不妄改原文

早在南北朝时，颜之推即提出"校定书籍……观天下书未遍，不得妄下雌黄"① 的见解。宋代王应麟主张："经史校雠，不可以臆见定也"。② 王应麟在《困学纪闻》中校读前代典籍时常有"俟考"③ "姑阙疑以俟博识"④ 之类的表述。这种阙疑存异、不妄改原文的态度与方法，成为我国古籍校勘的一条基本原则。李如一每得一书，必对其下一番校订文字、勘正讹误的功夫，但他将校勘文字书于原书之后，并不擅改原文。如张衮《水南翰记》记载一奇事：永丰曾棨状元及第，其孙曾追不仅生日生辰同于乃祖，后亦探花及第，祖孙一门光耀千古云。李如一于此书后详考《馆阁词林记》《登科记》诸书，征引多条资料，证明张衮所记此事属于张冠李戴，得出结论：祖孙一门及第，实泰和之曾鹤龄，非永丰之曾棨。尽管证据充分，结论可靠，但是李如一刊印是书时并未径改，而是一仍原文。其理由是："恐涉擅改，姑仍之而附着于此。"⑤ 这不仅反映他校书的审慎，也是他谨守古人校书原则的体现，即保持文献原貌，而将考辨文字附注于原文之后，供读者稽核异同，这与后世"考异""校勘记"之功能已经颇为接近。对杨仪《明良记》中的窜乱文字，他也予以保留，李如一《明良记小引》云："如《论智永千文》《锦瑟诗》等处与'明良'二字殊不相涉，以公遗墨，不忍遗弃，俱录而存之。"⑥ 对于确知的复出文字，他又果断删除，其《明良记小引》说："三卷中《尹蓬头》《王新建》二条已在《高坡纂》中，系复出，不录。想此亦未成之书，彼此互见，余删之。抑亦公之所颔也夫？"⑦《暖姝由笔》中随处可见李如一的校订文字，如卷一《常熟瞿醉渔杲题老少年诗》一条，正文为："叠叠层层衬晚霞，牡丹开处不如他。任教蝴蝶飞千遍，此物原来不是花。"文

---

①　（南北朝）颜之推：《颜氏家训·勉学》，商务印书馆 1937 年版，第 78—79 页。

②　（宋）王应麟：《困学纪闻》卷六，上海古籍出版社 2015 年版，第 215 页。

③　（宋）王应麟：《困学纪闻》，商务印书馆 1959 年版，第 74 页。

④　（宋）王应麟：《困学纪闻》，吉林出版集团有限责任公司 2005 年版，第 484 页。

⑤　（明）李如一辑：《藏说小萃》，《北京图书馆古籍珍本丛刊》（83），书目文献出版社 1998 年版，第 71 页。

⑥　（明）李如一：《明良记小引》，《北京图书馆古籍珍本丛刊》（83），书目文献出版社 1988 年版，第 239 页。

⑦　（明）李如一：《明良记小引》，《北京图书馆古籍珍本丛刊》（83），书目文献出版社 1988 年版，第 239 页。

中有两处校勘文字：一是"叠叠"下小字注曰："一作'叶'。"二是全诗之后小字注曰："'开处'或作'颜色'，'任'作'枉'字，'物'字作'种'字。"① 但他刊印是书时，皆未改动原文。

三 《藏说小萃》之学术价值

《藏说小萃》虽主收江阴一地文献，但不乏学术与文学价值上乘的作品。如徐充《六师赞》表达的学术平等思想，在学术史上曾产生重要影响。此文将《左传》《庄子》《楚辞》《史记》《杜诗》《韩文》等称为"六师"，各撰赞辞一篇，其"小序"云："充尝谓'五经'之后有'四书'，'四书'之后天下有六籍，舍是无足以为法者矣。各系一赞，使自朝夕观省，常如严师焉。"② 六籍作者皆是才高命蹇、怀才不遇之士，六书皆于文体各有开创性贡献，其中三部为集部书《楚辞》《杜诗》《韩文》，占了一半。其余三部《左传》《史记》《庄子》分别为经、史、子部之书。上述六书无论于传统书目中隶属于哪一部，它们同时也都是公认的文学经典之书。徐充将六部文学成就突出的著作尊为"六师"，隐然与儒家"六经"相比肩。尽管其初衷是建构文学经典，但也寓含鲜明的学术平等意识。明清之际金圣叹提出"六才子书"之说，将通俗文学作品《水浒传》《西厢记》也纳入其中，深受现代学界赞赏。不仅其"六才子"数量与徐充"六师"相同，而且有四种同于徐充的"六师"，这绝非巧合。金圣叹（1608—1661）是苏州府吴县人，其出生前《藏说小萃》已经刊行，且吴县与江阴相距不远，因此金圣叹"六才子书"受到过徐充"六师"的启迪是完全有可能的。

唐观《延州笔记序》论述书籍流通与知识传播，见解卓异，他说："书者，天下之公书也。知者，天下之公知也。一家之书，不足以尽书，公天下之书以为书，然后其书始萃。一人之知不足以尽知。公天下之知以为知，然后其知始精。"③ 这种开放藏书以萃集藏书、互通知识以增进知

① （明）李如一辑：《藏说小萃》，《北京图书馆古籍珍本丛刊》（83），书目文献出版社1998年版，第99页。

② （明）徐充：《六师赞》，《藏说小萃》本，《北京图书馆古籍珍本丛刊》（83），书目文献出版社1988年版，第84页。

③ （明）唐观：《延州笔记序》，《藏说小萃》本，《北京图书馆古籍珍本丛刊》（83），书目文献出版社1988年版，第169页。

识的观念，可以说即使在当时世界范围内也是相当前卫的。他对考据学原则的阐发，也颇精辟。他说："古得之，今失之，则以古而开今可也。人得之，己失之，则以人而牖己可也。人失之，己得之，则以己而喻人可也。无古无今，无人无己，惟其是而已。"① 其"无古无今，无人无己，惟其是而已"，可谓抉发学术研究之精髓。《延州笔记》考证文史，旁搜远引，辨析精当，多能发前人所未发。唐观《延州笔记序》曰："予旧见苏东坡辨宰我不与田常之乱，以订《史记·世家》之谬。胡若恩证杜工部《守岁诗》，阿戎为王思远小字，以斥诸注作王戎、阮咸之非，心独喜之。是后栖迟园林，遐探往载，每遇斯比，及议论词章之乖理者，失实者，缺注者，悉加研折、增补。间逢特悟，亦著于篇，久之成帙。虽管豹一斑，所窥无几，而愿忠群籍，献谞奚惭？"② 如卷二对李白《寄远诗》其七"灭烛解罗衣"一句故实出处的考证，唐观先引元萧士赟《分类补注李太白诗》对此句诗的三种注释，然后再予辩驳："士赟注引谢瞻诗'开轩灭华烛'、古诗'被服罗衣裳'、曹植诗'罗衣何飘飘'以解之，皆非也。按《史记·滑稽传》淳于髡曰：'堂上烛灭，主人留宾而送客，罗襦襟解，微闻芗泽。'李句盖本此。"③ 而《史记·滑稽列传》中记载了淳于髡与齐威王对话时讲的一个故事，齐威王问淳于髡"能饮几何而醉"，淳于髡回答其于何种情境下能一斗而醉、二斗能醉，直至八斗能醉。讲到他能饮一石而醉时，有这样一段话："日暮酒阑，合尊促坐，男女同席，履舄交错，杯盘狼藉，堂上烛灭，主人留髡而送客。罗襦襟解，微闻芗泽。当此之时，髡心最欢，能饮一石。"④ 萧士赟所引三种出处的解释，均是只含"灭烛"或"解罗衣"一种意象，即两种意象互不关联。而唐观所引《史记·滑稽列传》中淳于髡的一段对话中恰恰同时包含"灭烛"与"解罗衣"两种意象。因此，我们可以肯定地说，唐观对李白这一诗句出处的考证最符合李白诗作原意。李如一于《延州笔记》前所

---

① （明）唐观：《延州笔记序》，《藏说小萃》本，《北京图书馆古籍珍本丛刊》（83），书目文献出版社 1988 年版，第 169 页。

② （明）唐观：《延州笔记序》，《北京图书馆古籍珍本丛刊》（83），书目文献出版社 1998 年版，第 169 页。

③ （明）唐观：《延州笔记》，《藏说小萃》本，《北京图书馆古籍珍本丛刊》（83），书目文献出版社 1998 年版，第 176 页。

④ （汉）司马迁：《史记》，中华书局 1959 年版，第 3199 页。

加"识语"赞其"阐微订讹，足裨综核"①。唐观《延州笔记序》之后有一则不知名者所加跋语，云："勘正前人讹误，皆确凿可据，非好为翻驳炫耀者比，明人笔记中仅见之作。"② 诚哉斯言！今人论及清代考据学先驱，多论及明代杨慎、焦竑这两位状元出身的大学者，他们的确学识淹通，考据学成就卓著。但同时民间还有许多不知名学者黾勉奋发、孜孜砣砣，考经研史，辨诗订文。他们不安于故常，亦不逐奇穿凿，而是求实求是，其成果不乏真知灼见，却因身份低微，成果不受重视而湮没不传。唐观《延州笔记》之成就、李如一《藏说小萃》校勘之功，可以说为我们了解明代民间考据学实绩打开了一扇窗口。

《藏说小萃》选目所表现的小说观反映了晚明学问家视域中"小说"与文学家视域中"小说"的相对差异。陈继儒《藏说小萃序》、张凤翼《后序》以及李如一《洹词记事续抄识语》等均称所收诸书为"说部"。王世贞于隆庆、万历间提出"说部"的概念，而与胡应麟小说六分法保持一定程度的区隔。王氏《弇州四部稿》之《说部》包括《札记内编》《札记外编》《左逸》《短长》《艺苑卮言》《艺苑卮言附录》《宛委余编》等七种，主要为读书札记、史料辑录、诗文评及考证辨订之作，内容博杂，体式自由，但并不包括其《世说新语补》《艳异编》等作品。这些作品知识性、学术性浓郁，而叙事性、文学性淡薄，其形态大致相当于胡应麟所分的杂录、丛谈、辨订三类，而不容纳文学性极强的志怪、传奇之作。《藏说小萃》所收作品大致反映王世贞"说部"内涵，《公余日录》《水南翰记》《暖姝由笔》《汴游录》《戒庵老人漫笔》《明良记》《保孤记》诸书以记录见闻、辑录史料为主要内容，可归入"杂录"。《洹词记事抄》及《续抄》多载史评、人物评及读书札记，可归入"丛谈"。《延州笔记》考证名物，辨证是非；《存余堂诗话》研诗讨艺，独抒己见，二书可属之"辨订"。而《宦游纪闻》虽以"纪闻"题名，实多载神鬼灵异之谈，近于胡应麟所分之"志怪"。当然以上区分只是相对而言，如《戒庵老人漫笔》既录见闻，亦载读书札记，评史论事，将其归入"杂

---

① （明）李如一辑：《藏说小萃》，《北京图书馆古籍珍本丛刊》（83），书目文献出版社1998年版，第169页。

② （明）唐观：《延州笔记》，《藏说小萃》本，《北京图书馆古籍珍本丛刊》（83），书目文献出版社1998年版，第169页。

录"只是"姑举其重而已"①。而李如一尽管偏爱杨仪的小说，却未收杨氏《高坡异纂》《金姬传》等志怪、传奇之作，可从侧面证实李如一"说部"内涵有别于胡应麟包含文学性志怪、传奇的小说观念。

附录：明代专门的文言小说丛书统计表

凡例：

1. 表 3-2 只著录明代人编的小说丛书。

2. "义例"一项，或著子目，或著类目，或概述题材内容。

3. 目录书排列顺序依据其成书时间。之所以不厌其烦列举诸书目著录同一书的情况，一为展示各目录书对该书的性质判定，二为呈现诸目录书所著录同一书的不同版本，三为便于使用者按图索骥。

4. 共著录明代小说丛书 76 种。

表 3-2　　　　　　　　　明代专门的文言小说丛书统计

书名及种数、卷数	编者	版本	义例	著录
《古今说海》135 种一百四十二卷	陆楫	明嘉靖云间陆氏俨山书院刊本，现存于国家图书馆。有嘉靖二十三年（1544）唐锦序，序称："凡古今野史外记、丛说脞语、艺书怪录、虞初稗官之流，靡不品骘抉择，区别汇分，勒成一书，刊为四部，总而名之曰《古今说海》。计一百四十二卷，凡一百三十五种。"另有明万历刊本、文津阁本、清道光元年（1821）苕溪邵氏酉山堂刊本、清宣统元年（1909）上埖集成图书公司排印本、民国四年（1915）上海进步书局石印本及《四库全书》本	辑录前代至明小说，分四部七家："说选部"，次分"小录""编记"二家。"说渊部"，次分"别传家"。"说略部"，再分"杂记家"。"说纂部"，再分"逸事""散录""杂纂"三家。135 种各自为帙，而略有删节	《国史经籍志》"子类·小说家"、《澹生堂藏书目》"子部·小说家类·说丛"与"子部·丛书类"互著、《千顷堂书目》"子部·类书类"、《奕庆藏书楼书目》"稗乘家·说丛"、《四库全书总目》"子部·杂家类·杂纂之属"、王重民②《中国善本书提要》"子部·杂家类"、《中国丛书综录》"类编·子类·小说"

① （明）胡应麟：《少室山房笔丛》，上海书店出版社 2001 年版，第 283 页。

② 著录者的著述方式略去，可见参考文献。

续表

书名及种数、卷数	编者	版本	义例	著录
《古今名贤说海》22 种二十二卷①	前有隆庆辛未"飞来山人"《序》,当为辑者	明刊本	全为明人著作,分为十集,以十干标目。自陆粲《庚己编》以下凡 22 种,种各一卷,多为删节之本。包括志怪小说、笔记杂著等	祁承㸁《澹生堂藏书目》"子部·小说家类·说丛"与"子部·丛书类"互著、《四库全书总目》"子部·杂家类"、邵懿辰《增订四库简明目录标注》"子部·杂家类"、《中国丛书综录续编》"汇编·杂纂类"
《名贤汇语》二十卷②	不著撰者,亦有飞来山人《序》	明隆庆辛未(1571)刻本。天一阁藏	节录明人小说 20 种,种为一卷	《四库全书总目》"子部·杂家类"、范邦甸《天一阁书目》"子部·杂家类"③
《古今名贤汇语》33 种	佚名辑	明刻本		《中国古籍总目》"子部·杂家类"

---

　　① 四库馆臣认为,此书应是从陆楫《古今说海》残板中剽窃而来。其实此书 22 种与《古今说海》所收并无雷同现象,其仅借《古今说海》书名而已。此书分别与陆贻孙编《烟霞小说》、高鸣凤辑《今献汇言》关系密切。可参见陈国军《明代志怪传奇小说研究》,天津古籍出版社 2006 年版,第 288—290 页。此书又题《说部零种》,参见周子美《天一阁藏书经见录》,华东师范大学出版社 2000 年版,第 164—165 页。

　　② 书前隆庆辛未飞来山人自序,序词鄙陋。其书节录明人小说 20 种,种为一卷,随意题署,四库馆臣推断系从《古今名贤说海》变幻而出。此编与《四库全书总目》所著录有异。《今贤汇说》28 种,佚名辑,《中国丛书广录》"汇编丛书·杂纂类"著录,《北京图书馆善本目录》也有著录。据阳海清先生比勘,此书与《综录》所收《古今名贤汇语》(应名《类编古今名贤汇语》)版式、行款相同,子目亦大部分相同,但尚无法断定二者关系(阳海清编撰:《中国丛书广录》,湖北人民出版社 1999 年版,第 148 页)。《类编古今名贤汇语》,原二十二卷,残存 20 种二十卷,"不著编者名氏……是编流传甚罕,其中所收,如明沈周《客座新闻》,明古番阆庄《驹阴冗记》,皆为罕传之本。……尚有明闵文撰《仰山脞录》,明程文宪撰《中洲野录》等书,亦极难得。书已残缺,又经虫蚀,必须加以修补整理"(谢国桢:《江浙访书记》,生活·读书·新知三联书店 2008 年版,第 136—137 页)。

　　③ (清)范邦甸等编《天一阁书目》著录该书为二十二卷,"刊本,明隆庆辛未飞来山人汇编并序"。但未著子目。参见(清)范邦甸等编《天一阁书目》,上海古籍出版社 2012 年版,第 278 页。

续表

书名及种数、卷数	编者	版本	义例	著录
《顾氏文房小说》（《阳山顾氏文房小说》《阳山顾氏文房四十种》《四十家杂说》）40 种四十七卷①	顾元庆	明正德、嘉靖间顾元庆夷白斋刻本；民国十四年（1925）上海商务印书馆影印明刻本。其纪年前为正德丁丑（1517），后为嘉靖壬辰（1532），多以宋本翻雕，或题"夷白斋"，或署"十友斋"	收汉晋唐宋小说 40 种	晁瑮《宝文堂书目》"子杂类"、《澹生堂藏书目》"子部·小说家·说丛"与"子部·丛书类·说汇"互著、《千顷堂书目》"子部·类书类"、邵懿辰《增订四库简明目录标注》"子部·杂家类"、《天禄琳琅书目后编》"明版子部"②、《中国丛书综录》"类编·子类·小说"。阳海清《中国丛书综录补正》"类编·子类·小说"
《顾氏明朝四十家小说》（又名《梓吴》《顾氏文房丛刻四十种》）40 种四十三卷③	顾元庆	明正德嘉靖间阳山顾氏家塾刻本；清宣统三年（1911）上海国学扶轮社铅印本；民国三年（1913）上海古今图书局石印本	除宋元人 4 种外，其余均为明人所作，包括顾元庆自著 7 种，共 40 种	《宝文堂书目》"子杂类"、《澹生堂藏书目》互著于"子部·小说家·说丛"与"子部·丛书类·说汇"，题名《梓吴》。《赵定宇书目》著录《梓吴》四本。《千顷堂书目》"子部·类书类"、《中国丛书综录》"类编·子类·小说"、《中国古籍总目》"子部·小说类·丛编之属"

① （清）彭元瑞等《天禄琳琅书目后编》卷十七"明版子部"著录佚名撰《四十家杂说》一函六册，无汇刻姓氏，"凡汉、唐、宋人说部四十种……各种末或标'埭川顾氏家塾'，或标'长洲顾氏'，或标'夷白斋'，或标'十友斋'，自属元庆所辑"［（清）彭元瑞等：《天禄琳琅书目后编》卷十七，上海古籍出版社 2007 年版，第 728—729 页］。清邵懿辰《增订四库简明目录标注》"子部·杂家类"著录《文房小说》40 种五十卷。

② 《天禄琳琅书目后编》卷十七"明版子部"著录《四十家杂说》一函六册，云："不著汇刻姓氏，凡汉、唐、宋人说部四十种……按顾元庆《幽闲鼓吹跋》中有云：'余家藏宋本，刻而传之。'而各种末或标'埭川顾氏家塾'，或标'长洲顾氏'，或标'夷白斋'，或标'十友斋'，自属元庆所辑。明人好刊此书，此书多从宋本脱胎，间有旧人题识，足资考证，尚胜它剜割作伪者。"［（清）彭元瑞等：《天禄琳琅书目后编》，上海古籍出版社 2007 年版，第 728—729 页］

③ 清黄虞稷《千顷堂书目》"子部·类书类"著录"《梓吴》十种十卷"，应非全本。邵懿辰《增订四库简明目录标注》著录《梓吴》40 种十卷，又著录《明四十家小说》40 种，俱顾元庆编，无法确定是否一书。

续表

书名及种数、卷数	编者	版本	义例	著录
《广四十家小说》40 种四十七卷	顾元庆	明嘉靖间顾氏夷白斋刊本；民国四年（1915）上海文明书局石印本	收唐宋元明小说40种，与《明朝四十家小说》重复8种	《中国丛书综录》"类编·子类·小说"、《中国古籍总目》"子部·小说类·丛编之属"
《四十家小说》40 种四十卷①	袁褧	明嘉靖间吴县袁氏刊本	与顾元庆《顾氏文房小说》关系密切	《千顷堂书目》"子部·类书类"、《明史·艺文志》"子类·小说家类"、《中国丛书综录续编》"类编·子类·小说"
《后四十家小说》40 种四十卷	袁褧	明嘉靖间吴县袁氏刊本	与顾元庆《顾氏明朝四十家小说》关系密切	《千顷堂书目》"子部·类书类"、《明史·艺文志》"子类·小说家类"、《中国丛书综录续编》"类编·子类·小说"
《广四十家小说》40 种四十卷②	袁褧	明嘉靖间吴县袁氏刊本；民国四年（1915）上海文明书局石印本	收唐宋元明小说40种	《千顷堂书目》"子部·类书类"、《明史·艺文志》"子类·小说家类"、《中国丛书综录续编》"类编·子类·小说"、《中国古籍总目》"子部·小说类·丛编之属"
《藏说小萃》11 种	李鹗翀	明万历三十四年（1606）李铨前书楼刊本；清光绪十四年（1888）江阴金氏刻本，七种七卷	全收明人笔记野史之作	祁承㸁《澹生堂藏书目》互著于"子部·小说家·说丛"与"子部·丛书类·说汇"。《奕庆藏书楼书目》"子·稗乘家·说丛"、《中国丛书综录》"汇编·杂纂类"

---

① 关于顾元庆所编三种《四十家小说》与袁褧编三种《四十家小说》之关系，可以参见朱银萍《顾元庆及其编刊小说研究》[硕士学位论文，暨南大学，2011 年（未刊稿），第 23—24 页] 一文，辨析甚详。

② 《澹生堂藏书目》"子部·小说家·说丛"与"子部·丛书类·说汇"均著录《广四十家小说》，但未言作者，其子目与袁褧刊《广四十家小说》几乎完全相同，只多出《震泽纪闻》一种。《千顷堂书目》"子部·类书类"著录"袁褧《前四十家小说》四十卷，又《广四十家小说》四十卷，又《后四十家小说》四十卷"。《明史·艺文志》"子类·小说家类"著录"袁褧《前后四十家小说》八十卷，《广四十家小说》四十卷"。清邵懿辰《增订四库简明目录标注》"子部·杂家类"著录袁褧编《别本四十家小说》，又《后四十家小说》三十一卷、《广四十家小说》八卷 [（清）邵懿辰：《增订四库简明目录标注》，上海古籍出版社 1979 年版，第 550 页]。

续表

书名及种数、卷数	编者	版本	义例	著录
《明六十家小说》①	佚名	系采用《说郛》续刊版重编本	所录皆明人说部，诸如《陕洛日记》一卷、《皇明盛事》一卷等	《中国丛书综录续编》"类编·子类·小说"
《稗统》244 册	佚名	《赵定宇书目》列有《稗统》详细收书目录，并附有《稗统后编》《稗统续编》目录。但原书已佚。②《赵定宇书目》存明清之际抄本，现有古典文学出版社 1957 年影印本及上海古籍出版社 2005 年影印本	据目录可知，摘录体与类书体兼有，如第 33 册竟收《默记》《墨客挥犀》等 21 种书，显非全本。第 110 册目录是"灵异""辨证""物理""旅寓"，第 143 册目录为"天文""地理""舆地"等，当为类书之类目	赵用贤《赵定宇书目》、《中国丛书广录》"汇编丛书·杂纂类"
《稽古堂丛刻》11 种③	高承埏	明崇祯间刻本	所收均为唐宋元明琐闻轶事类小说，如《隋唐嘉话》《刘宾客嘉话录》《平江纪事》等	《中国丛书综录》"类编·子类·小说"、王重民《中国善本书提要》"子部·丛书类"、《中国古籍总目》"子部·小说类·丛编之属"
《合刻三志》80 种	冰华居士④	明木刻本。《合刻三志序》称："稗官家无虑什百，唯《虞初》《齐谐》《夷坚》三志称焉。"中国科学院图书馆、上海图书馆等有藏	基本全为晋唐宋元历代志怪小说。分 7 类：志奇类、志怪类、志异类、志幻类、志鬼类、志梦类、志寓类	《中国丛书综录》"类编·子类·小说"、《中国丛书广录》"汇编丛书·杂纂类"、《中国古籍总目》"子部·小说类·丛编之属"

---

① 《赵定宇书目》著录"《六十家小说》十本，欠一本"（赵用贤：《赵定宇书目》，上海古籍出版社 2005 年版，第 193 页）。

② 清初孙庆增《藏书纪要》第二则《鉴别》："必于《稗统》《稗海》《百川学海》、眉公《秘笈》、文焕《（格致）丛书》《汉魏（丛书）》《唐宋丛书》《夷坚志》《津逮秘书》《邱陵学山》《顾氏四十小说》《皇宋四十家小说》《皇明小说》等书，择其卷数完全刻本，与宋本、旧抄、秘抄本对明卷数字句，同与不同，一一记清，以便检不全而未备者弃之，见有全而精美者收藏之。"［（清）孙从添：《藏书纪要》，《昭代丛书》本］

③ 王重民《中国善本书提要》"子部·丛书类"著录为《稽古堂日钞》"残，存十一种，四十三卷，八册，明崇祯间刻本"。《中国丛书综录》"类编·子类·小说"著录《稽古堂丛刻》，明刊本，高承埏辑，亦为 11 种。经比对，与《中国善本书提要》著录的《稽古堂日钞》收书全同，当是一书而异名。

④ 一般认为，冰华居士即潘之恒。

续表

书名及种数、卷数	编者	版本	义例	著录
《快书》6 种	华淑	明万历间刻本	收明代小说 6 种：《癖颠小史》二卷、《说隽》四卷、《草堂随笔》二卷、《谈麈》二卷、《文字禅》一卷、《逃名传》一卷	《中国丛书综录》"类编·子类·小说"、《中国古籍总目》"子部·小说类·丛编之属"
《闲情小品》26 种三十三卷①	华淑	明万历间刻本，有万历丁巳（四十五年，1617）《自序》。美国国会图书馆藏	有轶事小说《雨窗随喜》《谈麈》《草堂随笔》《说隽》《癖颠小史》等，有《酒考》《品茶八要》《颂酒杂约》《书斋清事》等养生清供之书	王重民《中国善本书提要》"子部·丛书类"、《中国古籍总目·丛书部》"杂纂类·明代"
《李竹懒先生说部全书》14 种二十五卷	李日华撰	明天启至崇祯间刻本，天津图书馆藏；清乾隆三十三年（1768）李芬周等重补刊本，首都图书馆藏	《六研斋笔记》四卷、《六研斋二笔》四卷、《六研斋三笔》四卷、《紫桃轩杂缀》三卷、《紫桃轩又缀》三卷、《礼白乐记》一卷、《篷栊夜话》一卷、《玺召录》一卷、《蓟旋录》一卷、《竹懒画滕》一卷、《竹懒续画滕》一卷、《墨君题语》一卷、《竹懒题语》一卷、李肇亨《醉鸥题语》一卷	施廷镛《中国丛书综录续编》"汇编·独撰类"
《七种争奇》二十卷	邓志谟撰	明春语堂刻本。国家图书馆有藏本	《花鸟争奇》三卷、《风月争奇》三卷、《山水争奇》三卷、《梅雪争奇》三卷、《童婉争奇》三卷、《蔬果争奇》三卷、《茶酒争奇》二卷	阳海清《中国丛书广录》"类编丛书·子类·杂家类"
《苏米谭史广》六卷	郭化辑	明末胡正言刻本。国家图书馆、南京图书馆均有收藏	《东坡先生谭史广》四卷、《南宫先生谭史广》二卷	阳海清《中国丛书广录》"类编丛书·子类·杂家类"

---

① 《中国古籍总目·丛书部》"杂纂类·明代"著录二种《闲情小品》，均为明万历间刊本，一为收书 26 种本，藏于美国国会图书馆。二为收书 27 种本，国家图书馆有藏。两种版本子目多有歧异，26 种本有 6 种为 27 种本所无，27 种本有 7 种为 26 种本所无。虽皆题"华淑辑并编"，但显然为两种版本。

续表

书名及种数、卷数	编者	版本	义例	著录
《宋四家外纪》4 种五十卷	陈之伸辑	明崇祯二年（1629）刻本。国家图书馆藏有全帙，吉林大学和湖南省图书馆藏有残本	徐勃《蔡福州外纪》十卷、《附录》一卷、陈之伸《黄豫章外纪》十二卷、范明泰辑《米襄阳外纪》十二卷、王世贞《苏东坡外纪》十二卷	阳海清《中国丛书广录》"类编丛书·史类·传记类"
《明良集》6 种九卷	霍韬编	明嘉靖十二年（1533）刻本。上海图书馆藏。《四库全书存目丛书》史部第 47 册据之影印	宋濂《洪武圣政纪》一卷、金幼孜《金文靖公前北征录》一卷、《后北征录》一卷、杨荣《北征记》一卷、杨士奇《三朝圣谕录》三卷、李东阳《燕对录》一卷	阳海清《中国丛书广录》"类编丛书·史类·杂史类"
《赵氏连城》3 种十八卷	赵世显撰	明抄本。藏于国家图书馆	《客窗随笔》六卷、《芝圃丛谈》六卷、《松亭晤语》六卷	阳海清《中国丛书广录》"类编丛书·子类·杂家类"
《李卓吾先生秘书》8 种	明 李贽撰，清余闻辑	清康熙十二年（1673）余氏刊本，藏于国家图书馆。卷首有康熙癸丑梅月余闻鹤士甫于东苑书斋之《李卓吾先生秘书八种序》	《诗学正宗》一卷、《诗准绳》一卷、《贤弈选》一卷、《文字禅》一卷、《异史》一卷、《博识》一卷、《尊重口》一卷、《养生醒酮》一卷、《理谭》一卷	施廷镛《中国丛书综录续编》"汇编·独撰类"
《合刻杨南峰先生全集》8 种二十卷	杨循吉	明万历三十七年（1609）徐景凤刻本；日本昭和四十三年（1968）用东京内阁文库藏万历三十七年（1609）序刊本影印。二种版本国家图书馆均有收藏	《辽小史》一卷、《金小史》八卷、《苏州府纂修识略》六卷、《灯窗末艺》一卷、《攒眉集》一卷、《金山杂志》一卷、《都下赠僧诗》一卷、《菊花百咏》一卷	施廷镛《中国丛书综录续编》"汇编·独撰类"
《快书》50 种五十卷	闵景贤纂、何伟然订	明天启间刻本，原题"练江闵景贤士行纂，西湖何伟然仙瓓订。"有天启六年（1626）何伟然《序》，同年《自序》。中国科学院图书馆、北京大学图书馆等有藏	杂采诸家小品 50 种，汇为一集。多为艺文品鉴、养生、嘲谑等笔记杂著，也收录《才鬼记》之类的志怪小说	《奕庆藏书楼书目》"子·稗乘家·说丛"、《千顷堂书目》"子部·小说类"、《四库全书总目》"子部·杂家类存目"、王重民《中国善本书提要》"子部·丛书类"、《中国丛书综录》"汇编·杂纂类"

续表

书名及种数、卷数	编者	版本	义例	著录
《广快书》50种五十卷	何伟然、吴从先	明崇祯间刻本，题"西湖何伟然仙曜纂，延陵吴从先宁野定。"有崇祯二年（1629）《自序》。国家图书馆、中国科学院图书馆等收藏	"所采皆取明人说部，每一书为一卷，卷帙多者则删剟其文"①	《奕庆藏书楼书目》"子·稗乘家·说丛"、《四库全书总目》"子部·杂家类存目"、王重民《中国善本书提要》"子部·丛书类"、《中国丛书综录》"汇编·杂纂类"、《中国丛书广录》"汇编丛书·杂纂类"
《王氏杂记》十四卷	王兆云	明徐应瑞等刻本。为独撰丛书	《湖海搜奇》二卷、《挥麈新谈》二卷、《白醉璜言》二卷、《说圃识余》二卷、《漱石闲谈》二卷、《乌衣佳话》四卷。杂记新异之事	《四库全书总目》"子部·小说家类存目"
《汉唐三传》4种	黄省曾	明嘉靖三十一年至三十二年（1552—1553）吴郡黄氏自刊本	子目：《高士传》三卷，刘向《古列女传》七卷，《续》一卷，刘向《列仙传》二卷，南唐沈汾撰、明黄省曾撰《续仙传》一卷，实际均属小说作品	《中国丛书综录》"类编·史类·传记类"、阳海清《中国丛书综录补正》
《灼艾集》八卷	万表	嘉靖间刻本，正集成于嘉靖十年（1532），别集成于二十二年（1543），有嘉靖二十八年（1549）李登序；明万历二十九年（1601）万邦孚刻本，原题"四明万表选集，男达甫订证，孙邦孚重梓"，此本比嘉靖本多"新集"二卷，共计十卷。有万历二十九年（1601）钱养廉《序》	嘉靖本分正、余、续、别四集，每集上、下二卷；万历本多出"新集"二卷。"采辑唐、宋以来说部，每书只载一二条，或四五条，略似曾慥《类说》"②	晁瑮《宝文堂书目》"子杂类"、焦竑《国史经籍志》"子部·小说家"、《赵定宇书目》"稗统续编"③、黄虞稷《千顷堂书目》"子部·小说家类"、张廷玉等《明史·艺文志》"子类·小说家"、永瑢等《四库全书总目》"子部·杂家类·杂纂之属"、王重民《中国善本书提要》"子部·杂家类"、《中国古籍总目》"子部·杂家类"

---

① （清）永瑢等：《四库全书总目》卷一三四，中华书局 1965 年版，第 1138 页。

② （清）永瑢等：《四库全书总目》卷一三一，中华书局 1965 年版，第 1120 页。

③ 《赵定宇书目》后附《稗统续编》著录"《灼艾集》八本"［（明）赵用贤：《赵定宇书目》，上海古籍出版社 2005 年版，第 188 页］。

书名及种数、卷数	编者	版本	义例	著录
《烟霞小说》八帙 12 种二十二卷（《千顷堂书目》"子部·类书类"著录为 14 种三十三卷）	陆贻孙①	国家图书馆藏有明万历十八年（1590）刻本。卷首有范钦《题辞》，落款嘉靖己未（三十八年，1559）春日。次《目录》，列八帙	"仿曾慥《类说》之例，删取稗官、杂记凡十二种。"②诸如杨循吉《吴中故语》、黄暐《蓬轩吴记》《马氏日抄》、杜琼《纪善录》、王凝斋《名臣录》、陆延枝《说听》③等轶事笔记，也有陆粲《庚己编》、徐祯卿《异林》、祝允明《语怪编》《猥谈》、杨仪《异纂》、陆灼《艾子后语》等志怪小说	《千顷堂书目》"子部·类书类"、《四库全书总目》"子部·杂家类存目"、《中国丛书综录》"类编·子类·小说"

　　① 关于《烟霞小说》的辑者，各家著录不一。明清之际黄虞稷《千顷堂书目》"子部·类书类"著录为范钦撰。清乾隆时有三说：《两淮盐政李呈送书目》著录"明陆诒孙编"，《浙江省第六次呈进书目》与《浙江采集遗书总录》均著录"明范钦辑"，《四库全书总目提要》"子部·杂家类存目"著录"明陆贻孙编"。"陆诒孙"与"陆贻孙"仅一字之差，而"诒""贻"两字相通，可姑且视为一说。1995—1997 年，齐鲁书社影印出版《四库全书存目丛书》，收入国家图书馆藏万历刻本《烟霞小说》，于书名下注"不著辑者"。但辑者并非范钦，只因卷首有范钦于嘉靖三十八年（1559）所撰《烟霞小说题辞》，遂被后人误以为编辑者。范钦《题辞》中明言："（钦）过吴，访陆诒孙，视余抄本小说十余种，总名《烟霞》"［（明）陆贻孙：《烟霞小说》，《四库全书存目丛书》子部第 125 册，齐鲁书社 1995 年版，第 445 页］。实际辑者应为陆贻（诒）孙。潘树广《〈烟霞小说〉考》一文（《文献》季刊，2001 年第 4 期）曾有详细考证。另，周凯燕硕士学位论文《陆粲及其〈庚己编〉研究》（硕士学位论文，苏州大学，2009 年）认为《烟霞小说》为陆粲之子陆延枝编，亦误。因为陆贻孙《庚己编跋》述"吾友陆君子潜，天下士也……余还自金川，阅家中旧书，得君缮写《庚己编》，适乃子延枝过余，余示之，彼睹父手泽，涕泣请以他本易焉"［（明）陆贻孙：《烟霞小说》，《四库全书存目丛书》子部第 125 册，齐鲁书社 1995 年版，第 577 页］。可见，陆贻孙与陆粲为平辈友人，而陆粲之子延枝于陆贻孙为晚辈。陆贻孙编《烟霞小说》时收录延枝父亲陆粲的《庚己编》，并为之撰写了跋语。

　　② （清）永瑢等：《四库全书总目》卷一三一，中华书局 1965 年版，第 1120 页。

　　③ 《说库》提要称《说听》"明陆粲撰。此与《庚己编》同出于一手，所记多鬼怪事。《庚己编》为其少作，此则晚年所搜采成帙者，足补《庚己》之遗，文笔尤较简贵"（王文濡辑：《说库》，浙江古籍出版社 1986 年版，第 13 页）。甚谬。因为王禹声《说听跋》明言："右《说听》四卷，舅氏胥屏先生所撰。先生为外王父太常公冢子"［（明）陆贻孙：《烟霞小说》，《四库全书存目丛书》子部第 125 册，第 704 页］。陆延枝为陆粲之子，王禹声为陆延枝外甥，《说听》是由王禹声刊刻的，他绝无可能把外祖父、舅父的著作权搞错。亦可参考王瑞刚《〈说听〉作者小考》一文，《天津师大学报》1992 年第 6 期。

书名及种数、卷数	编者	版本	义例	著录
《虞初志》① 七卷 31 种	袁宏道评②	明凌性德刻套印本；扫叶山房 1926 年排印本，题"袁宏道参评，屠隆点阅"。前有汤显祖《点校虞初志序》，王穉登序，欧大任序，凌性德序。1986 年中国书店据之影印；民国间石印本③	抄合诸家小说，多为神异之事	周中孚《郑堂读书记补逸》"子部·小说类"、《中国古籍总目》"子部·小说类·文言之属"
《虞初志》八卷④	佚名	明弦歌精舍如隐草堂、凤桥别墅刻本。又有题"汤显祖评点"《虞初志》八卷本，存明刻本	所收小说作者，惟吴均为梁人，其余均为唐人传奇，多出《太平广记》	《中国丛书综录》"类编·子类·小说"、《中国古籍总目》"子部·小说类·文言之属"

① 现代学界多把《虞初志》归为小说总集，值得商榷。宋元至明嘉靖间书目一般以单行本著录唐传奇，如南宋郑樵《通志·艺文略》"史类·传记·冥异"著录《离魂记》《补江总白猿传》等作品。元马端临《文献通考》"史·杂史"著录《开元天宝遗事》《明皇杂录》《开元传信记》，"史·传记"著录《补江总白猿传》《高力士外传》等作品。直到明嘉靖间晁瑮《宝文堂书目》"子杂类"所著录的唐传奇作品还均为单行本形式，如《莺莺传》《柳氏传》《任氏传》《杨娼传》《李娃传》《霍小玉传》等〔（明）晁瑮：《晁氏宝文堂书目》，上海古籍出版社 2005 年版，第 90—135 页〕，而这些作品都被收入《虞初志》。《虞初志》既然辑众书以为一书，且另题一新的总名，则视其为小说丛书更为恰当。晚明祁承爜《澹生堂藏书目》将《虞初志》归入"子部·小说家·说汇"，却将《三十家小说》互著于"子部·小说家·丛"与"子部·丛书类"，反映出祁承爜的犹豫与矛盾。而清初祁理孙《奕庆藏书楼书目》将《虞初志》径直归入"子·稗乘家·说丛"，其归类标准就很明确了。

② 关于《虞初志》编者，学界主要有三说：李泌（参见孙殿起《贩书偶记续编》"小说家类"，上海古籍出版社 1982 年版）、吴仲虚（参见叶德均《戏曲小说丛考》，中华书局 1979 年版）、陆采（程毅中、薛洪勣：《中国小说大百科全书》，中国大百科全书出版社 1993 年版，第 705 页），而以陆采说的文献支持较为有力，《虞初志》卷一《续齐谐记》末有跋语云："是书亦罕得佳本，惟外舅都公家藏有之，命余镂梓以传焉。"所谓"外舅都公"指都穆，陆采为其婿。陆采（1497—1537）又名陆灼，号天池山人，明代著名小说家、戏曲家。因此该书又称《陆氏三十家小说》。是书版本有二系：八卷本和七卷本，而以前者为早出。八卷本收作品又有 32 种、33 种之别。七卷本收作品 31 篇。明代又有署"汤显祖编"《续虞初志》四卷、邓乔林编《广虞初志》四卷等。清代以至近代的仿effect之作达十余种之多。关于《虞初志》版本，可以参阅施才玉《〈虞初志〉版本考述》（《大学图书情报学刊》2009 年第 1 期）一文。

③ 周中孚《郑堂读书记补逸》卷二十八著录"陆采《虞初志》七卷"（上海书店出版社 2009 年版，第 1719—1720 页）。

④ （明）祁承爜《澹生堂藏书目》"子部·小说家·说汇"著录两种《虞初志》，前一种为"《虞初志》四册八卷"，不题撰者；后一种"《虞初志正续》十二卷"，注曰"汤显祖续，钟人杰刊"。《赵定宇书目》"佛书类"著录"《虞初志》二本"，不题撰者和卷数。《明史·艺文志》"子部·小说家类"著录为"汤显祖《续虞初志》八卷"。《奕庆藏书楼书目》"子·稗乘家·说丛"著录题"汤显祖评《虞初志》，十二卷"。《澹生堂藏书目》"子部·小说家·说丛"与"子部·丛书类"续收部分均著录《三十家小说》八册三十种，佚名辑，子目 30 种，比《虞初志》八卷 32 种本少《宁王》《续齐谐记》两种，比七卷 31 种本《虞初志》少《续齐谐记》1 种。清周中孚《郑堂读书记补逸》卷二十八"小说家类"著录该书云："此本乃凌性德所重梓，又集袁宏道、屠隆诸之评，用闵氏刊版式朱墨套印，系以附考、附录，然失刻'陆氏'二字殊谬，而袁、屠诸人之评多以纤侻从事，亦无足取云。前有王穉登、汤显祖、欧大任三序及性德序并凡例。"〔（清）周中孚：《郑堂读书记补逸》卷二十八，上海书店出版社 2009 年版，第 1719—1720 页〕

续表

书名及种数、卷数	编者	版本	义例	著录
《小窗四纪》4种	吴从先	明万历间霞漪阁刻本；明万历间刻本；明刻本	包括《小窗自纪》四卷、《艳纪》十四卷、《清纪》五卷、《别纪》四卷	《千顷堂书目》"子部·小说类"、《四库全书总目》"子部·小说家类·琐语之属存目"、《中国丛书综录》"类编·子类·小说"、《中国古籍总目》"子部·杂家类·杂纂之属"
《宋元人说部书》28种	佚名	1919年至1920年上海商务印书馆涵芬楼据明抄本等排印	全录宋元人说部书	《中国丛书综录续编》"类编·子类·小说"
《历代小史》①106种一百六卷②	李栻	明隆万间刻本；《历代小史》一百五卷，不著撰者，有陈文烛《序》，称"中丞赵公刻之"，四库馆臣不能考其名氏。1930年商务印书馆《景印元明善本丛书》本	"欲仿曾慥《类说》之例，杂采野史，每书删存数条，凡一百五种，以一种为一卷。"③ 基本全为汉唐以来至明代的野史笔记，每种一卷，如《王子年拾遗记》《西京杂记》《汉武故事》《世说新语》等	《澹生堂藏书目》"子部·丛书类·经史子杂"、《赵定宇书目》"佛书"④、《奕庆藏书楼书目》"子·稗乘家·说丛"、《四库全书总目》"子部·杂家类存目"、《中国丛书综录》"类编·史类·杂史"、阳海清《中国丛书综录补正》"类编丛书·史类·杂史"、《中国古籍总目》"史部·杂史类·丛编之属"、王重民《中国善本书提要》"子部·丛书类"
《历代小史摘编》六卷51种	唐世延	明万历三十一年（1603）刻本；明万历三十二年（1604）朱东光、唐世延刻本		《中国古籍总目》"子部·杂家类"

---

　　① 　阳海清先生说："是编虽名曰'小史'，然所收诸书所记多非真实史料，故宜归入'子部·小说类'。"（阳海清编撰：《中国丛书综录补正》，江苏广陵古籍刻印社1984年版，第170页）所言甚是。

　　② 《历代小史》收书种数有105种与106种之别。《奕庆藏书楼书目》"子·稗乘家·说丛"著录"李栻《历代小史》百五种"。《四库全书总目》"子部·杂家类·杂纂之属"著录该书，不题撰者名氏，有沔阳陈文烛序，为一百五卷105种。《中国丛书综录》"类编·史类·杂史"著录一明刊本，子目106种，阳海清《中国丛书综录补正》"类编丛书·史类·杂史"著录亦为106种。

　　③ 　（清）永瑢等：《四库全书总目》，中华书局1965年版，第1121页。

　　④ 《赵定宇书目》著录"《历代小史》二十本，二套"〔（明）赵用贤：《赵定宇书目》，上海古籍出版社2005年版，第47页〕。

续表

书名及种数、卷数	编者	版本	义例	著录
《雪涛阁四小书》3本	江盈科	明刊本已佚，今有《国学珍本文库》本《雪涛小书》	子目：《谭丛》《闻记》《谐史》《诗评》	《奕庆藏书楼书目》"子·稗乘家·说丛"、《千顷堂书目》"子部·小说类"①
《雪涛谐史》10种	江盈科	存明末刻本。华东师大图书馆、上海博物馆有藏	子目：江盈科《雪涛小说》一卷、江盈科《谈言》一卷、耿定向《权子》一卷、唐王定保《撰言》一卷、明刘元卿《应谐录》一卷、宋苏轼《调谑编》一卷、唐朱揆《谐噱录》一卷、宋邢居实《拊掌录》一卷、宋苏轼《艾子杂说》一卷、明陆灼《艾子后语》一卷	《中国丛书广录》"类编·子类·小说家类"
《语怪汇书》2种	佚名	明末刻本	子目仅有南朝宋刘敬叔《异苑》十卷、前蜀杜光庭《录异记》八卷	《中国丛书广录》"类编·子类·小说家类"
《胡氏粹编》5种②	胡文焕	有明万历二十二年（1594）胡氏文会堂刻本。《北京图书馆古籍珍本丛刊》第80册曾据万历间刻本影印，书目文献出版社1988年版	子目：《新刻稗家粹编》八卷、《新刻游览粹编》六卷、《新刻谐史粹编》二卷、《新刻寸札粹编》二卷、《新刻寓文粹编》二卷。所收作品多有删略，亦当时坊刻选本通弊。其中《稗家粹编》选收历代文言小说146篇，分21部	《中国丛书广录》"汇编丛书·杂纂类"。杨守敬、李之鼎《增订丛书举要》，沈乾一《丛书书目汇编》及《中国古籍善本书目》"丛部"，《北京图书馆古籍善本目录》"子部·丛书类"均有著录
《烟花小史》8种	王路	存明万历间刻本。上海图书馆藏	《有情痴十集》十卷、《古今佚史》五卷等	《中国丛书广录》"汇编丛书·杂纂类"

---

① 《千顷堂书目》"子部·小说类"著录"江盈科《雪涛阁四小书》"，注曰："《谭丛》二卷、《闻纪》□卷、《谐史》二卷、《诗评》□卷。"[（清）黄虞稷：《千顷堂书目》卷十二，上海古籍出版社2001年版，第342页]

② 王宝平认为，所谓《胡氏粹编》五种，"不见任何题名，为后人自拟书名"[王宝平：《胡文焕丛书考辨》，《中华文史论丛》2001年版第1辑（总第65辑），第120—145页]。

续表

书名及种数、卷数	编者	版本	义例	著录
《镌钟伯敬先生秘集》15种十五卷	钟惺	崇祯元年（1628）叶舟刻本，前有崇祯戊辰（1628）中秋叶舟凌虚文题辞；清康熙二十七年（1688）刻本	共92则。书中笑话虽多采自旧籍，但仍不乏干预政治、针砭时弊、讥讽权贵之作。如《大象》《成衣作官》等	《中国古籍总目》"子部·杂家类"
《五朝小说》470种①	辑者不详	上海图书馆、南京图书馆均有收藏。南京图书馆藏本于"魏晋小说"前有序，署名茗上野客，"唐人小说"前的序署名桃源居士，"宋人	《中国丛书综录》著录本"魏晋小说"9家：传奇家、志怪家、偏录家、杂传家、外乘家、杂志家、训诫家、品藻家、艺术家②	

① 诸家书目所著录《五朝小说》下各朝小说子目并不一致。《中国丛书综录》著录本"魏晋小说"100种，"唐人百家小说"113种，"宋人百家小说"148种，"皇明百家小说"109种，共计470种。清代王懿荣《汇刻书目》第十二册著录《五朝小说》亦为四部分，收书469种：魏晋小说113种、唐人小说104种、宋人小说143种、明人小说109种［（清）王懿荣：《汇刻书目》，上海福瀛书局光绪十二年（1886）刊本］。至于编刊年代，"宋人小说"序后有"壬申春日"，"皇明小说"后有"甲戌小寒日"，其余三朝小说序后无纪年。"甲戌"最晚是崇祯七年（1634），"壬申"最晚是崇祯五年（1632）。国家图书馆编《西谛书目》著录郑振铎先生收藏的《明人百家小说》，注为明末刻本。其汇刻时间迄今尚无法明断。程毅中先生推断："《皇明百家小说》当编印在明亡之前，其前的魏晋、唐、宋部分应该更早。《五朝小说》肯定编印于《皇明百家小说》之后，大概在崇祯七年之后才有《五朝小说》的总称的。"（程毅中：《〈五朝小说〉与〈说郛〉》，《文史》1998年第2辑，总第47辑，中华书局出版，第259—266页）这种判断可为我们提供启迪。《五朝小说》与许多丛书存在交叉互见关系，目前学界尚无人真正全面调查清楚其版本源流，大多仍纠缠于其与《说郛》及《重编说郛》的关系，但又不能提供充分证据以证成其说。不过需要强调一点，尽管明季清初许多小说丛书不同程度地自《说郛》衍生而出，但我们不能将其一概视为伪书，因为它们各自仍有相对个性化的编辑思想和选材标准，还是应当视其为各自独立的丛书。明代又有佚名辑《五朝小说汇编》十六卷，存万历刻本，题"元陶宗仪辑"，却收入数十种明人作品，辑者显系伪托。书中所收多与《五朝小说》不同。清乾隆中，莲塘居士（陈世熙）又据《五朝小说》中明桃源居士所辑《唐人小说》，增补而成《唐人说荟》（一名《唐代丛书》）。莲塘居士的例言说："旧本为桃源居士所纂，坊间流行甚少，计一百四十四种，每种略取数条，条不数事。今复搜辑四库书及《太平广记》《说郛》等，得一百六十四种。"嘉庆十一年（1806）王文诰又以《唐代丛书》为名翻刻陈书，收书164种。之后有道光二十三年（1843）序刊本、宣统三年（1911）上海天宝书局石印本等，皆题《唐人说荟》。清人吴为楫编《宋人小说类编》及其《补钞》也是由《五朝小说》直接衍化而来，有同治八年（1869）自序本。书取《五朝小说》的《宋人百家小说》152种，摘录而成，分32类。后续补其中的18类成《宋人小说类编补钞》。叶德辉（1864—1927）辑《唐开元小说六种》也与《五朝小说》《顾氏文房小说》存在承继关系。

② 但南京图书馆藏本、《奕庆藏书楼书目》著录本等所收"魏晋小说"均为十家，多"记（纪）载家"，因此本部分原应为十家。《奕庆藏书楼书目》"子·稗乘家·说丛"著录佚名辑《魏晋百家小说》十二家（应为"十二卷"）110种，分为十家。与《综录》著录本相比较，前者除多出"记载家"4种，以及"艺术家"多出4种，二书其余子目大致相同。

续表

书名及种数、卷数	编者	版本	义例	著录
		小说"前的序署名桃源溪父,"皇明小说"前的序署名石闾沈廷松	"宋人百家小说"次分3家:偏录家、琐记家、传奇家①"皇明百家小说"不分家②	王懿荣《汇刻书目》、《中国丛书综录》"类编·子类·小说"③
《明百家小说》一百九卷	有沈廷松序	明崇祯间刻本,有崇祯七年(1634)自序	"其书乃全与国朝陶珽《续说郛》同,盖坊贾以不全《说郛》伪镌序目售欺也。"④	《四库全书总目》"子部·杂家类存目"、王重民《中国善本书提要》"子部·小说类"⑤

---

　　① 北京大学图书馆藏本《宋人百家小说》收书多达195帙,而且与前者次序也略有不同。《奕庆藏书楼书目》"子·稗乘家·说丛"著录《宋人百家小说》150种,不分类,题"张遂辰辑"。《中国丛书广录》"类编丛书·子类·小说家类"著录《宋人百家》141帙141种,首行题"宋人百家",题"明桃源溪父编",有明刊本,藏于湖北大学图书馆。但与《综录》著录本《宋人百家小说》若干子目有异。以两者共有的"偏录家"为例,前者收102种,且比后者多出司马光《涑水纪闻》1种;后者录106种,但比前者多出欧阳玄《睽车志》、鲁应龙《括异志》、蔡绦《铁围山丛谈》、张端义《贵耳录》、佚名《释常谈》5种。《奕庆藏书楼书目》著录本与《广录》著录本之子目也有较大出入。北京大学图书馆藏本收书141帙。清同治八年(1869)余嚞编《宋人小说类编》所据底本为152帙。

　　② 南京图书馆藏本收书108帙,亦不分家。《奕庆藏书楼书目》"子·稗乘家·说丛"著录《皇明百家小说》120种,题"张遂辰辑"。与《综录》著录本子目也有出入。《中国丛书综录续编》"类编·子类·小说"著录《明人百家小说》108种,有明刊本。施廷镛先生认为,亦系书估"汇《续说郛》残版而印行者,或择《续说郛》中说部而另印者"(施廷镛编撰:《中国丛书综录续编》,北京图书馆出版社2003年版,第269页)。前有沈廷松撰《皇明小说序》。与《综录》所收版本种数、顺序大体一致,两种当属同一系统之版本。

　　③ 《中国丛书综录》著录为"明□□辑,清据《说郛》《说郛续》刊版重编印本",并与民国十五年(1926)上海扫叶山房石印本《五朝小说大观》合并著录。

　　④ (清)永瑢等:《四库全书总目》卷一三二,中华书局1965年版,第1128页。

　　⑤ 王重民先生谓:"《续说郛》,《提要》又以陶珽为明人,其辑《续说郛》在明末或在清初,今无显明证据。馆臣若谓珽辑《续说郛》在清初,则不应谓是书从不全《说郛》出也。余所知者:陶珽生于万历三年五月十二日,至顺治间杭州校刻《说郛》时,珽年已七十二岁,故余颇疑其书成于万历间,杭贾之辑《五朝小说》,全从《说郛》采出,此《明人百家》,又《五朝》之一部分也。"(王重民:《中国善本书提要》,上海古籍出版社1983年版,第393页)

续表

书名及种数、卷数	编者	版本	义例	著录
《重编说郛》一百二十卷①	元陶宗仪原编、明陶珽重校	清顺治间宛委山堂刊本。② 前有包衡、何良俊、黄平倩、来斯行、潘之恒、黄汝亨、胡应麟等七人所论《说郛》语；1988年上海古籍出版社《说郛三种》本等	陶珽将陶宗仪原本《说郛》补充重校，扩充为一百二十卷，共收书1371种。宗旨与原本《说郛》略同，各书删存大概，不求其全	《明史·艺文志》归"子部·小说家类"、《千顷堂书目》入"子部·类书类"、《四库全书总目》"子部·杂家类"著录。《中国丛书综录》"汇编·杂纂类"著录
《续说郛》（或题《说郛续》）四十六卷	陶珽	有清顺治三年（1646）两浙督学周南李际期宛委山堂刊本	"是编增辑陶宗仪《说郛》，迄于元代，复杂抄明人说部527种以续之，其删节一如宗仪之例。"③	《明史·艺文志》"小说家类"、《千顷堂书目》"子部·类书类"、《四库全书总目》"子部·杂家类"

---

① 阳海清编撰：《中国丛书广录》"汇编丛书·杂纂类"著录《说郛》一百卷，题"明陶宗仪编"，明抄本，子目后"按语"称，大陆地区藏有8种明抄本《说郛》，分藏上海图书馆、国家图书馆、南京图书馆，除国图有一种不分卷，其余均为一百卷（参见阳海清《中国丛书广录》，湖北人民出版社1999年版，第104页）。关于《说郛》版本原委，可以参阅昌彼得先生《说郛源流考》[《版本目录学论丛》（一），学海出版社1977年版，第189—240页] 一文。

② 对于所谓顺治间宛委山堂本《重编说郛》，学界多疑其作伪，昌彼得认为，"原版始刻于万历末年，而大部分刊雕于天启年间无疑"（昌彼得：《说郛考》，文史哲出版社1979年版，第30页）。程毅中认为，"此书绝大部分刻在明代，与许多明刻本书的版式完全相同，书中'校'字作'较'或省避，当刻于天启之后"[《中国古代小说百科全书》之《说郛》（重编）条，程毅中叙录，中国大百科全书出版社1993年版，第484页]。陈国军认为："一百二十卷《说郛》根本就不是原编印本，它是将《合刻三志》《广百川学海》《续汉魏丛书》等旧版，画去圈点、校阅者姓名，并参考《古今说海》《历代小史》等丛书，或翻刻，或重刊补刻，或辑录，或删削而成者。刊刻的地方，就是武林（杭州）。""万历三十年左右，一百二十卷《说郛》编成。"（陈国军：《明代志怪传奇小说研究》，天津古籍出版社2006年版，第411—412页）本来《说郛》之版本源流，尤其明代及清初流传情况即已众说纷纭，而明季及清初以武林为中心所编刊的多种小说丛书又系袭自《说郛》版片、再新增数种而成书，故《唐宋丛书》《五朝小说》《雪堂韵史》《八公游戏丛谈》《绿窗女史》、冯可宾《广百川学海》、湖南漫士《水边林下》等丛书，与《说郛》版本之关系纠结纷纭，难以理董。学界前贤虽从不同角度对此问题各有探讨，但多为仅见一隅而不究全体之作。相关研究可以参阅景培元《说郛版本考》（中法汉学研究所《图书馆馆刊》No. 1，1945年）、昌彼得《说郛考》（文史哲出版社1979年版）、[法] 伯希和《说郛考》（《通报》1924年第23卷，又载《北平图书馆馆刊》第六卷第六号）、[日] 渡边幸三《说郛考》[《东方学报》（京都）No. 3，1938年]、[日] 仓田淳之助《说郛版本诸说研究》（京都大学人文科学研究所《二十五周年纪年论文集》，1954年）等论著，但至今无人真正廓清楚弥漫于这一学术公案上的迷雾。

③ （清）永瑢等：《四库全书总目》卷一三二，中华书局1965年版，第1124页。

续表

书名及种数、卷数	编者	版本	义例	著录
《枕函小史》5 种四卷	闵于忱	明闵氏松筠馆刻朱墨套印本，汇刻 5 种：一为《苏长公谭史》二卷，题"吴兴闵于忱校，东明屠长卿评"。原书为郭化辑《苏米谭史》。二为《米襄阳谭史》，另出标题。三为东坡居士《艾子杂说》。有梅敦伦序，郭化序。四为《癖颠小史》一卷，题"闻道人撰，袁石公评"，原书为华淑撰，为《清睡阁快书》10 种之一，有万历刊本。有袁宏道序，汤宾尹序，闻修居士跋。五为《悦容编评林》一卷，题"长水天放生辑，东明屠赤水评，西湖病渴子校"。有梁溪一书生序，长水天放生序。上海图书馆、浙江图书馆均有藏	子目：《苏长公谭史》《米襄阳谭史》《东坡居士艾子杂说》《癖颠小史》《悦容编评林》	《四库全书总目》"子部·杂家类存目"、王重民《中国善本书提要》"子部·杂家类"、《中国丛书综录续编》"汇编·杂纂类"
《说略》一函十二册 32 种	佚名辑	明刻本	"取宋、元人杂说 32 种汇刻之，分为 10 集，甲：《默记》《宣政杂录》《靖康朝野佥言》《朝野遗记》，乙：《墨客挥犀》《续墨客挥犀》《闻见杂录》《山房随笔》，丙：《谐史》《昨梦录》《三朝野史》，……癸：《东圃友闻》《拊掌录》。无序跋。"①	《天禄琳琅书目后编》卷十六"明版子部"②

---

① （清）彭元瑞等：《天禄琳琅书目后编》卷十六，上海古籍出版社 2007 年版，第 724—725 页。

② 彭元瑞考辨云："考《明史·艺文志》，别有顾起元《说略》三十卷，乃分门排比之类书，不与此同。"［（清）彭元瑞：《天禄琳琅书目后编》，上海古籍出版社 2007 年版，第 723—724 页。］

续表

书名及种数、卷数	编者	版本	义例	著录
《剪灯丛话》44 种①	邵景詹等	明万历二十一年（1593）武林留余堂刊本，有虞淳熙《剪灯丛话题辞》，有《刻剪灯丛话凡例》《刻剪灯丛话总目》，卷末有"仁和后学思玄散人王道得"所撰《剪灯丛话后序》。日本高知县立图书馆有藏	《刻剪灯丛话总目》后称"通共四十四篇，计三百五十张"，实收四十三篇	《赵定宇书目》《红雨楼书目》"子部·小说家"、［日］《山内文库目录》②
《剪灯丛话》137 种十二卷③	自好子④	明末刻本，现藏国家图书馆善本部；清初刻本；清咸丰元年（1851）刻本；清同治十年（1871）文	荟萃唐以下文言小说，有一部分亦见于《古今说海》《五朝小说》等丛书⑤	赵用贤《赵定宇书目》、⑥日本内阁文库藏《舶载书目》、⑦

———————————

① 此书是邵景詹等人为推出新作《觅灯因话》而处心积虑炮制出来的，即借《新话》《余话》之影响而炒作《因话》。《凡例》云："原本有《新》《余》二话。兹续《因话》二卷，非敢效颦也。以其皆可喜可愕之事，意义相类，未有刊本，故附入焉。"据邵景詹《觅灯因话小引》可知，《因话》完成于万历二十年，亦即虞淳熙题辞之前一年（［日］大塚秀高：《明代后期文言小说刊行概况》，《书目季刊》1985 年第 3 期，第 34—51 页）。清代坊刻本《剪灯丛话》存世多种，但均是增删《剪灯新话》二卷三册、《剪灯余话》三卷三册、《觅灯因话》二卷一册，汇编而成。

② 《山内文库目录》著录："《剪灯丛话》（《剪灯新话》二卷、《剪灯余话》三卷），（明）瞿佑、李祯，明万历刊本（武林冯氏留余堂）。"（［日］大塚秀高：《明代后期文言小说刊行概况》，《书目季刊》1985 年第 3 期，第 34—51 页）

③ 学界一般认为，此书盗用了"三话"合刻本《剪灯丛话》之书名，并将虞淳熙《题辞》一同移置而张冠李戴于此历代小说汇编本《剪灯丛话》之上。证据之一是后者所收《新话》《余话》中九篇作品全在前者之中。可以参见［日］大塚秀高《明代后期文言小说刊行概况》，《书目季刊》1985 年第 3 期，第 34—51 页。

④ 乔光辉曾考证，"自好子"即《觅灯因话》作者邵景詹（乔光辉：《十二卷本〈剪灯丛话〉虞淳熙题辞辨证》，《文献》2006 年第 1 期，第 123—126 页）。可备一说。

⑤ 陈良瑞《〈剪灯丛话〉考证》（《文学遗产增刊》第十八辑，山西人民出版社 1989 年版）一文、程毅中《十二卷本〈剪灯丛话〉补考》（《文献》1990 年第 2 期）一文对其大部分篇目来源做了考证。程毅中指出：该书"和许多明代人编印的丛书一样，'妄制篇目，改题撰人'，的确造成了很大的混乱。在这一百三十七篇中，有一部分亦见于《古今说海》《五朝小说》《唐人说荟》等书"。

⑥ 赵用贤《赵定宇书目》先著录《剪灯丛话》六本，其后附《稗统续编》又著录：《剪灯新话因话》一本，《剪灯余话》［（明）赵用贤：《赵定宇书目》，上海古籍出版社 2005 年版，第 46、192 页］。前者当为汇编历代小说的十二卷本《剪灯丛话》，后者当指《新话》《余话》《因话》合刊之《剪灯丛话》。

⑦ 日本内阁文库藏《舶载书目》之"宝历四年舶来书籍大意戌番外船"："《剪灯丛话》，一部一套六本……类百四十余种，辑十二卷，而成是书。"（［日］大庭修：《江户时代唐船持渡书研究·商舶载来书目》，关西大学东西学术研究所 1967 年版）

续表

书名及种数、卷数	编者	版本	义例	著录
		盛堂刻本；另有《剪灯丛话》二卷本，佚名辑，存明刻本及清乾隆五十六年（1791）刻本		董康《书舶庸谈》"民国二十四年五月十四日"①、王树伟《记最近所见几部珍本戏曲小说》②《中国古籍总目》"子部·小说类·文言之属·短篇"
《剪灯丛话》十卷③	题"武林虞淳熙撰"	日本东北帝国大学图书馆藏明末有文堂刊本，十卷 12 册，扉页题《新刻名家出相剪灯丛话》，有"有文堂珍藏"之印。无刊刻年月，无目录，收文言小说 93 篇，卷首有武林虞淳熙所撰序，④序文之后有插图八页。卷四《西玄青鸟记》中有"崇祯癸酉秋，余方困追摄"等语，结以"至明年甲戌夏五月病始间，乃约略为记"之语。因此，十卷本刊行时间不会早于崇祯七年（1634）；中国国家图书馆亦有藏本	收魏晋以来唐宋元明诸家短篇文言小说 93 篇	［日］大塚秀高《明代后期文言小说刊行概况》（《书目季刊》1985 年第 3 期）一文著录

---

① 董康：《书舶庸谭》卷八下："《剪灯丛话》十二卷，明刻本，未著编辑姓氏。荟萃唐以后各家小说，亦《青琐高议》《剪灯新话》之流亚也。录其详目如后，内有未见传本，殊为可贵。"（董康：《书舶庸谭》，北京图书馆出版社 2003 年版，第 614 页）揭载详目 137 种。

② 王树伟《记最近所见几部珍本戏曲小说》一文著录："《剪灯丛话》十二卷，明人佚名辑，明末刻本，初印。半页九行、行二十字。此书辑录各家旧小说，与瞿佑撰《剪灯新话》、李祯撰《剪灯余话》全不相同。后两书清坊刻本有合题《剪灯丛话》的，与此名同实异。此书传本少见（北京图书馆有十卷本，有图，应是残本）。"（王树伟：《记最近所见几部珍本戏曲小说》，《文物》1961 年第 3 期、1964 年第 4 期）

③ 经日本学者大塚秀高对勘，日本东北帝国大学图书馆所藏十卷本所收 93 篇中有 92 篇同于十二卷本，唯一不同的一篇是《西玄青鸟记》。可见十卷本系由十二卷本缩编、再附插图编纂而成（［日］大塚秀高：《明代后期文言小说刊行概况》，《书目季刊》1985 年第 3 期）。

④ 虞淳熙"题辞"极力称赏瞿佑小说价值，系抄自万历二十一年"三话"合刊之《剪灯丛话》，张冠李戴于此同名异书《剪灯丛话》之上，造成"题辞"与本文驴唇不对马嘴之怪状（参见［日］大塚秀高《明代后期文言小说刊行概况》，《书目季刊》1985 年第 3 期）。

续表

书名及种数、卷数	编者	版本	义例	著录
《剪灯丛话》①	邵景詹等	乾隆八年刊本，郑振铎旧藏国家图书馆藏；乾隆五十六年（1791）刊本，藏于日本内阁文库、东京大学东洋文化研究所等；约嘉庆间刊本，孙殿起《贩书偶记续编》卷十二"小说家·类杂事之属"著录；咸丰元年（1851）刊本，郑振铎旧藏国家图书馆藏；同治十年（1871）文盛堂刊本，日本天理图书馆藏；同治间刊本②	诸版本选录"剪灯"三种的作品数量有所歧异	周夷《剪灯新话外二种·前言》③提及，参见［日］大塚秀高《明代后期文言小说刊行概况》一文，《书目季刊》1985年第3期
《绿窗女史》194种十四卷④	秦淮寓客	有明末刻心远堂印本，藏于北京大学图书馆、上海图书馆。另有多家收藏：首都图书馆、中国科学院图书馆、日本内阁文库、京都大学文学部、美国国会图书馆、北京人文科学研究所、台北"中央"图书馆	分"闺阁部""宫闱部""缘偶部""冥感部""妖艳部""节侠部""神仙部""妾婢部""青楼部""著撰部"10部，"部"下再分45类	《美国国会图书馆藏中国善本书录》"子部·小说家类"、《中国丛书综录》"汇编·杂纂类"

---

　　① 清代坊刻本《剪灯丛话》存世多种，但均是增删《剪灯新话》二卷三册、《剪灯余话》三卷三册、《觅灯因话》二卷一册，汇编而成。

　　② ［日］大塚秀高《明代后期文言小说刊行概况》（《书目季刊》1985年第3期）一文详列6种清刊本。

　　③ 上海古典文学出版社1957年版。

　　④ 北京大学图书馆藏《绿窗女史》因袭了十二卷本《剪灯丛话》137种的61种。各家所藏本《绿窗女史》子目颇有出入，仅以内阁文库本、京都大学文学部藏本与北京大学藏本对照，内阁文库本收书209种，京都大学文学部藏本又比北京大学藏本多9种。另外，北京人文科学研究所与"中研院"历史语言研究所还藏有一种题名《绿窗小史》的明刊本，收书仅有47种（参见［日］大塚秀高《明代后期文言小说刊行概况》，《书目季刊》1985年第3期）。

续表

书名及种数、卷数	编者	版本	义例	著录
《逸史搜奇》十集一百卷	汪云程	明刻本，收入《四库全书存目丛书》子部第249册	分甲、乙、丙、丁、戊、己、庚、辛、壬、癸十集。杂采汉、唐迄宋传奇、志怪小说140种	《国史经籍志》"子部·小说家类"、《千顷堂书目》"子部·类书类"、《明史·艺文志》"子类·小说家"、《四库全书总目》"子部·小说家类存目"、《中国古籍总目》"子部·小说类·文言之属"
《逸史搜奇金集》六卷、《石集》八卷、《丝集》十四卷、《竹集》十八卷、《匏集》十四卷、《土集》十三卷、《革集》十五卷、《木集》十二卷	题"栖闲居士辑"	明刻本。藏于国家图书馆		《中国古籍总目》"子部·小说类·文言之属"
《增定汉魏六朝别解》不分卷	叶绍泰	明崇祯十五年（1642）采隐山居刊本；清抄本	分经、史、子、集四部，史部收《吴越春秋》《越绝书》《天禄阁外史》等杂史，子部收有《说苑》《人物志》等志人、杂史体小说	《中国丛书综录》"汇编·杂纂类"、《中国古籍总目》"子部·杂家类·杂纂之属"
《稗乘》72种四十七卷①	孙幼安校正	明万历孙幼安校刊本。李维桢《题词》云："而孙生持以请余为之目……是书编葺不得主名，孙幼安得之，校正以传，亦可纪矣。"②	收汉唐宋元明历代小说42种，其中明人作品21种，占一半篇幅。《四库全书总目》卷一二六著录本分四类：史略、训诂、说家、二氏	《澹生堂藏书目》"子部·小说家·说丛"与"子部·丛书类·说汇"互著，③《千

---

① 黄虞稷《千顷堂书目》卷十五"子部·类书类"著录黄昌龄《稗乘》四十五卷，题"新安黄昌龄辑"。《四库总目》"子部·杂家类存目"著录佚名《稗乘》，为万历戊午（1618）孙幼安校刊行，收书42种，多所删削，不载全文（《四库全书总目》"子部·杂家类存目"，中华书局1965年版，第1088页）。王重民《中国善本书提要》"子部·丛书类"著录中国国家图书馆藏《稗乘》四十七卷，明万历间刻本，不著编辑人姓氏，或题"黄昌龄辑"，李维桢《题辞》提及"黄九如得之，校正以传"。卷端《晋文春秋》下题"新安黄昌龄校"，"新安黄昌龄"五字有剜补痕迹，推断"则是书原版固当原刻于孙，盖后鬻诸黄，此本为黄氏所印。馆臣所见，则孙氏原印本也"（王重民：《中国善本书提要》，上海古籍出版社1983年版，第410页）。《澹生堂藏书目》与《千顷堂书目》《中国丛书综录》所著录应是同书，但版本不同。

② （明）孙幼安校正：《稗乘》，明万历戊午（1618）刻本。

③ 《澹生堂藏书目》"子部·小说家·说丛"与"子部·丛书类·说汇"互著《稗乘》，子目41种。经核对，以上2种《稗乘》稍有不同，后者子目比前者少《晋文春秋》1种。二者编排顺序有别，一些子目名称稍异，如前者有一目为《一统肇基录》，后者为《万乘肇基录》；前者为《汉武事略》，后者为《孝武事略》，前者为《摩诃般若波罗蜜多心经》，后者为《多心经》等。二书应为同一书不同版本。

续表

书名及种数、卷数	编者	版本	义例	著录
		王重民《中国善本书提要》"子部·丛书类"著录美国国会图书馆藏一残本，存 21 种二十三卷，均在"说家""二氏"两类之内	"史略"为杂史作品，"说家"为轶事小说	顷堂书目》"子部·类书类"、《四库全书总目》"子部·杂家类存目"①、王重民《中国善本书提要》"子部·丛书类"、《中国丛书综录》"类编·子类·小说"
《稽古堂新镌群书秘简》22 种	高承埏②	明末刻本。北京文物局收藏	所收包括名物训诂、杂史杂传、志怪小说、闲适养生等作品	黄虞稷《千顷堂书目》"子部·类书类"、《中国丛书广录》"汇编丛书·杂纂类"
《新刻王氏青箱余》5 种十卷	王兆云	明万历间书林聚奎楼刻本。原题"楚麻城王兆云祯父辑著，聚奎楼李潮时行甫刊行"。书衣题"丁巳孟冬书林聚奎楼李少泉梓"，丁巳为万历四十五年（1617）。有汤显祖序	撷拾野语睡说，撰集成书。分正、续二集，正集为五书之上卷，以仁、义、礼、智、信为记，续集为五书之下卷，以乾、元、亨、利、贞为记。子目：《绿天睡说》二卷、《警座撷遗》二卷、《客窗随笔》二卷、《碣石剩谭》二卷	王重民《中国善本书提要》"子部·杂家类"、《中国丛书综录》"类编·子类·小说"、《中国古籍总目》"子部·小说类·丛编之属"
《说抄》（《古今说抄》）9 册五十卷	佚名		子目有《穆天子传》《西京杂记》等 28 种	祁承煠《澹生堂藏书目》互著于"子部·小说家·说丛"与"子部·丛书类·说汇"、《千顷堂书目》"子部·小说类"
《彻云馆集》8 册二十二卷	佚名			祁承煠《澹生堂藏书目》"子部·小说家·说丛"著录，但不见于同书"子部·丛书类"

---

①　《四库全书总目》"子部·杂家类"著录《稗乘》42 种四卷。

②　清邵懿辰《增订四库简明目录标注》"子部·杂家类"著录"《稽古堂日抄七十种》，明高承埏编。又名《杂说》"［（清）邵懿辰：《增订四库简明目录标注》，上海古籍出版社 1979 年版，第 550 页］。

续表

书名及种数、卷数	编者	版本	义例	著录
《草玄杂俎》① 6 册二十八卷	佚名		子目有《琅嬛记》《云仙杂记》《缉柳编》《尤射》《古琴疏》《诚斋杂记》《女红余志》7 种②	《澹生堂藏书目》互著于"子部·小说家·说丛"与"子部·丛书类·说汇"、《中国丛书综录续编》"汇编·杂纂类"
《莫氏八林》十六卷	莫是斗	已佚		《澹生堂藏书目》"子部·小说家·说丛"著录,但不见于同书"子部·丛书类"。《千顷堂书目》"子部·小说类"
《随笔杂抄》10 册 22 种三十卷	佚名	抄本,已佚		《澹生堂藏书目》"子部·小说家·说丛"著录,亦不见于同书"子部·丛书类"。《千顷堂书目》"子部·小说类"
《杂抄》5 种五卷	佚名	存百麓洞抄本。国家图书馆有藏	子目:《广异记选》一卷、《余冬录选》一卷、《随笔抄可》一卷、《吹剑录略》一卷、《应感编注略》一卷	《中国丛书广录》"汇编丛书·杂纂类"
《稗海》46 种、《续稗海》27 种,共三百六十八卷③		明万历间会稽商氏半埜堂刊本;清康熙中振鹭堂据原版重编补刊本;乾隆中振鹭堂修补重订本	所收多野史稗乘、杂史漫录,起自晋张华《博物志》,迄于元蒋子正《山房随笔》,宋人笔记为多	《澹生堂藏书目》"子部·小说家·说丛"、《赵定宇书目》"小说书"、《千顷堂书目》"子部·类书类"

---

① 自明末以来,学界陆续有人提出,《琅嬛记》《缉柳编》《古琴疏》《诚斋杂记》《女红余志》等书均为明代赝籍。如明钱希言《戏瑕》卷三"赝籍"、清《四库全书总目》卷一三一"子部·杂家类存目八",以及今人罗宁《明代伪典小说五种初探》(《明清小说研究》2009 年第 1 期)一文,均持此观点。但刘叶秋《历代笔记概述》第五章"金元的笔记"认为,《琅嬛记》"不似明人伪托"。(刘叶秋:《历代笔记概述》,北京出版社 2003 年版,第 141 页)目前无法定谳。

② 《续修四库全书》史部第 919 册,上海古籍出版社 2002 年版,第 696 页。

③ 此书原名《稗海大观》,有商濬《序》、陈汝元《凡例》、编校人等,总校钮伟、陶望龄,同校谢伯美、钮承芳,分校为商濬、陈汝元二人。初刻于万历间商氏半野堂,并无续编。但各书目著录《稗海》收书种数甚不一致,《澹生堂藏书目》"子部·小说家·说丛"著录《稗海大观正续》七十二册三百十卷,又四十四册,三百六十八卷。《赵定宇书目》"小说书"著录"《稗海》六套"。《千顷堂书目》"子部·类书类"著录《稗海》46 种《续》27 种,无卷数。《明史·艺文志》"小说家类"著录为三百六十八卷。《奕庆藏书楼书目》"子·稗乘·说丛"著录为 71 种,详列子目。张元济《丛书百部提要》著录本为 74 种四百四十八卷。《中国丛书综录》"类编·子类·小说"所著录为清乾隆中李孝源据振鹭堂版修补重订本,十函,70 种四百四十九卷。

续表

书名及种数、卷数	编者	版本	义例	著录
	商濬①			《明史·艺文志》"子部·小说家类"、张元济《丛书百部提要》、《中国丛书综录》"类编·子类·小说"
《说海汇编》83种三百八十卷	佚名	台北《"中央"图书馆善本书目》称此书为《稗海》版重编。阳海清《中国丛书广录》认为，此书实际仅有约三分之二子目同于《稗海》②	收汉、晋、唐、宋各家笔记杂志。其书目多与《古今逸史》同	台北《"中央"图书馆善本书目》、阳海清《中国丛书广录》"汇编丛书·杂纂类"
《约斋选录》4种	余宽甫	有清抄本存世，有清鱼元傅跋。书藏上海图书馆	子目：明杨士奇辑《三朝圣谕录》三卷、明彭时撰《彭文宪公笔记》一卷、明文林撰《琅琊漫抄》一卷、明沈周撰《沈氏客谈》一卷	《中国丛书广录》"汇编丛书·杂纂类"

---

①　近人宋慈抱《两浙著述考》"小说考"著录《稗海》三百六十八卷、《续稗海》一百三十八卷，引《浙江采集遗书录》："《稗海》共四百四十六卷，明尚书会稽商濬辑……而近世郎廷极序云：是书纂于会稽钮黄门石溪，其甥商景哲雕之，距今百五十年。余近得其版于襄平蒋氏，从而厘补，凡为七十有四。"（宋慈抱：《两浙著述考》，浙江人民出版社1985年版，第1529页）郎氏认为《稗海》纂者为钮石溪，而商濬仅是付梓者，但文献不足证。商濬《稗海序》云："吾乡黄门钮石溪先生，锐情稽古，广购穷搜，藏书世学楼者，积至数千函，百万卷。余为先生长公馆甥，故时得纵观焉。每苦卷帙浩繁，又书皆手录，不无鱼鲁之讹，因于暇日撮其记载有体、议论的确者，重加订正。更旁收缙绅家遗书，校付剞劂，以永其传，以终先生惓惓之夙心。凡若干卷，总而名之曰《稗海》。"［（明）商濬：《稗海》，清振鹭堂刊本］商濬详述其依靠舅氏藏书，选目、校对、付梓之过程，其底本来源除了钮氏，还有其他藏书之家。

②　阳海清编撰：《中国丛书广录》，湖北人民出版社1999年版，第150页。

续表

书名及种数、卷数	编者	版本	义例	著录
《苍雪庵日抄》11 种	佚名	有明朱丝栏抄本，书藏台北"中央"图书馆	子目：唐冯翊撰《桂苑丛谈》一卷、宋佚名撰《苇航纪谈》一卷、元刘一清撰《钱塘遗事》一卷、元陆友《吴中旧事》一卷、唐韦绚撰《戎幕闲谈》一卷、宋景焕撰《牧竖闲谈》一卷、宋周遵道撰《豹隐纪谈》一卷、宋沈括撰《梦溪笔谈》一卷、元戚辅之撰《佩楚轩客谈》一卷、《诸传摘玄》一卷、宋吕本中撰《轩渠录》一卷	《中国丛书广录》"汇编丛书·杂纂类"、《中国古籍总目》"杂纂类·明代"
《梦海故事大全》5 种	佚名	书林双溪王氏刻本。书藏国家图书馆	子目：《珍珠故事》一卷、《金陵校正合并事类梦海全书》一卷、《新刊梦林珍宝故事大全》一卷、《新刊梦海故事占魁群玉》一卷、《新刊合并占魁梦海群玉张天师祛病书》一卷	《中国丛书广录》"类编·子类·小说家类"
《八公游戏丛谈》89 种九十二卷	王稺登	明末刊本。有北京大学图书馆藏全本、国家图书馆藏残本①	分 8 类：快活风光、槐根说听、豆香说鬼、清凉饮子、雪涛谐史、春社猥谈、熙朝乐事、太平清话	《奕庆藏书楼书目》"子·稗乘家·说丛"。《中国丛书广录》"汇编丛书·杂纂类"②、《中国丛书综录续编》"汇编·杂纂类"③

---

① 此本与《奕庆藏书楼书目》所著录子目顺序有别，但卷数均同，其中对于"快活风光"一目均著录为"十六卷"，皆误，实际本类只有十五卷。可见，两种版本仍存有某种渊源关系。此书与陶宗仪《说郛》旧版存在依赖关系。

② 《中国丛书广录》"汇编丛书·杂纂类"著录为九十三卷，佚名编。

③ 《中国丛书综录续编》"汇编·杂纂类"著录题"陈继儒等辑"，亦为明刊本。亦分为八类，类目、卷帙全同《奕庆藏书楼书目》所著录之本，应为同一版本。

续表

书名及种数、卷数	编者	版本	义例	著录
《说删》16 册120 种	王志坚	此书不见于黄虞稷《千顷堂书目》，现藏于香港大学冯平山图书馆，为刘氏嘉业堂旧藏。前有清乾隆时程穆衡序，略谓："昆山先生《说删》十六册，盖与《表异录》同纂者，今《表异录》已刊行，而是书未也。……余名之曰《王氏说删》。"①	摘抄自唐至明笔记杂著 120 种，起于《尚书故实》，迄于《焦氏笔丛》	饶宗颐《〈说郛〉新考》一文提及。《中国古籍总目·丛书部》"杂纂类"著录："《王氏说删》118 种，明王志坚编稿本，港大。"②
《李氏逸书》4 册十三卷	李贽	明天启间刊本。日本内阁文库藏	分英贤、忠烈、直节、政事、名理、游乐、讽喻 等 35 类。节录古今遗文，加以自己的意见	《澹生堂藏书目》"子部·小说家·说丛"著录，不见于同书"子部·丛书类"。《中国古籍总目》"子部·杂家类"
《古今逸史》55 种③	吴琯④			

① 参见饶宗颐《〈说郛〉新考》，《饶宗颐史学论著选》，上海古籍出版社 1993 年版，第654—665 页。又载《选堂集林·史林》下，中华书局香港分局 1982 年版。

② 《中国古籍总目·丛书部》，中华书局、上海古籍出版社 2009 年版，第 131 页。

③ 《古今逸史》的种数卷数乃至编者，诸目著录不一。清黄虞稷《千顷堂书目》"子部·类书类"著录为"吴勉学《古今逸史》二十四卷"。清祁理孙《奕庆藏书楼书目》"子·四部汇"著录"吴琯《古今逸史》五十六种十六本"。清邵懿辰《增订四库简明目录标注》卷十三"子部·杂家类"著录《古今逸史》40 种，又别本 55 种。［（清）邵懿辰：《增订四库简明目录标注》，上海古籍出版社 1979 年版，第 549 页］王重民谓："王云五先生撰《丛书百部提要》，所据为四十二种本，盖后得五十五种本，遂以易四十二种本。邵氏《四库标注》又载四十种本，《丛书书目汇编》页一五三载其目。四十二种本分《志》十三种，《纪》六种，《世家》五种；四十种本则分《志》十一种，《纪》五种，《世家》六种。余均未见。今所愿知者，二十二种、二十六种两本，均无吴中珩名；四十种与四十二种本，不知已有中珩名否？愿他日见该两本时，特别留意。"（王重民：《中国善本书提要》，上海古籍出版社 1983 年版，第 417—418 页）因此，《古今逸史》各版本收录书籍有 22 种、26 种、40 种、42 种、55 种等差异。

④ 《古今逸史》编者或曰吴琯，或曰吴中珩，王重民先生认为当以吴琯为是。参见王重民《中国善本书提要》，上海古籍出版社 1983 年版，第 417—418 页。

续表

书名及种数、卷数	编者	版本	义例	著录
		明万历间刻本。吴琯《序》称其选材标准："六朝以上，不厌其多，六朝以下，更严其选。""是编诸书，不列学官，不收秘阁，山镵冢出，几亡仅存，毋论善本，即全本亦稀。毋论刻本，即抄本多误，故今所集，幸使流传，少加订证，何从伐异党同，愿以保残守阙云耳"①。张元济《丛书百部提要·古今逸史》称"在明刻丛书中，此刻称为善本"②	分"逸志""逸记"二门，前者再分"合志""分志"二类，后者再分"纪""世家""列传"三类。多为小说作品，如志怪小说《拾遗记》《海内十洲记》《续齐谐记》《集异记》，轶事小说《西京杂记》《本事诗》，传奇小说《剑侠传》	《澹生堂藏书目》"子部·丛书类·经史子杂"、《千顷堂书目》"子部·类书类"、祁理孙《奕庆藏书楼书目》"子·四部汇"、《中国丛书综录》"汇编·杂纂类"、王重民《中国善本书提要》"子部·丛书类"
《采昭堂秘书史拾》9 种附 4 种③	钟惺	存明末刊本。北京师范大学图书馆藏	前五种子目：梁沈约注《竹书纪年》一卷、晋郭璞注《穆天子传》六卷、前秦王嘉《拾遗记》一卷、晋皇甫谧《高士传》一卷、《吕氏月令》一卷，其余为考证及杂史之书	《中国丛书广录》"汇编丛书·杂纂类"、《增订四库简明目录标注》"子部·杂家类"
《快阁藏书》10 种④	唐琳	明天启中刻本。北京大学图书馆、上海图书馆等收藏	辑有杂史小说如晋郭璞注《穆天子传》六卷、葛洪撰《西京杂记》六卷以及博物体小说如晋张华撰、宋周日用、宋卢□注《博物志》十卷等	《中国丛书综录》"汇编·杂纂类"、《中国古籍总目》"杂纂类·明代"

① （明）吴琯：《古今逸史·自叙》，台北：艺文印书馆影印明刊本，1966 年。
② 《丛书集成初编目录·丛书百部提要》，商务印书馆 1935 年版。
③ 清邵懿辰《增订四库简明目录标注》"子部·杂家类"著录《钟伯敬评秘书十八种》，版本未明 [（明）邵懿辰：《增订四库简明目录标注》，上海古籍出版社 1979 年版，第 549 页]。
④ 《中国丛书广录》"汇编丛书·杂纂类"著录明佚名辑《快阁藏书》20 种，存明刻本。所辑既有《焦氏易林》《乾坤凿度》之类的经传，也有《古今注》《博物志》之类的训诂、博物书，但更多的是杂史杂传类作品，如《穆天子传》《越绝书》《西京杂记》等。此编与《综录》所收唐琳所辑子目差异甚大。《中国古籍总目·丛书部》"杂纂类"著录为 11 种。另外，沈乾一《丛书书目汇编》、杨家骆《丛书大辞典》有著录。

续表

书名及种数、卷数	编者	版本	义例	著录
《破愁一夕话》10 种	浮白主人	有明末刻本。① 国家图书馆、上海图书馆等收藏	所收有笑话、酒令、山歌、牌谱等作品	《中国丛书广录》"汇编丛书·杂纂类"、《西谛书目》《北京图书馆善本目录》
《史拾》四集 18 种	吴弘基	有明末刻本。清华大学图书馆收藏	分 4 类：载补、遗闻、广览、众断。多为杂史杂传、考证辨订类作品	《中国丛书广录》"汇编丛书·杂纂类"
《说集》60 种一百零二卷	佚名编②	有明蓝格抄本。书藏中国科学院图书馆	所收多为传奇、志怪小说、杂史杂传、笔记杂录之作，也有地理博物、闲适清赏之书	《中国丛书广录》"汇编丛书·杂纂类"、《中国丛书综录续编》"汇编·杂纂类"
《清谭嘉话》28 种	题"明屠本畯编"	有明武林读书坊刻本	所辑博涉笑话、志怪小说、轶事小说、杂史、笔记等作品	《中国丛书广录》"汇编丛书·杂纂类"。施廷镛《中国丛书目录及子目索引汇编》亦有著录
《稗史集传》33 种	不题辑者	存明刊本	所收多为志怪小说、传奇小说、方志风土、山家清事、艺术及器物谱录等书	《中国丛书综录续编》"汇编·杂纂类"
《溪塘丽宿集》10 种③	曹文炳	明天一阁藏写本	子目：《昭明遗事》、宋程若庸《程氏家训》、宋文及翁《圣传要旨》、束正铎《文会燕语》、戚璞《巴山夜语》、孔严化《林下常谈》、齐趣庄《山村杂言》、武惠孙《渔艇野说》、德厚《林泉村语》、《莲幕燕谈》	《四库全书总目》"子部·杂家类"、《中国丛书广录》"汇编丛书·杂纂类"

　　① 《中国丛书综录续编》"汇编·杂纂类"著录《浮白主人八种》一部，题"浮白主人辑"，存明末刊本。经比对，收书种数比《破愁一夕话》少却两种：《吴偲巧偶》一卷、《山歌》一卷，其余子目均同，只是顺序有别而已，因而应是一书而版本不同，系书估变换书名而别为二书。

　　② 饶宗颐先生认为，《说集》编者为祁承爜，不知何据。参见《饶宗颐史学论著选》，上海古籍出版社 1993 年版，第 662 页。

　　③ 《四库全书总目》"子部·杂家类"著录："《溪堂丽宿集》无卷数，浙江范懋柱家天一阁藏本。不著撰人名氏，亦不著时代。无序跋，无目录，其名亦不甚可解……庞杂冗琐，茫无端绪。盖庸陋书贾抄合说部，伪立名目以售欺。范钦为其所给，遂著录于天一阁耳。"［(清) 永瑢等：《四库全书总目》，中华书局 1965 年版，第 1139 页］沈乾一《丛书书目汇编》、杨家骆《丛书大辞典》也有著录。但施廷镛《中国丛书综录续编》"汇编·杂纂类"所著录同书题为《溪堂丽宿集》，署"元曹文炳辑"。不仅题目有一字之差，且辑者改为元人。其子目亦有细微不同，前者《林泉村语》，后者为《林泉村话》，亦为一字之差。《中国丛书综录续编》所著录同于《四库全书总目》，故二者所著更为接近天一阁藏本实际面貌。阳海清先生则推测此书"或许已佚"(阳海清编撰：《中国丛书广录》，湖北人民出版社 1999 年版，第 151 页)。

续表

书名及种数、卷数	编者	版本	义例	著录
《四朝子史汇抄存》13 种六十八卷①	佚名	明抄本，清岳雪楼重编抄本。天津图书馆收藏	多为名物训诂、杂史杂传、博物多识之书	《中国丛书广录》"汇编丛书·杂纂类"、《中国古籍总目·丛书部》"杂纂类"
《明抄》9 种	佚名辑	有明抄本。上海图书馆藏，有明文德翼跋	包括考证辨订、笔记杂著等书，末一种为宋刘斧撰《青琐高议全集十卷》，是著名传奇小说集	《中国丛书广录》"汇编丛书·杂纂类"
《捧腹编》十卷	许自昌	明万历间刻本；明万历四十七年（1619）刻本	明代笑话集。杂采前人 244 种载记中笑谈而成，自《艾子问答录》起，至《南史》止，其中不少重复，次序也失妥当。自序谓"不暇伦次"	《奕庆藏书楼书目》"子·稗乘家·说丛"、《千顷堂书目》"子部·小说类"
《雪窗谈异》八卷 50 种②	题"杨循吉"辑	明刻本，题"杨循吉辑"，有"吴郡杨仪梦仪羽士题""《雪窗谈异引》。1992 年山西人民出版社出版宋文、吴岩等人点校本	约有 30 种出于《合刻三志》，其余出自《古今说海》《剪灯丛话》（十卷本）、《绿窗女史》等③	陈国军《明代志怪传奇小说研究》第六章第一节《〈雪窗谈异〉与明代小说汇编的终结》
《震泽先生别集》4 种	王鏊撰、王永熙编	明万历三十六年（1608）王永熙刻本、民国十年（1921）鏢溪王氏刻本	《震泽长语》二卷、《震泽纪闻》二卷、《续震泽纪闻》一卷、《郢事纪略》一卷	《中国古籍总目·丛书部》"杂纂类"

---

① 阳海清《中国丛书广录》著录该书所加按语云："此编未知原有多少种。"（阳海清编撰：《中国丛书广录》，湖北人民出版社 1999 年版，第 145 页）

② 此为丛书，与《鸳渚志余雪窗谈异》只是书名偶同，并非一书。《中国古籍总目·丛书部》"杂纂类"著录为四十种，杨仪编，明刻本，日本内阁文库藏。

③ 所谓辑者杨循吉，显系伪托。参见陈国军《明代志怪传奇小说研究》，天津古籍出版社 2006 年版，第 482—490 页。

第四章

明代文言小说汇编的体例与方法

文学创作是一种旨在创造新的意识形态话语系统的生产活动，在创造性的文学作品中，作者可以借助各种表现手法来表达自己的思想和感情，形式多样，表达自由。而文学编纂则不同，编者只能在编纂过程中借助对材料的处理来曲折隐晦地表达自己的主观倾向。纂者对材料的选择标准和编排方法是展示其主观世界的窗口。

"体例"系指著作的撰述规范格式。南朝梁沈约《宋书·傅隆传》："汉兴，始征召故老，搜集残文，其体例纰缪，首尾脱落，难可详论。"① 清人江藩《经解入门》卷六"体例不可不熟"条云："凡一书必有本书之大例，有句例，有字例。学者读时，必先知其例之所存，斯解时不失其书之文体。……学者欲读其书，宜先知其例。书例既明，则其义可依类而得矣。"② 明代文言小说汇编的体例主要体现于结构形态、行文方式、版式设计，以及序跋、评点、注释、解题、按语等诸多项目中。

第一节　明代文言小说汇编的主要体例③

梁启超曾说："善抄书者可以成创作。"④ 善编书者亦然。此处所谓"善"就包括善于选用最合适的编排体例。纂著的体例不仅是整合资料的技术手段，而且是编者主体性展示的一种方式。所谓主体性，是指人作为

---

① （南朝梁）沈约：《宋书》，中华书局 1974 年版，第 1551 页。
② （清）江藩：《经解入门》，华东师范大学出版社 2010 年版，第 125 页。
③ 本节内容曾以《明代文言小说汇编体例述论》为题发表于《浙江理工大学学报》（社会科学版）2019 年第 3 期。
④ 梁启超：《中国历史研究法》，岳麓书社 2009 年版，第 19 页。

主体，"在与客体的关系中所显示的自觉能动性。具体说来，它包含有自主性、自为性、选择性、创造性等内容"①。李登为焦竑《类林》撰序即称："是编虽主采辑，非自发其所蕴，而托契神游，何人非我？一经编纂，便寄精光。"② 纂者选择不同的体例其实是选择其主体精神的最佳表达方式。施显卿纂《古今奇闻类纪》十卷，分为 16 类：天文纪、地理纪、五行纪、神祐纪、前知纪、凌波纪、奇遇纪、骁勇纪、降龙纪、伏虎纪、禁虫纪、除妖纪、碱毒纪、物精纪、仙佛纪、神鬼纪，其自序论及分类意图云："常必有变，理之相因，如暑寒昼夜然。人惟顺适乎常，而兼通夫变，斯知大化有全功，而穷理无偏见矣……上而天文，下而地理，运播而五行，散殊而人物，灵变而仙释，幽微而鬼神，分门别类，以备一家之言。"③ 其纂辑此书旨归在于阐述其对于宇宙间"常""变"关系及人类因应之道的见解，而所分 16 类及编排次序则是其见解的图解方式。穆希文辑《说原》十六卷，共分 5 部：原天、原地、原人、原物、原道术，其自序对分部及编排旨意作了告白："先之以天地者，人物之祖也；次之以人物者，天地之所生也；而道德、艺术又自人而为之，故以道术终焉。此盖文欲尽博我识，以格物无遗也。"④ 可见，"尽博我识，格物无遗"是其体例布局的终极旨归。明代很多文言小说汇编文本经过了纂者匠心独运地设计谋划，它们广泛借鉴历史上各类文献体例之长，选择最适切其旨意表达的体例。本部分拟从编年体、分类体、类书体、分类与编年混合体、主题论证体等几个方面展开讨论。

一　编年体

明代文言小说汇编的取材范围，有不少是自古迄今，纵贯历代，尤其是那些用"古今""××史"命名的纂著，乐于采用编年之体编排资料。陈邦俊《广谐史》十卷即为编年之体，其《凡例》云："是集始于唐，由

---

① 李为善：《主体性和哲学基本问题》，中央文献出版社 2002 年版，第 4 页。

② （明）李登：《刻焦氏类林引》，《丛书集成初编》据粤雅堂丛书本排印本，商务印书馆 1936 年版，第 1 页。

③ （明）施显卿辑：《古今奇闻类纪》，《四库全书存目丛书》子部第 247 册，齐鲁书社 1995 年版，第 2 页。

④ （明）穆希文：《说原》，《四库全书存目丛书》子部第 107 册，齐鲁书社 1995 年版，第 246 页。

宋、元迄明，止序世次"。① 其卷前的《总目》自唐、南唐、宋至元、明编排而成。其《采集书目》亦依朝代次序编列。陈禹谟编《广滑稽》三十六卷按典籍的成书时代顺序，摘抄滑稽故事，如卷一《史记》，卷二《汉书》《后汉书》，卷三《魏志》《蜀志》、裴松之《曹瞒传》《典论》《魏书》《魏略》《典略》《管辂别传》《汉晋春秋》、孙盛《杂记》《吴书》《吴录》《江表传》《诸葛恪传》《志林》《文士传》。郭子章辑《六语》三十一卷，包括《谚语》《谣语》《隐语》《讥语》《谶语》《谐语》6 种，每一种都是依时代顺序辑录故事，如《谶语》卷一为《唐虞》《夏》《商》《周》《晋》《鲁》《秦》《前汉》《后汉》，卷二为《魏》《蜀汉》《吴》《晋》《苻秦》《石赵》《刘宋》《南齐》，卷三为《梁》《元魏》《高齐》《隋》，卷四为《唐》《五代》，卷五为《宋》《元》，卷六为《大明》。总体上以朝代顺序为纲，但在周朝、三国、南北朝时期，它又穿插了国别体，不过这种变通符合中国历史发展的实际，易于为读者所接受。汪云程编《逸史搜奇》杂采汉、唐迄宋小说 140 种，汇为一编，中分十集，辑入众多唐宋传奇、志怪小说的精品。佚名辑《五朝小说》按照时代顺序分别辑录魏、晋、唐、宋、明五个朝代的小说作品四百余种。

编年体例之长在于，可以展示"时运交移，质文代变"② 的文学发展规律。陈邦俊《广谐史凡例》即明确提出，其书"止序世次"，宗旨在于表达他的文学发展观："见文章与时高下，气运文脉按策可观，而诸名公精神，直旦暮遇之矣。"③

二　分类体

所谓分类体，指依据不同主题分类编排而成的小说书籍，其不受特定分类体系羁约，类项设置、类目数量的随意度较大。此类小说汇编的数量众多，除了分类体总集，还有诸多小说丛书也是分类编排的。倪缙编《群谈采余》十卷，分 58 类：

---

① （明）陈邦俊辑：《广谐史》，《四库全书存目丛书》子部第 252 册，齐鲁书社 1995 年版，第 207 页。

② （南朝梁）刘勰：《文心雕龙》，人民文学出版社 1958 年版，第 671 页。

③ （明）陈邦俊辑：《广谐史》，《四库全书存目丛书》子部第 252 册，齐鲁书社 1995 年版，第 207 页。

天文、地理、时令、花木、禽兽、诸兽、昆虫、衣服、饮食、宫室、器用、文史、杂记、忠义、正直、附宦、廉介、识见、德量、矜急、推恩、明断、科第、幼聪、敏捷、前定、神仙、箕仙、僧梵、清逸、讥议、际遇、退隐、阴骘、交情、知人、伤感、诗祸、家教、贞烈、贤淑、附妓婢贞烈、知足(俭足)、戒贪、怪异、风怀、色迷、淫秽、悍妒、谲诈、谄媚、节逆、术数、祸谶、疑解、考证、辨惑、戏谑①

类目下并列故事，不撮标题，类例近于《世说》之体。程时用辑《风世类编》十卷，分为 10 类：祥使、咎征、孝友、臣鉴、交谊、壸懿、分定、梦征、谕冥、物感。何镗《高奇往事》十卷，先分"高苑""奇林" 2 类，再分别析分子类 5 个，前者下分：高行、高节、高论、高致、高义，后者下分：奇行、奇言、奇识、奇计、奇才。

"古吴冯梦龙评纂"《太平广记钞》八十卷，有明天启六年(1626)沈飞仲刻本，卷首有李长庚的《序》和冯梦龙的《小引》。《太平广记》原书按题材分为 92 大类，除了末 2 类"杂传记""杂录"，其余 90 类皆属于主题分类。冯氏将其合并为 81 大类。例如他把"神仙""女仙"两类合并为"仙部"，把"道术""方士" 2 类合并为"道术"类，等等。梅鼎祚《青泥莲花记》十三卷，专记倡女之行事，内编分 7 门：记禅、记玄、记忠、记义、记孝、记节、记从。外编分 5 门：记藻、记用、记豪、记遇、记戒。实分 12 类。诸如《益智编》《智囊补》《智品》等智慧故事书，都是分类编排而成的。

明代许多小说丛书在总题名之下，也是分类编排的。如《古今说海》《合刻三志》《绿窗女史》《八公游戏丛谈》《古今逸史》《夷门广牍》，以及《五朝小说》之"魏晋小说""唐人百家小说""宋人百家小说"，等等，皆是如此。如秦淮寓客编《绿窗女史》194 种十四卷，先分"闺阁部""宫闱部""缘偶部""冥感部""妖艳部""节侠部""神仙部""妾婢部""青楼部""著撰部" 10 部，"部"之下再分 45 子类。

一些分类体小说汇编，其类目编排颇费匠心。有的类目题意正反相对，构筑材料对照结构，生成文本内在张力。程达辑《警语类钞》八卷，

---

① 《群谈采余》所据版本为明万历二十年(1592)倪思益刻本。

分类 60，编者《凡例》明言："汇编各有条目，而'俭类'附'奢'，'忠类'附'佞'，'清类'附'贪'，'仁类'附'酷'，'正类'附'谗'，'乐类'附'忧'，'巧类'附'拙'，则各从其类，以便观览。"① 庄言法语，枯燥说教，易招睡魔。因此，有的编者还注意到读者接受过程中心理情绪的调节。程达《警语类钞凡例》说："编中义从经史来者，读之自是神竦，间有谐语并收，可为鼓掌之资者，要亦足为警省之助。"② 有的类目编排顺序隐含编者的品鉴意识。樊玉冲《智品》十三卷将人之智慧品分为七等：神品、妙品、能品、雅品、具品、谲品、盗品，前五品与后二品也隐含正反褒贬的对立结构。王圻《稗史汇编》"人事门"（第八十四卷至九十六卷）模仿《世说新语》，对人物的品阶进行分类展示，亦暗藏褒贬对照之结构。叶向高辑《说类》六十二卷中，与人事相关的门类，其资料与类目亦往往扬抑相映。江盈科《皇明十六种小传自叙》中详述其编纂动机及编排构思，即用四维（忠、孝、廉、节）、四常（慈、明、宽、慎）、四奇（隐、怪、机、侠）、四凶（奸、谗、贪、酷）16 种伦理及审美范畴纵横交织的网状结构结撰全书。

　　主题分类体特别适合专题性说部汇编，编者可根据其对专门领域掌握的深度、广度，设置不同的主题项目，如言情类的《情史类略》、智慧故事类的《智囊补》、志怪类的《异林》，等等，各有其独特的分类体系。因为文体与题材是一种表里关系，所以主题分类也是窥探编者小说观念的一扇窗口。③ 至如胡应麟《少室山房笔丛·华阳博议》中所说，子书中最为浮夸而难究的众说，有"博于怪者、妖者、神者、鬼者、物者、言者、事者"④，多可归入专题类的说部之书，往往采用主题分类方式编纂而成。同时，分类体也便于检索，以方便读者。谢应宸所撰《〈益智编〉识语》云："是编专取古人临事之智，分类错陈，以便披阅。"⑤ 詹景凤《古今寓

---

　　① （明）程达：《警语类钞》，《四库全书存目丛书》子部第 130 册，齐鲁书社 1995 年版，第 417 页。

　　② （明）程达：《警语类钞》，《四库全书存目丛书》子部第 130 册，齐鲁书社 1995 年版，第 417 页。

　　③ 余丹：《太平广记的编纂体例及其小说史意义》，《宁波大学学报》（人文科学版）2018 年第 1 期。

　　④ （明）胡应麟：《少室山房笔丛》，上海书店出版社 2001 年版，第 384 页。

　　⑤ （明）孙能传辑：《益智编》，《四库全书存目丛书》子部第 143 册，齐鲁书社 1995 年版，第 667 页。

言·凡例》称："采录及于古今，众言殽矣，惟以'天文'等门类为编目，庶因次叙而便省览，若其世代，姑无论焉。"①

三　类书体

类书是我国古典文献的一个大宗。依据其形式及功能，类书可分为许多种。我们此处所称"类书体"，专指汇辑四部资料的综合性类书。张涤华所说"凡荟萃成言，裒次故实，兼收众籍，不主一家，而区以部类，条分件系，利寻检，资采掇，以待应时取给者"②，即指此类标准的类书。胡道静称其为正宗类书："我们现在所说的类书，就是兼'百科全书'和'资料汇编'性质的古籍。正宗的类书，也就是这种性质的古籍。"③　正宗类书可以《艺文类聚》《太平御览》等为代表，其分类体系一般由天文、地理、人事、众物、祥瑞、灾异等构成，体现"天人合一"思想。所谓类书体小说集，即指借用正宗类书体例纂辑而成的小说书籍。类书体小说汇编的分类体系大致同于《艺文类聚》等综合性类书，如王圻《稗史汇编》一百七十五卷，分纲目为28门，纲目之下再分二级类目320个（见表4-1）。

表4-1　　　　　《艺文类聚》与《稗史汇编》一级类目对照表

《艺文类聚》所分46部	《稗史汇编》所分28门
天部、岁时部、地部、州部、郡部、山部、水部、符命部、帝王部、后妃部、储宫部、人部、礼部、乐部、职官部、封爵部、治政部、刑法部、杂文部、武部、军器部、居处部、产业部、衣冠部、仪饰部、服饰部、舟车部、食物部、杂器物部、巧艺部、方术部、内典部、灵异部、火部、药部香草部、宝玉部、百谷部、布帛部、果部、木部、鸟部、兽部、鳞介部、虫豸部、祥瑞部、灾异部	天文门、时令门、地理门、人物门、伦叙门、伎术门、方外门、身体门、国宪门、职官门、仕进门、人事门、文史门、诗话门、宫室门、饮食门、衣服门、祭祀门、器用门、珍宝门、音乐门、花木门、禽兽门、鳞介门、征兆门、祸福门、灾祥门、志异门

注：《艺文类聚》所据版本为欧阳询撰、汪绍楹校《艺文类聚》，上海古籍出版社1982年版。《稗史汇编》所据版本为明万历间刻本。

二书总体上都是按照天、地、人、事、物、灵异的顺序编纂而成的。

---

①　（明）陈邦俊辑：《广谐史》，《四库全书存目丛书》子部第252册，齐鲁书社1995年版，第6页。
②　张涤华：《类书流别》，商务印书馆1985年版，第4页。
③　胡道静：《中国古代的类书》，中华书局1982年版，第8页。

与正宗类书的逐层分类一样，《稗史汇编》每一门之下又分子类若干，如"志异门"下再分 15 类：总记、灾裖、神异、人异、事物、水土、玉石、谷食、动物、植物、宫室、器用、邪鬼、妖怪、祛妖。

叶向高、林茂怀同编《说类》六十二卷，总分 45 部，加上 2 个附部，共有 47 部，其分部情况与《稗史汇编》稍有差异：

> 天文部、岁时部、地理部、帝王部、后妃部、储戚部、宰相部、官职部、臣道部、政术部、刑法部、礼仪部、歌乐部、凶丧部、文事部、武功部、边塞部、外国部、科名部、世胄部、人伦部、人物部、妇人部、身体部、人事部、释教部、道教部、灵异部、方术部、巧艺部、居处部、货宝部、玺印部、服饰部、饮食部、器用部、杂物部、灾祥部、果部、草部（蔬附）、木部（竹附）、鸟部、兽部、鳞介部、虫豸部①

其沟通天人的"灾祥部"置于草木、鸟兽等"物"之前。其"部"之下再分二级子目若干，如"虫豸部"下又分 17 类：蝉、蜘蛛、蝗、雪蛆、蜻蜓、蜥蜴、蜈蚣、蜗牛、蝎、水蛭、螺蠃、蝙蝠、蟷螂、巨蚁、度古、消面虫、异虫。

以上所列两种均是二级甚至多层分类小说汇编，其内容既有叙事性作品，也有杂俎式资料，因而具有"说部资料汇编"性质。以下所举两种则为单层分类的类书体小说集。

王罃编《群书类编故事》二十四卷，分 18 类，模仿正宗类书的分类体系。其分类及每类辑录条目如下：

> 天文类、时令类、地理类、人物类、仕进类、人伦类、仙佛类、民业类、技艺类、文学类、性行类、人事类、宫室类、器用类、冠服类、饮食类、花木类、鸟兽类②

---

① 《说类》所据版本为明刻本。
② 《群书类编故事》所据版本为《笔记小说大观》（第三编）影印明刻本，台北：新兴书局 1985 年版。

　　是书共辑录故事 825 件。李琪枝辑《清异续录》三卷，"续陶毂《清异录》而作，毂书皆载唐末五代近事，此则皆采古书……体例颇不相同"①。《群书类编故事》与《清异续编》二书与前面二书的主要差别在于：其辑录的基本都是叙事性材料，性质近于现代的"小说"故事。实际上它们仅仅把类书体例作为一种编辑手段。

　　类书体小说集的优势在于，借用类书的体例框架，将烦琐芜杂的说部资料汇整起来，依托类书的影响力尤其是它的分类体系反映主流意识形态，说部汇编亦可堂而皇之进入学术研究殿堂，客观上提高了"小说"的地位。同时，由于类书是传统博物学的典型文体，也有裨于将小说拉入知识史的视域进行观照，② 有助于后人深化对于小说本体性的认识。可见，类书体例之选择是编者意图的一种婉转表达方式。当然，分别部居亦能便于读者的选择性阅读，叶向高《〈说类〉序》即称："余在留曹日，偶得一书，皆唐宋小说数十种，摘其可广闻见、供谈资者，录而存之，欲为之分类编次，以便观览。"③

四　分类与编年混合体

　　许多小说汇编的体例并非单一的，而是兼用两种甚至多种体例，其中较突出者是分类与编年的混合体。王圻《稗史汇编》既仿类书体例分门别类汇辑资料，同时其各类之下的条目编排又借用了编年体，其《引言》明确阐述总体构思："总之为纲二十有八，列之为目三百有二十，而命之曰《稗史汇编》。是集也，分门析类，使人易于检阅，而记事之次，一以世代先后为序，俾将来作者，得随时随事而附入，此又命名之意也。"④ 先按题材重点对辑录的说部资料进行横向分类，每类之中再依编年之体纵向编排。其选材下限虽止于明代，但后世可以递补，即"俾将来作者，得随时随事而附入"。如《稗史汇编》卷一百四十三"音乐门"，下分子类 4 个：乐律、乐府、乐舞、乐器，横向逐次展开。而每个子目之

　　① （清）永瑢等：《四库全书总目》，中华书局第 1965 年版，第 1235 页。
　　② 王昕：《志怪"小说"研究一百年》，《中国人民大学学报》2017 年第 4 期。
　　③ （明）叶向高辑：《说类》，《四库全书存目丛书》子部第 132 册，齐鲁书社 1995 年版，第 1 页。
　　④ （明）王圻辑：《稗史汇编》，《四库全书存目丛书》子部第 139 册，齐鲁书社 1995 年版，第 533 页。

下，又依时代先后编次条目，如"乐律类"自伏羲作乐辨五音、黄帝命伶伦考八音、夏桀作烂漫之乐，至汉蔡邕《礼志》载军乐、晋孟嘉论乐、唐明皇立教坊，再至《宋会要》载钧乐（军乐）、宋瓦舍杂剧名目、金元诸宫调、唱赚、"说话"技艺、商谜、傀儡戏等，辑录历代有代表性的音乐事象，按时代顺序排比编写。这样纵横交织，组成时空一体的网状结构，横向的主题分类可以渐次增加，纵向的新条目可以随时补入，因此这是一种纵、横两种维度均可无限延伸的结构。

孙能传《益智编》四十一卷也采用了横向分类与纵向时序相结合的体例。一级类目 14 个，再分二级类目 74 个。每个子类之下的故事均按照时代顺序进行编排，如其《凡例》所说："编次以时代为先后"，"自周秦迄于昭代，略为捃摭"①。这种混合体例的采用是编者自纵横二维认识世界思维方式的反映。

五　主题论证体

此类纂著一般也是分类或分篇编纂而成，每类（篇）之首或冠以小序，或先书议论，然后排比资料，验证其论点。宋代官修《册府元龟》即这种体例。明代许多小说汇编以此方式编撰而成。清四库馆臣为徐应秋《玉芝堂谈荟》所撰提要云："其例立一标题为纲，而备引诸书以证之，大抵采自小说、杂记者为多……昔李昉修《太平广记》，陶宗仪辑《说郛》，其中谲怪居多，而皆以取材宏富，足资采择，遂流传不废。应秋此编，虽体例与二书小别，而大端相近。至来集之《樵书》，全仿应秋而作。然有其芜漫，而无其博赡。"② 来集之《倘湖樵书》十二卷、《博学汇书》十二卷均是这种体例。《四库提要》称《倘湖樵书》："皆采摭唐、宋、元、明诸家之说，以类相从，排纂其文。而总括立一标目，或杂引古书而论之，或先立论而以古书证之。"③ 毛奇龄《倘湖樵书序》称："书凡若干编，编若干卷，不分部类门目，而任取一类之中，一目之内，胪其

① （明）孙能传辑：《益智编》，《四库全书存目丛书》子部第 143 册，齐鲁书社 1995 年版，第 668 页。

② （清）永瑢等：《四库全书总目》，中华书局 1965 年版，第 1062—1063 页。

③ （清）永瑢等：《四库全书总目》，中华书局 1965 年版，第 1127 页。

事之可相发者，鳞次栉比。"① 冯梦龙纂《智囊补》也是这种体例。其书分 10 部：上智部、明智部、察智部、胆智部、术智部、捷智部、语智部、兵智部、闺智部、杂智部，每部之下再分二级类目若干。每部之首均有"冯子曰"《总叙》，每个二级类目之前皆有《小序》。如《明智部》下分《知微》《亿中》《剖疑》《经务》四类，其《明智部总叙》云：

> 冯子曰：自有宇宙以来，只争明、暗二字而已。混沌暗而开辟明，乱世暗而治朝明，小人暗而君子明；水不明则腐，镜不明则锢，人不明则堕于云雾。今夫烛腹极照，不过半砖；朱曦霄驾，洞彻八海。又况夫以夜为昼，盲人瞎马，侥幸深溪之不霣也，得乎？故夫暗者之未然，皆明者之已事；暗者之梦景，皆明者之醒心；暗者之歧途，皆明者之定局。由是可以知人之所不能知，而断人之所不能断，害以之避，利以之集，名以之成，事以之立。明之不可已也如是，而其目为《知微》，为《亿中》，为《剖疑》，为《经务》。吁！明至于能经务也，斯无恶乎智矣！②

二级子目《知微》之韵文《小序》云："圣无死地，贤无败局。缝祸于渺，迎祥于独。彼昏是违，伏机自触。集《知微》。"③ 正文所辑诸智慧故事起到验证小序观点的作用，而诸《小序》又共同验证《总叙》论点。这样，每一部都结撰成一个结构严谨的版块，诸部又共同将全书构成一个有机整体，充分贯彻纂者的意图与旨趣。冯梦龙编《古今谭概》三十四卷，分 36 部，每部之首均有《小序》。另如"世说体"的《何氏语林》三十卷，分 38 门，每门之首也均撰有小序，正文诸故事实际充当小序论据的功能。曹臣《舌华录》九卷，分 17 类，每类之首均有题"吴苑曰"的小序，申明辑录动机及本类故事主旨。如《俊语第十一》卷首："吴苑曰：鸟俊则以为冠，兽俊则以为骑，人俊则逐睛，语俊则耸耳。人苟未能了一耳目，未有不爱俊而厌恶者，盖惟俊人能道俊语，岂墨香之口花乎？

---

① （清）来集之：《倘湖樵书》，《四库全书存目丛书》子部第 146 册，齐鲁书社 1995 年版，第 1—4 页。

② （明）冯梦龙：《智囊全集》，中华书局 2007 年版，第 144 页。

③ （明）冯梦龙：《智囊全集》，中华书局 2007 年版，第 145 页。

乃次俊语第十一。"① 此种体例实为纂者表达其学术或济世观点的一种方式。

当然，明代还有许多杂纂而成的小说汇编，为随手节录，袤合成编。如张翼、包衡同纂《清赏录》十二卷，马大壮《天都载》六卷，等等。还有的总体上分类，但类目之下的条目却编排无序。程铨、陈继儒编《古今韵史》虽分类编排，但每类之下的条目编排，不分时代先后。程铨《古今韵史凡例》说："是编随读随纂，惟取其有当于韵云尔，若世之远近，事之古今，有未尽琐琐分别也。"② 除了小说总集，还有许多小说丛书也属于杂纂性质，如顾元庆《四十家小说》系列三部丛书，高承埏《稽古堂丛刻》11 种、黄昌龄《稗乘》42 种，以及商濬《稗海》、江盈科《薛涛谐史》等，均是既不分类，也不别时代，汇刻成编。

明代文言小说汇编广泛吸取了各种传统文献编纂的经验，如史书的编年叙事、类书的分门聚材、志书的纲目隶事、论说文的举证以申理，等等。而其之所以能够博采众长，为"我"所用，寄"我"精光，这与古代"小说"的本体性征有密切关联。古代"小说家"虽居于九流之外，被视为"小道""末学"，但它又具有综括九流、博通四部的强大功能，明代学界对此有着深刻的认识。李维桢《天都载叙》、陈继儒《闻雁斋笔谈序》均有阐述。今人杨义阐释中国古典小说本体性时曾有一句很形象的论断："小说如海，位低而纳众。"③ 明代是小说观念成熟、自觉的时代，其突出表征之一是，传统目录学中一直被隶于"子部"的小说公然向文学靠拢并逐渐混同于集部作品的迹象愈趋昭彰，如万历初王世贞别集《弇州四部稿》将"说部"与"赋部""诗部""文部"比肩并列，而在晚明学界，以"说部"指称"小说"的现象十分普遍。因此，明代文言小说汇编体例面貌与集部诸文类之关系也是一个有待于探讨的重要话题。

---

① （明）孙能传辑：《益智编》，《四库全书存目丛书》子部第 143 册，齐鲁书社 1995 年版，第 622 页。

② （明）程铨、（明）陈继儒：《古今韵史》，《四库全书存目丛书》子部第 148 册，齐鲁书社 1995 年版，第 693 页。

③ 杨义：《中国古典小说史论》，中国社会科学出版社 2004 年版，第 243 页。

第二节　明代文言小说汇编的主要方法

一　文献采辑的原则与方法

(一) 阙疑存异、保残守阙与求全责备

明人编书，确实存在滥辑臆删、作伪妄改等弊病，说部之书亦不能免，因而饱受后人诟病。但也不能一概而论，其中不乏体例精严、校勘精良、质量上乘之作。陈邦俊《广谐史凡例》明确提出，对于疑惑不明作品或文中阙讹之处，"姑存之以俟知者"①。又云："陶泽《六物传》，诸本互有异同，今择全文较胜者刻入，不敢妄篡一二，观者当自得之。""杨时伟《鱼蠡传》，先从钦青城处录归，已授梓矣，后得郁师古出示石刻二作，小同大异，故并存之。""文嵩《文房四友传》，见诸类书，不载全文，止录数语，似不可弃，姑存其略，以俟博考。"② 李如一《藏说小萃序》述其收录原则："互参厥致，不妨并存。卷别部分，仍其鹤长凫短；类从汇次，宛矣璧合珠连，总题之曰《藏说小萃》，明其为偏陬之珍袭，非大□之统贯也。"③ 曹臣《舌华录》九卷，分18门，纂者《凡例》说："采古人书，不敢一字增损。"④ 阙疑存异、不改古书，这种校刻图书的态度与方法正是中国文献学优良传统的体现。

吴琯辑《古今逸史》55种，存明万历间刻本。其专辑历代逸书，吴琯《自叙》宣称其选辑标准是保残守阙："是编诸书，不列学官，不收秘阁，山镵冢出，几亡仅存，毋论善本，即全本亦稀。毋论刻本，即抄本多误，故今所集，幸使流传，少加订证，何从伐异党同，愿以保残守阙云耳"⑤。这种标准与方法，体现了高度自觉的文献保存意识。

明人编纂的许多丛书于收录主书之外常常附录数量不等的相关小种零

---

① (明) 陈邦俊：《广谐史凡例》，《四库全书存目丛书》子部第252册，齐鲁书社1995年版，第208页。

② (明) 陈邦俊：《广谐史凡例》，《四库全书存目丛书》子部第252册，齐鲁书社1995年版，第208页。

③ (明) 李如一：《藏说小萃序》，《北京图书馆古籍珍本丛刊》(83)，书目文献出版社1988年版，第6页。

④ (明) 曹臣：《舌华录》，《四库全书存目丛书》子部第143册，齐鲁书社1995年版，第558页。

⑤ (明) 吴琯：《古今逸史·自叙》，台北：艺文印书馆影印明刊本，1966年。

篇，主书与附录相辅相成，充分展现文献内涵，更在客观上收到保全文献之功。李如一辑《藏说小萃》，卷前总目称 9 家 11 种，实收主书 11 种、附录 7 种，共收书 18 种。程幼舆编《程氏丛刻》收主书 9 种，而又于宋朱翼中《酒经》三卷之后附录《神仙酒法》一篇，题"天都程百二幼舆氏阅"。于袁宏道《觞政》后附录唐王绩《醉乡记》一篇，宋黄儒《品茶要录》后附苏轼《书黄道辅品茶要录后》一篇、陆树声《茶寮记》一种。黄道辅《品茶要录补》后又附有张又新《煎茶水记》、欧阳修《大明水记》两篇。该丛刻 9 种主书之外附录多达 6 种。这种主书、附录并收的编辑方式，实际表现出一种知人论世的学术观念。

（二）汇辑同一故事的不同版本

相对于创作类著作，汇编类著作的一大优势是，编者拥有较大的处理材料的主动权，可以充分发挥自主操控文本的能力。比如，编者可以将同一话题的多种版本集中编排于一个版块，既可保存文献，又可为后人提供比较研究的空间。陈禹谟《广滑稽》卷一"宁尚须乳"一条，原文出自《史记》卷一百二十六《滑稽列传》，讲述汉武帝乳母一家横暴长安，激起民愤，有司诉至人主，请求将乳母一家逐出长安、贬徙边地，武帝谕可。乳母向倡者郭舍人求救，郭舍人为乳母献计，感化人主，撤回诏令，反而惩罚、贬谪告发者。这个故事的主旨并无任何正面价值，乳母一家凭恃皇帝恩宠，小人得志，狐假虎威，作恶犯法，即使遭受惩罚，亦属罪有应得。而武帝不辨是非，任情枉法，显得昏庸暗昧。司马迁记载此故事的本旨是表彰倡者郭舍人的机智，可以改变人主的决策。郭舍人计谋实施的过程富有戏剧性，乳母在黄帝面前的演出也惟妙惟肖。乳母、郭舍人的双簧表演，一颦一言，举手投足，皆传神如画。但后来这一故事在流传过程中又出现了多种不同版本，《广滑稽》卷一"宁尚须乳"下又辑录了三种版本：《西京杂记》《世说新语》和《野客丛书》。《史记》是后代许多小说题材、叙事艺术之祖，这已是学界公论。《西京杂记》《世说新语》于历代书目中一般皆归于"小说家类"。《野客丛书》内容主要是考证典籍异同，但涉及大量诗文掌故，被《四库全书总目》附之"杂家类"。据作者《小序》"仆间以管见，随意而书"① 等语，其所载韩晋公赦免乳母之

① （宋）王楙：《野客丛书》，台湾商务印书馆 1986 年版，第 549 页。

事不能排除"传闻异辞"的虚构成分。以下为"恩赦乳母"故事四种版本对照简表（见表4-2）：

表4-2　　　　　　　　　"恩赦乳母"故事四种版本对照

《史记》原文	《广滑稽》摘录《史记》之文	《西京杂记》	《世说新语》	《野客丛书》
武帝时有所幸倡郭舍人者，发言陈辞虽不合大道，然令人主和说。武帝少时，东武侯母常养帝，帝壮时，号之曰"大乳母"。率一月再朝。朝奏入，有诏使幸臣马游卿以帛五十匹赐乳母，又奉饮糒飧养乳母。乳母上书曰："某所有公田，愿得假请之。"帝曰："乳母欲得之乎？"以赐乳母。乳母所言，未尝不听。有诏得令乳母乘车行驰道中。当此之时，公卿大臣皆敬重乳母。乳母家子孙奴从者横暴长安中，当道掣顿人车马，夺人衣服。闻于中，不忍致之法。有司请徙乳母家室，处之于边。奏可。乳母当入至前，面见辞。乳母先见郭舍人，为下泣。舍人曰："即入见辞去，疾步数还顾。"乳母如其言，谢去，疾步数还顾。郭舍人疾言骂之曰："咄！老女子！何不疾行！陛下已壮矣，宁尚须汝乳而活邪？尚何还顾！"于是人主怜焉悲之，乃下诏止无徙乳母，罚谪譖之者①	武帝少时，东武侯母常养帝，帝壮时，号"大乳母"。乳母所言，帝未尝不听。时公卿大臣皆敬重之。乳母家子孙奴从横暴长安中，有司请徙乳母家室于边。秦（奏）可。乳母当入至前，面辞。乳母先见郭舍人，为下泣。舍人曰："即入见辞去，疾步数还顾。"乳母如其言，谢去，数还顾。郭舍人疾言骂之曰："咄！老女子！何不疾行！陛下已壮矣，宁尚须汝乳而活邪？尚何还顾！"于是人主怜焉，下诏止无徙②	武帝欲杀乳母，乳母告急于东方朔，朔曰："帝忍而愎，旁人言之，益死之速耳。汝临去，但屡顾我，我当设奇以激之。"乳母如言。朔在帝侧，曰："汝宜速去，帝今已大，岂念乳母哺时恩耶？"帝怆然已壮矣，宁尚须汝乳而活邪？尚何还顾！"于是人主怜焉，遂舍之③	汉武帝乳母尝于外犯事，帝欲申宪。乳母求救东方朔，朔曰："此非唇舌所争尔。必望济者，将去时，但当屡顾帝，慎勿言。此或可万一冀耳。"乳母既至，朔亦侍侧，因谓曰："汝痴耳！帝岂复忆汝乳哺时恩耶？"帝虽才雄心忍，亦深有情恋，即救免罪④	《史遗》载，韩晋公为浙东观察，有乳母犯事，公欲杀之。顾况为之营救，诣公问之，公曰："天下皆以某守法，乳母先犯。"况曰："公幼时，早起夜卧要乳母，今为侯伯，乳母焉用？宜杀也。"公遽舍之⑤

　　《史记》原文对于乳母一家横暴长安的情节叙写较为详细，这就为下文武帝震怒、惩罚乳母做了很好的铺垫。而且对于故事结局的交待更为完

----

　　① （汉）司马迁：《史记》，中华书局1959年版，第3204页。
　　② （明）陈禹谟辑：《广滑稽》，《四库全书存目丛书》子部第251册，齐鲁书社1995年版，第409页。
　　③ （明）陈禹谟辑：《广滑稽》，《四库全书存目丛书》子部第251册，齐鲁书社1995年版，第409页。
　　④ （明）陈禹谟辑：《广滑稽》，《四库全书存目丛书》子部第251册，齐鲁书社1995年版，第409页。
　　⑤ （明）陈禹谟辑：《广滑稽》，《四库全书存目丛书》子部第251册，齐鲁书社1995年版，第409页。

整，补充了武帝"罚谪潜之者"的情节，强化了武帝的昏聩乖张个性。《广滑稽》所录，删削了乳母一家犯法的背景，只择录郭舍人施计谋帮助乳母脱罪的情节。晋葛洪《西京杂记》、南朝宋刘义庆《世说新语》皆将施计助乳母脱罪的郭舍人置换为东方朔，因为东方朔在民间故事系统神奇色彩更浓，知名度更高。二书对于乳母一家犯法的背景情节均予以删略，《西京杂记》甚至开篇即云"武帝欲杀乳母"，虽有先声夺人之效，但情节太过突兀。北宋王楙《野客丛书》则又将武帝宠幸乳母故事窜改为唐宰相韩滉恩赦乳母的故事。故事场域由宫廷移向了民间，呈现脱离史实、越敷衍越离奇的趋势。这个故事的四种版本，展示了三个阶段不同的文本面貌：一是《史记》原文的史实阶段，二是《西京杂记》《世说新语》中融入了东方朔故事系统，三是《野客丛书》的民间故事阶段。这种演变轨迹展现了古代小说由历史故事演化为文学故事的一般规律。

　　另如梅鼎祚《青泥莲花记》、陈其力《芸心识余》等，也往往在辑录某个故事的同时，一并汇辑相关的多个版本。这种编写体例具有较高的学术价值。

二　版式设计的锐意创新

　　明代小说汇编在博采前代典籍、选录各类故事的同时，也广泛吸取前代书籍编纂的经验，自卷帙前后的序、跋、凡例、引用书目、校刊名氏，至正文的行文方式、评点文字与符号标识、版式设计等诸多层面，力求完善，汇聚合力，以提高书籍质量。

　　陈邦俊辑《广谐史》十卷，今存明万历四十三年（1615）沈应魁刻本。此书采用三层目录：第一层分为：元、亨、利、贞四部；第二层分为：天文类、地理类、人物类、身体类、人事类、神鬼类、饮食类、鸟兽类、珍宝类、文具类、草木类，共计11类；第三层是选篇细目。卷前有李日华《刻陈良卿广谐史叙》，次为徐常吉《谐史序》，次《广谐史总目》，次《授梓姓氏》，次《校刻姓氏》，次《采集书目·撰著姓氏》，次《采集书目·编纂姓氏》，次《凡例》，次《正讹》，次《广谐史目》，次正文。其体例及版式特异之处有如下几点：一是附录原著者徐常吉之序，且于《凡例》中说明："徐敬绽所集《谐史》，悉仍旧刻，新增入者各于目录上着一圈以别之。"① 细目中原著篇目上用"○"标示出来，以示不掠人之美。也表达了其以承续者自居的诚恳态度。二是《总目》与《细目》分载，纲举目张，便于检索及选择性阅读。三是《总目》中入选各朝代作者及篇目数量、全书入选作者总人数与作品总数量都有明确标示，有助于读者从整体上把握各朝代入选作者、篇目的占比情况。四是《详目》中载录作家作品信息甚详，包括撰者朝代、姓名字号、籍贯、功名、官职，不仅列举入选的作品题目，而且每篇假传题目下均揭示叙写对象的本名，如《古泉先生传》下署"钱"，《君子传》下题"莲花"，《黄华先生传》下注"菊"，这样可以对作品起到点题作用，裨于读者的理解。五是《授梓姓氏》与《校刻姓氏》分列，可以更具体展示本书刊刻分工的情况，亦可表现对参与此事者的尊重态度。同时也透露出当时撰者、校者、刊者密切合作刊布图书的商业出版模式特征。六是将《采集书目·撰著姓氏》与《采集书目·编纂姓氏》分别编排，可以呈现"撰著"与"编纂"两种著述类型的区别，是对成书方式差异的有意识区分。七是专附《正讹》一项，展示对书中作品的考辨校订成果，有助提高编撰的质量，显示编者的严谨求实态度。八是《凡例》十三条详述其编辑思想与编排体例，以使读者从根本上把握全书。九是选文每篇作品后均有"太史公曰""太史氏曰""史臣曰"或"赞曰""论曰"的议论，或因文滑稽，或谑而不虐，或谑而且虐，或曲终肆虐，百味杂陈，余味不穷。以下6图为《广谐史》版式：

其版式灵动活泼，富有创意。有别于经史文集著作版式的庄肃板滞，小说汇编文本的版式设计体现出旺盛的创新精神。

程铨、陈继儒辑《古今韵史》十二卷，全书采用二层分类结构。"汇韵人、韵事、韵语、韵诗、韵词、韵物，凡6种，皆搜自古今秘本，及石公、临川、眉公、纬真诸名人新语，若《世说》《虞初》《艳异》《唐诗》等书，概不复入。"② 其中，"韵语"之下再分"问答汇""自述汇""偶句汇"三子类，"韵诗"下再分"集名媛"子类，"韵词"下再分"集名媛""集名贤"二子类，子类共有6个。虽然程铨《凡例》中称，《古今

---

① （明）陈邦俊辑：《广谐史》，《四库全书存目丛书》子部第 252 册，齐鲁书社 1995 年版，第 207 页。
② （明）程铨：《古今韵史凡例》，《四库全书存目丛书》子部第 148 册，齐鲁书社 1995 年版，第 693 页。

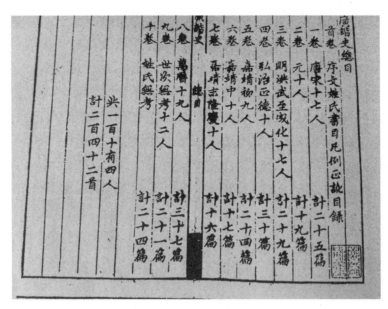

廣諧史總目

首卷　序文姓氏書目凡例正訛目錄

一卷　唐宋十七人　計二十五篇

二卷　元十人　計十九篇

三卷　明洪武至成化十七人　計二十九篇

四卷　弘治正德十人　計三十篇

五卷　嘉靖初九人　計二十四篇

六卷　嘉靖中十人　計十七篇

七卷　嘉靖末隆慶十人　計十六篇

廣諧史　總目

八卷　萬曆十九人　計三十七篇

九卷　世次無考十二人　計二十一篇

十卷　姓氏無考　計二十四篇

共一百十有四人

計二百四十二首

图 4-1　《广谐史总目》版式

授梓姓氏

陳繼儒字仲醇號眉公　華亭

周子文字岐陽號雲望　無錫

倪朋揚字顯之號芹川　秀水

朱士遷字季長號贊寰　海鹽

郁嘉慶字伯承號師古　秀水

李日華字君實號九疑　嘉興

洪邦基字慶之號榮懷　嘉興

錢仲陽字道冲號青城　長洲

廣諧史　姓氏　一

張大訓字君言號鳳岩　秀水

王廷諫字文忠號正寓　秀水

姚士麟字叔祥號瑞宇　海鹽

郁逢慶字孫遇號九閼　秀水

王　璽字伯渾號存一　秀水

戴聖恩字子榮號仁寰　嘉興

林士龍字雲卿號思連　秀水

王之派字淪支號起潛　秀水

榮　失名字　號譙吾　蘇州

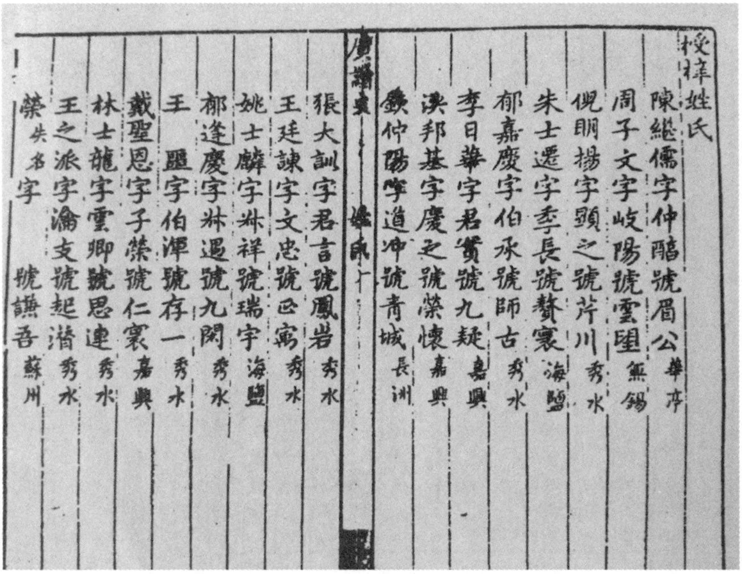

图 4-2　授梓姓氏

韵史》是“随读随纂”而编成的，但其体例结构却见出纂者的苦心孤诣。书前有陈继儒、郑昌龄、鲁重民、黄华旸、程铨等六人《序》；次以《古

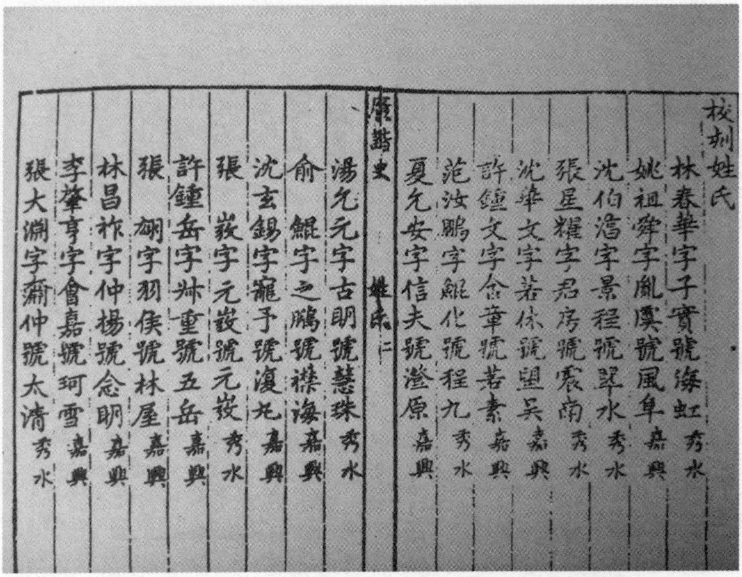

校刻姓氏
林春華字子實號海虹 秀水
姚祖舜字胤虞號風阜 嘉興
沈伯澹字景程號翠水 秀水
張星耀字君房號宸南 秀水
沈華文字若休號望吳 嘉興
許鐘文字含章號若素 嘉興
范汝鵬字鯤化號程九 秀水
夏允安字信夫號瀠原 嘉興
廣豔史 姓氏 二
湯允元字古朗號慧珠 秀水
俞鯤字之鵬號襟海 嘉興
沈玄錫字寵予號瀼比 嘉興
張嶔字元嶔號元嶔 秀水
許鍾岳字琳重號五岳 嘉興
張翊字羽侯號林屋 嘉興
林昌祚字仲楊號念明 嘉興
李肇亨字會嘉號珂雪 嘉興
張大淵字瀚仲號太清 秀水

图 4-3 校刻姓氏

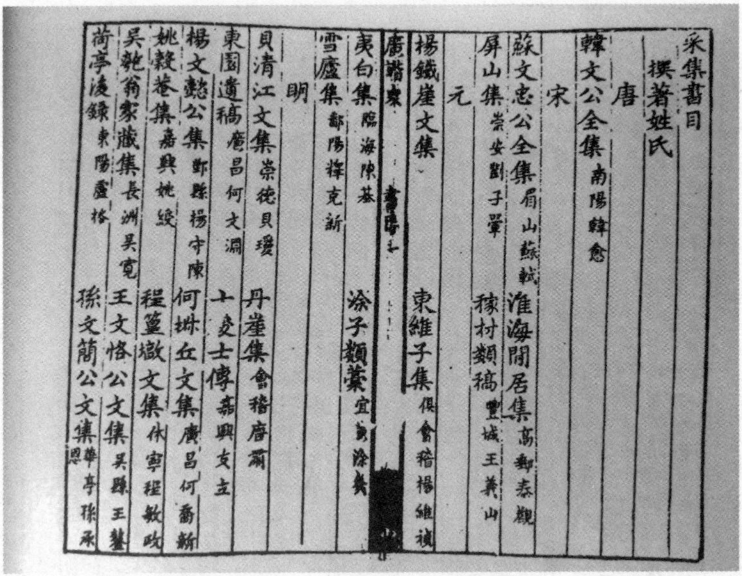

采集書目
撰著姓氏
唐
韓文公全集 南陽韓愈
宋
蘇文忠公全集 眉山蘇軾 淮海閒居集 高郵秦觀
屏山集 崇安劉子翬 稼村類稿 豐城王義山
元
楊鐵崖文集 東維子集 俱會稽楊維禎
廣豔史 書目 二
夷白集 臨海陳基 涂子類藁 宜興涂幾
雪廬集 鄱陽釋克新
明
貝清江文集 崇德貝瓊 丹崖集 會稽唐肅
東園遺稿 廣昌何文淵 十處士傳 嘉興支立
楊文懿公集 鄞縣楊守陳 椒丘文集 廣昌何喬新
姚穀菴集 嘉興姚綬 程篁墩文集 休寧程敏政
吳匏菴家藏集 長洲吳寬 王文恪公文集 吳縣王鏊
荷亭漫錄 東陽盧格 孫文簡公文集 華亭孫承恩

图 4-4 《采集书目》“撰著类”

今韵史总目》,《总目》所列六个类目及子类之下均标明辑录的条目数量,诸如:“韵人”凡一百五十八条,“韵事”凡一百四十六条,“韵语”凡

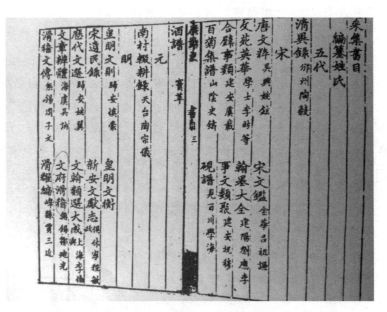

采集書目
編纂姓氏
五代
清異錄 邠州陶穀
宋
唐文粹 吳興姚鉉
文苑英華 學士李昉等
合璧事類 建安虞載
百菊集譜 山陰史鑄
廣豔異 書目 三
酒譜 竇革
元
南村輟耕錄 天台陶宗儀
明
皇明文則 歸安慎蒙
宋遺民錄
歷代文選 歸安姚翼
文章辨體 海虞吳訥
滑稽文傳 無錫周子文
宋文鑑 金華呂祖謙
翰墨大全 建陽劉應李
事文類聚 建安祝穆
硯譜 見百川學海
皇明文衡
新安文獻志 休寧程敏政
文翰類選大成 上海李[illegible]
文府滑稽 無錫鄒迪光
滑耀編 [illegible]

图 4-5　《采集书目》“编纂类”

廣諧史目
唐
韓愈 字退之南陽人今河南懷慶府修武縣 貞元中進士官吏部侍郎
毛穎傳 兔毫筆
下邳侯革華傳 皇靴
司空圖 字表聖河中人今山西平陽府河津縣 咸通末進士官諫議大夫
容成侯傳 鏡
南唐
李從謙 字[illegible] 元宗第九子 徐州人今直隸廬州府徐州 [illegible]
廣諧史 目一
⊙夏清侯傳 簟席
宋
蘇軾 字子瞻號東坡眉山人今四川眉州 嘉祐丁酉進士官翰林學士承旨
萬石君羅文傳 歙硯
黃甘陸吉傳 柑橘
杜處士傳 杜仲 集諸藥名
溫陶君傳 麵
江瑤柱傳 王珧
陳元規 字表民號[illegible] 嘉祐[illegible] 羅源人今福建福州府

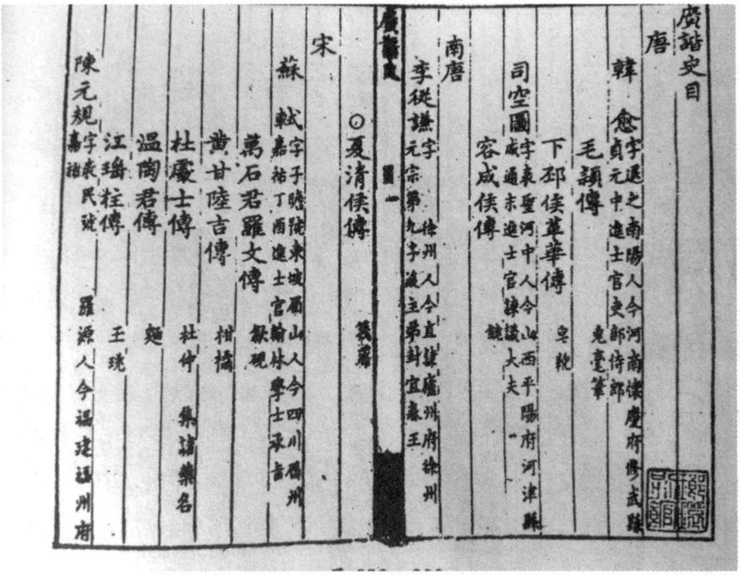

图 4-6　《广谐史》细目

一百九十八条（“问答汇”凡五十九条，“自述汇”凡五十四条，“偶句汇”凡八十五条），“韵诗”凡一百五十九条，“韵词”凡九十四条（“集名媛”凡六十三条，“集名贤”凡三十一条)，“韵物”凡六十六条。而且，《总目》还列出每一类均“有小序”；次以《古今韵史例语七则》，阐明选材标准及总体构思；正文部分，每一类之前冠以“酒民程铨题”《小引》一篇，次为本类细目。每类之首题纂者名氏，次题类目名称，然后才是正文。正文每篇均拟有标题，每篇正文行间有圈有点有评，如卷二《李易安》一篇，叙述李清照与夫君赵明诚志同道合之雅趣，行文间有圈有评，评语：“真韵人，真韵事。”[①] 明万历刻本《舌华录》也是有圈点、有评语。以下为《古今韵史》明刻本与《舌华录》明万历刻本版式图：

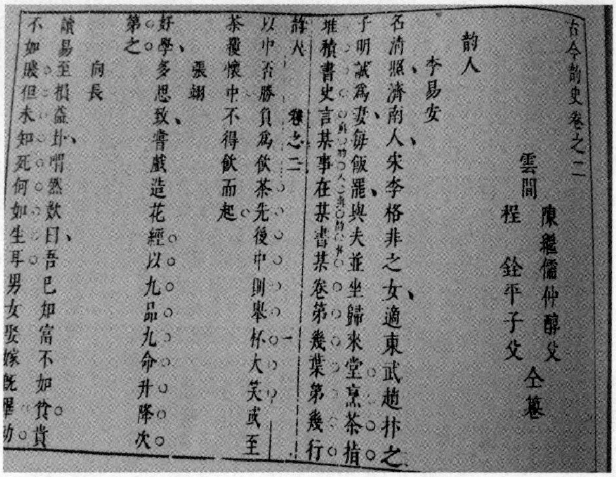
古今韵史卷之二
雲間 陳繼儒仲醇父
程 銓平子父 仝纂
韵人
李易安
名清照濟南人宋李格非之女適東武趙抃之
子明誠為妻每飯罷與夫並坐歸來堂烹茶指
堆積書史言某事在某書某卷第幾葉第幾行
以中否勝負為飲茶先後中則舉杯大笑或至
茶覆懷中不得飲而起
韵之二
張翊
好學多思致嘗戲造花經以九品九命升降次
第之
向長
讀易至損益卦喟然歎曰吾已知富不如貧貴
不如賤但未知死何如生耳男女娶嫁既畢勅

图 4–7 《古今韵史》版式

马嘉松辑《十可篇》十卷，存明崇祯刻本。书分十篇：可景、可味、可快、可鄙、可泯、可坦、可远、可谐、可嘉、可删。其文本结构严谨精致，卷首有序二篇，次以《凡例》，次以正文。十篇（类）正文结构均是先冠以《小序》，次列篇目，次排正文。每条正文篇制完整，先拟标题，题下标注出处，文后必有评语。值得注意的是，马嘉松对于标注材料出处的重要性有着自觉的认识，其《凡例》云：“立言可以不朽，古人今人，皆含真性，哀家梨、岕山茶，意味可思，举羡其所自出。笔花振藻，墨池

① （明）程铨、（明）陈继儒：《古今韵史》，《四库全书存目丛书》子部第 148 册，齐鲁书社 1995 年版，第 710 页。

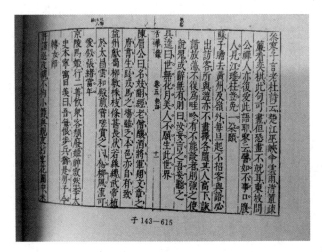

子143—615

图 4-8 《舌华录》版式

縠文，供人玩索何如者，不知其人可乎？因各书著述之人，以明所自。"① 如卷六"可坦"，卷首冠以《小序》一篇，阐明本卷宗旨。次列26 篇详目。正文部分，首题类目"可坦"，次陈具体篇目。每篇题下直接标注出典，包括著作名、撰者名氏、籍贯等。如《前定》一篇，讲述宁波群庠生李循模奸诈而骄横，夤缘攀附严嵩，阴夺他人顺天府学司训美职，但因恶行为人告发，夺职之事落空，被贬于广西一僻远小县学为官，未已身死贬所。此篇题下注曰："《三立斋言》，马德澧以容辑。"文后评曰："多智者无上事而自贻伊戚，朴实者无心中适得挤我者所谋之善地。岂非鬼神故示与夺之意云？"② 正文后评语，往往借题发挥，针砭现实，文字通俗平易，文风近于通俗小说。

三　引用书目的功能及意义

北宋太平兴国年间，曾诏命群儒利用皇家藏书编纂诸大部书，先后纂成《太平御览》一千卷、《文苑英华》一千卷、《太平广记》五百卷、《神医普救》一千卷，后真宗又诏诸儒编成《册府元龟》一千卷、《彤管

---

① （明）马嘉松辑：《十可篇》，《四库全书存目丛书》子部第 143 册，齐鲁书社 1995 年版，第 241—242 页。

② （明）马嘉松辑：《十可篇》，《四库全书存目丛书》子部第 143 册，齐鲁书社 1995 年版，第 398 页。

懿范》七十卷、《宸章集》二十五卷等。诸大书选材标准、采集书目重点各有不同，洪迈《容斋四笔》卷十一"册府元龟"条记真宗命儒臣编修君臣事迹云：

> "所编事迹，盖欲垂为典法，异端小说，咸所不取，可谓尽善。"而编修官上言："近代臣僚自述扬历之事，如李德裕《文武两朝献替记》、李石《开成承诏录》、韩偓《金銮密记》之类，又有子孙追述先德叙家世，如李繁《邺侯传》《柳氏序训》《魏公家传》之类，或隐己之恶，或攘人之善，并多溢美，故匪信书。并僭伪诸国，各有著撰，如伪《吴录》《孟知祥实录》之类，自矜本国，事或近诬。其上件书，并欲不取。余有《三十国春秋》《河洛记》《壶关录》之类，多是正史已有；《秦记》《燕书》之类，出自伪邦；《殷芸小说》《谈薮》之类，俱是诙谐小事；《河南志》《邠志》《平剡录》之类，多是故吏宾从述本府戎帅征伐之功，伤于烦碎；《西京杂记》《明皇杂录》，事多语怪；《奉天录》尤是虚词。尽议采收，恐成芜秽。"并从之。及书成，赐名《册府元龟》，首尾十年，皆王钦若提总，凡一千卷，其所遗弃既多，故亦不能暴白。①

追述家世、方志私史、诙谐小说、语怪杂事之书，统统摒弃不用。这与《太平御览》《太平广记》的取材标准迥乎有别。《太平广记》前列《引用书目》达343种，邓嗣禹《太平广记引得》统计为475种，② 马念祖《水经注等八种古籍引用书目汇编》统计为526种，③ 罗锡厚等编《太平广记索引》认为："《广记》引书往往有错，或一书而分为几个书名，或把两种以上的书混而为一，还有书名错讹的。无法做出准确统计。"④ 学界一般认为，500种左右应去事实不远。这些书籍的来源，自传统书目分类而论，"集中在杂史、传记、故事、小说等类"⑤。《太平御

---

① （宋）洪迈：《容斋随笔》，上海古籍出版社1978年版，第742—743页。
② 燕京大学编纂处编：《太平广记引得》，上海古籍出版社1982年影印本。
③ 马念祖：《水经注等八种古籍引用书目汇编·序言》，中华书局上海编辑所1959年版。
④ 罗锡厚等：《太平广记索引·说明》，中华书局1982年版。
⑤ 周勋初：《唐代笔记小说考索》，《周勋初文集》第5卷，江苏古籍出版社2000年版，第101页。

览》质量较高，但很少收唐人笔记小说，仅《国朝传记》（《隋唐嘉话》）、《国史补》数种。① 从目录学角度讲，《太平御览》引书遍及经史子集四部，《太平广记》则集中于杂史、传记、故事、小说等类，且多采志怪与志人小说。

明代小说汇编之书亦往往在卷前详列引用书目，或分类，或不分类。有的引用书目随文列于每条之后，如《广博物志》，"其征引诸书，皆标列原名，缀于每条之末，体例较善"②。《说类》"每条下悉注原书"③。王圻《稗史汇编》前列引用书目 808 种，书中实际采录书目达 1200 余种。④ 基本不采经部书，集中于史部的杂史杂传、风土方志、轶事笔记，子部的诸体小说、动植谱录、艺术品鉴及山家清供诸书。

闵文振辑《异物汇苑》十八卷，卷前所列"引用书目"达 255 种，分 11 类，其分类情况和编列顺序与《芸心识余》如出一辙，其分类名目、排列顺序及采书种数为："经传" 6 种；"诸子" 12 种；"正史" 15 种；"别史" 9 种；"图注" 37 种；"志乘" 36 种；"传记" 72 种；"谈录" 41 种；"诗话" 5 种；"别集" 4 种；"类书" 18 种。再如《青泥莲花记》卷首列举采用书目，其排列顺序及数量为：禅类 7 种，玄类 6 种，史类 39 种，说家 86 种，诗词 65 种，"说家"书目种数占比达到 42%。

有的纂者于序言中明确声张其采书标准，并与所列引用书目相印证。徐常吉《新纂事词类奇叙语》云："故今所纂，宁取之野史，不拘传信之书；宁取之稗官，不采迂儒之说。或考诸前哲，多悠谬无稽之谈；或摭诸往籍，必寰宇既逸之典。不然，则词华璀璨，事迹详委，皆昔人所谓谈助者也。然而当代掌故，近世名物，亦无不并载焉。"⑤ 其选材标准为唯奇是选，不求传信与权威，宁取稗官野史，不辑正经正史；宁取悠谬无稽之谈，不采迂儒庄肃之论。其目的是广闻见，裨谈助，资藻绘。其实是公开宣告与正统立言观、学术观的决裂。陆伯元《事词类奇凡例》陈述的该

---

① 周勋初：《唐代笔记小说考索》，《周勋初文集》第 5 卷，江苏古籍出版社 2000 年版，第 99 页。

② （清）永瑢等：《四库全书总目》，中华书局 1965 年版，第 1156 页。

③ （清）永瑢等：《四库全书总目》，中华书局 1965 年版，第 1123 页。

④ 姜纬堂：《影印〈稗史汇编〉前言》，王圻《稗史汇编》（前附），北京出版社 1993 年版。

⑤ （明）徐常吉辑：《新纂事词类奇》，《四库全书存目丛书》子部第 198 册，齐鲁书社 1995 年版，第 5—6 页。

书序次也甚有趣："序次：一经，二经翼，三纬，四纬翼，五子，六史，七埤（稗）史，八杂论，九杂记，十仙释，十一幽怪，十二辞赋。咸以类从，条贯有次，庶一览之余，端委可镜。"① 其编排所征引文献的顺序颇有意味。首先，他打乱传统的经史子集四部顺序，将"子"置于"史"之前。其次，经部中采集大量荒诞俶诡的谶纬之书。众所周知，官方禁毁谶纬，至迟在隋炀帝时即已实施。最后，史部文献编排，正史之后次以稗史，也有别于《隋志》以降"史部"正史之后次以"霸史""杂史"或"别史"的惯例。学术界使用"稗史"一词司空见惯，且长期以来被视为"小说"的代名词，主流书目中均有"小说家类"，但让"稗史"登堂入室、立为一类的现象并不多见。以其卷五"地理类·山"为例，可窥见其采书范围之一斑（正文略）：

经：《周礼》
经翼：《左传》《尔雅》《释名》
纬：《春秋说题辞》
子：《吕氏春秋》《管子》《列子》《庄子》《淮南子》
史：《国语》《史记》《后汉书》《晋书》《唐书》
稗史：《穆天子传》《汉武内传》《蜀王本纪》《世说》《说苑》
杂记：《山海经》《武陵记》《酉阳杂俎》《水经注》《古今合璧事类》《海录碎事》《三秦记》《荆州记》《荆州图志》《宣城图经》、王韶之《南康记》、张璠《汉记》《独异志》《纪异录》《九域志》《渠江志》《图经》《巩氏耳目志》、王涯《仙掌辨》《杂记》
仙释：《颜修内传》
诗赋：《长笛赋》司马相如赋、曹子建《朔风诗》、庾肩吾诗、谢灵运诗、谢朓诗、丘迟诗、萧全诗、萧撝诗、李德林诗②

其所谓"杂记"包罗甚广，不乏纯粹的志怪小说，或博物体小说，更多风土方志之书。总起来看，子部杂书、稗官野史是其采集的重点

---

① （明）徐常吉辑：《新纂事词类奇》，《四库全书存目丛书》子部第 198 册，齐鲁书社 1995 年版，第 7 页。

② （明）徐常吉辑：《新纂事词类奇》，《四库全书存目丛书》子部第 198 册，齐鲁书社 1995 年版，第 93—96 页。

领域。

综上可知，明代民间文士根据编书的性质，对采集书目的分类及编排，突破四部旧规而自主分类，是一种强劲的时代思潮。

四　编刊过程及通俗化努力

（一）编者、序跋撰者、校阅者之关系

李如一编《藏说小萃》专收延陵乡邑文献，共收书 11 种二十七卷，每种书前均有"后学李如一书"的序、引或题辞一篇，缕述撰者生平功业、德操及著述，尤详于该书的成书缘起、书名由来、撰写过程、流播情况，以及自己得书、整理、付梓的艰辛历程。每种书前还附有撰者的传记资料如传、行状、墓志等，以申足知人论世之旨。如《公余日录引》述："此《录》附于家藏集后，系公之冢孙世贤所校刻，集板湮灭，文几漫漶，余甚慨焉。念执鞭之无从，思闭帐之不忍，因倩友人缮写广之，以备外史氏之阙。"① 所收徐充《暖姝由笔》三卷与《汴游录》一卷，卷前附录张衮撰《兼山山人墓碣铭》、徐充《兼山先生六师赞》，可藉此了解徐充生平事迹及独创理念。李如一《暖姝由笔序》云："庄子曰：'有暖姝者，学一先生之言。'扬雄曰：'孰有书不由笔，言不由舌？'此兼山徐先生取以名其杂记之书者也。书以课艺纸翻订写之，共四册，自别为三卷，盖随得随记，用资参互采掇者。先生著书不下二十种，惟此置奚囊中，故邑人往往传其名，然先生既逝，离析于人，不复合，余少时与沈山人论邑中文献，闻此书有残帙在某家，觅之不获。阅十余年，先生子希瞿名昙者引余至邑南门吴学究所，乞其抄本录之，多讹阙。继而希瞿遍索之所知，得后二册，假余校迄。又阅三载，从徐西望益几上乞其前二册，稍稍正所未慊，而是书始为延平之合矣。"②

明人刊刻一说部书，所谓订者、阅者、校者动辄十数人乃至数十人。揆其因，当有如下几种：一是撰辑者所邀请，二是书坊主所雇请，三是作为一种文士间很流行的社交方式。王圻撰《稗史汇编》一百七十五卷，

---

① （明）李如一：《公余日录引》，《北京图书馆古籍珍本丛刊》（83），书目文献出版社 1988 年版，第 10 页。

② （明）李如一：《公余日录引》，《北京图书馆古籍珍本丛刊》（83），书目文献出版社 1988 年版，第 83 页。

其序文除王圻自序，还有周孔教、蔡增誉、张九德、毛一鹭、熊剑化等人所撰六篇；撰跋者有熊剑化、李廷对。其校刊者有 7 人：姜云龙、李廷对、何尔复、刘永祚、唐继冲、张有常、林有麟。董斯张《广博物志》校订者多达 50 人，人各一卷，并不重复，而且这些人籍贯涉及地域较广，考虑到当时交通之不便，因为一卷书而不辞跋涉之苦，劳人校订，显然不合常理。因此，不能排除虚列名人校阅以为促销手段的可能。

湖南漫士辑《水边林下》59 种五十九卷，其校阅者情况如下：何镗 4 种，陈继儒 3 种，邵国镇 1 种，袁宏道 1 种，王穉登 1 种，屠本畯 8 种，张遂辰 3 种，高濂 3 种，钱懋选 2 种，王道焜 1 种，汪汝谦 2 种，潘梦金 2 种，黄嘉惠 2 种。其中作者兼校阅者作品收录情况为：屠隆 4 种，高濂 4 种，陈继儒 3 种，程羽文 5 种，俞宗本 3 种，王道焜 2 种，汪汝谦 1 种。这显然是一种文人与书商合作编刊发售的经典模式。今人昌彼得说："明季文人每为坊肆选文刊刻，固属事实；而坊肆刻书，每冠名士校阅或鉴定，以易其售，在传世之明末坊刻本书中，亦屡见不鲜。"① 应为实情。

（二）雅俗共赏，体不避俗

小说汇编著作性质、受众群体与正经正史及文集均有明显差异，表征之一是其编辑思想追求雅俗共赏，以拓展更广阔的接受群体。为此，其编者往往运用注解、解题、评点等方式，竭力拉近与基层受众的距离。孙能传《益智编凡例》明确提出"是编首采诸史，旁及稗官，雅俗并收"。文字书写力求通俗易晓，"史传多古文，如'猶豫'为'猶與'、'廳事'为'聽事'、'廨'为'解'、'廩'为'禀'之类，皆以今文易之，取其易晓也"。② 又云："事后间附评语，证以事类，或撷旧闻，或抒臆见，特千百中一二耳。凡旧闻冠以姓氏或某书，其出自臆见，则第曰'按'云。"③ 叶向高编《说类》，亦多评语，《四库提要》讥评曰："其上细书评语，体例尤为近俗。"④《青泥莲花记》所收篇目之下多有解题，或对主人公、原故事加以考辨，或补充相关材料。如卷五《桂英》题下注曰：

---

① 昌彼得：《说郛源流考》，《版本目录学论丛》（一），学海出版社 1977 年版，第 219 页。

② （明）孙能传：《益智编凡例》，《四库全书存目丛书》子部第 143 册，齐鲁书社 1995 年版，第 668 页。

③ （明）孙能传：《益智编凡例》，《四库全书存目丛书》子部第 143 册，齐鲁书社 1995 年版，第 668 页。

④ （清）永瑢等：《四库全书总目》，中华书局 1965 年版，第 1123 页。

"元人词作姓谢。"① 系补充传主姓氏。卷八《林奴儿》一篇，题下注曰："号秋香，成化间南京旧院妓。"② 为考证史实。卷八《苏小娟》题下注曰："郎仁宝《七修类稿》云：'苏小小有二：一南齐人，一宋人。'即《武林纪事》者，一作小娟，抄者之误。至引遗山词，题《宋苏小小所寄诗》，小娟音拗，足证凿矣。田叔禾《西湖志》从小娟。然宋实有苏小小，咏《减字木兰花》者，郎未之引，此似足证。"③ 考辨历史上人物同名或姓名相近者。

《舌华录凡例》说："吕鹿长参订后，经袁小修评点。其中分类有小出入者，袁以笔端拈出，今仍不移，一以见小修目力之高，一以不伤鹿长前意。"④ 卫泳辑《枕中秘》"丽章"一类全收辞赋，于多数赋篇之后题有评语，自文字词采、意象意境、修辞技巧、情感基调等方面予以点评，虽然整体上简略不成大观，但也不乏精辟之评语。如张衡《归田赋》后评曰："一尘不染，万障悉空。"⑤ 司马相如《美人赋》后评曰："光景如绘，聆言欲绝。"⑥ 司马相如《长门赋》后评语："如怨如慕，自是刺心。"⑦ 曹植《洛神赋》后评云："娇莺嫩蝶，堪爱堪怜。"⑧ 再如梁元帝《荡妇秋思赋》后评曰："庾信《荡子赋》云：'纱窗独掩，罗帐长垂，新筝不弄，长笛羞吹。'又骆宾王《荡子从军赋》云：'池前怯对鸳鸯伴，庭际羞看桃李蹊。花有情而独笑，鸟无恨而恒啼。'数语与此并绝。"⑨ 将

---

①　（明）梅鼎祚辑：《青泥莲花记》，《四库全书存目丛书》子部第 253 册，齐鲁书社 1995 年版，第 800 页。

②　（明）梅鼎祚辑：《青泥莲花记》，《四库全书存目丛书》子部第 253 册，齐鲁书社 1995 年版，第 841 页。

③　（明）梅鼎祚辑：《青泥莲花记》，《四库全书存目丛书》子部第 253 册，齐鲁书社 1995 年版，第 834 页。

④　（明）曹臣：《舌华录》，《四库全书存目丛书》子部第 143 册，齐鲁书社 1995 年版，第 558 页。

⑤　（明）徐渭辑：《刻徐文长先生秘集》，《四库全书存目丛书》子部第 129 册，齐鲁书社 1995 年版，第 78 页。

⑥　（明）徐渭辑：《刻徐文长先生秘集》，《四库全书存目丛书》子部第 129 册，齐鲁书社 1995 年版，第 75 页。

⑦　（明）徐渭辑：《刻徐文长先生秘集》，《四库全书存目丛书》子部第 129 册，齐鲁书社 1995 年版，第 76 页。

⑧　（明）徐渭辑：《刻徐文长先生秘集》，《四库全书存目丛书》子部第 129 册，齐鲁书社 1995 年版，第 77 页。

⑨　（明）徐渭辑：《刻徐文长先生秘集》，《四库全书存目丛书》子部第 129 册，齐鲁书社 1995 年版，第 85 页。

不同时代不同作家的三篇相同题材作品横向比较，目光独到，点评尖新，同时还汇聚了相关文献，供人进一步研讨。"志林类"评《莺莺传》："雅艳绝伦。"①《妖柳传》后评曰："语语不离本色，思巧笔玄。"②

四库馆臣对这些说部汇编之书特别歧视，将其统统打入存目，而且讥评如林，不厌其烦。如批评《益智编》"不注所出原书"，"事多踌驳"，故其书"不足据"③。又责难冯梦龙《智囊》："是编取古人智术计谋之事，分为十部，亦兼系以评语，佻薄殊甚。"④ 贬斥王圻《稗史汇编》"卷首虽列书名，卷中乃不注出处，是直割裂说部诸编，苟盈卷帙耳"⑤。

第三节　明代文言小说汇编中几种典型的成书现象

金圣叹论及《史记》与《水浒传》的不同，曾称前者是"以文运事"，后者为"因文生事"⑥。其实，他也隐含编述成书与创作成书的差异。而汇编类作品系将前人旧文抄录、剪裁、整合，重新赋予其文本生命，更是一件"吃苦事"，因而有其不同于创作类作品的独特成书规律。明代的文言小说汇编中有几种典型的成书现象，值得我们关注。

一　存亡续统：续增与删减

从学术史的角度说，"存亡续统"一直是中国古代文化人心目中的强烈使命。⑦ 我国古代典籍之编纂本有接续前人、陈陈相因的悠久传统。《文选》之后有《文苑英华》等系列诗文总集。明人自正德、嘉靖间即开

---

① （明）徐渭辑：《刻徐文长先生秘集》，《四库全书存目丛书》子部第 129 册，齐鲁书社 1995 年版，第 134 页。

② （明）徐渭辑：《刻徐文长先生秘集》，《四库全书存目丛书》子部第 129 册，齐鲁书社 1995 年版，第 148 页。

③ （清）永瑢等：《四库全书总目》"子部·杂家类存目九"，中华书局 1965 年版，第 1125 页。

④ （清）永瑢等：《四库全书总目》"子部·杂家类存目九"，中华书局 1965 年版，第 1124 页。

⑤ （清）永瑢等：《四库全书总目》"子部·杂家类存目九"，中华书局 1965 年版，第 1125 页。

⑥ （清）金圣叹：《读第五才子书法》，朱一玄、刘毓忱编《水浒传资料汇编》，南开大学出版社 2002 年版，第 219 页。

⑦ 陈允吉、朱刚：《当代学术：从"预流"到正果——读〈当代学术研究思辨〉》，《传统文化与现代化》1995 年第 6 期。

始汇集唐代诗歌，如多种版本的《唐十二家诗》、吴琯辑《唐诗纪事》一百七十卷、胡震亨《唐诗统签》一千零三十三卷、清季振宜《全唐诗》七百十七卷，等等。清康熙间敕撰《全唐诗》九百卷之所以能在短短一年多时间竣工，就主要依靠胡、季二人的底本。在诗话系统，唐有《本事诗》《云溪友议》，宋有计有功《唐诗纪事》，后又有《宋诗纪事》《明诗纪事》等，而这些单行本又往往被明清时一些大型丛书所收录。当然，这些基本都是续增的范例，实际上还有许多删减的续作，如张溥《古文五删》五十二卷、周复俊《太仓文略》六卷等。明代小说汇编中也存在这种接力赛式"存亡续统"现象。

　　明代"世说体"小说编撰现象很有代表性。郑仲夔《兰畹居清言》十卷为续补《世说》之书，朱谋㙔《清言序》说："晋人不工涉世而雅善清言，言辄令人绝倒。其时裴、郭二子辄已兼而传之。至宋临川王集为《世说》，遂以不朽……嗣是有《唐语林》，有《续世说》……我朝何氏元朗，采史籍稗官胜事嘉话，勒为《语林》，庶几与临川狎主齐盟……信州友人郑龙如，洞览古今……标举往代，爰暨近世，文笔蕴藉有通《世说》者，列以品目，命曰《清言》。"① 何良俊《何氏语林》三十卷，"因晋裴启《语林》之名，其义例门目则全以刘义庆《世说新语》为蓝本，而杂采宋、齐以后事迹续之。并义庆原书共得二千七百余条，其简汰颇为精审……每条之下又仿刘孝标例自为之注，亦颇为博赡"②。在临川《世说》三十六门基础上，增加二门，各门之首撰有小序一篇，并自为之注。韩敬《清言序》说："信州郑君龙如，天下士也，弘览博物，于书鲜所不精，综而又能舍临川、琅琊两家短，不重案一复事，不滥陈一哕语。上自东西京，以及国朝之宗匠逸民，皆采而为竹头木屑之助。贻书云：'此临川、琅琊两家所无，亦两家不容不有者也。试为我叙之。'"③ 林茂桂《南北朝新语》四卷系《世说新语》的断代续书，任肩生《南北朝新语叙》说："临川王生长晋末，而取晋人语节次为《世说》……今德芬林氏，取南北朝佳事佳话，辑为卷四，亦称'新语'，于以羽翼临川而节缩

---

　　① （明）朱谋㙔：《清言序》，《四库全书存目丛书》子部第244册，齐鲁书社1995年版，第327—329页。

　　② （清）永瑢等：《四库全书总目》，中华书局1965年版，第1204页。

　　③ （明）韩敬：《清言序》，《四库全书存目丛书》子部第244册，齐鲁书社1995年版，第325—327页。

元朗，用志勤矣，厥功伟矣。"①

　　而焦竑《类林》刊行之后，受其影响，又形成一个小的"世说体"系列。姚汝绍《焦氏类林序》说："吾友焦弱侯氏，具绝世资，于书无所不读，乃先得我心，披览之余，自羲、轩以及胜国，凡言之可以企踵《新语》者，皆笔出之。积久而多，取《新语》篇目稍为增损更正，类以入焉。既成，题曰《类林》。"② 清周中孚《郑堂读书记》卷五十八记载，焦竑"别有《明世说》八卷，当续是书（笔者按：《焦氏类林》）而作，今无传本"。③ 李贽《初潭集》三十卷系合并临川《世说》与《焦氏类林》，重编而成。其《自叙》云："临川王撰《世说》，自汉末以至魏晋二百年间物耳，上下古今固未备也。《焦氏类林》起自羲、轩，迄于胜国，备矣，而复遗《世说》不载，岂以《世说》乃不刊之书耶！其见卓矣。惟其见卓，故《类林》仍复为不刊之书焉……是书也，合之则连璧，分之则双珠，《世说》《类林》自尔并行于世无疑矣。若刘孝标之注《世说》，是一《世说》也。《类林》者，广《世说》也，亦《世说》也。皆所谓《世说》也，而《类林》备矣。夫既谓之广《世说》矣，设若以《世说》合于《类林》，以少从多，以多现少，合而为连璧，又奚为而不可。此老人开卷之一便，非自附于昔贤，而曰'吾老矣，犹能述而不作'也；且安在乎必于《世说》《类林》等参而为三，刘氏诸人等列而为四焉而后可也者。《类林》成于万历戊子之春，余复以是秋隐于龙潭之上。至潭而读之，读而喜，喜而复合，赏心悦目于是焉在矣。今二书如故，不益一毛，故不敢复各其书，而但曰李氏《初潭》，言初至潭首读此也。"④ 李贽意谓，《焦氏类林》为广《世说》之作，但不含《世说》。其《初潭集》则是将《世说》与《类林》合二为一，"以少从多，以多现少"，但实为二书的压缩版。张墉《廿一史识余》也是直承焦竑《类林》而编撰，其《识语》云："阙里四科，考行之玉律也。故临川编目，以此冠篇。焦

　　① （明）任肩生：《南北朝新语叙》，（明）林茂桂《南北朝新语》，天津古籍出版社 2007 年版，第 10 页。

　　② （明）姚汝绍：《焦氏类林序》，《丛书集成初编》排印本，商务印书馆 1936 年版，第 1 页。

　　③ （清）周中孚：《郑堂读书记》，上海书店出版社 2009 年版，第 963 页。

　　④ （明）李贽：《初潭集叙》，中华书局 1974 年版，第 3—4 页。

氏析伦为五，余因附以‘长厚’诸则。"①

　　还有其他汇编系列的作品也是续增前人著作而编成。陈邦俊《广谐史·凡例》明确承认，其书系为增补徐常吉《谐史》而作："《谐史》旧刻乃武进徐儆弦先生所集也，篇止七十有三。今广询博访，或散见文集，或杂见类书，或得之友氏私抄，或得之坊间别本，搜录濡迟，廿易寒暑，增至二百四十二篇，因名曰《广谐史》。"② 甚而详述存旧续新之法："徐儆弦所集《谐史》，悉仍旧刻。新增入者，各于目录上着一‘〇’以别之。"③ 再如，程荣辑《汉魏丛书》之后，又有何允中辑《广汉魏丛书》，而再有钟人杰、张遂辰辑《唐宋丛书》等。又如《三十家小说》《四十家小说》《广四十家小说》等。又如《五朝小说》之断代续编系列、《百川学海》系列、《说郛》系列，等等。

　　删减，即对前人一部或多部著作进行删削、压缩，而纂成另一部新的小说书。《香案牍》一卷，系陈继儒自《道藏》"醎"字函卷三十二所载447位神仙中选取72位，又"汰之洗之"，删削而成。陈继儒在自序中说："……卧起，抽一编读之，则浮云山道士《仙史》在焉，出《道藏》‘醎’字函卷三十有二，所载古今真人列仙四百四十有七。顾其言不雅驯，余与直夫汰而洗之，存其奇逸可喜者，精为一卷，以资麈尾，其名《香案牍》者。"④ 王衡《香案牍跋》谓是书"载神仙事奇矣，而人不数事，事不数语，又皆奇之奇者……仲醇所以删多就简，不著事迹，不诠名理者，殆谓说梦说幻之教，以恍惚杳渺为佳，不以粉块镂空为胜。宁使人味食得食，无使人遇食失食。仲醇不云乎，多言数穷。六合以外，方寸以内，盖有才之所不能尽者，则牍如是足矣"。⑤ 明代"世说体"小说中有一些系自《世说新语》及其他"世说体"小说删减而成的。题"明何良俊撰补、王世贞删定"《世说新语补》四卷，清四库馆臣认为系书贾自

---

① （明）张墉：《廿一史识余·识语》，《四库全书存目丛书》史部第150册，齐鲁书社1996年版，第582页。

② （明）陈邦俊：《广谐史·凡例》，《四库全书存目丛书》子部第252册，齐鲁书社1995年版，第207—208页。

③ （明）陈邦俊：《广谐史·凡例》，《四库全书存目丛书》子部第252册，齐鲁书社1995年版，第207—208页。

④ （明）陈继儒纂：《香案牍》，文明书局1922年版。

⑤ （明）陈继儒纂：《香案牍》，文明书局1922年版。

《世说新语》《何氏语林》二书删存而成，而驾名"王世贞删定"以行世。① 题"王世贞撰"《世说新语补序》云："余少时得《世说新语》善本吴中，私心已好之，每读辄患其易竟。又怪是书仅自后汉，终于晋，以为六朝诸君子，即所持论风旨，宁无一二可称者？最后得《何氏语林》，大抵规模《世说》而稍衍之至元末……余治燕赵郡国狱，小间无事，探橐中所藏，则二书在焉。因稍微删定，合而见其类。盖《世说》之所去，不过十之二，而何氏之所采，则不过十之三耳。"② 又有范景文裁定《世说新语删》四卷，今存明刻本，藏于国家图书馆。又有狄进期《世说新语精华》四卷，今存明万历二十九年（1601）刊本。虞淳熙《孝经集灵》一卷，惟辑《孝经》中的灵异之事。蔡善继《前定录》二卷，则照抄《太平广记》卷一四六至卷一六〇"定数门"而成书。林茂桂《南北朝新语》专从《南史》《北史》中采摭奇语癖事；俞安期辑《续世说》十卷，"惟取李延寿《南》《北》二史所载碎事，依《世说》门目编之"③。

　　说部丛书编纂中，删削原书而编成新书的情况尤为常见。如飞来山人序本《古今名贤说海》22 种，全收明人说部书，但均为删削之本，其所删取原书包括陆贻孙《烟霞小说》、高鸣凤《今献汇言》等丛书。④ 而明代出自《说郛》的丛书不知凡几，如佚名辑《明六十家小说》、陆楫《说海》、十二卷本《剪灯丛话》、佚名《五朝小说》、湖南漫士《水边林下》等丛书，均不同程度地抄录自《说郛》。陈禹谟《广滑稽》三十六卷，第一至十六卷全取正史中滑稽故事编纂而成。这种小说编纂中的"存亡续统"现象，可以启迪我们开拓研究视野，自传统文士主体意识、民族文化深层结构等视角去观照小说史现象，发掘其更丰富的内涵。

二　主书之衍生品

　　明代许多小说纂著系学者经史著作的衍生品。明代绝大多数学者研究正宗学术时，会涉猎甚至采用小说资料，但有些小说资料不宜进入严肃的学术著作，他们又不忍割舍、废弃，于是另起炉灶，利用这些"下脚料"

---

　　① （清）永瑢等：《四库全书总目》，中华书局 1965 年版，第 1222 页。

　　② （明）王世贞：《世说新语补序》，《四库全书存目丛书》子部第 242 册，齐鲁书社 1995 年版，第 1 页。

　　③ （清）永瑢等：《四库全书总目》，中华书局 1965 年版，第 1216 页。

　　④ 参见陈国军《明代志怪传奇小说研究》，天津古籍出版社 2006 年版，第 288—290 页。

别纂一说部书。陈大康论及《前定录》等书成书方式时曾云："其起点是从治经史目的出发的勾稽群书，终点是小说选集的出现。"① 这种现象在当时相当普遍。徐昌祚《燕山丛录》系其辑撰《太常寺志》时，征集州县志书，采其所记，寺志撰成后，剩余资料被编为此书。纂者《题辞》云："不佞自束发受学，则喜博古名家语，而于稗官小说，尤有深嗜焉。顾束湿于公车业，弗克尝所嗜……会当事者谓太学《蕉志》漫漶，欲加修辑，不知不佞浅陋，属以具稿，缘是哀所属诸郡邑志传，稽牧地，核岁课，考沿革创制、将以明祖宗旧规，为一代考牧文献。而志传所载山川人物、古迹灾祥、奇事异闻，得于订证之，余者悉录之别帙。其词繁者，会意芟划，指晦者就文藻润，不敢剟其陈说，亦不敢失其旨归。事虽间有不经，然皆确有援据。"② 他将不合寺志义例的资料，尤其是"奇事异闻""不经之事"，统统别辑于《燕山丛录》。当然，他也坦诚，其自束发起即深嗜稗官小说，这是辑录此书的内在动力。李本固辑《汝南遗事》二卷是其修撰《汝南志》的副产品，自序云："郡伯黄邻初公下车问故，感慨阙典，乃重以属（嘱）不佞。不佞受简操觚，殚精从事，殆八九月而汝南之志成矣。杀青既竟，检笥中尚有遗草，虽匪侯鲭，颇类鸡肋，弃之不无可惜，且时贤循吏，拘于格而未收者亦复有人，久之，恐湮灭而不彰也，乃撰次成帙，曰《汝南遗事》，以俟后之君子，以终先文林之志。"③ 明言此书乃撰写《汝南志》之"遗草"。《四库总目》称其"多涉神怪仙鬼，不免为小说家言"④。进而指出这些"遗草"多为"神怪仙鬼""小说家言"，不能编入志乘之内。焦竑辑《类林》八卷为其所撰《焦氏笔乘》的衍生作品，李登《刻焦氏类林引》说："焦弱侯，于书无所不读，而钩元提要，动侔古人。每披书，当赏会与夫自有所见，欲以阐幽正词者，辄手裂赫号，细书而贮之，纷纷总总，如禁脔在厨，碎锦在笥，未有秩叙。最后除自言者别为《笔乘》，其第辑录备览观者，特付愚诠次，命愚子弟录之，乃取《世说》标目，稍稍衰益其间，成帙时以余

---

①　陈大康：《明代小说史》，上海文艺出版社 2000 年版，第 495 页。

②　（明）徐昌祚：《题燕山丛录》，《四库全书存目丛书》子部第 248 册，齐鲁书社 1995 年版，第 376—377 页。

③　（明）李本固：《汝南遗事》，《四库全书存目丛书》子部第 243 册，齐鲁书社 1995 年版，第 202 页。

④　（清）永瑢等：《四库全书总目》，中华书局 1965 年版，第 1223 页。

同版一印，行之未广也。"① 王圻《稗史汇编》为其纂著《续文献通考》的衍生品，王圻为了编撰《续文献通考》二百五十四卷，曾搜集了大量资料，因《续文献通考》是一部严肃的史学著作，有些荒诞俶诡的资料不能采入，因此他就另纂一书，此即《稗史汇编》一百七十五卷。蔡增誉《稗史汇编序》称王圻"既以其大者续马贵与《通考》，而兹复贾其余勇，白首丹铅，以就斯编，岂曰道在秭稗，不废洛诵，倘亦有大小兼识意乎?……故弁其首简，使与《通考》并传，以俟润色鸿业者采焉"。② 小说书为严肃学术书的衍生品，是中国古代小说为经史子之"流别"、"品流"或"末学"的学术地位的一种生动诠释，可以深化我们对古代小说本体性的认识。同时也启示我们，研究这类汇编文本最好结合其赖以衍生的主书，以便从整体上把握撰者的志趣与义例。

三　辑者与编者分工合作

　　明代许多小说汇编之书是由聚材者与编次者两方合作完成的，尤其是那些知名学者、学士大夫的纂著，往往如此。如《说类》六十二卷，明清以来的书目多将著作权归于叶向高名下，但实际忽略了林茂怀的编次之功。叶向高《说类序》说："余在留曹日，偶得一书，皆唐宋小说，数十种，摘其可广闻见、供谈资者，录而存之。欲为之分类编次，以便观览，而力未能及。顷以公暇寂寥时，取一寓目……不胜论世之感，间以示客部林君，林君复稍加增汰，定为六十余卷，卷各为类，区分胪列，条绪并然。"③ 叶向高承认林茂怀对此书有"增汰"及"区分胪列"之功。明祁承爜《澹生堂藏书目》"子类·小说家·说汇"著录"林茂怀辑《说类》六十二卷"④。清黄虞稷《千顷堂书目》"子部·小说类"著录叶向高《说类》六十二卷，注曰："或作林茂槐。"⑤《明史·艺文志》"子部·小

---

　　① （明）李登：《刻焦氏类林引》，《丛书集成初编》据粤雅堂丛书本排印本，商务印书馆1936年版，第1页。据中华书局本改。
　　② （明）蔡增誉：《〈稗史汇编〉序》，《四库全书存目丛书》子部第139册，齐鲁书社1995年版，第524—525页。
　　③ （明）叶向高：《说类序》，《四库全书存目丛书》子部第132册，齐鲁书社1995年版，第1—3页。
　　④ （明）祁承爜：《澹生堂藏书目》，新文丰出版公司1985年版，第673页。
　　⑤ （清）黄虞稷：《千顷堂书目》，上海古籍出版社2001年版，第340页。

说家类"著录"林茂怀《说类》六十二卷"①。《四库全书总目》"子部·小说家类"则著录"《说类》六十二卷，明叶向高编，林茂怀增删"②。可见，《说类》著作权应该归于叶向高与林茂怀二人。

焦竑《类林》的成书方式亦是如此，其自撰《题记》云："余少嗜书……庚辰读书，有感葛稚川语，遇会心处，辄以片纸记之。甫二岁，计偕北上，因罢去，残稿委于箧笥，尘埃漫灭，不复省视久矣。"③ 后期编次工作由其友人李登完成，李登《刻焦氏类林引》说："焦弱侯于书无所不读……特付愚诠次，命愚子弟录之，乃取《世说》标目，稍稍裒益其间，成帙时以余同版一印，行之未广也。"④ 焦竑《玉堂丛语》亦仿《世说》之体而纂成，其最终付梓则出于门人的编纂。顾起元《玉堂丛语序》说："《玉堂丛语》若干卷，太史澹园先生，以其腹笥所贮词林往哲之行实，昉临川《世说》而记之者也。"⑤ 此书为焦竑生前最后一部著作，完成于万历四十六年（1618），次年焦竑下世。此书素材来自焦竑的读书札记，但编辑工作很可能由其门人代劳，其《自序》隐约言之："余自束发，好览观国朝名公卿事迹，迨滥竽词林，尤欲综核其行事，以待异日之参考……每就简册中求之，凡人品之淑慝，注厝之得失，朝廷之论建，隐居之讲求，辄以片纸志之，储之巾箱。顷年垂八十，聪明不及于前时，道德日负其初心，不啻韩子所言者，业一切置之不理矣。相知者惜其尝为心思所及而广之，余不能止也。"⑥ "业一切置之不理"透露焦竑当时健康恶化、已不视事。而"相知者惜其尝为心思所及而广之"，则暗示此书后期整理编次由"相知者"完成。清周中孚《郑堂读书记》卷六五"小说家类"著录该书，称："是书又为其门人辈所编辑，非尽出于一手也。"⑦ 再如顾起元《说略》三十卷，其成书过程时断时续，最终靠友人李君、张君襄助才得以成编。自序云："昔在甲午乙未之间，予端居多暇，案上庋说部书数十种，随手取一卷讽之以代萱苏，陶日月。遇有可备考质者，苦

①　（清）张廷玉等：《明史》，中华书局1974年版，第2435页。
②　（清）永瑢等：《四库全书总目》，中华书局1965年版，第1123页。
③　（明）焦竑：《焦氏类林》，商务印书馆1936年版，第3页。
④　（明）李登：《刻焦氏类林引》，焦竑《焦氏类林》前附，《丛书集成初编》本，商务印书馆1936年版。
⑤　（明）顾起元：《玉堂丛语序》，中华书局1981年版，第1页。
⑥　（明）焦竑：《书玉堂丛语》，中华书局1981年版，第5页。
⑦　（清）周中孚：《郑堂读书记》，上海书店出版社2009年版，第1070页。

其性善忘，辄取赫号识之，以类粘二巨册上。时自哂其有掌录而无舌学。已离而为二十卷，名曰《说略》，藏诸笥中。中间曾一属友人半野李君纠其错乱，浙门张君厘其点画，凡再易草，始克成编。"① 李君"纠其错乱"、张君"厘其点画"，表明李、张二人早在《说略》初稿阶段即参与了编校工作。这还仅是其成书的前期阶段，后来起元"自京师请告归，舟败于南阳之决河，此书亡矣"。幸亏旧稿存于友人张君处，而张君又物故，继而其家人自敝笥中觅得旧稿，起元方有珠还之喜。

多数聚材者与编次者合作默契，使作品题材与体例融为一体，相得益彰。但一书而出于二人之手，难免造成体例与题材相乖迕的现象，从而破坏全书的完整统一。如焦竑《类林》一书经友人李登之手排缵而成，李登虽称"取《世说》标目"，但此书卷一至卷六系仿《世说新语》分类标目；而卷七（上、下）、卷八却又分出如下一些奇怪的类目：象纬、形胜、节序、宫室、冠服、食品、酒茗、器具、文具、典籍、声乐、摄养、熏燎、草木、鸟兽、仙宗、释部，俨然一部小型类书的规模。这样，一书而兼二种体例：世说体与类书体，从而打破了全书体例的整体统一。

不同的成书方式造就了不同的文本面貌，这是后人解读其文本时必须顾及的因素。

---

① （明）顾起元：《说略》，上海古籍出版社 1992 年版，第 344 页。

第五章

明代文言小说汇编的价值及阙失

明代小说汇编录存了海量的小说资料，在小说的辑佚、校勘、本事及版本考证等方面都有很高的价值。同时，它们辑录了诸多种文体的作品，除了各体小说，还有诗文及各种通俗文学作品。书前与卷后往往附载序、跋、凡例，正文多有评语，这些文字都是鲜活的文学史、批评史文献。由于这些汇编文本辑入了许多民间文士的作品，其所表达的文学史观与当时主流学界大相径庭。它们收录的一些藏书资料记录了彼时民间开放而新创的目录学思想。其所辑众多山人野客作品，真实地反映了明季文士的生活实态和精神风貌，可作为明代生活史、思想史研究的生动素材。

第一节 明代文言小说汇编的学术价值

许多文言小说汇编文本采集资料的范围纵贯古今，博涉四部，是故蕴含丰富的学术价值。以往学界对这类小说纂著价值的关注多集中于其小说资料价值、① 小说选本价值、② 小说传播价值③等几个方面，但其实际价值并不仅限于以上几个层面，它还有更加多维的探讨空间。本章拟从学术思

---

① 如陈国军说："在小说文本保存方面，如果缺少了明人小说汇编这一环节，甚至可以说，中国小说史将是残缺的。"参见陈国军《明代志怪传奇小说研究》，天津古籍出版社2006年版，第492页。

② 孙逊、秦川说："明代选家小说观念的转变和对小说艺术的重视，不仅对小说地位的提高有着积极的意义，而且对明清文言小说的创作也提供了一定的艺术借鉴。"参见孙逊、秦川《明代文言小说总集述略》，《上海师范大学学报》（哲学社会科学版）2001年第6期。

③ 宋莉华从明代综合性丛书与专门性小说丛书、一般性类书与类书体小说集、文言小说总集三个方面对其各自传播功能作了论述。参见宋莉华《明清时期的小说传播》，中国社会科学出版社2004年版，第195—295页。

想史价值、文学史料价值、版本目录学史料价值、小说文体学价值等几个方面做进一步探究。

一　学术思想史价值

明代文言小说丛书因其体例极具包容性，故辑录了诸多民间文士的作品，这些作品及其序跋载录了当时民间学界对学术史及文学史的一些独到认识，这些认识在学术思想史上曾产生过深远的影响。

文言小说汇编中反映了明代正统文士对待通俗文学的真实态度，从一独特视角揭示了明代通俗文学发展的一种"神秘"动力。明代是以小说、戏曲为代表的通俗文学独领风骚的时代，但主流学界并不认可其价值，如明代众多的公私书目并不著录通俗小说和戏曲，只有极个别如《百川书志》《晁氏宝文堂书目》为例外。而正统文士对待通俗文学的态度颇为有趣，他们既真心喜爱之，又不敢公开承认。只有当他们摘下正统"面具"时，才祖露出对于通俗文学的真实态度。王圻对待《水浒传》的态度颇有代表性。王圻（1530—1615）是嘉靖四十四年（1565）进士，曾任云南道监察御史、陕西布政使司右参议等职，政绩卓著，且著述宏富，纂著有二十余种八百余卷，著名者如《续文献通考》二百五十四卷、《稗史汇编》一百七十五卷、《三才图会》一百〇六卷等。他可谓是一位事功、著述兼富的学士大夫。他在《续文献通考》"经籍考·传记类"和《稗史汇编》"文史门·杂书类"均著录了《水浒传》，但他在二书中所持的态度却迥然有别，前者著录文字将《水浒传》贬得一无是处，后者则对其赞美之至。如后者称作者罗贯中为"绝世轶材"，赞《水浒传》叙事艺术"惟虚故活"①。王圻同代人、以博洽著称的胡应麟（1551—1602），曾从目录学角度将传统小说分为六种：志怪、传奇、杂录、丛谈、辨订、箴规，但把通俗小说排斥于外，认为其不在四部之内，不登学术殿堂。王圻《稗史汇编》中给予《水浒传》的褒扬之辞在当时主流学界堪称惊骇之论。王圻于《续文献通考》与《稗史汇编》中对《水浒传》态度的强烈反差不免令人费解，但若对比他于二书中的不同题署，就很容易找到答

---

① （明）王圻辑：《稗史汇编》，《四库全书存目丛书》子部第 141 册，齐鲁书社 1995 年版，第 403—404 页。

案。前者卷端皆题"皇明进士云间王圻纂辑"①，后者均署"海右闲民王圻纂集"②。可见前者代表其官方身份及正统立场，后者标示其在野身份及民间观点，后者对《水浒传》的评价才反映其真实态度。正统文士对待通俗文学的这种矛盾态度与做法，在明清时期具有很大的普遍性，其根源来自通俗文学强大的艺术魅力与正统学术观念之间存在的冲突。正统文士对待二者的真实偏好只有在其摘掉正统"面具"的情境下才会表现出来。正如胡应麟论及古今著述中小说生命力特强的原因时所说："大雅君子心知其妄而口竞传之，旦斥其非而暮引用之，犹之淫声丽色，恶之而弗能弗好也。"③ 因此，若欲窥知大雅君子对待通俗文学的真实态度，需通过其以民间身份所撰作品才能获得。而明代文言小说汇编中保存了许多这方面的真实记录。

　　中国古代学术语境中，"稗史"与"正史"相对。明代稗史汗牛充栋，而"稗史"又常被视同于"小说"。正统观念一直"尊"正史、"绌"稗史，而晚明学者认为，"稗史"的学术价值不逊于正史。周孔教《稗史汇编序》论述了"正史"与"稗史"之别，对于二者的辩证关系、稗史的学术地位、文体特征等问题均做了阐述。他说："夫史者，记言记事之书也。国不乏史，史不乏官，故古有左史、右史、内史、外史之员。其文出于四史，藏诸金匮石室，则尊而名之曰'正'。出于山矔巷叟之说，迂疏放诞，真虚靡测，则绌而名之曰'稗'。稗之犹言小也，然有正而为稗之流，亦有稗而为正之助者。子长、孟坚为万世史家冠冕，然若相如之窃资，江都之中冓，疑史家所不道，而迁、固俱津津乎详哉，其言之，则史遂为稗之滥觞。吴羌之不诎于新，侯馥之不诎于成，真夷齐之俦，而史皆失其人，顾见于地志及吴兴掌故，则虽稗官实正史之羽翼也。"④ 他认为，正史修于官方，稗史出于民间，正史中有稗史，稗史中有正史，二者实为一体，相辅相成，不可偏废。而张九德《稗史汇编叙》

---

　　① 所据版本为（明）王圻：《续文献通考》，《四库全书存目丛书》子部第185—189册，齐鲁书社1995年版。

　　② 所据版本为（明）王圻辑：《稗史汇编》，《四库全书存目丛书》子部第139—142册，齐鲁书社1995年版。

　　③ （明）胡应麟：《少室山房笔丛》"九流绪论下"，上海书店出版社2001年版，第282页。

　　④ （明）周孔教：《稗史汇编序》，《四库全书存目丛书》子部第139册，齐鲁书社1995年版，第519—520页。

则特别标举稗史独有的功能："史非世官，域听睹，规避忌，欲书而不敢书，虽书而不尽书。则山泽之臞掇拾其遗闻，各勒一家言，由周、秦、晋、魏迄于今，亡虑数百种，世以其不列掌故，不藏金匮石室也，而一切稗目之。夫命名以'稗'，明乎其非正史矣。顾托以征是否，削隐讳，正史所遗佚挂漏而不及胪于天下后世者，昭昭乎揭日月而行，则稗胡可废也！"① 他明言正史有诸多的局限性，稗史的信实度更胜一筹。商濬《稗海序》亦曾有类似之论。② 王圻的《稗史汇编引》论列了稗史的不同文体形式："六朝以降，遂有谐史、逸史、尘（麈）史、野史、稈史，相继递出。其他为论、为表、为记、为录，杂然流布于宇内。"③ 他认为自六朝迄明朝，稗史之体长盛不衰，不仅表现为形形色色的"史"体，一些论、表、记、录也属稗史。他还称稗史"别成一家言"，隐含稗史与正史分庭抗礼之意味。王圻之论展现出对于稗史文体的宽广学术视野。

二　文学史料价值

明代文言小说汇编的序跋结合具体编纂实践，对多种文体的源流、内涵、功能等问题做了学理性探讨，其实是对之前相关文体认知水平的理论总结，其所表达的一些真知灼见代表了当代最高水平，对深化及丰富相关文体理论内涵做出了重要贡献。

其一，对"博物体"审美特征的阐发。"博物体"是文言小说的重要支脉，自晋张华《博物志》以降，又有唐林登《续博物志》、宋李石《续博物志》、明游潜《博物志补》等书，形成一种独特的著述系列。但以上著述均简略不成大观。明董斯张撰《广博物志》五十卷可视为传统博物体著作的集大成之作。此书总分 22 大类，再分 167 子类，既展示了传统博物学完备的知识体系，也展现了博物体著述的鲜明体式特征。朱国祯《广博物志序》对博物体之起源、艺术机理、审美效果等问题作了深入阐发。他将《博物志》体式溯源于《庄子》："《博物志》者，《南华经》之变也。庄叟谭理而借物，故其言恣肆淏漾，期于阐自己之性灵。茂先谈物

---

① （明）张九德：《稗史汇编叙》，《四库全书存目丛书》子部第 139 册，齐鲁书社 1995 年版，第 525—526 页。

② （明）商濬辑：《稗海》，明万历间商氏半埜堂刊本。

③ （明）王圻：《稗史汇编引》，《四库全书存目丛书》子部第 139 册，齐鲁书社 1995 年版，第 532—533 页。

以邲理，故其言幽深卓诡，期于拓天下万世之耳目。二书互为表里，皆原本《老》《易》，孕左史、国侨之蓄，运以河上、东方之奇，通玄洞冥，超然自抒独解，以留天地间一种非子非史之秘闭，而后之作者纷如。"① 此论颇有眼光，《博物志》作为一种"非子非史"著述体式，在借物谭理手法、幽深卓诡文风两方面与《庄子》确有相通之处，且二者均根植于深厚的民族文化土壤，以故博物体著作生长繁茂，"后之作者纷如"。不过，《庄子》托物论道，《博物志》借物致知，二者旨归还是有差别的。韩敬《广博物志叙》引纂者董斯张之语，论述了该书体例之具体取法对象："茂先氏之觞也而沿之，因其类也而辑之，则非茂先也，昉也。"② 他认为，《广博物志》汲取了张华《博物志》著述思想与李昉等《太平广记》分类编排两种义例之长。朱、韩二人所论有助于今人重新审视传统目录学界对《广博物志》的归类。《博物志》于历代书目中移徙于子部的"杂家"与"小说家"之间，而今人则倾向于视其为小说作品。《太平广记》于后世书目中迁转于"小说家"与"类书"之间，今人则统一认定其为小说之书。而《广博物志》于后世书目中一般归入"类书类"，如《千顷堂书目》《四库全书总目》均是如此。实际值得商榷。比照《太平广记》之归类及纂者董斯张之语，结合现代学术观念，应将《广博物志》改隶"小说家"更为合理。

　　其二，对俳谐文体内涵的学理探讨。俳谐文既是散文之一体，也是文言小说重要体式之一。自南朝拟公文体俳谐文，至唐宋的"假传"（又称"物传""托传""游戏之传"），其数量与影响愈益壮大，至明代达到高峰，不仅新创作品量超越唐、宋、元三代之和，③ 更涌现众多以"谐史""滑稽""寓言"等为题的集成式汇编著作，仅陈邦俊《广谐史》卷前《引用书目》所列明代此类纂著就有 12 种之多。这些作品于明清许多书目中被归于集部的"总集类"或子部的"小说类"，现代学界延续了这种

---

① （明）朱国祯：《广博物志序》，岳麓书社影印明万历四十五年（1617）高晖堂刻本，1991 年版，第 1 页。

② （明）韩敬：《广博物志序》，岳麓书社影印明万历四十五年（1617）高晖堂刻本，1991 年版，第 2 页。

③ 参见刘成国《以史为戏：论中国古代"假传"》，《江海学刊》2012 年第 4 期。

归类传统。① 此类纂著所附的一些序跋文字对此文体也作了理论上的探究与提炼。陈禹谟编《广滑稽》三十六卷，卷前有自撰《录广滑稽前》一篇，对滑稽之言的社会功能作了全面论述，认为其可以化解君臣之间及父子之间的伦理困局，可以促进人际关系的和谐。众人相聚，滑稽之语可助谈锋，砺口才，活跃气氛。文人交流，以诗相诮，便成雅谑，可以显示文才风流。他提出了"善谑"的审美标准为"谑而不虐"，掌握分寸。并举宋刘贡父"酷甚茅刃"、黄庭坚"妄言绮语"而遭恶报的反面范例，② 以警示世之滑稽过度者，倡导滑稽效果的中和之美。孙杰《广滑稽跋》追溯滑稽文体起源，阐述其修辞功能与社会功能，他说："言自六籍而下，作者纷如，然未有以滑稽名者，名之自战国始。而太史公特为之立传……顾其立言之旨何如耳，立言而骄能使之下、愎能使之容、暗能使之悟，奚诡之非正耶？谑之非庄耶？不经之非大常耶……太史公曰：'谈言微中，可以解纷。'宁独解纷？忠臣假是以悟主，则补衮之宏谟也；诤子效是以格父，则干蛊之极思也；良朋仿是以规友，则切劇之善道也。滑稽之言，讵可少哉！"③ 他将"滑稽"之名溯至战国，认为滑稽文体始创于《史记》，其修辞艺术可类比于《诗》之比兴讽喻。其论独到而精辟。

其三，对多种通俗文学文体的学理总结。明代文言小说汇编辑录了许多通俗文学作品，涉及多种文体。如郭子章编《六语》三十一卷，于《千顷堂书目》《四库全书总目》中均被归于"子部·小说类"④。该书包括《谣语》七卷、《谚语》七卷、《隐语》二卷、《谶语》六卷、《讥语》二卷、《谐语》七卷，每"语"之前均自撰序文一篇，实际是关于六种通

---

① 四库馆臣为明朱维藩《谐史集》所撰"提要"中说："凡明以前游戏之文，悉见采录……据其体例，当入'总集'，然非文章正轨，今退之'小说类'中，俾无溷大雅。"[（清）永瑢等：《四书全书总目》，中华书局1965年版，第1235页] 今人张振国论述"假传"的文体性质，认为："'假传'滥觞于唐代韩愈《毛颖传》，是一类介于史传散文和小说之间的文体。"[张振国：《中国古代"假传"文体发展史述论》，《华南师范大学学报》（社会科学版）2012年第4期]

② （明）陈禹谟辑：《广滑稽》，《四库全书存目丛书》子部第251册，齐鲁书社1995年版，第394—397页。

③ （明）孙杰：《广滑稽跋》，《四库全书存目丛书》子部第251册，齐鲁书社1995年版，第388—389页。

④ 按照目录学传统，《六语》当归于"集部·总集类"。《千顷堂书目》《四库全书总目》之所以将其改隶于"子部·小说类"，当是基于以下两种原因：一是《六语》所辑每条韵文均附有"本事"，且大多"侈谈妖祥"，类小说家言；二是其文本形态丛脞琐屑，言不雅驯。

俗文学文体发展的简史，序之下又有《凡例》。这些文字涉及各"语"的起源、流变、修辞效果、社会功能、审美特征、内部分类、代表性作品等，是对晚明之前六种"语"体特征的一次学理性总结，对于提高这六种俗体文学的地位、拓展其研究视野厥功甚伟。

三　小说辑佚价值①

明代小说编撰者中不乏名士硕儒，如杨慎、焦竑、王世贞、何良俊、胡应麟、陈继儒，等等，他们嗜古如癖，"上梯层崖，下追穷渊"②，得读许多常人未睹之奇书异书，所编小说中，辑录众多后世已佚的小说资料。我们仅以藩王朱谋㙔编《异林》为例，窥其辑佚价值之一斑。

朱谋㙔撰《异林》十六卷，黄虞稷《千顷堂书目》及张廷玉等《明史·艺文志》均入"小说家类"。《四库全书总目》"子部·小说家类存目"著录该书，误将撰者著为朱睦㮮，提要简略，评价甚低，谓其"摘百家杂史中所载异事，分为四十二目，颇为糅杂……惟详注所出书名，在明末说家中，体例差善耳"③。惟肯定其"体例差善"一端。现存万历间帅廷锁刻本，书前有帅廷锁序，收入《四库全书存目丛书》子部第 247 册（齐鲁书社 1995 年版）。全书共分 42 目：卷一"大年""仙释""早慧"，卷二"相表""才性""多男""族义"，卷三"贵盛""久任""使节""贞烈"，卷四"先知""通禽语""服食""异产"，卷五"殊长""殊短""殊力""奇疾""奇梦""再生""变化"，卷六"名胜""形气"，卷七"第宅""丘墓"，卷八"土宜""山异""地异""水品"，卷九"水异""火部""金异"，卷十"珍怪"，卷十一"天变"，卷十二"木异""异草木"，卷十三"鸟兽"，卷十四"鳞介""物化""杂事"，卷十五、十六"夷俗"。朱谋㙔（1564—1624），字郁仪，明太祖第十七子宁王朱权的七世孙，封镇国中尉。《明史》卷一七七《列传·诸王二》有传："……谋㙔尤贯串群籍，通晓朝廷典故。诸王子孙好学敦行，自周藩中尉睦㮮而外，莫及谋㙔者……暇则闭户读书，著《易象通》《诗故》

---

① 本小节主体内容曾以《朱谋㙔〈异林〉小说辑佚价值初探》为题发表于《明清小说研究》2016 年第 4 期。

② （明）陈继儒：《读书十六观》，《北京图书馆古籍珍本丛刊》（78），书目文献出版社 1988 年版，第 587 页。

③ （清）永瑢等：《四库全书总目提要》，中华书局 1965 年版，第 1230 页。

《春秋戴记》《鲁论笺》及他书，凡百十有二种，皆手自缮写……病革，犹与诸子说《易》。子八人，皆贤而好学。"①朱谋㙦依托明室背景，藏书丰富，且广涉群籍，勤于著述，著书达一百余种。《异林》即其中重要的一部。因明清以来学界一般将其视为志怪小说汇编之书，且非上乘之作，故而关注度极低。

作为一部汇编作品，《异林》旁搜博采，摘引典籍 520 多种，遍涉经、史、子、集四部，尤多史部杂史、地理及子部杂学、杂说、笔记小说之书，辑入许多已经散佚的文献。兼之此书体例谨严，每条之后必标文献出处，因此具有较高的辑佚价值。周运中《利玛窦〈舆图志〉佚文考释及其他》②一文曾从此书中辑得《舆图志》佚文十二条，将它们与《坤舆万国全图》进行比对，证明了利玛窦的《舆图志》不是他的《坤舆万国全图》。而《异林》的小说辑佚价值也很值得重视。以下仅对《异林》中保存的晋曹毗《志怪》、南朝宋郭季产《集异记》、唐陆勋《集异记》、明蔡善继《前定录》诸书佚文作一简述。

（一）晋曹毗《志怪》佚文 1 条

　　汉末有病瘕者，腹昼夜切痛，临绝，敕其子剖视，得一铜酒鎗，容数合。华佗闻之，往视，出药投之，鎗化为酒。（《异林》卷五"奇疾类"）③

曹毗《志怪》一书，《隋书·艺文志》及两《唐志》均未著录。清章宗源《隋书经籍志考证》、文廷式《补晋书艺文志》曾分别于"杂传类"和"小说家类"著录其目。今人宁稼雨《中国文言小说总目提要》（齐鲁书社 1996 年版）、石昌渝《中国古代小说总目》（文言卷）（山西教育出版社 2004 年版）著录其目，均称散佚已久。宗炳《明佛记》，《初学记》卷七、《太平御览》卷六七、苏易简《文房四谱》卷五、蔡梦弼《杜工部草堂诗笺》卷二六同引佚文一则，内容叙汉武帝时外国道人辨昆

---

① （清）张廷玉等：《明史·诸王二》，中华书局 1974 年版，第 3597 页。
② 周运中：《利玛窦〈舆图志〉佚文考释及其他》，《自然科学史研究》2010 年第 4 期。
③ （明）朱谋㙦：《异林》，《四库全书存目丛书》子部第 247 册，齐鲁书社 1995 年版，第 243 页。

明池劫灰事，鲁迅已辑入《古小说钩沉》。今从朱谋㙔《异林》卷五
"奇疾类"又辑得一条。其内容谓汉末有人患上一种名"瘕"的怪病，彻
夜腹痛，死前剖腹，得一个铜质酒器。华佗闻悉后，制药解之，铜酒鎗化
为了酒。这条佚文曾被医书征引，如宋张杲撰《新安医学医说》、明江瓘
和清魏之琇编著《名医类案正续编》等。

（二）朱谋㙔《异林》中两种《集异记》中的佚文

1. 南朝宋郭季产《集异记》佚文2条：

（1）晋永嘉五年，抱罕令严根婢产一龙，一女，一鹅。（《异林》
卷四"异产类"）①

（2）汉献帝初平中，长沙有人姓桓，既死，棺敛月余，其母闻
棺中有声，开棺出之，遂复活。（《异林》卷五"再生类"）②

2. 唐陆勋《集异记》（《集异志》）佚文一条：

唐开元八年六月，京师兴道坊，一夕陷为池，居民五百余家，悉
没不见。（《异林》卷八"地异类"）③

从《异林》标注出的文献名来看，出现了《集异记》《集异志》《陆勋集
异记》三种名称，可见朱谋㙔编撰《异林》时依据了不同本子的《集异记》。

中国古代有三书名《集异记》：一是南朝宋郭季产《集异记》，不见
于史志著录，已散佚，鲁迅自《北堂书钞》《艺文类聚》《太平御览》
《太平广记》四书中辑得11条佚文，已收入《古小说钩沉》中。李剑国
《唐前志怪小说史》中认为，《太平广记》卷四三八"朱休之"条、卷四
四三"张华"条，文字简短，为晋宋间事，亦当出于郭书。④

① （明）朱谋㙔：《异林》，《四库全书存目丛书》子部第247册，齐鲁书社1995年版，第238页。
② （明）朱谋㙔：《异林》，《四库全书存目丛书》子部第247册，齐鲁书社1995年版，第244页。
③ （明）朱谋㙔：《异林》，《四库全书存目丛书》子部第247册，齐鲁书社1995年版，第261页。
④ 李剑国：《唐前志怪小说史》（修订本），天津教育出版社2006年版，第420页。咸友为
硕士学位论文《薛用弱〈集异记〉研究》曾对"张华"条的出处提出疑问，认为非出郭季产
《集异记》，但未提供证据。见咸友为《薛用弱〈集异记〉研究》，硕士学位论文，福建师范大
学，2013年，第10页。

　　二是唐薛用弱《集异记》，又题《古异记》《集异录》。《新唐志》卷三、《崇文总目》卷三、《通志·艺文略》卷三俱著录为三卷，也有书目著录为一卷、二卷。晁公武《郡斋读书志》卷十三"小说类"著录为《古异记》，二卷。高儒《百川书志》"小说家"亦著为二卷，注云："唐河东薛用弱集，凡十六事。"《四库全书总目》著录为一卷，十六条。现存最早刊本为《顾氏文房小说》本，为二卷，16事。卷后识语云："阳山顾氏十友斋宋本重刻"，其祖本当为宋本。《丛书集成初编》本、《世界文库》本、中华书局1980年排印本，均以之作为底本。《太平广记》所引《集异记》，或出郭季产本，或出陆勋本，不辨撰者。清陆心源曾作《集异记校补》四卷，误辑者不少。中华书局排印本《集异记》补辑67条，并附五条存疑，但是其中有与郭季产《集异记》混淆者，也有出于他书者。李剑国《唐五代志怪传奇叙录》对《集异记》佚文详加甄别，并对每一篇目进行了叙录、考释，最终定为薛用弱《集异记》50条。李时人《全唐五代小说》收录本亦为50条，与李剑国先生的考定相一致。因此《全唐五代小说》本《集异记》可视为目前最可靠的本子。

　　三是晚唐陆勋《集异记》。《宋史·艺文志》"小说家类"著为《集异志》，晁公武《郡斋读书志》卷一三"小说类"著录为："《陆氏集异记》二卷，唐陆勋纂。语怪之书也，凡三十二事，言犬怪者居三之一。"①原书已佚。今人李时人《全唐五代小说》据二卷本收30条，李剑国《唐五代志怪传奇叙录》一书中考证为31条，比李时人多收"裴用"1条。今传《集异志》四卷本出于陈继儒《宝颜堂秘笈续集》，书名当出自《宋志》著录名称。后人多认为其为伪本。《四库全书总目》卷一四四"小说家类存目"著录《陆勋集异记》四卷，殆亦出《宝颜堂秘笈》本。《提要》云："此书较陈氏所载多二卷，而事较振孙（应为晁公武《郡斋读书志》所言）所记之数多三四倍，亦不多言犬怪。岂后人附会，非其本书欤？"②周中孚《郑堂读书记》卷六六"小说家类四"著录四卷本，注出《续秘笈》本，称："今所载凡二百二十六事（实为二百三十九事），较晁氏所计之数多至五六倍，而言犬怪者甚少，盖后人又采诸传记中所载

---

①　（宋）晁公武撰，孙猛校证：《郡斋读书志校证》，上海古籍出版社2011年版，第549页。
②　（清）永瑢等：《四库全书总目提要》，中华书局1965年版，第1227页。

战国以迄唐初怪异之书，傅益为四卷，非宋人所见之旧帙矣"①。李剑国《唐五代志怪传奇叙录》对四卷本《集异志》239 事进行了一一叙录、考释，其中有发生于陆勋身后之事，亦可证并非陆勋原本。又有一卷本，系四卷本之节录本，重编《说郛》《唐人说荟》《唐代丛书》《说库》等书收录。王汝涛据《说库》本一卷 72 条，将《集异志》编入《全唐小说》第二卷，与《全唐五代小说》本差异甚大。

我们之所以将《异林》卷四"异产类"和卷五"再生类"所引两条断为郭季产《集异记》内容，首先，排除了其出于唐薛用弱《集异记》的可能。因为《郡斋读书志》解题称，薛用弱《集异记》"集隋唐间谲诡之事"②，今统观《全唐五代小说》本薛用弱《集异记》，其内容确实皆为隋唐之事，而以上两条佚文为汉晋之事。其次，也可排除出自陆勋《集异记》二卷本的可能，以上 2 条不见于二卷本 31 条。再次，还可排除出于《宝颜堂秘笈》本陆氏《集异记》的可能。宝颜堂本所载 239 事中并无上述两条内容。最后，《异林》引文出处明确注出《集异记》，同于郭季产原书之名。因此，以上 2 条只能出于郭季产《集异记》。鲁迅《古小说钩沉》已经辑得郭季产《集异记》佚文 11 条，李剑国《唐前志怪小说史》一书又自《太平广记》卷四三八、卷四四二辑得 2 条，再加上《异林》中这两条佚文，郭季产《集异记》已有 15 条佚文。

根据标注的文献名，我们很容易可以确定，《异林》卷八"地异类"标注为《集异志》的条目出自陆勋《集异记》。李剑国先生《唐五代志怪传奇叙录》一书已考证出陆书 31 条，再加上《异林》中这一条，恰为 32 事，与晁公武《郡斋读书志》著录的条目数量正相吻合。可见南宋晁公武的记载不谬，晚明朱谋㙔撰《异林》时尚及睹其完帙。

（三）明蔡善继《前定录》佚文 2 条

（1）韩公张仁愿，足下有黑子，以为贵相。安禄山亦有黑子，在两足下。（《异林》卷二"相表类"）③

（2）李峤每寝时，鼻下无气。袁天纲与居，夜中察之，出入之息乃自

---

①　（清）周中孚著：《郑堂读书记》，上海书店出版社 2009 年版，第 1085 页。

②　（宋）晁公武撰，孙猛校证《郡斋读书志校证》，上海古籍出版社 2011 年版，第 549 页。

③　（明）朱谋㙔：《异林》，《四库全书存目丛书》子部第 247 册，齐鲁书社 1995 年版，第 222 页。

耳中。惊曰："此谓龟息，大贵寿相也。"（《异林》卷二"相表类"）①

　　唐钟辂（"辂"一作"籍"）有《前定录》，《新唐书·艺文志》、陈振孙《直斋书录解题》"小说家类"均有著录，一卷，后者更称"凡二十二事"②。今有传本，实有 23 条，最早刊于南宋左圭《百川学海》甲集。李剑国《唐五代志怪传奇叙录》谓："《广记》等所引皆在今本中，犹为完帙也。"③ 今有 1991 年中华书局《丛书集成初编》本和李时人《全唐五代小说》本，所收篇目相同。又有题钟辂撰《续前定录》一卷，初著于《崇文总目》"小说类"，今存，凡 24 条。元明清许多书目将其与《前定录》并著。《四库全书总目》卷一四二、周中孚《郑堂读书记》卷六六、昌彼得《说郛考·书目考》卷一〇〇均辨明其为伪书。

　　明蔡善继也撰有《前定录》二卷，《四库全书总目》"小说家类存目"著录，上卷凡 78 事，下卷凡 93 事。"细核所录，乃全剽《太平广记》第一百四十六卷至第一百六十卷'定数'一门之文，名姓次序，一字无异。惟上卷之末增延陵包隰一人，下卷之首增窦易直至刘逸 20 人，为原书所无，然亦自《广记》他门移掇窜入者。"④ 这篇提要对蔡书篇目出处述之甚详，可以推定纂官当日曾经寓目此书。宁稼雨《中国文言小说总目提要》、石昌渝《中国古代小说总目》（文言卷）、陈大康《明代小说编年史》均称原书已佚。20 世纪 90 年代齐鲁书社出版《四库全书存目丛书》时亦未寻获此书，可见其的确散佚。今从《异林》卷二"相表类"辑得佚文 2 条，分别叙安禄山足下有黑子为贵相事、李峤龟息贵寿事。安禄山、李峤均生于钟辂之前，其事有被记入钟辂《前定录》的可能，也有被记入蔡善继《前定录》的可能。但经检核，《异林》中这两条内容不见于钟辂《前定录》，亦不见于伪本《续前定录》24 条中，因此均应予以排除。因此，这两条内容应为蔡善继《前定录》的佚文。而且，《异林》所引《前定录》这两条内容分别见于《太平广记》第二百二十二卷"安禄山"条和第二百二十一卷"袁天纲"条，与《总目》纂官所称"亦自《广记》他门移掇窜入者"相

　　① （明）朱谋㙔：《异林》，《四库全书存目丛书》子部第 247 册，齐鲁书社 1995 年版，第 222 页。
　　② （宋）陈振孙：《直斋书录解题》，上海古籍出版社 1987 年版，第 320 页。
　　③ 李剑国：《唐五代志怪传奇叙录》，南开大学出版社 1998 年版，第 607 页。
　　④ （清）永瑢等：《四库全书总目提要》，中华书局 1965 年版，第 1230 页。

吻合。因此，我们可以判定此二条出自蔡善继《前定录》。朱谋㙔与蔡善继为同代人，蔡善继生卒年不详，仅知其为万历二十九年（1601）进士，官至福建左布政使等。《异林》采及同代人之书，可见朱谋㙔阅读、治学注意吸收新成果之特征。

朱谋㙔《异林》中的小说史料绝不止上述区区数条。此处姑作引玉之砖，以俟博雅者从中发现更多珍宝。

四　小说文体学价值

众所周知，弄清楚研究对象，是开展学术研究的首要前提。古代"小说"内涵与现代小说相去霄壤，为现代学界研究古代"小说"造成莫大的困惑。今人判断古人小说观念的现行主要方法，一是以现代小说观念去衡量古代作品。实践证明，此路不通，实际上犯了以今绳古的常识性错误。二是依据古人目录的归类情况，全盘接受。但其偏颇在于，一方面，即使同一时代的目录学家，其对小说内涵的理解也参差歧异；另一方面，文献学家的认识与小说选家、作家的理解之间毕竟尚存落差。而且，历史上目录学家与小说选家、作家合而为一的个案极为罕见。三是接受古代小说研究家的论述。如万历间胡应麟《少室山房笔丛·九流绪论下》对传统小说家的六分之法，颇为精辟，但是理论家的论述更多关注到共性层面的特点，与具体的小说编选、创作实践尚隔了一层。明人编刊了许多小说丛书，据笔者统计，仅专门的小说丛书就有 70 余种，这些丛书的编者在选收前人作品的同时，喜欢将自撰著作也收入其中，兼之自撰序跋以阐明选目标准，这样，小说丛书编者一身兼备作者、选家、理论家三种角色。因此，依据这些小说丛书，考察其"小说"总题下选目情况、作品题材、内部分类，就较容易把握、判断明人的小说观念。

嘉、隆间顾元庆辑刻《顾氏明朝四十家小说》（一名《梓吴》）所收，有顾元庆自著《茶谱》一卷及《大石山房十友谱》一卷、都穆撰《寓意编》一卷等，这些属于植物、艺术、器物谱录；有顾岕《海槎余录》一卷、王济《君子堂日询手镜》一卷等地理方志；有《瘗鹤铭考》一卷等金石考证作品；有陈棨《续编宋史辨》之类的辨订著作。顾元庆编《广四十家小说》所收，有养生类著作，如唐司马祯《天隐子》一卷；有器物谱录著作，如宋郑文宝撰《历代帝王传国玺谱》一卷等。而上述作品的性质与当时许多目录书的小说归类是可以互相印证的。

　　而且，明代许多小说丛书是分类编排而成的，所分类属更直接反映了编选家对小说文体内部结构的划分。嘉靖间陆楫编《古今说海》分为四部七家："说选部"（下分"小录家""偏记家"）、"说渊部"（下分"别传家"）、"说略部"（下分"杂记家"）、"说纂部"（下分"逸事家""散录家""杂纂家"）。其一级类目"说选""说渊""说略""说纂"等并无实质文体意义，略去不论。其小说文体观主要体现于二级分类："小录家""偏记家""别传家""杂记家""逸事家""散录家""杂纂家"，尤其前六家，所谓"记""传""录"，皆是与史学相关的文体，这表明，此书虽以"说海"为总名，但内在分类体现出陆楫以史学为本的小说文体观。其"说选部·偏记家"所收 15 种，诸如《蒙鞑备对》《桂海虞衡志》《真腊风土记》《滇载记》《星槎胜览》等，均有地理博物成分。而商濬辑《稗海》虽不分类，但收入了张华《博物志》、李石《续博物志》等书。晋张华《博物志》以地理为本位展开博物体系，其著述思想上溯于《尚书·禹贡》《山海经》，下启后世博物之作，汇成博物体小说之类型，"说选部·偏记家"所收诸书可视为博物体小说。再如冰华居士辑《合刻三志》80 种，内分 7 类："志奇类""志怪类""志异类""志幻类""志鬼类""志梦类""志寓类"，实际可归为文言小说中三大体式：传奇体、志怪体、拟传体（又名"寓言""托传""假传"等）。

　　明末佚名编《五朝小说》①包括"魏晋小说""唐人百家小说""宋人百家小说""皇明百家小说"四部分。除"皇明小说"不分家，其余各代小说下又分数家，"魏晋小说"下分 10 家：传奇家、志怪家、偏录家、杂传家、外乘家、杂志家、训诫家、品藻家、艺术家、记载家。此 10 家其实展示了古代"小说"内涵的同心圆结构。处于结构最核心的是"传奇""志怪"二家，胡应麟小说六分法的前二种是"志怪""传奇"，只是次序有异。此二类作品具备虚构性、叙事性、奇异性、形象性等古今相通的小说特质。仅次于核心、稍外一层是"偏录""杂传""外乘""杂志"诸家，略当于胡应麟所分的"杂录"，为杂史杂传作品，其类目名称尚带史体痕迹，其入选作品的题材内容虚实参半，多数作品虚多于实，甚至徒有史体之名而无史体之实，如"杂传家"所辑作品：《列仙传》《神

---

① 《五朝小说》版本纷乱，此据《中国丛书综录》所著录清代据《说郛》《说郛续》刊版重编本。参见上海图书馆编《中国丛书综录》，上海古籍出版社 2007 年版，第 761—767 页。

仙传》《神僧传》之流，只剩下史体外壳，其灵魂实为小说。再次一层是
"训诫家"，下录作品如《颜氏家训》之流，或示训垂范，或臧否人物，
叙事成分薄弱，约对应于胡应麟所分的"箴规"。其最外层结构是"品藻
家""艺术家""记载家"等艺术、动植物谱录及地理博物、天文算法等
书，如"品藻家"收录《诗谱》《书品》《古画品录》等艺术谱录及品评
著作。"艺术家"汇辑《风后握奇经》《相贝经》《相儿经》《相牛经》
《水经》《月令问答》等术数、相占、地理、月令之书。这些著作基本全
是专业性书籍，知识性很强，叙事性枯竭。胡应麟的小说六分法中未及专
业书籍，实际上，知识性是古代"小说"本体性的重要内涵，自历代书
目多将专业书隶于"小说家"的做法，即可得到证明。而《五朝小说》
之"唐人百家小说"的"偏录家""纪载家""琐记家"，以及"宋人百
家小说"的"琐记家"，均收录大量专业书，亦充分证明这一点。表5–1
为《五朝小说·魏晋小说》与祁承爜《澹生堂藏书目》"子类·小说
类"① 及胡应麟《少室山房笔丛·九流绪论下》分类情况对照表②。

表5–1　　　　　　　　　　　小说分类情况对照

《五朝小说·魏晋小说》	《澹生堂藏书目》"子类·小说家"	《少室山房笔丛·九流绪论下》
传奇家　志怪家	记异	志怪　传奇
偏录家　杂传家　外乘家	杂笔	丛谈　辨订
杂志家　艺术家　纪载家	闲适	
品藻家	清玩	
	佳话	杂录
训诫家		箴规

自表5–1看出，在明代学术视野中，志怪、传奇、笔记野乘，甚至
箴规、专业书籍均属于"小说家"范畴。胡应麟小说六分法唯一缺憾是
遗漏了包括养生、清玩类的博物作品，而这些作品于清代之前的目录书中

---

① 祁承爜《澹生堂藏书目》"子类·小说家"再分八类：说汇、说丛、佳话、杂笔、闲
适、清玩、记异、戏剧，其前两类"说汇""说丛"仅为著述类型，不具文体意义。后六者中，
"佳话"多为"世说体"作品；"杂笔"多为笔记野乘；"闲适"多为山家清事之类的养生作品；
"清玩"基本全属文房清事之作；"记异"均为志怪小说；"戏剧"悉为笑话作品。参见祁承爜
《澹生堂藏书目》，新文丰出版公司1985年版，第673—680页。
② （明）胡应麟：《少室山房笔丛》，上海书店出版社2001年版，第282页。

常被归于"小说家",如《国史经籍志》《澹生堂藏书目》《红雨楼书目》均是如此。笑话书、"世说体"作品在古代书目中一般均归入"小说家",但《五朝小说》之"魏晋"部分并未收录笑话书,亦无严格意义上的"世说体"作品,故此二项与其他二书不必相较。

小说丛书的内部分类与目录书的归类虽隐然存在一种对应关系,但前者往往又明修栈道,暗度陈仓。如吴琯《古今逸史》总分"逸志""逸记"二大类,其中"逸记"下又分"纪""世家""列传"三子类,似乎是模仿正史体例,"纪"类下收录作品多与帝王相关,如《穆天子传》《汉武故事》《海山记》《迷楼记》《开河记》《赵后外传》,实际均为小说家言;"世家"收录《晋史乘》《楚史梼杌》《越绝书》《吴越春秋》《华阳国志》,这些著作于《四库全书总目》中被归入史部的"载记类",虽假史书之名,实多传说异闻,如四库馆臣评《吴越春秋》所说"近小说家言,然自是汉、晋间稗官杂记之体"。① "列传"所收多为野史杂传、志怪小说,诸如《高士传》《列仙传》《剑侠传》《神僧传》《续齐谐记》《博异记》《集异记》《松漠纪闻》等。这不仅表明小说与史体之近亲关系,也显示出小说编撰者之狡狯:用庄肃的史体外壳包裹艳异的小说内涵,以抬高小说的文化地位。

很显然,将丛书辑录、目录著录、小说理论家的论述三者结合起来,所得出的结论会更加接近明人小说观念的实际。

五　版本目录学史料价值

书版"佞宋"之风,许多学者认为始于明末清初钱谦益、毛晋、钱曾等人,其实早在明正德、嘉靖间已肇其端,万历年间于收藏界、出版界已甚嚣尘上,明人汇刻书籍中保存了许多相关记录。顾元庆《顾氏文房小说》初刊于明正德、嘉靖间,其所收 40 种书之后多赘以刊记,② 屡屡强调底本源自宋本。如《隋唐嘉话》之后记曰:"夷白斋宋板重雕。"③《宜

---

① （清）永瑢等:《四库全书总目》,中华书局 1965 年版,第 583 页。

② 其原刊本所记梓行最早者为正德丁丑（1517）,最晚者为嘉靖壬辰（1532）。参见阳海清《中国丛书综录续编》,江苏广陵古籍刻印社 1984 年版,第 219 页。

③ （明）顾元庆辑:《顾氏文房小说》,《北京图书馆古籍珍本丛刊》（84）,书目文献出版社 1988 年版,第 219 页。

斋野乘》后记曰："长洲顾氏宋本校行。"① 《芥隐笔记》之后记曰："正德庚辰阳山顾氏宋本翻刻。"② 《集异记》后云："阳山顾氏十友斋宋本重刻。"③ 另据清黄丕烈《士礼居藏书题跋记》卷五记载，朱承爵（1480—1527）藏有宋刻本《唐女郎鱼玄机诗》，世传其曾以爱妾换取宋刻《汉书》。④ 清叶昌炽《藏书纪事诗》卷三引清吴翊凤（1742—1819）《逊志堂杂钞》载，嘉靖中朱大韶酷爱宋版书，访得吴门故家有宋椠袁宏《后汉纪》，系陆放翁、刘须溪、谢叠山三先生评，遂以美婢易之，盖非此不能得也。⑤ 以上二故事未必可信，但事主其人其时代不谬。可见，至迟在明嘉靖间，版本佞宋之风已在吴中文士间开始流行。至万历间屠隆撰《考槃余事》四卷，分为十五笺，其首笺《书笺》首条为"论书"⑥，自雕镂、校阅、书法、刷印、多奇书、用讳字、刻工、香味、版式、用墨、纸张等诸多方面，极力称美宋版书之精良，以反衬明人刻本之恶劣。《考槃余事》后被陈继儒收入《宝颜堂秘笈·正集》中，更速其传。而文震亨撰《长物志》卷五《宋板》也极力推尊宋版书。明末以降书版佞宋巨波弥漫世上，其蹄涔源于正德、嘉靖之间。

众所周知，我国图书四部分类法早在唐初撰《隋书·经籍志》时已经确定，后世官私书目谨守不改。但明代的目录学界却是一个例外。首先，肇端于官方目录对四部分类的漠视。明英宗正统六年（1441），杨士奇、马愉等撰成《文渊阁书目》，分书为 39 类：国朝、易、书、诗、春秋、周礼、仪礼、礼记、礼书、乐书、诸经总类、四书、性理（附实录、传、年谱等）、经济、史、史附、史杂、子书、子杂、杂附、文集、诗词、类书、韵书、姓氏、法帖、画谱（诸谱附）、政书、刑书、兵法、算法、阴阳、医书、农圃、道书、佛书、古今志（杂志附）、旧志、新志。

① （明）顾元庆辑：《顾氏文房小说》，《北京图书馆古籍珍本丛刊》（84），书目文献出版社 1988 年版，第 284 页。

② （明）顾元庆辑：《顾氏文房小说》，《北京图书馆古籍珍本丛刊》（84），书目文献出版社 1988 年版，第 315 页。

③ （明）顾元庆辑：《顾氏文房小说》，《北京图书馆古籍珍本丛刊》（84），书目文献出版社 1988 年版，第 331 页。

④ （清）黄丕烈：《士礼居藏书题跋记》，《续修四库全书》史部第 923 册，上海古籍出版社 1995 年版，第 809 页。

⑤ （清）叶昌炽：《藏书纪事诗》，北京燕山出版社 2008 年版，第 192 页。

⑥ （明）屠隆：《考槃余事》，中华书局 1985 年版，第 1—3 页。

今人姚明达对其分类法虽有微词，但更多褒扬："校之四部旧法，固如上述，偶有所长，而劣点更多，不足相掩。然有明一代，除高儒、朱睦㮮、胡应麟、焦竑、徐𤊷、祁承㸁六家仍沿四部之称而大增其类目外，私家藏书，多援《文渊目》为护符，任意新创部类，不复恪守四部成规。此在分类史中实为一大解放，而摧锋陷阵之功要不能不归《文渊目》也。"① 宪宗成化间叶盛《菉竹堂书目》规依《文渊阁书目》，惟易"国朝"为"圣制"。正德间陆深纂《江东藏书目》，特辟十四类分法，别立"制书""理性""诗集""类书""诸志""杂史"为独部。嘉靖间孙楼《博雅堂藏书目录》分十八类。万历间孙能传、张萱等《内阁藏书目录》亦分十八部类。而晚明一些小说汇编书中记录了民间文士藏书分类的情况，其图书分类思想比前此各种书目更多突破与创新。卫泳编《枕中秘》收录《二六时令》一种，题"明侗初张鼐著"②。张鼐，字世调，号侗初，松江华亭人，万历三十二年（1604）进士，天启时官南京礼部右侍郎，不满阉党专权，挂冠归田，著有《宝日堂初集》《吴淞甲乙倭变志》《馣堂考故》等。《二六时令》分辰、巳、午、未、申、酉、戌、亥、子、丑、寅、卯十二节，谈昼夜养性保真要领，其第十一节记录了当时士人私下里图书分类法："别二室，一室藏书，书分十二部，部分十二架：曰制书部，曰经部，曰史部，曰子部，曰集部，曰文部，曰政部，曰类部，曰说部，曰骚部，曰性部，曰禅部"③。《内阁藏书目录》、《博雅堂藏书目录》与《二六时令》图书分类对照见表5-2。

表5-2　《内阁藏书目录》、《博雅堂藏书目录》与《二六时令》图书分类对照

《内阁藏书目录》所分18部	《博雅堂藏书目录》所分18类	《二六时令》所分12部
圣制、典制、经、史、子、集、总集、类书、金石、图经、乐律、字学、理学、奏疏、传记、技艺、志乘、杂部	经、史、诸子、文集、诗集、类书、理学书、国朝杂记、小说家、志书、字学书、医书、刑家、兵家、方伎、禅学（附道书）、词林书、制书（附试录、墨卷）	制书部、经部、史部、子部、集部、文部、政部、类部、说部、骚部、性部、禅部

① 姚明达：《中国目录学史》，上海古籍出版社2002年版，第94页。
② 湖南漫士辑《水边林下》所收"练江程羽文辑，柴世基校"《二六课》与《枕中秘》本《二六时令》多有重复，差异只是前者的小引更短，文字删削更甚，且比后者少却后三节。参见湖南漫士辑《水边林下》，《北京图书馆古籍珍本丛刊》（78），书目文献出版社1988年版，第614—615页。
③ （明）卫泳辑：《枕中秘》，《四库全书存目丛书》子部第152册，齐鲁书社1995年版，第715页。

由表 5-2 可以看出，与前两种书目相较，《二六时令》所载图书分类法更为整饬简明，实用性更强。尤值得关注者为其将"说部"跃升至一级部类，与制书乃至经史子集并列，这反映了晚明说部文献剧增而引起民间学界重视的情形。虽然《博雅堂藏书目录》也辟"小说家"为一级类目，但其分类远比《二六时令》琐碎，后者部类分别更加科学。

明代小说汇编之书往往在卷前详列引用书目，其编排方式或分类或不分类。分类编列的引用书目直观地展示了编者的图书分类思想。陈其力《芸心识余》七卷《续》一卷，存明嘉靖刻本。卷首列有引用书目，其排列顺序如下：经传、诸子、正史、别史、图注、志乘、传记、谈录、诗话、别集、类书。其特异之处，是把"诸子"置于"正史"之前，其"传记""谈录"所引，几乎全是小说作品，而"诗话"则近于说部。仅以其"传记""谈录"二类为例：

传记：

《马援传》《杨妃外传》《神仙传》《葆光录》《释典》《太上感应篇》《开元遗事》《天宝遗事》《鸓峰杂著》《酉阳杂俎》《唐杜阳杂编》《夷坚续志》《异闻集》、唐德《神异记》《搜神记》《续搜神记》《述异记》《玄中记》《幽冥录》《百感录》《齐谐记》《列女传》《民间书》《燕友坟记》《中山狼传》《崔祐传》《蔡中郎传》《岁时记》《北户录》《墨客挥犀》《续墨客挥犀》、李商隐《太仓箴》《名山记》《灵德感应篇》《三余赘笔》《八行遗事》《菽园杂记》《东园友闻》《鹤林玉露》《家塾事亲》《芸心闻见录》

谈录：

刘向《说苑》《风俗通》《论衡》《唐语林》《白居易讽谏》《娄说》《启颜录》《焦氏易林》《邵氏闻见录》《格物论》《齐东野语》《缙绅脞说》《虚谷闲抄》《南村辍耕录》《江行杂录》《自警编》《容斋随笔》《卧游录》《仇池笔记》《极涂录》《海樵滥语》《绿雪亭杂言》《双槐岁抄》《东轩录》《两山墨谈》①

---

① （明）陈其力：《芸心识余》，《四库全书存目丛书》子部第 125 册，齐鲁书社 1995 年版，第 364 页。

"传记类"采集对象集中于志怪小说与笔记野乘，"谈录类"所辑多出轶事小说与野史笔记。其书目分类为正统学者所不解，并受到诋斥，清四库馆臣就批评道："观所列引用书目，以《明道集》《读书录》列之经传，以《尔雅》与《真仙宝诰》同列之图注，以《说文》《续文章正宗》入之类书，甚至《汉书》之外又有《汉史》，《开元遗事》之外又有《天宝遗事》，如斯之类，指不胜屈，殆不足与辨。"① 这些引用书目是后世研究明人目录学思想及小说观念的第一手资料。

综上可知，明代民间文士根据编书的性质，对采集书目的分类及编排，突破四部旧规而自主分类，是一种强劲的时代思潮，后世对明代目录学史的研究不能遗漏文言小说汇编中的这些资料。

余　论

中国古代"小说家"属于子部众家之一家，而且其在传统目录归类中的位置高度稳定，姚名达《中国目录学史》论及四部的沿袭流变时说："如《儒》《道》《杂》《农》《小说》，则诸录皆谨守不改。"② 尽管自《汉书·艺文志》以降，"小说家"长期被视为九流之外的"末流""小道"，而备受歧视，但明代学人，尤其是晚明学者的观念却发生了根本的逆转，他们认为，"小说家"虽居于九流之外，却具有赅括九流、博涉四部之功能。因其体式自由，无所不载。小说的学术价值受到空前的重视。胡应麟《九流绪论下》说："小说，子书流也……小说者流，或骚人墨客游戏笔端，或奇士洽人搜罗宇外，纪述见闻无所回忌，覃研理道务极幽深，其善者足以备经解之异同，存史官之讨核，总之有补于世，无害于时。"③ 胡氏之论主要着眼于小说的经史学术价值。大学者焦竑的观点展现更为弘通的视野，他说："余观古今稗说，不啻千数百家，其间订经子之讹，补史传之阙，网罗时事，缀辑艺文，不谓无取。"④ 焦竑认为，"小说家"之价值裨益于经史子集四部学术，其认识更贴近"小说"本体性功能。明代文言小说汇编取材范围博涉古今四部之书，充分展现出"小

---

① （清）永瑢等：《四库全书总目》卷一三一，中华书局1965年版，第1120页。
② 姚名达：《中国目录学史》，上海古籍出版社2002年版，第80页。
③ （明）胡应麟：《少室山房笔丛》，上海书店出版社2001年版，第283页。
④ （明）焦竑：《笔乘·自序》，《四库全书存目丛书》子部第107册，齐鲁书社1995年版，第360—361页。

说"的本体性特征。再看一些汇编文本的题名，诸如《古今说海》《稗海》《古今逸史》《古今寓言》《古今说钞》《情史》《五朝小说》，等等，亦可窥见其渔猎范围之广。而且其总体的取材倾向是尽量不采正经正史、高文典册，而侧重辑录位于传统文化格局边缘地带或格局之外的文献资料。这就意味着，其有意回避经史诸子等"列若眉目、用同菽帛"的常见之书，而采获诸多"非凡所见"的奇珍资料，这正是其独特价值之所蕴。但这些汇编文献迄今并未引起学界的应有重视。清四库馆臣为明徐应秋《玉芝堂谈荟》所撰提要中有一段评论之语，对于我们正确认识明代文言小说汇编之价值不无启迪："其宗旨固主于识小也。然其捃摭既广，则兼收并蓄者不主一途。轶事旧闻，往往而在。故考证掌故，订正名物者，亦错出其间。披沙拣金，集腋成裘，其博洽之功，颇足以抵冗杂之过，在读者别择之而已。"① 明代文言小说汇编虽是一座学术富矿，但有赖于后人的"别择"与"发掘"。

第二节　明代文言小说汇编的缺失

明代小说汇编尽管含有丰富的价值，但毋庸讳言，不少汇编文本存有诸多的弊病与不足，以下略举数端。

其一，态度草率，文不对题。有的汇编文本目录顺序与正文编排不相一致。如《水边林下》所收《十六汤》一种，于目录中为第十四种，但正文中却排序第八。有的同一种书于目录与正文中却有二称，如目录中《焚香七要》一种，正文中题为《香笺》；目录中《谱梅》一种，正文中为《画梅谱》。

其二，抄袭古人，据为己有。叶华《刻金粟头陀青莲露》第四笺"太平清调迦陵音"卷首附有《迦陵音指迷十六观》，其《序》与正文几乎全抄自宋张炎《词源》卷下、元周德清《中原音韵》卷下，只是在前人文字基础上略加点染、修饰，易《词论》为《制曲法》而已。②

其三，任意作伪，驾名古人。卫泳《枕中秘》收有周高起《砭俗支

① （清）永瑢等：《四库全书总目》，中华书局1965年版，第1063页。
② 参见李晓航《顾瑛与玉山雅集研究》第二章"顾瑛的诗歌创作"，硕士学位论文，中南大学，2008年，第44—47页。

言》一种，专门列举当时士流恶俗，其中有："刻稿序评假列名爵""器物矜夸奇古""乔装有道气象""信意妄批驳""书因珍惜反束不观""收藏假帖诞书""自多其学不肯语人"等条。① 第一条即有关于刻书。清叶德辉《书林清话》卷七《明人刻书改换名目之谬》说："明人刻书有一种恶习，往往刻一书而改头换面，节删易名。"② 小说汇编中钞合拼凑，却假托古人。《蕉窗杂录》一卷，旧题"宋稼轩居士撰"。"凡遇'宋'字必加'皇'字于上，以明其为真弃疾作。然书中乃引杨慎《丹铅录》、王鏊《震泽长语》、都穆《听雨纪谈》、焦竑《类林》、王世贞《艺苑卮言》，其妄殆不足辨。其所自增数条，如谓'木笔名辛夷''芍药一名辛夷'，云出《山海经》之类，更为无稽之谈。殆妄劣书贾，钞合明人说部，诡题此名也。"③

其四，改换题目，以旧充新。如《虞初志》《青泥莲花记》收录前代作品，多将原题加以改动。《青泥莲花记》卷九《华州王氏》，实为唐传奇《李章武传》；卷七《胡文瑷》原题《茹魁传》。明闵景贤、何伟然同编《快书》五十卷，所收子目书名多经改窜，"如《会心编》改名《秋涛》，《醒言》改名《光明藏》之类，不一而足。甚至周守忠之《姬侍类偶》改名《姝联》"④。

其五，妄题撰人，期于多售。《天池秘集》十二卷，天津图书馆藏有明天启间刻本，题"徐渭编，武林孙一观校"，但辑者实为孙一观。孙一观《序秘集》故作神秘，诡称访友人于西湖之别墅，"友人适出一帙以示余"，"因请友人付之梓，以公诸海内，令天下人知文长先生尚有此未传之奇珍，未经剖发，而今始现身于世也，遂名其篇曰《秘集》。间有《秘集》中所未收而《秘集》中所必不可少者，妄以己意增定一二，庶几为文长先生之功臣，并希无忝同志者之清玩云尔"⑤。孙一观"妄以己意增定一二"一句还是露了马脚。四库馆臣著录该书时已作了简要辩正："渭，嘉靖中人……是编所载如叶向高、陈继儒之类，皆在其后，渭安得

---

① （明）卫泳辑：《枕中秘》，《四库全书存目丛书》子部第 152 册，齐鲁书社 1995 年版，第 783 页。
② （清）叶德辉：《书林清话》，浙江人民出版社 1998 年版，第 181 页。
③ （清）永瑢等：《四库全书总目》，中华书局 1965 年版，第 1093 页。
④ （清）永瑢等：《四库全书总目》，中华书局 1965 年版，第 1138 页。
⑤ （明）徐渭辑：《刻徐文长先生秘集》，《四库全书存目丛书》子部第 129 册，齐鲁书社 1995 年版，第 3—4 页。

见其诗文?"①另外，明祁承爜《澹生堂藏书目》"子部·小说家·说汇"著录《孙氏十二种小品》八册十二卷，题"孙一观辑"，其类目依次为：《韵萃》《调隽》《籁叶》《丽章》《笔华》《志林》《谈芬》《旷述》《别纪》《致品》《花典》《谐史》，②较《四库总目》所著录稍异，一是类目顺序有别，后者"谐史"居"旷述"之后。二是类目名称有异，后者《清则》，前者作《花典》，其实《四库总目》著录本《清则》之下子目之一为《花典》，可见只是同一类中类目与子目替换的问题。而《孙氏十二种小品》与《徐文长先生秘集》为一书二称是可以肯定的，其编者是孙一观。

其六，割裂分并，窜乱古籍。清黄廷鉴《第六弦溪文钞》卷一《校书说二》说："妄改之病，唐宋以前谨守师法，未闻有此。其端肇自明人，而盛于启、祯之代。凡《汉魏丛书》以及《稗海》《说海》《秘笈》中诸书，皆割裂分并，句删字易，无一完善，古书面貌全失。此载籍之一大厄也。"③

---

① （清）永瑢等：《四库全书总目》，中华书局1965年版，第1121页。
② （明）祁承爜：《澹生堂藏书目》卷七，台北：新文丰出版公司影印会稽徐氏刊本，1985年版，第673页。
③ 张舜徽：《中国文献学》，上海古籍出版社2011年版，第65页。

参考文献

原作:

(晋) 张华:《博物志》, 清嘉庆八年 (1803) 士礼居刊本。

(前秦) 王嘉:《拾遗记》, 上海古籍出版社编《汉魏六朝笔记小说大观》本, 上海古籍出版社 1999 年版。

(唐) 段公路:《北户录》,《文渊阁四库全书》本。

(宋) 洪迈:《容斋随笔》, 上海古籍出版社 1978 年版。

(宋) 洪迈撰, 叶祖荣编:《分类夷坚志》, 明嘉靖二十五年 (1546) 洪楩清平山堂刊本。

(宋) 李昉等:《太平广记》, 中华书局 1961 年版。

(宋) 李石:《续博物志》, 巴蜀书社 1991 年版。

(宋) 欧阳修:《六一诗话》, 中华书局 1962 年版。

(宋) 欧阳修:《归田录》, 中华书局 1981 年版

(宋) 王楙:《野客丛书》, 台北: 商务印书馆 1986 年版。

(宋) 叶梦得:《避暑录话》,《丛书集成初编》本, 商务印书馆 1939 年版。

(宋) 俞鼎孙、俞经辑:《儒学警悟》, 中华书局 2000 年影印本。

(宋) 阮阅:《诗话总龟》, 人民文学出版社 1998 年版。

(宋) 曾慥:《类说》,《北京图书馆古籍珍本丛刊》, 书目文献出版社据明天启六年 (1626) 岳钟秀刻本影印, 1988 年版。

(宋) 周辉:《清波杂志》,《丛书集成初编》第 2774 册据《知不足斋丛书》本排印。

（元）陶宗仪等：《说郛三种》，上海古籍出版社 2012 年版。

（元）夏庭芝著，孙崇涛笺注：《青楼集笺注》，中国戏剧出版社 1990 年版。

（明）包衡：《清赏录》，《四库全书存目丛书》子部第 143 册，齐鲁书社 1995 年版。

（明）曹臣：《舌华录》，《四库全书存目丛书》子部第 143 册，齐鲁书社 1995 年版。

（明）陈邦俊辑：《广谐史》，《四库全书存目丛书》子部第 252—253 册，齐鲁书社 1995 年版。

（明）陈继儒辑：《宝颜堂秘笈》，文明书局 1922 年影印本。

（明）陈继儒：《眉公秘集》，文明书局 1922 年影印本。

（明）陈继儒：《太平清话》，商务印书馆 1936 年版。

（明）陈继儒：《读书十六观》，《北京图书馆古籍珍本丛刊》（78），书目文献出版社 1988 年版。

（明）陈继儒：《晚香堂集》，《四库禁毁书丛刊》本，北京出版社 2000 年版。

（明）陈其力：《芸心识余》，《四库全书存目丛书》子部第 125 册，齐鲁书社 1995 年版。

（明）陈禹谟辑：《广滑稽》，《四库全书存目丛书》子部第 251 册，齐鲁书社 1995 年版。

（明）程达辑：《警语类钞》，《四库全书存目丛书》子部第 130 册，齐鲁书社 1995 年版。

（明）程铨、陈继儒：《古今韵史》，《四库全书存目丛书》子部第 148 册，齐鲁书社 1995 年版。

（明）程荣辑：《汉魏丛书》，明万历二十年（1592）新安程氏刻本。

（明）程时用：《风世类编》，《四库未收书辑刊》第叁辑第 29 册，北京出版社 1997 年版。

（明）程幼舆辑：《程氏丛刻》，《北京图书馆古籍珍本丛刊》（83），书目文献出版社 1998 年版。

（明）赤心子辑：《选锲骚坛摭粹嚼麝谭苑》，中国社会科学院历史研究所编《明代通俗日用类书集刊》（13），西南师范大学出版社　东方出版社 2011 年版。

（明）戴璟：《新编博物策会》，《四库未收书辑刊》第叁辑第 30 册，北京出版社 1997 年版。

（明）戴有孚：《著疑录》，《四库全书存目丛书》子部第 152 册，齐鲁书社 1995 年版。

（明）邓志谟：《锲旁注事类捷录》，明万历间（1573-1620）书林萃庆堂余彰德刻本。

（明）邓志谟：《重刻增补故事白眉》，台北：天一出版社 1985 年影印本。

（明）邓志谟：《精选故事黄眉》，台北：天一出版社 1985 年影印本。

（明）董斯张：《广博物志》，岳麓书社 1991 年版。

（明）董斯张：《静啸斋存草》，《续修四库全书》集部 1381 册，上海古籍出版社 1995 年版。

（明）董斯张辑：《吴兴艺文补》，《续修四库全书》集部第 1680 册，上海古籍出版社 1995 年版。

（明）范明泰：《米襄阳志林》，《四库全书存目丛书》史部第 84 册，齐鲁书社 1996 年版。

（明）樊玉衡撰，於伦增补：《智品》，《四库全书存目丛书》子部第 134 册，齐鲁书社 1995 年版。

（明）冯梦龙：《情史》，岳麓书社 1986 年排印本。

（明）冯梦龙：《冯梦龙全集》，江苏古籍出版社 1993 年版。

（明）冯梦龙：《太平广记钞》，团结出版社 1996 年版。

（明）冯梦龙：《古今谭概》，中华书局 2007 年版。

（明）冯梦龙：《智囊全集》，中华书局 2007 年版。

（明）高濂：《雅赏斋遵生八笺》，《北京图书馆古籍珍本丛刊》影印明万历十九年（1591）刊本，书目文献出版社 1988 年版。

（明）顾起元：《说略》，《文渊阁四库全书》本。

（明）郭良翰辑：《问奇类林》，明万历间（1573—1620）刻本。

（明）郭良翰辑：《续问奇类林》，明万历三十七年（1609）黄吉士等刻增修本。

（明）何良俊：《四友斋丛说》，《明代笔记小说大观》本，上海古籍出版社 2005 年版。

（明）何良俊：《何氏语林》，天津教育出版社 2008 年版。

（明）湖南漫士辑：《水边林下》，《北京图书馆古籍珍本丛刊》
（78），书目文献出版社 1988 年版。

（明）胡文焕辑：《稗家粹编》，中华书局 2010 年版。

（明）焦竑：《焦氏类林》，《丛书集成初编》本，商务印书馆 1936
年版。

（明）焦竑：《玉堂丛语》，中华书局 1981 年版。

（明）江盈科：《雪涛阁四小书》，《四库全书存目丛书》子部第 193
册，齐鲁书社 1995 年版。

（明）江盈科：《皇明十六种小传》，《四库全书存目丛书》史部第
107 册，齐鲁书社 1996 年版。

（明）李如一辑：《藏说小萃》，《北京图书馆古籍珍本丛刊》（83），
书目文献出版社 1988 年版。

（明）李绍文：《皇明世说新语》，《笔记小说大观》第四十编八册，
台湾新兴书局 1978 年版。

（明）李诩：《戒庵老人漫笔》，《北京图书馆古籍珍本丛刊》（83），
书目文献出版社 1988 年版。

（明）李贽：《初潭集》，中华书局 1974 年版。

（明）林茂桂：《南北朝新语》，天津古籍出版社 2007 年版。

（明）凌迪知辑：《名世类苑》，《四库全书存目丛书》子部第 240 册，
齐鲁书社 1995 年版。

（明）刘子明编辑：《全补文林妙锦万宝全书》三十五卷，万历四十
年（1612）书林安正堂刘双松刊本。

（明）陆粲：《庚己编》，《四库全书存目丛书》子部第 125 册，齐鲁
书社 1995 年版。

（明）陆楫编：《古今说海》，上海文艺出版社 1989 年影印本。

（明）陆延枝：《说听》，《四库全书存目丛书》子部第 125 册，齐鲁
书社 1995 年版。

（明）陆贻孙辑：《烟霞小说》，《四库全书存目丛书》子部第 125 册，
齐鲁书社 1995 年影印本。

（明）罗曰褧：《雅余》，《四库未收书辑刊》第叁辑第 30 册，北京出
版社 1997 年版。

（明）马大壮：《天都载》，《四库全书存目丛书》子部第 105 册，齐

鲁书社 1995 年版。

（明）马嘉松辑：《十可篇》，《四库全书存目丛书》子部第 143 册，齐鲁书社 1995 年版。

（明）毛晋编：《津逮秘书》，博古斋 1922 年版。

（明）毛晋：《苏米志林》，《四库全书存目丛书》史部第 85 册，齐鲁书社 1996 年版。

（明）梅鼎祚辑，田璞、查洪德校注：《才鬼记》，中州古籍出版社 1989 年版。

（明）梅鼎祚辑：《青泥莲花记》，《四库全书存目丛书》子部第 253 册，齐鲁书社 1995 年版。

（明）闵文振：《异物汇苑》，《四库全书存目丛书》子部第 199 册，齐鲁书社 1995 年版。

（明）闵于忱辑：《枕函小史》，明末吴兴松筠馆朱墨套印本。

（明）莫是龙：《笔麈》，《丛书集成初编》第 2923 册，商务印书馆 1936 年影印百陵学山本。

（明）穆希文：《说原》，《四库全书存目丛书》子部第 107 册，齐鲁书社 1995 年版。

（明）倪绾辑：《群谈采余》，《四库未收书辑刊》第叁辑第 29 册，北京出版社 1997 年版。

（明）潘士藻：《闇然堂类纂》，《四库全书存目丛书》子部第 242 册，齐鲁书社 1995 年版。

（明）潘之恒：《亘史外纪》，《四库全书存目丛书》子部第 193 册，齐鲁书社 1995 年版。

（明）潘之恒：《金陵妓品》，《说郛三种》本，上海古籍出版社 2012 年版。

（明）秦淮寓客编：《绿窗女史》，台北：天一出版社 1985 年影印本。

（明）瞿佑：《剪灯新话》，上海古籍出版社 1981 年版。

（明）商濬辑：《稗海》，万历间商氏半野堂刊本。

（明）孙能传辑：《益智编》，《四库全书存目丛书》子部第 143 册，齐鲁书社 1995 年版。

（明）唐观：《延州笔记序》，《藏说小萃》本，《北京图书馆古籍珍本丛刊》（83），书目文献出版社 1988 年版。

（明）田汝成：《西湖游览志余》，上海古籍出版社1998年版。

（明）屠隆：《新刻类辑故事通考旁训》，明万历三十六年（1608）詹圣泽重刊本。

（明）屠隆：《考槃余事》，《说库》本，浙江古籍出版社1986年版。

（明）屠隆：《鸿苞》，《四库全书存目丛书》子部第89—92册，齐鲁书社1995年版。

（明）屠隆：《娑罗馆清言》，中华书局2008年版。

（明）王世贞：《世说新语补》，《四库全书存目丛书》子部第242册，齐鲁书社1995年版。

（明）王同轨：《耳谈》，台北：伟文图书出版公司1976年版。

（明）王阳明：《王阳明全集》，上海古籍出版社1992年版。

（明）王圻辑：《稗史汇编》，《四库全书存目丛书》子部第139—142册，齐鲁书社1995年版。

（明）王宇编：《新镌时用通式翰墨全书》，明天启六年（1626）刻本。

（明）汪云程编：《逸史搜奇》，《四库全书存目丛书》子部第249册，齐鲁书社1995年版。

（明）王佐：《新增格古要论》，浙江人民美术出版社2011年版。

（明）卫泳辑：《枕中秘》，《四库全书存目丛书》子部第152册，齐鲁书社1995年版。

（明）吴楚材辑：《彊识略》，《四库全书存目丛书》子部第181册，齐鲁书社1995年版。

（明）谢肇淛：《五杂组》，上海书店出版社2001年版。

（明）徐常吉辑：《新纂事词类奇》，《四库全书存目丛书》子部第198册，齐鲁书社1995年版。

（明）徐昌祚：《燕山丛录》，《四库全书存目丛书》子部第248册，齐鲁书社1995年版。

（明）徐广辑：《二侠传》，万历四十一年（1613）刻本。

（明）徐渭辑：《刻徐文长先生秘集》，《四库全书存目丛书》子部第129册，齐鲁书社1995年版。

（明）徐象梅：《琅嬛史唾》，《四库全书存目丛书》子部第243册，齐鲁书社1995年版。

（明）杨仪：《高坡异纂》，《笔记小说大观》第十七编第四册，台北：新兴书局 1977 年版。

（明）杨宗吾：《检蠹随笔》，《四库全书存目丛书》子部第 144 册，齐鲁书社 1995 年版。

（明）叶华：《刻金粟头陀青莲露》，《北京图书馆古籍珍本丛刊》(83)，书目文献出版社 1988 年版。

（明）叶向高辑：《说类》，《四库全书存目丛书》子部第 132 册，齐鲁书社 1995 年版。

（明）叶向高：《苍霞余草》，《四库禁毁书丛刊》集部第 125 册，北京出版社 2000 年版。

（明）游潜：《博物志补》，明万历二十八年（1600）游日昇修补本。

（明）余懋学：《说颐》，《四库全书存目丛书》子部第 105 册，齐鲁书社 1995 年。

（明）张大复：《闻雁斋笔谈》，《四库全书存目丛书》子部第 104 册，齐鲁书社 1995 年版。

（明）张墉辑：《廿一史识余》，《四库全书存目丛书》史部第 150 册，齐鲁书社 1996 年版。

（明）郑瑄辑：《昨非庵日纂》，《四库全书存目丛书》子部第 149 册，齐鲁书社 1995 年版。

（明）郑仲夔：《清言》，《四库全书存目丛书》子部第 244 册，齐鲁书社 1995 年版。

（明）支允坚：《梅花渡异林》，《四库全书存目丛书》子部第 105 册，齐鲁书社 1995 年版。

（明）周履靖编：《夷门广牍》，《元明善本丛书》影印明万历本，商务印书馆 1940 年版。

（明）朱谋㙔：《异林》，《四库全书存目丛书》子部第 247 册，齐鲁书社 1995 年版。

（清）黄宗羲编：《明文海》，影印文渊阁四库全书本。

（清）来集之：《博学汇书》，清康熙二十二年（1682）刻本。

（清）来集之：《倘湖樵书》，《四库全书存目丛书》子部第 146 册，齐鲁书社 1995 年版。

（清）汪琬：《说铃》，光绪五年（1879）文富堂刊本。

（清）王晫、张潮编：《檀几丛书》，上海古籍出版社 1992 年版。

阙名辑：《笔记小说大观》，台北：新兴书局有限公司 1986 年版。

王文濡辑：《说库》，浙江古籍出版社 1986 年版。

杨勇：《世说新语校笺》，台北：正文书局 2000 年版。

专著：

（周）吕不韦：《吕氏春秋》，陈奇猷校释，学林出版社 1984 年版。

（汉）班固：《汉书》，中华书局 1983 年版。

（汉）刘安：《淮南子》，中华书局 1998 年版。

（汉）司马迁：《史记》，中华书局 1959 年版。

（汉）王充：《论衡》，《文渊阁四库全书》本，台北：商务印书馆 1986 年版。

（汉）许慎：《说文解字》，上海古籍出版社 1981 年版。

（汉）许慎撰，（清）段玉裁注：《说文解字注》，中州古籍出版社 2006 年版。

（北齐）颜之推著，王利器集解：《颜氏家训》，上海古籍出版社 1980 年版。

（南朝·宋）范晔：《后汉书》，中华书局 1973 年版。

（南朝·梁）刘勰：《文心雕龙》，人民文学出版社 1958 年版。

（梁）沈约：《宋书》，中华书局 1974 年版。

（唐）房玄龄：《晋书》，中华书局 1974 年版。

（唐）孔颖达：《周易正义》，（清）阮元《十三经注疏》，浙江古籍出版社 1998 年版。

（唐）孔颖达：《礼记正义》，《十三经注疏》本，浙江古籍出版社影印本，199 年版。

（唐）李延寿：《北史》，中华书局 2000 年版。

（唐）李延寿：《南史》，中华书局 2000 年版。

（唐）刘知几：《史通》，上海古籍出版社 2008 年版。

（唐）陆德明：《尔雅注疏》，《文渊阁四库全书》本。

（唐）欧阳询撰：《艺文类聚》，上海古籍出版社 1982 年版。

（唐）魏徵等：《隋书·经籍志》，中华书局 1973 年版。

（唐）姚思廉：《梁书》，中华书局 1973 年版。

（唐）虞世南：《北堂书钞》，中国书店 1989 年版。

（后晋）刘昫等：《旧唐书》，中华书局 2000 年版。

（宋）晁公武：《郡斋读书志》，上海古籍出版社 1990 年版。

（宋）陈振孙：《直斋书录解题》，上海古籍出版社 1987 年版。

（宋）程颐、程颢：《二程集》，中华书局 1981 年版。

（宋）李昉等：《太平御览》，中华书局影印本 1960 年版。

（宋）欧阳修、宋祁：《新唐书》，中华书局 2000 年版。

（宋）王应麟：《困学纪闻》，上海古籍出版社 2015 年版。

（宋）郑樵撰，王树民校点：《通志二十略》，中华书局 1995 年版。

（宋）朱熹：《四书章句集注》，中华书局 1983 年版。

（宋）朱熹：《朱子全书》，上海古籍出版社 2010 年版。

（元）马端临：《文献通考》，中华书局 1986 年版。

（元）脱脱等：《宋史》，中华书局 2000 年版。

（明）陈继儒：《太平清话》，商务印书馆 1936 年版。

（明）方孝孺：《逊志斋集》，《四部丛刊》本。

（明）高儒：《百川书志》，上海古籍出版社 2005 年版。

（明）胡应麟：《少室山房集》，上海古籍出版社 1993 年版。

（明）胡应麟：《少室山房笔丛》，上海书店出版社 2001 年版。

（明）黄省曾：《五岳山人集》，《四库全书存目丛书》集部第 94 册，齐鲁书社 1997 年版。

（明）焦竑：《国史经籍志》，《丛书集成初编》本，商务印书馆 1939 年版。

（明）焦竑：《焦氏笔乘》，中华书局 2008 年版。

（明）李梦阳：《空同集》，上海古籍出版社 1988 年版。

（明）李日华：《味水轩日记》，上海远东出版社 2011 年版。

（明）李时珍：《本草纲目》，人民卫生出版社 1975 年版。

（明）罗炌修，（明）黄承昊纂：《（崇祯）嘉兴县志》，明崇祯十年（1637）刻本。

（明）莫是龙：《笔麈》，《丛书集成初编》第 2923 册，商务印书馆 1936 年影印百陵学山本。

（明）祁承爜：《澹生堂藏书目》，台北：新文丰出版公司影印会稽徐氏刊本，1985 年版。

（明）宋濂：《元史》，中华书局 2000 年版。

（明）王世贞：《弇山堂别集》，中华书局 1985 年版。

（明）王圻：《续文献通考》，《四库全书存目丛书》子部第 185—189 册，齐鲁书社 1995 年版。

（明）吴讷：《文章辨体序说》，人民文学出版社 1998 年版。

（明）徐师曾：《文体明辨序说》，人民文学出版社 1998 年版。

（明）袁宏道：《袁中郎随笔》，中华工商联合出版社 2016 年版。

（明）张大复：《闻雁斋笔谈》，《四库全书存目丛书》子部第 104 册，齐鲁书社 1995 年版。

（明）赵用贤：《赵定宇书目》，上海古籍出版社 2005 年版

（清）范邦甸等：《天一阁书目》，上海古籍出版社 2012 年版。

（清）顾炎武著，黄汝成集释，栾保群、吕宗力校点：《日知录集释》，上海古籍出版社 2006 年版。

（清）黄丕烈：《士礼居藏书题跋记》，《续修四库全书》第 923 册，上海古籍出版社 2005 年版。

（清）黄虞稷：《千顷堂书目》，上海古籍出版社 2001 年版。

（清）黄宗羲：《天一阁藏书记》，《黄梨洲文集》，中华书局 1959 年版。

（清）江藩：《经解入门》，华东师范大学出版社 2010 年版。

（清）莫友芝撰，傅增湘订补：《藏园订补郘亭知见传本书目》，中华书局 2009 年版。

（清）彭元瑞等：《天禄琳琅书目后编》，上海古籍出版社 2007 年版。

（清）钱大昕：《十驾斋养新录》，《传世藏书》"子库·文史笔记"第二册，海南国际新闻出版中心 1995 年版。

（清）钱谦益：《牧斋初学集》，《四部丛刊》本。

（清）钱谦益：《牧斋有学集》，上海古籍出版社 1996 年版。

（清）钱曾：《虞山钱遵王藏书目录汇编》，上海古籍出版社 2005 年版。

（清）阮元：《十三经注疏》，中华书局 1980 年版。

（清）阮元：《曾子十篇》，中华书局 1985 年版。

（清）邵懿辰撰，（清）邵章续录：《增订四库简明目录标注》，台北：世界书局 1977 年版。

（清）沈复粲编，潘景郑校订：《鸣野山房书目》，上海古典文学出版社 1958 年。

（清）孙从添：《藏书纪要》，《昭代丛书》本。

（清）王懿荣：《汇刻书目》，上海福瀛书局光绪十二年（1886）刊本。

（清）叶昌炽：《藏书纪事诗》，北京燕山出版社 2008 年版。

（清）叶德辉：《书林清话》，浙江古籍出版社 1998 年版。

（清）永瑢等：《四库全书总目》，中华书局 1965 年版。

（清）张廷玉等：《明史》，中华书局 1974 年版。

（清）章学诚：《文史通义校注》附《校雠通义》，中华书局 1994 年版。

（清）周中孚：《郑堂读书记》，民国刘氏嘉业堂刊本。

（清）朱彝尊：《静志居诗话》，人民文学出版社 1990 年版

白寿彝：《中国史学史》，上海人民出版社 1986 年版。

陈大康：《明代小说史》，上海文艺出版社 2000 年版。

陈光贻：《稀见地方志提要》，齐鲁书社 1987 年版。

陈国军：《明代志怪传奇小说研究》，天津古籍出版社 2006 年版。

陈寅恪：《陶渊明之思想与清谈之关系》，燕京大学哈佛燕京社 1945 年版。

陈寅恪：《元白诗笺证稿》，生活·读书·新知三联书店 2001 年版。

程毅中、薛洪勣：《中国小说大百科全书》，中国大百科全书出版社 1993 年版。

丁锡根编著：《中国历代小说序跋集》，人民文学出版社 1996 年版。

董康：《书舶庸谭》，北京图书馆出版社 2003 年版。

杜泽逊：《四库存目标注》，上海古籍出版社 2007 年版。

范凤书：《中国私家藏书史》，大象出版社 2001 年版。

范宁：《博物志校证》，中华书局 1984 年版。

方彦寿：《建阳刻书史》，中国社会科学出版社 2003 年版。

丰家骅：《杨慎评传》，南京大学出版社 1998 年版。

傅隶朴：《春秋三传比义》，中国友谊出版公司 1984 年版。

龚鹏程：《晚明思潮》，商务印书馆 2005 年版。

辜美高、黄霖主编：《明代小说面面观：明代小说国际学术研讨会论

文集》，学林出版社 2002 年版。

韩兆琦：《中国传记文学史》，河北教育出版社 1992 年版。

侯忠义：《汉魏六朝小说史》，春风文艺出版社 1989 年版。

侯忠义、刘世林：《中国文言小说史稿》，北京大学出版社 1993 年版。

胡从经：《胡从经书话》，北京出版社 1998 年版。

胡道静：《中国古代的类书》，中华书局 1982 年版。

嵇文甫：《晚明思想史论》，东方出版社 1996 年版。

蒋伯潜：《文体论纂要》，正中书局 1943 年版。

李春光：《古籍丛书述论》，辽沈书社 1991 年版。

李丰楙：《许逊与萨守坚：邓志谟道教小说研究》，台北：学生书局 1997 年版。

李剑国：《唐五代志怪传奇叙录》，南开大学出版社 1993 年版。

李剑国：《唐前志怪小说史》，天津教育出版社 2005 年版。

梁启超：《中国历史研究法》，岳麓书社 2009 年版。

刘尚恒：《古籍丛书概说》，上海古籍出版社 1989 年版。

刘师培：《刘申叔遗书》，江苏古籍出版社 1997 年版。

刘师培：《刘师培全集》，中共中央党校出版社 1997 年版。

刘师培著，张先觉编：《刘师培书话》，浙江人民出版社 1998 年版。

刘天振：《明代通俗类书研究》，齐鲁书社 2006 年版。

刘叶秋：《古典小说笔记论丛》，南开大学出版社 1985 年版。

刘叶秋：《历代笔记概述》，北京出版社 2003 年版。

鲁迅：《中国小说史略》，人民文学出版社 1973 年版。

罗伟平、胡平：《古籍版本题记索引》，上海书店出版社 1991 年版。

骆兆平编著：《新编天一阁书目》，中华书局 1996 年版。

马念祖：《水经注等八种古籍引用书目汇编》，中华书局上海编辑所 1959 年版。

缪咏禾：《中国出版通史》（明代卷），中国书籍出版社 2008 年版。

潘建国：《中国古代小说书目研究》，上海古籍出版社 2005 年版。

钱锺书：《管锥编》，中华书局 1986 年版。

饶宗颐：《饶宗颐史学论著选》，上海古籍出版社 1993 年版。

任继愈：《中国哲学发展史》，人民出版社 1985 年版。

任继愈主编：《中国藏书楼》，辽宁人民出版社 2001 年版。

上海图书馆编：《中国丛书综录》，上海古籍出版社 1981 年版。

石昌渝：《中国古代小说总目》（文言卷），山西教育出版社 2004 年版。

施廷镛编撰：《中国丛书综录续编》，北京图书馆出版社 2003 年版。

宋慈抱：《两浙著述考》，浙江人民出版社 1985 年版。

孙殿起：《贩书偶记续编》，上海古籍出版社 1982 年版。

孙楷第：《日本东京所见中国小说书目》，上杂出版社 1953 年版。

孙楷第：《中国通俗小说书目》，人民文学出版社 1982 年版。

王重民：《美国国会图书馆藏中国善本书录》，Library of Congress，1957 年。

王重民：《中国善本书提要》，上海古籍出版社 1983 年版。

王能宪：《世说新语研究》，江苏古籍出版社 1992 年版。

王兴国：《贾谊评传》，南京大学出版社 1992 年版。

王瑶：《中古文学史论》，北京大学出版社 1986 年版。

吴枫：《中国古典文献学》，齐鲁书社 1982 年版。

吴国盛：《反思科学》，新世界出版社 2004 年版。

向达：《唐代长安与西域文明》，河北教育出版社 2001 年版。

谢国桢：《江浙访书记》，生活·读书·新知三联书店 2008 年版。

谢国桢：《谢国桢全集》，北京出版社 2013 年版。

燕京大学编纂处编：《太平广记引得》，上海古籍出版社 1982 年影印本。

阳海清编撰：《中国丛书综录补正》，江苏广陵古籍刻印社 1984 年版。

阳海清编撰：《中国丛书广录》，湖北人民出版社 1999 年版。

姚名达：《中国目录学史》，上海古籍出版社 2002 年版。

叶德均：《戏曲小说丛考》，中华书局 1979 年版。

余嘉锡：《四库提要辨证》，中华书局 1980 年版。

余嘉锡：《世说新语笺疏》，中华书局 1983 年版。

余嘉锡：《余嘉锡文史论集》，岳麓书社 1997 年版。

余英时：《论戴震与章学诚：清代中期学术思想史研究》，生活·读书·新知三联书店 2000 年版。

余英时：《士与中国文化》，上海人民出版社 2003 年版。

张涤华：《类书流别》，商务印书馆 1985 年版。

张舜徽：《中国文献学》，上海古籍出版社 2011 年版。

张秀民：《中国印刷史》，浙江古籍出版社 2006 年版。

赵红娟：《明清湖州董氏文学世家研究》，中国社会科学出版社 2011 年版。

赵前：《明代版刻图典》，文物出版社 2008 年版。

郑振铎：《西谛书跋》，文物出版社 1998 年版。

《中国古籍善本书目》编辑委员会编：《中国古籍善本书目》，上海古籍出版社 1990 年版。

《中国古籍善本书目》编辑委员会编：《中国古籍善本书目》，上海古籍出版社 1994 年版。

周勋初：《唐人笔记小说考索》，江苏古籍出版社 2000 年版。

周子美：《天一阁藏书经见录》，华东师范大学出版社 2000 年版。

朱一玄、刘毓忱编：《水浒传资料汇编》，南开大学出版社 2002 年版。

朱自清：《中国歌谣》，作家出版社 1957 年版。

庄芳容：《中国类书总目初稿》，台北：学生书局 1983 年版。

论文：

［日］坂出祥伸：《〈中国日用类书集成〉解说》，《五车拔锦》（一）卷首，东京汲古书院 1999 年版。

［美］本杰明·艾尔曼：《从前现代的格致学到现代的科学》，《中国学术》2000 年第 2 期。

［美］本杰明·艾尔曼（Benjamin Elman）：《金钱万能：明清间中华帝制晚期的商业、经典与品位》，《中国史研究》2009 年第 4 期。

［美］本杰明·艾尔曼：《收集与分类：明代汇编与类书》，《学术月刊》2009 年第 5 期。

［日］仓田淳之助：《说郛版本诸说研究》，京都大学人文科学研究所《创立二十五周年纪年论文集》（《人文学报》第 5 号合并号），1954 年 11 月。

陈宝良：《试论明代中后期人文主义文化思潮》，《社会科学研究》

1989 年第 1 期。

陈先行：《〈说郛〉再考证》，《中华文史论丛》1982 年第 2 辑。

程毅中：《十二卷本〈剪灯丛话〉补考》，《文献》1990 年第 2 期。

程毅中：《〈五朝小说〉与〈说郛〉》，《文史》1998 年第 2 辑（总第 47 辑）。

［日］大塚秀高：《明代后期文言小说刊行概况》，《书目季刊》（第十九卷）1985 年第 2 期、第 3 期。

樊伟峻：《魏晋南北朝博物类志怪小说研究》，硕士学位论文，东北师范大学，2009 年。

傅承洲：《〈西游补〉作者董斯张考》，《文学遗产》1989 年第 3 期。

傅锡壬：《世说四科对论语四科的因袭与嬗变》，《淡江学报》1974 年第 12 卷。

高洪钧：《〈西游补〉作者是谁?》，《天津师范大学学报》（社会科学版）1985 年第 6 期。

高洪钧：《冯梦龙与董斯张的交往》，《天津师大学报》1991 年第 2 期。

高洪钧：《冯梦龙家世探秘》，《明清小说研究》1996 年第 1 期。

何诗海：《〈弇州四部稿〉"说部"发微》，《文学遗产》2015 年第 5 期。

黄燕生：《明代的地方志》，《史学史研究》1989 年第 4 期。

金德建：《论〈春秋繁露〉是纬书的起源》，《浙江学刊》1986 年第 3 期。

［日］酒井忠夫：《明代的日用类书和庶民教育》，《近世中国教育史研究：其文教政策和庶民教育》，东京国土社 1958 年版。

雷坤：《〈四库全书总目〉子部分类考》，硕士学位论文，北京大学，2003 年。

李锐清：《〈中国丛书综录〉订补汇编宋元明部份》，《"中央"图书馆馆刊》新 27 卷第 1 期，1994 年 6 月。

刘成国：《以史为戏：论中国古代假传》，《江海学刊》2012 年第 4 期。

刘和文：《简论赵用贤学术文献价值》，《大学图书馆学报》2007 年第 6 期。

刘华杰:《博物学论纲》,《广西民族大学学报》(哲学社会科学版) 2011 年第 6 期。

刘辉:《北图馆藏〈山林经济籍〉与〈金瓶梅〉》,《文献》1985 年第 2 期。

刘天振:《论王圻〈稗史汇编〉之编撰及其"史稗一体"观》,《复旦学报》(社会科学版) 2011 年第 4 期。

罗宁:《明代伪典小说五种初探》,《明清小说研究》2009 年第 1 期。

罗宁:《记录见闻:中国文言小说写作的原则与方法》,《文艺理论研究》2018 年第 5 期。

吕斌:《明代博学思潮发生论》,《中国文化研究》2008 年(夏之卷)。

聂济冬:《简论纬书〈河图〉的小说特性》,《孔子研究》2005 年第 3 期。

潘建国:《晚明七种争奇小说的作者与版本》,《文学遗产》2007 年第 4 期。

彭兆荣:《此"博物"非彼"博物":这是一个问题》,《文化遗产》2009 年第 4 期。

戚世俊:《邓志谟"争奇"系列作品的文体研究——兼论古代戏剧与小说的文体分野》,《文学遗产》2008 年第 4 期。

乔光辉:《十二卷本〈剪灯丛话〉虞淳熙题辞辨证》,《文献》2006 年第 1 期。

秦艳燕:《西学东渐背景下的中国传统博物学——以〈康熙几暇格物编〉和〈格致镜源〉为视角》,硕士学位论文,浙江大学,2009 年。

施才玉:《〈虞初志〉版本考述》,《大学图书情报学刊》2009 年第 1 期。

疏仁华、周晓光:《利玛窦交游与士大夫赠诗》,《历史档案》2012 年第 1 期。

孙蓉蓉:《谶纬与汉魏六朝的志怪小说》,《中国文化研究》2011 年夏之卷。

孙逊、秦川:《明代文言小说总集述略》,《上海师范大学学报》(哲学社会科学版) 2001 年第 6 期。

唐久宠:《张华〈博物志〉的编成及其内容》,《中国古典小说研究专集》(2),台北:联经出版事业有限公司 1980 年版。

王宝平：《胡文焕丛书考辨》，《中华文史论丛》2001 年第 1 辑（总第 65 辑）。

王晶波：《从地理博物杂记到志怪传奇——〈异物志〉的生成演变过程及其与古小说的关系》，《西北师大学报》（社会科学版）1997 年第 4 期。

王晶波：《汉唐间已佚〈异物志〉考述》，《北京大学学报》（哲学社会科学版）（国内访问学者、进修教师论文专辑）2000 年。

王树伟：《记最近所见几部珍本戏曲小说》，《文物》1961 年第 3 期、第 4 期。

王炜：《"说部"之概念辨析》，《中国社会科学院研究生院学报》2017 年第 1 期。

王媛：《〈博物志〉的成书、体例与流传》，《中国典籍与文化》2006 年第 4 期。

王正华：《生活、知识与文化商品：晚明福建版"日用类书"与其书画门》，《"中研院"近代史研究所辑刊》第 41 期，2003 年 9 月。

魏宗禹：《明清时期诸子学研究简论》，《孔子研究》1998 年第 3 期。

吴从祥：《论纬书的小说特性及其对汉代小说的影响》，《浙江社会科学》2010 年第 4 期。

吴圣昔：《论邓志谟的游戏小说》，《明清小说研究》1996 年第 2 期。

夏丹：《道教与明代神魔小说》，硕士学位论文，辽宁师范大学，2011 年。

向燕南：《王圻纂著考》，《文献》1991 年第 4 期。

向燕南：《焦竑的学术特点与史学成就》，《文献》1999 年第 2 期。

［日］小野四平：《关于邓志谟的道教小说》，《明清小说研究》1988 年第 1 期。

徐兆安：《证验与博闻：万历朝文人王世贞、屠隆与胡应麟的神仙书写与道教文献评论》，《中国文化研究所学报》第 53 期，2011 年 7 月。

颜瑞芳：《唐宋拟人传体寓言研究》，《古典文学》第 14 集，台北：学生书局 1997 年版。

于翠玲：《从"博物"观念到"博物"学科》，《华中科技大学学报》（社会科学版）2006 年第 3 期。

俞士玲：《〈世说新语〉收录记事标准及其在〈贤媛〉门等女性记事

中的贯彻》,《古典文献研究》第十二辑,2009年。

曾文峰:《地域视角下的明代诗话文献考论》,硕士学位论文,广西大学,2011年。

占骁勇:《李贽与〈姑妄编〉》,李建业主编《李贽与麻城:国际学术研讨会文集》,中国广播电视出版社2003年版。

张梦闻:《中国生物分类学史述论》,《中国科技史料》第8卷(1987)第6期。

张秀玉:《〈欣赏编〉版本考辨》,《图书馆界》2010年第1期。

张振国:《中国古代"假传"文体发展史述论》,《华南师范大学学报》(社会科学版)2012年第4期。

郑暋暻:《段成式的〈酉阳杂俎〉研究》,博士学位论文,中国社会科学院研究生院,2002年。

周长艳:《明清小说中的谶纬现象研究》,硕士学位论文,华东师范大学,2010年。

周远方:《中国传统博物学的变迁及其特征》,《科学技术哲学研究》2011年第5期。

周运中:《利玛窦〈舆图志〉佚文考释及其他》,《自然科学史研究》2010年第4期。

朱银萍:《顾元庆及其编刊小说研究》,硕士学位论文,暨南大学,2011年。

朱渊清:《魏晋博物学》,《华东师范大学学报》(哲学社会科学版)2000年第5期。

后　记

  本书是 2013 年度国家社科基金一般项目"文献学视域中的明代文言小说汇编研究"（批准号：13BZW078）的最终成果。众所周知，明代小说研究领域存在两种显著的失衡：一是文言小说与通俗小说研究的冷热不均，二是创作类作品与编纂类作品受重视程度的重轻悬殊。而明代汇编类文言小说的研究现状尤为冷寂。尽管明代小说研究的成果早已山堆海积，但可供借鉴的明代文言小说汇编类文献研究的成果却甚为稀落，因此本课题的研究过程并不顺利，许多情况下，只能摸着石头过河，冒昧地提出了一些一得之见。由于本人见闻不广，学识谫陋，书中内容难避偃鼠饮河之诮，惟冀四方博雅君子多赐指教之言。

  考论结合是本课题最基本的研究方法，笔者深知，小说文献考证是本课题研究的重要基础工作，只有立足于充分而扎实的文献考据，才能立论有据，得出令人信服的观点。笔者曾在广搜博考详核基础上，依据不同的小说文体类型，制作了《明代志怪小说汇编统计表》（详考 43 种）、《明代"世说体"小说统计表》（详考 28 种）、《明代"仿世说体"小说统计表》（详考 47 种）、《明人编清赏类作品统计表》（详考 51 种）、《明人编辨订类作品统计表》（详考 47 种）、《明代专门的小说丛书统计表》（详考 76 种）、《明代兼收小说的综合性丛书统计表》（详考 31 种）、《明代分类体文言小说集统计表》（详考 16 种）、《明代类书体文言小说集统计表》（详考 45 种）、《明人编"智书"统计表》（详考 18 种）等 11 个文献数据统计表，共稽考明代文言小说汇编作品 402 种，稽考事项包括：文献名及卷数（包括丛书收录种数）、责任者、版本、义例、古今书目著录情况，较为全面地展示了明代文言小说汇编类文献的基本信息，但囿于成果出版字数的限制，最终只附录了《明代专门的小说丛书统计表》一种，这不得不说是本成果的一个不小的缺憾。笔者拟于日后相关论著中陆续呈现其他类型文言小说汇编文献的考证成果。

本书部分内容曾以单篇论文形式先后发表于十余种学术期刊，因这些文章之间本来具有相对的独立性，在融入本书时，虽努力疏通，尽力整合，但仍然存在重复乃至抵牾的现象，恳请读者诸君海涵。

责任编辑慈明亮先生在本书出版过程中，孜孜矻矻，反复核校，敬业精神令我感佩，在此书即将付梓之际，特向慈先生表示诚挚的谢忱！另外，我的研究生程慧、姚玥莹同学在书稿校对中也付出了许多辛劳，在此一并表示感谢！